HERA LIND
Grenzgängerin aus Liebe

Von Hera Lind sind im Diana Verlag bisher erschienen:
Die Champagner-Diät – Schleuderprogramm – Herzgesteuert – Die Erfolgsmasche – Der Mann, der wirklich liebte – Himmel und Hölle – Der Überraschungsmann – Wenn nur dein Lächeln bleibt – Männer sind wie Schuhe – Gefangen in Afrika – Verwechseljahre – Drachenkinder – Verwandt in alle Ewigkeit – Tausendundein Tag – Eine Handvoll Heldinnen – Die Frau, die zu sehr liebte – Kuckucksnest – Die Sehnsuchtsfalle – Drei Männer und kein Halleluja – Mein Mann, seine Frauen und ich – Der Prinz aus dem Paradies – Hinter den Türen – Die Frau, die frei sein wollte – Über alle Grenzen – Vergib uns unsere Schuld – Die Hölle war der Preis – Die Frau zwischen den Welten – Grenzgängerin aus Liebe

HERA LIND

Grenzgängerin aus Liebe

Roman nach einer wahren Geschichte

DIANA

Vorbemerkung

Dieses Buch erhebt keinen Faktizitätsanspruch. Es basiert zwar zum Teil auf wahren Begebenheiten und behandelt typisierte Personen, die es so oder so ähnlich gegeben haben könnte. Diese Urbilder wurden jedoch durch künstlerische Gestaltung des Stoffs und dessen Ein- und Unterordnung in den Gesamtorganismus dieses Kunstwerks gegenüber den im Text beschriebenen Abbildern so stark verselbstständigt, dass das Individuelle, Persönlich-Intime zugunsten des Allgemeinen, Zeichenhaften der Figuren objektiviert ist.

Für alle Leser erkennbar erschöpft sich der Text nicht in einer reportagehaften Schilderung von realen Personen und Ereignissen, sondern besitzt eine zweite Ebene hinter der realistischen Ebene. Es findet ein Spiel der Autorin mit der Verschränkung von Wahrheit und Fiktion statt. Sie lässt bewusst Grenzen verschwimmen.

Sollte diese Publikation Links auf Webseiten Dritter enthalten, so übernehmen wir für deren Inhalte keine Haftung, da wir uns diese nicht zu eigen machen, sondern lediglich auf deren Stand zum Zeitpunkt der Erstveröffentlichung verweisen.

Zitatnachweis
S. 65 Auszug aus: ABBA, »Honey, Honey«;
S. 93 Auszug aus: ABBA, »Nina, Pretty Ballerina«; S. 115, 180 Auszug aus: ABBA, »S.O.S.«;
S. 357 Auszug aus: ABBA, »The Winner Takes It All«, © Universal Music Publishing

Penguin Random House Verlagsgruppe FSC® N001967

Originalausgabe 05/2021
Copyright © 2021 by Diana Verlag, München,
in der Penguin Random House Verlagsgruppe GmbH,
Neumarkter Straße 28, 81673 München
Umschlaggestaltung: t.mutzenbach design, München
Umschlagmotive: © Joanna Czogala/Trevillion Images;
Shutterstock.com (Smolina Marianna; sabthai;
Kamenetskiy Konstantin; Tishchenko Dmitrii; Aliona Hradovskaya)
Fotos der Autorin: © Erwin Schneider, Schneider-Press
Satz: Leingärtner, Nabburg
Druck und Bindung: GGP Media GmbH, Pößneck
Printed in Germany
Alle Rechte vorbehalten
ISBN 978-3-453-29228-4

www.diana-verlag.de
Dieses Buch ist auch als E-Book lieferbar.

1

Weimar, März 1974, im zehnten Stock eines Plattenbaus

»Nebenan wohnt meine Schwester!« Aufgeregt legte ich den Finger auf die Lippen und schloss hastig die Etagentür auf. »Pssst, sie darf uns auf keinen Fall hören!«

Der Lift hinter uns schloss sich wieder, und ich befürchtete, sein jämmerlich lautes Quietschen könnte Marianne und Dieter aus dem Schlaf reißen. Dann würden die beiden im Pyjama durch den Türspalt spähen und argwöhnisch fragen »Ist da jemand?«, und das musste ja nun wirklich nicht sein.

»Schnell!« Hastig schob ich meinen nächtlichen Besuch in meine kleine Wohnung und zog lautlos die Tür hinter uns zu.

So, da stand er nun. Karsten. Der blonde Halbgott, auf den alle Mädels der ganzen Stadt scharf waren. Bei mir zu Hause.

Ich hatte den außergewöhnlich gut aussehenden Typen erst vor ein paar Tagen in einer angesagten Disko kennengelernt und war jetzt schon schockverliebt.

Und zwar nicht nur in den Traumkerl, sondern einfach in mein ganzes Leben! Ich war jung, ungebunden und zugegebenermaßen nicht hässlich. Mir hatten schon mehrere heimlich zugeflüstert, ich hätte Ähnlichkeit mit Agneta von ABBA. Diese angesagte Band zu hören, war in der DDR verboten und deshalb war es umso reizvoller, mit der schwedischen Sängerin verglichen zu werden.

Karsten war mein perfektes Pendant! Dabei hatte es eigentlich meine Freundin Gitti auf ihn abgesehen gehabt und mich erst auf ihn aufmerksam gemacht! Gott, was für ein charmanter, wohlriechender und schöner Mann! Und tanzen konnte der! Leider musste Gitti mit ansehen, wie Karsten mich zielstrebig von der Bar pflückte und Richtung Tanzfläche zog, bevor sie überhaupt die Nase aus der Weißweinschorle gehoben hatte. Die ganze Nacht wirbelte er mich auf der kleinen Tanzfläche herum, und irgendwann schauten alle nur noch auf uns. Er hatte für DDR-Verhältnisse richtig coole Klamotten und trug die blonden gewellten Haare etwas länger, als die Polizei erlaubte. Ein Volltreffer, den ich da an der Angel hatte! Zum Glück konnte Gitti gut verlieren. Beste Freundin eben. Nun war Karsten Brettschneider mein. Seine hellblauen Augen strahlten mich an.

»Wow, so eine schnuckelige Wohnung!« Wohlwollend sah sich der groß gewachsene Traumtyp in meinem Einzimmerapartment um. In diesem winzigen Nest im zehnten Stock eines Plattenbauhochhauses wirkte er noch viel stattlicher als ohnehin schon. Mit seiner Persönlichkeit füllte er den ganzen Raum.

Mein Herz klopfte wie verrückt. Ich freute mich, dass er meinem kuscheligen Reich etwas abgewinnen konnte. Obwohl es ganz schön rosarot und plüschig war.

Er war schließlich ein gestandener Mann, bestimmt Mitte dreißig!

Und ich eine junge Frau, die den unglaublichen Luxus genoss, in dieser Kleinwohnung ihren verspäteten Mädchentraum zu leben.

Mein Kurzehe-Exmann Frank hatte sie mir nach der

Scheidung überlassen müssen, und ich wusste, dass ganz Weimar mich darum beneidete. Welche junge Frau von einundzwanzig Jahren hatte in der DDR schon eine eigene Wohnung? Und damit ihre Unabhängigkeit und Freiheit? Ja, ich fühlte mich absolut frei und von nichts und niemandem eingeschränkt. Für politische Dinge interessierte ich mich überhaupt nicht. Das Glück war auf meiner Seite!

»Setz dich doch!«

Hastig stopfte ich mein schlappohriges Kuscheltier unter ein Sofakissen. Der Mann musste ja glauben, ich spielte noch mit Puppen!

Karsten blieb jedoch stehen und musterte meine Kosmetikartikel, die ich vor meinem Spiegel aufgebaut hatte, der reinste Altar! Am Spiegelrand hingen dekorativ meine ganzen Ketten, Ohrringe und Armreifen. Dies hier war mein privater Schönheitssalon.

»Jetzt wird mir so einiges klar, Sophie.« Beeindruckt öffnete er ein kleines Parfumfläschchen und schnupperte daran.

»Was wird dir klar?« Unsere Blicke trafen sich im Spiegel.

»Warum du so wunderschön bist und so gut riechst!«

Er wirbelte herum und zog mich an seine Brust. Ganz sanft küsste er mich erst aufs Haar, hob dann mein Kinn und ... Gott, konnte der Mann küssen! Mir schoss die Röte ins Gesicht, und das Blut pulsierte mir in den Adern.

»Na ja, ich bin Kosmetikerin, das hab ich dir doch schon gesagt!«

»Alles an dir ist so perfekt ...«

Karsten nahm jeden einzelnen meiner frisch manikürten Finger und küsste sie. »Du bist das schönste Mädchen, das ich je in Weimar gesehen habe. Ich stehe wahnsinnig auf gepflegte Frauen, weißt du. Dein Haar schimmert wie Seide. Und dann dieser Duft.«

Ich lachte geschmeichelt. Ja, wenn ich eines beherrschte, dann war es, mich perfekt in Szene zu setzen.

»Und du bist auch nicht der hässlichste Kerl von ganz Thüringen!«

Wir sanken auf mein Sofa und waren erst mal miteinander beschäftigt. Er küsste unglaublich zärtlich, ganz anders als mein Ex-Mann Frank, der einen immer fast auffraß und dann in Sekundenschnelle zur Sache kam, ohne je auf meine Bedürfnisse Rücksicht zu nehmen.

Frank war als Schlagzeuger mit einer angesagten Band unterwegs gewesen, als ich ihn vor drei Jahren traf. Da war ich erst achtzehn gewesen, und hatte in verschiedenen Tanzcafés mein Glück gesucht. Der Drummer schaute immer nur auf mich, während er sich die Seele aus dem Leib trommelte. In den Pausen spendierte er mir ein Getränk nach dem anderen, und irgendwie wurden wir ein Paar. Wir heirateten viel zu früh, vielleicht auch weil wir beide keine Eltern mehr hatten. So bekamen wir die Wohnung neben der meiner Schwester Marianne und ihrem Mann Dieter, die ebenfalls sehr früh geheiratet hatten. Letzterer hatte als Polizist so seine Beziehungen; und meine Schwester wollte ein Auge auf mich haben. Nach einem Jahr trommelte Frank bereits fremd. Musiker konnten anscheinend nicht anders. Jedenfalls reichte ich die Scheidung ein, und Frank zog mit seiner Band und einem neuen Groupie weiter. Was mir blieb, war meine Freiheit und meine schnuckelige Wohnung. Und meine Erfahrung.

Und all das kam mir nun mit Karsten zugute.

»Du bist so unglaublich sexy, Sophie …«

Seine Hände wanderten an meiner schmalen Taille hinunter über die eng sitzende Jeans.

Nachdem wir eine Weile innig geknutscht hatten, stellte Karsten fest, dass ich seine Hände genommen und ihn am Weiterfummeln gehindert hatte.

»Nanu? Gefällt es dir nicht?«

»Ich möchte mich nicht so schnell wieder binden.« Fest sah ich ihm in die Augen. Er schien keineswegs beleidigt zu sein.

»Das macht dich noch viel interessanter.«

Karsten lächelte mich ganz lieb und verständnisvoll an. Seine hellblauen Augen bekamen einen ganz eigentümlichen Glanz.

»Ich stehe überhaupt nicht auf Mädels, die leicht zu haben sind.«

»Ach nein?« Ich zog die frisch gezupften Augenbrauen hoch und sah ihn kess an. »Den Eindruck hast du aber gerade gar nicht gemacht.«

»Zaubermaus!«

»Ja?« Wie süß war das denn! Zaubermaus!

»Du bist wirklich was ganz Besonderes.«

Ein langer intensiver Blick aus unglaublich blauen Augen. Es war, als könnte er die Farbe darin an- und wieder ausknipsen.

»Woher willst du das denn wissen?« Geschmeichelt lehnte ich mich auf dem Kuschelsofa zurück und verschränkte die Beine.

»Das spür ich einfach.«

Karsten taxierte mich andächtig, wie einen seltenen Schmetterling.

»Das mit uns soll auch keine billige Affäre werden.«

Alles andere würde mich auch wirklich enttäuschen!, dachte ich im Stillen. Um ultrasouverän zu sagen: »Ich weiß überhaupt nicht, was das werden soll. Du bist ja auch viel älter als ich.«

Daraufhin stand ich auf und entnahm meinem Mini-Kühlschrank die angebrochene Flasche Wein, die ich mit Gitti vor einigen Stunden geöffnet hatte, damit wir uns Mut antrinken konnten. »Magst du einen Schluck? Oder musst du noch fahren?«

»Der Fahrer wartet unten.« Im Nu war Karsten am Fenster, öffnete den Vorhang einen Spaltbreit und schaute in die nächtliche Dunkelheit. »Der steht auf Abruf bereit.«

»Wirklich?« Beeindruckt spähte ich ihm über die Schulter, in der einen Hand die Flasche, in der anderen zwei Gläser. Tatsächlich. Der auf Hochglanz polierte schwarze Wartburg, der uns von der angesagten Weimarer Diskothek hergebracht hatte, stand immer noch im fahlen Schein der Straßenlaterne. »Das ist wirklich dein eigener Fahrer?«, fragte ich ungläubig.

»Ja.« Karsten nahm mir die Gläser ab. »Das ist ein kleines Dankeschön von meinem Kombinat.«

Wir prosteten uns zu und tranken den Wein. »Was ist denn das für ein Kombinat?«

»Ein großes Bau- und Montagekombinat.« Karsten setzte sich wieder und klopfte einladend mit der freien Hand neben sich auf die Kuhle, die ich auf dem Sofa hinterlassen hatte. »Wir machen in Wohnungsbau und Industrieanlagen. Als leitender Ingenieur bin ich in den Genuss eines Wagens mit Fahrer gekommen. Ich bin halt beruflich ziemlich viel unterwegs, nächste Woche zum Beispiel auf einer Baustelle in Leipzig. Wir bauen den Flughafen aus.«

»Wow«, entfuhr es mir staunend. Und so ein toller Mann fand mich wundervoll? Mich kleine Kosmetik-Zaubermaus?

»Und was machst du dabei genau?«

»Ich entwerfe die neue Landebahn. Nicht der Rede wert.« Karsten strich mir eine Strähne hinters Ohr.

»Erzähl du lieber von dir! Wie bist du in die Kosmetikbranche gekommen?«

Fast schüchtern setzte ich mich wieder neben ihn.

»Also ...«, fing ich an. »Nach dem Tod unserer Mutter vor sechs Jahren hat meine Schwester Marianne verfügt, dass ich nach der Schule eine Friseurlehre machen soll. Sie hat so ein bisschen die Mutterrolle für mich übernommen.« Ich räusperte mich und nahm einen Schluck Wein. Meine Mama vermisste ich immer noch so schmerzlich, dass ich mit den Tränen kämpfen musste. Ich schluckte.

»Woran ist deine Mutter denn gestorben?«

»An gebrochenem Herzen.«

»Wie das?« Seine Augen ruhten mitfühlend auf mir. Das Blau hatte einen matten Schimmer angenommen.

»Sie stammt eigentlich aus Wien und hat Musik studiert. Aber in den Fünfzigerjahren lernte sie dort bei einem Meisterkurs meinen Vater kennen, und der war nun mal Musikprofessor in Weimar. Sie ist ihm gefolgt, dann kamen wir beiden Töchter, erst Marianne und drei Jahre später ich, sie ist also hiergeblieben ...«

»Und warum starb sie an gebrochenem Herzen?«

»Mein Vater ist gestorben, als ich sechs war. Er muss sehr dominant gewesen sein, wie sie erzählt hat. Heute würde man sagen, ein Macho.« Ich lächelte ihn verlegen an. »Und sie hat sich hier nie so richtig zu Hause gefühlt.«

»Da bist du ja ein Waisenkind ...«

»Ich habe mich daran gewöhnt.« Ich straffte mich und hob das Kinn. »Dafür bin ich früh erwachsen geworden.«

Wir saßen im Schein der Stehlampe da, und es war so vertraut zwischen uns, als würden wir uns schon eine Ewigkeit kennen. Liebevoll streichelte er mir mit seinen schönen langen Fingern die Schulter. Hm, war das angenehm! Daran konnte ich mich glatt gewöhnen.

Karstens Blick glitt zur Wand. »Sag mal, ist das Schimmel da hinter dir?« Wieder schienen seine Augen noch eine Spur dunkler zu werden. Er starrte auf meine alte Tapete.

»Ja, das ist mir peinlich ...« Ich wurde rot. »Den versuche ich eigentlich mit diesem Poster hier zu verdecken.« Es war ein ABBA-Poster, und das war wie bereits erwähnt eigentlich nicht erlaubt. Marianne hatte schon die Hände über dem Kopf zusammengeschlagen: »Lass das bloß nicht Dieter sehen!« Aber Karsten war total cool.

»Das könnte ich mir mal bei Tageslicht ansehen«, bot er hilfsbereit an.

»Hast du dafür denn überhaupt Zeit?«

Ein Traum. In mir kribbelte es wie Champagner. Ich hatte zwar noch nie welchen zu sehen bekommen, aber genauso stellte ich mir Champagner vor: aufregend und prickelnd, nicht so süßlich wie Rotkäppchen-Sekt.

»Für dich habe ich alle Zeit der Welt«, sagte Karsten lässig, ohne mit dem hocherotischen Rückenkraulen aufzuhören. »Bitte erzähl weiter aus deinem Leben. Ich möchte alles wissen.« Karsten schaute mich über den Rand seines Weinglases hinweg liebevoll an. Seine Augen waren wieder heller geworden. Oder machte das nur das Licht?

»Nach der Schule habe ich also erst mal Friseurin gelernt, und dann wurde hier in der Stadt ein neues Kosmetikstudio aufgemacht ...«

»Salon Anita«, sagte Karsten wie aus der Pistole geschossen.

»Ja, genau! Woher weißt du das?«

»Es ist das Einzige in der Stadt!« Er lächelte verschmitzt. »Jedenfalls das Einzige, in dem ich DICH sehe: modern, elegant und irgendwie ...« Er suchte nach Worten.

»Exklusiv«, sagte ich stolz. »Salon Anita ist für die anspruchsvolle Dame.«

»Dann kennst du ja fast alle Damen Weimars.« Karsten zwickte mich spielerisch in die Taille.

»He, das kitzelt!« Ich fühlte mich geschmeichelt.

Karsten grinste. »Die von den Bonzen meine ich.«

»Aber nein!« Ich lachte. »So eine Behandlung ist gut für Seele und Selbstbewusstsein. Fast jede Frau geht arbeiten, wie du ja weißt, und da darf sie sich in ihrer Freizeit durchaus was Gutes tun. Man leistet sich gerne Kosmetikbehandlungen für zehn Mark. Natürlich bediene ich nicht jede persönlich. Die Chefin hat ihre festen Stammkundinnen, und außer mir sind noch sechs andere im Team. Ich bin die Jüngste. Aber ich habe mir auch schon Stammkundinnen erarbeitet, die ausschließlich nach Sophie Becker fragen. Ich mache schließlich auch Haare.«

Er sah mich bewundernd an. »In deinen Händen wird wahrscheinlich noch Stroh zu Gold.«

Ich musste lachen. »Das war schon zu meinen Friseurinnenzeiten so!« Unwillkürlich wickelte ich eine Strähne um den Zeigefinger, die ihren Glanz tatsächlich meiner hochwertigen Pflege verdankte.

»Und die Damen erzählen doch bestimmt eine Menge? Wenn sie so bei dir ihre Freizeit verbringen?«

»Ja, schon. Aber in unserem Beruf herrscht absolute Schweigepflicht.«

»Wie beim Arzt, was?« Karsten staunte.

»Oder beim Beichtvater.« Ich lachte. »Nein, im Ernst. Solche Behandlungen finden ja regelmäßig statt, und da entwickelt sich natürlich oft ein Vertrauensverhältnis zwischen Kundin und Kosmetikerin.«

»Was für ein schöner Beruf ...« Karsten spielte zärtlich mit meinen Haaren.

»Ein blonder Wasserfall«, flüsterte er heiser. Ich unterdrückte den Wunsch, auf der Stelle mit ihm zu schlafen. Nein, ich wollte langsam erobert werden! Stattdessen erklärte ich meinem Verehrer unsere tollen Cremes und Lotionen, und er hörte aufrichtig interessiert zu.

»Die Firma Charlotte Meenzten aus Radeberg bei Dresden stellt die Kräuterkosmetik her, siehst du, die Produkte stehen alle hier ...«

Ich sprang auf und reichte ihm einige Tuben. Karsten betrachtete sie eingehend. Für einen Mann war er wirklich ausgesprochen geduldig.

»Bei den Behandlungen werden intensive Hautreinigungen durchgeführt, Gesichts-, Hals- und Dekolletémassagen ...«

Wieder gingen wir dazu über, uns zu küssen und zu streicheln, und Karsten schien gar nicht genug davon zu bekommen. Wir standen wirklich kurz davor, aufs Ganze zu gehen, als ich mich erneut am Riemen riss: Wenn dieser Mann ernsthaft an mir interessiert war, konnte er ruhig warten. Viel zu früh hatte ich damals Frank nachgegeben, und von da an schien ich sein Eigentum geworden zu sein, sprich nicht mehr begehrenswert. Wie sagte Marianne immer? Männer sind alle Jäger und Sammler, und wenn sie dich erst mal erlegt haben, suchen sie sich was Neues.

Mein Blick fiel auf den Radiowecker. Er zeigte vier Uhr früh an. Auf einmal spürte ich die Müdigkeit. In wenigen Stunden musste ich zum Frühstück bei Marianne und Dieter antanzen. Da wollte ich nicht allzu verkatert sein.

»Wie lange willst du den armen Fahrer da unten noch warten lassen?«, neckte ich Karsten.

Doch er schien mich immer noch nicht loslassen zu wollen. Stattdessen nahm er meine Hände und sah mich an.

»Ich muss dir noch was sagen, Zaubermaus.« Er sah mich aus ernsten Augen aufrichtig an. »Ich bin verheiratet.«

»Oh«, entfuhr es mir, auch wenn ich nicht wirklich überrascht war. An seinem Finger prangte schließlich ein Ring. Den hatte ich von Anfang an gesehen, und er hatte auch nicht versucht, ihn zu verstecken.

»Und habe drei wundervolle Kinder.«

»Dreimal Oh.«

»Willst du nun nichts mehr von mir wissen?« Sein Blick ging mir durch und durch.

Nein, dafür war ich schon viel zu verliebt. Und irgendwie war es mir sogar recht, denn so konnte er nicht gleich Besitzansprüche an mich stellen. Ich musste ja täglich mit ansehen, wie Dieter mit Marianne umging: Die schien ebenfalls sein Eigentum zu sein. Bei denen war die Luft schon lange raus!

»Nein, Karsten. Ich bin froh über deine Ehrlichkeit.« Entschlossen stand ich auf. »Wir können doch auch so eine gute Zeit haben, oder etwa nicht?«

»Du machst mich zum glücklichsten Mann Weimars.«

Karsten erhob sich ebenfalls und stieß mit dem Kopf fast an die Deckenlampe. »Sag ich doch, dass du was ganz Besonderes bist! Du bist das schönste Geheimnis, das ein Mann nur haben kann!«

Wieder küsste er mich zärtlich und leidenschaftlich. »Dann darf ich dich also wiedersehen …?«

»Unter einer Bedingung.« Sanft machte ich mich von ihm los. »Es darf deiner Frau nicht wehtun.«

»Tut es nicht. Das versprech ich dir.«

»Dann ist ja gut.«

Noch einmal küssten wir uns lange und innig.

»Geheimnis?«

»Geheimnis.«

»Großes Ehrenwort? Kannst du wirklich schweigen?«

»Großes Indianer-Ehrenwort!«

»Gute Nacht, Zaubermaus!«

Er zog den Kopf ein und schlich in den Flur. Noch während ich mit heftigem Herzklopfen auf das Quietschen des Lifts wartete, hörte ich meinen Helden auf leisen Sohlen die zehn Treppen nach unten eilen. Was für ein Mann.

2

Weimar, März 1974

»Na, Spaß gehabt gestern?«

Marianne stand in ihrer zweckmäßigen Einbauküche in der Wohnung nebenan und bereitete das Mittagessen zu.

Es war Sonntagvormittag, und wie immer war ich brav um halb neun zum Frühstück erschienen. Seit ich geschieden war, nahm ich wieder alle Mahlzeiten drüben bei meinen Verwandten ein, das hatte sich einfach so ergeben. Dieter wienerte gerade draußen sein Auto, und die kleine Doreen spielte auf der Auslegeware im Wohnzimmer mit ihren Plastefiguren. Der Fernseher lief, aber niemand schaute hin.

»Ja, geht so«, sagte ich vage. »Kann ich dir helfen?«

»Hier, du kannst die Bohnen schnippeln.« Marianne schob mir ein Brett und ein Messer hin. »Hast du nett getanzt?«

»Och ja.«

»Und?« Sie wandte mir den Kopf zu, während sie über der Spüle Kartoffeln schälte. »Immer noch nichts Festes dabei?«

»Wieso muss es denn schon wieder was Festes sein!« Eine Spur zu aggressiv ging ich auf die Bohnen los. »Es reicht doch, wenn ich Spaß habe!«

Marianne stemmte die Hände in die Hüften: »Spaß, Spaß – ich höre immer nur Spaß!«

»Ja, denk nur. Tanzen geht man zum Spaß.«

»Du bist jetzt einundzwanzig und könntest ruhig mal erwachsen werden.« Ärgerlich fuhr sich Marianne mit der Hand, in der sie das Kartoffelschälmesser hielt, übers Gesicht. Ich hatte richtig Angst, sie könnte sich verletzen.

»Marianne.« Ich sah sie an. In ihrer Kittelschürze und mit dieser ungepflegten Frisur wirkte sie gar nicht wie eine Vierundzwanzigjährige in voller Blüte, sondern wie eine verbitterte Hausfrau von Mitte vierzig. »Warum gönnst du mir das denn nicht?«

Sie kehrte mir nur den Rücken zu. »Unsere Mutter würde sich im Grabe rumdrehen. Ich habe dich um zwei Uhr in der Früh heimkommen hören.«

Ich hielt die Luft an. Kam da noch was? Sie hatte »dich« gesagt. Lautlos atmete ich auf. Nicht auszudenken, wenn sie Karsten gesehen hätte! Karsten war viel älter als ich. Und verheiratet. Ich hatte ihm Diskretion geschworen. Marianne würde automatisch auf der Seite der Ehefrau stehen, und wie ich sie kannte, würde sie die Dame sogar anrufen.

»Ich kann doch heimkommen, wann ich will!«, antwortete ich patzig.

Marianne warf die Kartoffeln in kaltes Wasser, stellte den Topf auf den Herd und setzte sich zu mir. »Doreen, stell den Fernseher leiser«, rief sie Richtung Wohnzimmer.

Gehorsam trippelte die Sechsjährige zu dem Schwarzweißapparat und drehte daran herum. Er war der ganze Stolz der Familie und lief den lieben langen Tag bis abends zum Sendeschluss.

»Jaja, du bist erwachsen und kannst dich amüsieren«, knurrte Marianne plötzlich. »Du MUSSTEST ja nicht heiraten.«

Sie zeigte mit dem Kinn aufs Wohnzimmer, wo Doreen spielte.

»Aber Marianne! Du bereust es doch nicht?«

»Nein, natürlich nicht. Doreen ist das Beste, was mir je passiert ist. Allerdings bin ich seitdem eine sogenannte Nur-Hausfrau.«

»Aber eine perfekte!« Ich ließ den Blick durch die blitzblank geputzte Wohnung schweifen. »Dein Dieter muss seine helle Freude an dir haben.«

»Hat er auch.« Marianne griff nach einem Lappen und polierte die Arbeitsfläche. »Und er dankt es mir mit Schmuck und schönen Kleidern.«

Marianne hatte eine ganze Schrankwand voller Klamotten, die sie aber kaum vorführen konnte, da sie ja fast immer nur zu Hause war oder eben mit Doreen auf dem Spielplatz. Obwohl sie noch so jung war, kam sie mir vor wie eine Frau, die ihr Leben schon fertig gelebt hat.

Ich selbst fühlte mich in meiner winzigen Wohnung als Single sauwohl, und das Leben schien trotz der gescheiterten Ehe mit Frank wie ein gerade erst aufgeblättertes Buch vor mir zu liegen. Der süße Duft der Freiheit! Ich konnte ihn förmlich riechen! So gut hatte sonst nur der warme Apfelstrudel meiner Wiener Großmutter gerochen.

»Was hast du gerade gesagt, Marianne?«

»Hast du mir gar nicht zugehört? Beziehungen sind alles.« Marianne holte eine Küchenmaschine hervor und baute sie stolz vor mir auf. »Die kann mahlen, reiben, kneten und Sahne schlagen. Na was sagst du dazu?«

»Sexuell befriedigen kann sie dich aber nicht?«

»Sophie! Wenn Doreen das hört!«

»Entschuldige. Wo gibt es die denn?« Mit einem weiteren plumpen Witz versuchte ich meine Schwester aufzuheitern. »Im Prinzip kann man in der DDR alles kaufen. Es gibt bloß kein Kaufhaus namens Prinzip.«

Sie warf mir einen herablassenden Blick zu. »Sehr witzig, Sophie. – Aber als Polizist kommt Dieter an alle möglichen Sachen ran.« Marianne baute das Gerät wieder auseinander. »Damit werde ich einen Kaiserschmarrn vom Feinsten zaubern, so wie Mutti es mir beigebracht hat. Ich warte nur, bis es irgendwo Rosinen zu kaufen gibt.«

Mir lief das Wasser im Munde zusammen.

»In Wien hat es immer die tollsten Mehlspeisen gegeben! Die tolle Zeit, als ich sechs war, und Mutti mich mit zu Tante Käthe und unserer Cousine Elisabeth genommen hat, werde ich nie vergessen!«

Marianne sandte mir einen nicht gerade herzlichen Blick.

Direkt nach dem Tod unseres Vaters wollte Mutti nämlich zurück nach Wien. Zu ihrer Schwester Katharina und ihrer Nichte Elisabeth. Doch das ging irgendwie nicht. Sie musste Marianne in Weimar zurücklassen und ihretwegen natürlich wieder zurück. Ich konnte mich noch gut an diesen Moment auf dem Bahnsteig erinnern. Sie weinte und weinte, während sie mit Tante Käthe, meiner Cousine und mir am Westbahnhof stand. »Bleibt doch, bitte bleibt doch!«, hatten Tante Käthe und Elisabeth gefleht.

»Nein, es geht nicht. Ich hab doch noch ein Kind: Marianne!«

Ja, so war das gewesen. Wir waren zurückgefahren und nie wieder in Muttis geliebtem Wien gewesen.

Marianne räumte die Küchenmaschine mit einer solchen

Sorgfalt zurück in den Schrank, als handelte es sich um ein Neugeborenes, das sie zu Bett bringen wollte.

»Es muss nicht einfach für sie gewesen sein, ihr Leben in Wien unserem Vater zuliebe aufzugeben. Aber er war eben ein toller Professor.«

Mutti hatte immer wieder begeistert erzählt, wie der Gastdozent aus Thüringen das Studentenorchester geleitet und sie sich Hals über Kopf in ihn verliebt hatte. Sie verglich ihn sogar mit dem jungen Karajan.

»Tja. Sie war eben schwanger mit mir. Und seine Karriere war nun mal in Weimar.« Marianne wischte energisch über die Schublade. »Und dann ändert sich das Leben in Nullkommanix. Da hast du als Frau keine eigenen Wünsche mehr anzumelden.«

Sie sprach wohl wieder aus eigener Erfahrung.

»Jedenfalls der Apfelstrudel damals in Wien ...«

»Dass du aber auch gar nicht aufhören kannst, von dieser dämlichen Wienreise zu schwärmen!« Wütend polierte Marianne auch noch die Griffe ihrer Einbauküche.

»Ich mein' ja nur! Mutter war damals wie ausgewechselt. Sie hat förmlich gestrahlt vor Glück! ›Mein Herz schlägt wieder im Dreivierteltakt‹, hat sie gesagt.«

»Wenn man Kinder hat, geht eben nicht beides«, behauptete Marianne stur. »Pflicht und Glück, das passt nicht zusammen. Mein Herz schlägt einfach nur, weil ich funktionieren muss.«

»Aber du hättest doch weiterarbeiten können«, wandte ich ein. »Bei uns in der DDR kann jede junge Mutter ihr Kind nach vier Wochen in der Krippe abgeben.«

Ich warf die letzte grüne Bohne in die Schüssel und

wischte mir die Hände an den Jeans ab. Die Kittelschürze, die Marianne mir hingeworfen hatte, lag unbenutzt über der Stuhllehne.

»Du weißt doch, dass Dieter das nicht will.« Marianne riss mir die Schüssel aus der Hand und ließ kaltes Wasser über die Bohnen laufen. »Er will mich hier zu Hause haben, er will, dass der Haushalt tipptopp gemacht ist.« Eine Spur zu heftig schüttelte sie die Bohnen im Sieb. »Und er will seine drei Mahlzeiten pünktlich auf dem Tisch haben.« Sie begann Speckwürfel klein zu schneiden. »Sonntags muss es eben Braten mit Speckbohnen geben, wie schon bei seiner Mutter, Punkt.«

Irgendwie tat sie mir leid. Sie war eine lebenslustige, junge attraktive Frau gewesen, genau wie ich, aber schon mit achtzehn war sie von Dieter schwanger. Der war jetzt auch erst sechsundzwanzig, aber in meinen Augen ein Oberspießer. Wenn er mit seiner wichtigen Uniform aus dem Haus ging, schaute er immer so gockelhaft, als hätten die Nachbarn nichts Besseres zu tun, als ihn zu bewundern. Karsten dagegen war bestimmt zehn Jahre älter, aber viel cooler als ihr selbstgefälliger Dieter. Und erfolgreicher obendrein! Karsten hatte es nicht nötig, gefallsüchtig in einer Uniform herumzustolzieren. Im Gegenteil! Der war diskret wie James Bond und sah auch mindestens so gut aus!

Ich glaubte nicht, dass Marianne und Dieter aus Liebe geheiratet hatten. Nein, daran war auch unsere streng katholische Wiener Mutter schuld.

Marianne war schwanger, also wurden die Eltern des Übeltäters aufgesucht und der Ernst der Lage besprochen. Noch bevor die Leute etwas von der Schwangerschaft sehen konnten, wurde geheiratet. So war das damals. Mutter hatte hart durchgegriffen und uns immer von Ehre und Anstand gepredigt. Ehre und Anstand! Wie lächerlich! Was die alles verpasst hatte!

Plötzlich spürte ich, wie ich von einer heißen Welle nach der anderen überrollt wurde, als ich an Karsten und seine Küsse zurückdachte. Am liebsten wäre ich aufgesprungen und hätte laut gesungen, »Ich bin verliebt! Bin sooo verliebt! Ich weiß nicht, wie mir geschah, auf einmal war die Liebe da!« Das war aus irgendeiner Operette, die ich von meiner Mutter gehört haben musste. Aber stattdessen versuchte ich mich auf ein anderes Thema zu konzentrieren.

»Marianne, bitte setz dich doch mal zu mir. Ich würde dich so gern etwas fragen.«

Meine Schwester hatte gerade das Fleisch im Backrohr gewendet und warf einen hektischen Blick auf die Küchenuhr: halb eins. Es duftete schon verführerisch. Obwohl ich vor lauter Verliebtheit kaum Hunger hatte, musste ich zugeben: In Sachen Sonntagsbraten machte Marianne so schnell niemand was vor.

»Na gut, aber mach's kurz.« Marianne klappte mit geübten Griffen das Bügelbrett auf und begann, Dieters Polyesterhemden zu bügeln. Sie hätte niemals auch nur zehn Minuten ihrer kostbaren Hausfrauenzeit unnütz verstreichen lassen.

»Warum warst du eigentlich damals nicht mit?«

»Wo ... mit?«

»Na, in Wien. Als ich mit Mutti bei Tante Käthe und Cousine Elisabeth war.«

Sie fuhr mit dem Bügeleisen über den merkwürdig riechenden Stoff, der sein scheußliches Aroma erst unter der Hitze entwickelte.

»Weil ich da vielleicht im Ferienlager war?«

»Aber warum? Hättest du in den Ferien nicht mit uns mitkommen können? Das Haus von Tante Käthe war doch groß genug!« Ich reichte ihr das nächste Hemd aus dem Korb. »Ich kann mich noch so gut an Wien erinnern, als wäre es gestern gewesen ...«

Sie fuhr mit dem Bügeleisen unter den Kragen. »Mama konnte mich damals nicht mitnehmen. Weil ich Asthma hatte«, bemerkte Marianne knapp. »Deshalb sollte ich ans Meer. Das Kinderheim an der Ostsee war einfach nur schrecklich. Ich bedanke mich noch heute herzlich dafür.«

Marianne wendete stumm das Hemd und bügelte über die Ärmel. Der Polyestergeruch vermischte sich mit dem Sonntagsbratenduft.

»Wie schade, dass du damals nicht dabei warst. Cousine Elisabeth war da so ungefähr dreizehn. Ich fand sie so toll!«

»Ja. Hast du schon öfter gesagt. Sie hatte ein Dirndl, und ihr seid im Prater Riesenrad gefahren.« Marianne zog eine Grimasse. »Du hast so viele Süßigkeiten und Eis bekommen, dass dir am Ende ganz schlecht war. Die Einzige, die das nicht erlebt hat, war ich. Ich war im Ferienheim und habe vor lauter Heimweh jede Nacht das Kissen nassgeheult.« Sie lachte bitter.

Ich fuhr ihr mitfühlend über den Arm. »Ich wünschte, du hättest den Duft von Wiener Schnitzel, von Backhendl und Großmutters Apfelstrudel genauso in der Nase wie ich ...«

»Hab ich aber nicht.« Energisch klappte Marianne das Bügelbrett zusammen und schob es laut klappernd wieder in den Küchenschrank. »Dieter ist die deftige thüringische Hausmannskost seiner Mutter ohnehin lieber. Der steht nicht auf so einen klebrigen ›Wiener Schmäh‹, wie er immer sagt. Aber mit der neuen Küchenmaschine ...« Sie war schon wieder in ihrem Element.

»Weißt du, was ich denke, Marianne?« Ich verschränkte die Arme und lehnte mich an die Kühlschranktür. »Du hattest gar kein Asthma. Ein bisschen Husten vielleicht, aber du bist doch gesund! Mutter sollte damals nur nicht mit beiden Töchtern nach Wien reisen. Du musstest als Pfand hierbleiben!«

»Quatsch!« Marianne knallte die Schranktür zu und wirbelte zu mir herum. »Wie kommst du denn auf den Scheiß?!«

»Immerhin haben sie im August '61 die Mauer gebaut. ›Niemand hat die Absicht, eine Mauer zu errichten‹«, flötete ich in gekünstelter Opa-Fistelstimme.

»Lass das bloß nicht Dieter hören.« Marianne riss das Backrohr auf und balancierte den perfekt geratenen Braten mithilfe zweier Spieße auf die Küchenplatte. Ihr Blick huschte panisch zur Küchenuhr. »Gleich steht er hier, und der Tisch ist noch nicht gedeckt! Kannst du dich endlich wieder mal nützlich machen? – DOREEN! Hände waschen, hinsetzen! – Und jetzt lass mich für immer mit deinem Wien in Ruhe! Weimar ist auch schön.«

*

Das war es allerdings. Weimar war die schönste Stadt der Welt, an diesem Montagmorgen!

»Hallo, schöne Frau!«

Ich war gerade auf dem Weg zur Arbeit, als ich Karsten sah. Er lehnte lässig an seinem schwarz glänzenden Dienstwagen und zauberte einen Blumenstrauß aus ihm hervor. Weiße Nelken. Der Fahrer von vorgestern saß drin und tat so, als ginge ihn das alles nichts an.

Mein Herz setzte einen Schlag aus. Ich hatte das ganze Wochenende an Karsten gedacht und mich heimlich nach ihm verzehrt, aber dass er bereits am ersten Arbeitstag der Woche morgens um neun vor meinem Kosmetikinstitut in der Weimarer Altstadt stehen würde, das hätte ich selbst in meinen kühnsten Träumen nicht zu hoffen gewagt.

Ich prallte regelrecht zurück: Bei Tag besehen, sah er fast noch besser aus als vorgestern Nacht! Er trug einen perfekt sitzenden dunklen Anzug, darüber einen grauen Mantel und einen roten Schal. Seine blonden dichten Haare lagen akkurat auf dem Kragen. Seine Schuhe waren blank geputzt und strahlten wie der ganze Mann.

»Hallo«, erwiderte ich. »Karsten, was machst du denn hier!«

»Ich wollte dich unbedingt sehen.«

Er zog mich hinter eine Litfaßsäule und drückte mir verstohlen einen Kuss auf den Mund. »Das Wochenende war unendlich lang ohne dich! Mein süßes Geheimnis, du, meine kleine, wohlriechende Zaubermaus!«

Aus den Augenwinkeln sah ich, wie meine Chefin Frau Anita und meine Kolleginnen das Kosmetikinstitut betraten. Sie hatten das schwarz glänzende Auto ebenso bemerkt wie den weißen Strauß Nelken. Sie stießen sich in die Rippen und tuschelten.

»Karsten, nicht hier …«

»Ich wollte nur wissen, wann ich dich wiedersehen kann.«

»Jederzeit, aber jetzt muss ich …«

»Hast du ein Telefon?«

»Nein ...«

»Gut, dann lass mich dir eines installieren. Mittwochnachmittag.«

Er drückte mich noch einmal an sich und eilte dann zu seinem Wagen.

Die Kolleginnen starrten ihm nach, als er mit seinem Fahrer schnittig um die Ecke bog.

»Wow, unsere Sophie hat einen Verehrer!« Die Mädels standen in Unterwäsche in der Umkleide und zogen gerade ihre hellrosa Kittel an, als ich mit dem riesigen Blumenstrauß das Institut betrat.

Gitti, meine Freundin, sah mich besorgt an.

»Sophie! Du weißt, der ist verheiratet!«

»Ja, und deshalb ist das auch nichts, worüber man sich Gedanken machen sollte«, improvisierte ich laut. »Der hat sich nur im Namen seiner Frau für die gute Gesichtsbehandlung letzte Woche bedankt.«

»Wer's glaubt ...«

»Nein wirklich!« Ich spürte, dass ich knallrot geworden war. »Die Dame, die bei uns kurzfristig einen Termin bekommen hat, bei dem ich eingesprungen bin, die hat diese Blumen geschickt!«

Außer Gitti schienen das alle anderen zu schlucken. Die beschwor ich mit flehentlichen Blicken, die Klappe zu halten. Und als loyale Freundin tat sie das auch. Das rechnete ich ihr hoch an. Mein Geheimnis würde auch ihr Geheimnis bleiben. Dafür sind beste Freundinnen schließlich da.

*

Pünktlich am Mittwochnachmittag um vier stand Karsten mit zwei Männern vor der Tür unseres Plattenbaus. Er wusste offensichtlich genau, dass ich da freihatte. Mit wildem Herzklopfen drückte ich auf den Summer und ließ ihn und die beiden Handwerker herein. Zum Glück war Marianne mit Doreen gerade auf dem Spielplatz. Das war sie bei gutem Wetter um diese Zeit immer.

Die Männer hatten tatsächlich ein grünes Telefon dabei! Gekonnt installierten sie es und schlossen es an.

»So«, strahlte Karsten. »Jetzt kann ich dich jederzeit erreichen.« Und bevor die beiden wieder gehen konnten, hielt er sie zurück: »Ach, Genossen, schaut euch doch mal den Schimmel an der Wand an!« Wie selbstverständlich nahm er das ABBA-Poster ab und legte es mit dem Gesicht nach unten aufs Sofa. »Und wir beide gehen solange ein bisschen spazieren.« Er zog mich aus der Wohnung: »Nachher atmest du noch giftige Dämpfe ein, das will ich dir auf keinen Fall zumuten.«

»Meinst du, die melden mich ... wegen ABBA?«

»Ach, Quatsch, das sind die Guten.« Karsten zog mich an sich. »Die arbeiten für mich. Die haben was anderes zu tun, als kleine Mädchen wegen Pop-Postern zu verpetzen.« Er grinste, und seine blauen Augen hatten wieder dieses unwiderstehliche Leuchten.

Wie hypnotisiert schritt ich neben Karsten her. Was für ein attraktiver Mann! Der war wirklich wie James Bond! So lässig, so witzig, so galant! Wie gern wäre ich mal eben zufällig so mit ihm an Marianne vorbeiflaniert! Sollte sie doch vor Neid platzen! Aber Karsten und ich hatten uns ja geschworen, unsere Beziehung geheim zu halten. Ich lenkte unsere Schritte in eine andere Richtung. »Aber nicht in den Park dort. Da ist meine Schwester mit meiner Nichte. Und der halbe Plattenbau.«

»Das hatte ich sowieso nicht vor.« Er zog mich um die Ecke. Dort wartete sein Wagen. Wir schlüpften eilig auf die Rückbank, und der Fahrer fuhr sofort los, ohne dass Karsten ihm sagen musste, wohin.

In einem stadtnahen Waldstück hielt er unaufgefordert an. Mein Herz raste. Wie aufregend war das denn?! Merkwürdigerweise hatte ich überhaupt keine Angst. Karsten war in mich verliebt. Ein Gentleman von Kopf bis Fuß. Er vergötterte mich. Er würde nichts tun, was ich nicht wollte. Außerdem war der ältere Chauffeur in Hörweite.

Ein freudiges Prickeln breitete sich in mir aus. Dass dieser aufregende Mann schon wieder Zeit mit mir verbringen wollte!

Wir gingen ein Stück spazieren. Die ersten Märzenbecher kamen aus dem moosgrünen Boden. Es duftete verheißungsvoll. Bald würde es richtig Frühling werden. Auch für unsere Liebe!, schoss es mir durch den Kopf.

Hand in Hand schritten wir über die sonnenbeschienene Allee, und der Wind spielte mit meinen Haaren. Ich kam mir vor wie ein Model in einem Werbespot.

»Na, Zaubermaus? Geht's dir gut?«

»Und wie! Dass du das alles für mich tust!« Ich strahlte ihn von der Seite an.

»Für meine süße Zaubermaus tu ich alles.« Er strahlte zurück. Seine blauen Augen nahmen die intensive Farbe der Krokusse an, die hier ebenfalls sprossen.

»Dir scheint die ganze Welt zu gehorchen …«

»Nein. Nur ein paar Kollegen, die ich von der Arbeit kenne.«

»Und dein Fahrer?«

»Der weiß, wo's langgeht.«

Karsten hielt mich fest und küsste mich innig. Ich konnte und wollte mich nicht dagegen wehren. Er küsste so unvergleichlich wunderbar, dagegen war Frank ein Hackspecht gewesen.

»Lass uns jetzt einfach nur unsere Zeit genießen«, beschwor mich mein Traummann.

Ja, das wollte ich auch. Wir gingen ein wenig tiefer in den Wald hinein.

Dort schlüpfte Karsten aus seinem Mantel und breitete ihn lässig auf dem Waldboden aus. Wie schon in meiner Wohnung, klopfte er einladend mit der flachen Hand darauf.

»Komm zu mir, Zaubermaus. Ich kann dich so gut riechen!«

Wie gesagt: Ich war jung und ungebunden, ich hatte den interessantesten Verehrer der Stadt, und er wollte mich weder heiraten noch besitzen. Er wollte mich nur auf Händen tragen. Wie gern ließ ich mir das gefallen! Er war erwachsen und reif und wusste, was er tat. Und ich war Wachs in seinen Händen.

3

Weimar, Mai 1974

Langsam lernten wir uns immer besser kennen. Karsten drängte mich zu nichts, war immer rücksichtsvoll und aufmerksam, fürsorglich und liebevoll.

Jedes Mal, wenn wir uns trafen, wurden meine Gefühle für diesen Mann intensiver. Karsten führte mich ins Kino oder ins Theater aus, wir fuhren sogar bis nach Leipzig, wo uns niemand kannte. Er hatte in schönen Restaurants einen diskreten Tisch reserviert, und wir wurden immer fürstlich behandelt und bedient. Wenn Karsten weniger Zeit hatte, fuhr er mit mir raus in die blühende Natur. Dann schlenderten wir in den Wald hinein, setzten oder legten uns auf seinen ausgebreiteten Mantel und küssten uns stundenlang.

Der Fahrer war freundlich und diskret, ein väterlicher Typ. Er schien sich an unserer jungen Liebe zu freuen.

Wenn Karsten einmal nicht selbst kommen konnte, lieferte der Fahrer einen Geschenkkorb bei mir ab mit Blumen, Pralinen oder der neuesten Schallplatte, die ich mir gerade wünschte.

Dass wir die Beziehung geheim halten mussten, machte sie nur umso aufregender! Nur Gitti wusste Bescheid, und wie bereits gesagt: Auf sie konnte ich mich verlassen. Sie fand es zwar nach wie vor nicht gut, dass Karsten verheiratet war, andererseits: In den Siebzigerjahren florierte auch in der

DDR die freie Liebe, die FKK-Strände erfreuten sich größter Beliebtheit, und wo stand denn geschrieben, dass die Ehe ein Gefängnis war? Es musste ja nicht jeder leben wie meine Schwester Marianne mit dem Spießer Dieter.

Karsten wiederum hielt unsere Beziehung vor seiner Frau geheim. Er wollte ihr nicht unnötig wehtun, und darum hatte ich ihn ja selbst gebeten.

»Sie ist eine ganz tolle Mutter, und unsere drei Kinder stehen bei ihr an erster Stelle. Sie würde alles für sie tun und ich natürlich auch.«

Nie verlor er ein böses Wort über Ingeborg, ganz im Gegenteil. Wenn er von seiner Frau sprach, dann immer mit Respekt. Sie war auch schon Mitte dreißig und Lehrerin. Aber man schien einander den nötigen Abstand zu lassen. Vielleicht war es auch bei Karsten nie die große Liebe gewesen, und sie hatten zu jung geheiratet. Heimlich träumte ich manchmal von dem Gedanken, eines Tages selbst offiziell an seiner Seite zu stehen. Aber dann riss ich mich immer wieder zusammen und machte mir klar, dass mir das niemals zustehen würde. Karsten war eben mein kleines großes Geheimnis. Auf Zeit. Und ich wollte einfach nur jeden Moment mit ihm genießen. Wir lebten intensiv im Hier und Jetzt, ohne uns Gedanken um die Zukunft zu machen.

Dass auch er sich richtig in mich verliebt hatte, daran zweifelte ich keine Sekunde. Wir passten einfach so toll zusammen! Uns gefiel dieselbe Musik, wir hatten denselben Modegeschmack, wir liebten es, schön essen zu gehen und hatten Lust auf die gleichen Filme und Theaterstücke. Wir tanzten zusammen, als hätten wir nie etwas anderes getan. Außerdem imponierte er mir.

Heute würde ich Karsten als Karrieretyp bezeichnen – etwas, das es damals in der DDR eigentlich so überhaupt nicht gab. Er musste wirklich der oberste Chef seiner Firma sein, denn seine Schuhe waren niemals schmutzig. Als Bauingenieur betrat er doch sicherlich auch seine Baustellen?! Bestimmt reinigte sein Chauffeur oder sonst irgendjemand sofort seine Schuhe, oder aber er hatte Gummistiefel im Kofferraum.

Ich machte mir über all das keine Gedanken. Er war der Prinz, der mich wach geküsst hatte – auch in sexueller Hinsicht. Inzwischen waren wir in meiner kleinen Wohnung intim geworden, und er hatte mich mehr als glücklich gemacht. Dass es so etwas Wunderschönes geben konnte, hatte ich nicht geahnt. Das mit Frank war überhaupt kein Vergleich gewesen. Auch in diesem Punkt wusste ich Karstens Alter und Erfahrenheit sehr zu schätzen.

Warum sollten wir es kaputtreden? Es kam mir doch schließlich zugute.

Die Wand im Wohnzimmer war nicht nur vom Schimmel befreit worden, sondern die beiden Genossen Heinzelmännchen hatten auch einen großen goldenen Rahmen darüber angebracht, der mit rotem Stoff bespannt war. Das sah sehr romantisch aus und ziemlich extravagant. Das ABBA-Poster war verschwunden, aber ich vermisste es auch nicht. »Mädchenkram«, hatte Karsten liebevoll gesagt. Der rote Stoff sah viel erwachsener und moderner aus.

Marianne hatte minutenlang darauf gestarrt: »Sieht ja irre aus! Wer hat dir das gemacht?«

»Ein Bekannter. Dafür habe ich ihm die letzten drei Pediküren gratis gemacht.«

»Beziehungen sind eben alles«, hatte sie erneut gemurmelt.

Karsten schaffte es auch, immer dann klammheimlich in meine Wohnung zu schlüpfen, wenn Marianne und Dieter entweder nicht zu Hause waren oder schon fest schliefen. Das Quietschen des Lifts war inzwischen auch behoben worden. Mein Liebhaber war einfach unglaublich hilfsbereit und aufmerksam. Und der ältere Fahrer parkte immer um die Ecke. Der arme Mann musste oft halbe Nächte warten, bis sein Chef wiederauftauchte. Aber dafür wurde er ja schließlich bezahlt.

Ich selbst fühlte mich wertgeschätzt und wichtig genommen wie noch nie. Erwachsen und frei.

Ich wollte nie so werden wie Marianne. Die musste Dieter um Haushaltsgeld bitten und durfte nicht arbeiten, nur weil ihm das nicht gefiel. Ich wollte immer selbstbestimmt bleiben.

Die Ehe meiner Eltern war auch nicht unkompliziert gewesen. Vater war das, was man heute einen Narzissten nennen würde: Alles musste sich um ihn drehen. An den Wochenenden waren fast immer wichtige Aufführungen, und darauf musste sich Vater in der engen Wohnung vorbereiten. Dann lief unsere Mutter mit uns Mädels stundenlang durch die Straßen, damit er seine Ruhe hatte. Manchmal weinte sie dabei. Erst viel später sollte ich wissen, warum. Mitten in einem Konzert, das er selbst dirigierte, bekam mein Vater einen tödlichen Herzinfarkt. Dass er tot war, war für mich als kleines Mädchen kein so großes Drama wie für meine Mutter. Sie trauerte schrecklich, aber vielleicht gar nicht nur um ihn, sondern vermutlich auch um ihre Heimat und die Menschen, die sie dort hatte zurücklassen müssen. Nachdem Mutter über Jahre hinweg immer wieder vergeblich versucht hatte, nach dem Mauerbau mit uns beiden Töchtern zurück nach Wien zu kommen, ihr aber jede weitere Ausreise nach Österreich verwehrt wurde, verlor sie zunehmend den Lebensmut. Sie tat noch alles für uns Töchter, was in ihren Kräften stand, und lebte von Vaters Rente, bis sie eines Tages nicht mehr aufwachte. Schon lange vorher war sie schon depressiv gewesen und hatte das Bett tagelang nicht mehr verlassen. Sie hatte Tabletten genommen, die sie müde und apathisch machten. Bis ihr Herz nicht mehr im Dreivierteltakt, sondern irgendwann gar nicht mehr schlug.

Es war sehr bedrückend für mich gewesen, mit einer seelisch kranken Mutter zusammenzuleben. Und das Glück mit Frank hatte auch nicht gehalten. Kein Wunder, dass ich in Karstens Gegenwart aufblühte. Doch je mehr ich mich an seine Fürsorge, an seine Zärtlichkeit, an sein ehrliches, warmes Interesse, an seine Großzügigkeit gewöhnte, desto mehr machte ich mir Gedanken darüber, was aus uns werden sollte.

Er war ein wundervoller Zuhörer. Auch über meinen Alltag im Kosmetikstudio wollte er alles wissen, was ich ganz rührend fand. Als ob sich ein gestandener Bauingenieur ernsthaft für Maniküre, Pediküre und Gesichtsbehandlungen interessiert! Aber er sagte immer, alles was mich betreffe, sei ihm wichtig. Ja, er behauptete sogar, auf alle eifersüchtig zu sein, die in den Genuss meiner Massagen und Berührungen kamen. Und wenn es nur eine Hornhautentfernung war! Da musste ich immer geschmeichelt lachen.

Jeden Morgen um kurz nach sieben rief er mich an. Er wusste, dass ich um acht zur Arbeit musste.

»Guten Morgen, geliebte Prinzessin. Hast du gut geschlafen?«

Jedes Mal überzog mich ein warmes Kribbeln. »Ja, aber auf einmal warst du weg!«

»Du hast so engelsgleich geschlafen, als ich mich davongestohlen habe, da wollte ich dich nicht stören ...«

»Oh je. Bestimmt habe ich ausgesehen wie eine kaputte Pusteblume ...«

»Du hast ausgesehen wie Dornröschen, nur noch viel schöner.«

Ich erfreute mich an seinen zauberhaften Komplimenten und presste das Ohr noch mehr an den Hörer. »Und deine Frau hat wieder nichts gemerkt?«

»Wir haben getrennte Schlafzimmer. Mein Fahrer fährt sehr diskret und stellt schon beim Einbiegen in unsere Straße den Motor aus. Das weißt du doch.«

»Ja, aber ich glaube es nicht wirklich ...« Bei den beengten Wohnverhältnissen, die ich kannte, da gab es doch keine getrennten Schlafzimmer!

»Ingeborg und ich wohnen doch mit den Kindern in einer Villa am Stadtrand, die einst ihren Eltern gehört hat. Ich habe mir angewöhnt, in meinem Büro im Keller zu schlafen, wenn ich beruflich bedingt spät heimkomme. Sie hat sich längst daran gewöhnt.«

Wie er das mit seiner tiefen sonoren Stimme so lässig sagte, konnte ich mir das Familienidyll am Stadtrand prächtig vorstellen. Eifersucht nagte an meinen Eingeweiden. Wie rücksichtsvoll von ihm: Weder sie noch mich wollte er beim Schlafen stören. Er war ein Gentleman. Und ein Gentleman genießt und schweigt!

Ich hütete mich jedenfalls, unnötige Fragen zu stellen. Die Wochenenden gehörten grundsätzlich seiner Familie. Da fühlte ich mich, gerade jetzt im Frühsommer, in meiner Wohnung ziemlich einsam. Wie bestellt und nicht abgeholt. Gitti hatte inzwischen auch einen Freund. Der hieß Siggi und hatte einen Schrebergarten. Mein Ober-Spießer-Albtraum! Da saß ich lieber allein in der Wohnung und blätterte in Modemagazinen aus dem Westen, die jemand im Kosmetikinstitut hatte liegen lassen.

Umso mehr freute ich mich, als unverhofft doch Karsten anrief: »Ich fahre am Wochenende mit den Kindern zum Stausee Hohenfelden. Hast du Lust mitzukommen?«

»Bitte was?« Mein Herz machte fast einen Purzelbaum vor Glück. »Und deine Frau?«

»Ingeborg ist auf einer Lehrerfortbildung. Sie ist froh, wenn ich die Kinder nehme und ihnen ein tolles Wochenende biete. Wir schlafen im Zelt.«

Ich konnte mein Glück kaum fassen. Zelten mit Karsten? Unter dem Sternenhimmel am See? Wenn er mir die Kinder vorstellte, war es ihm doch ernst mit mir! Dann war das Geheimnis ja gar nicht mehr so geheim. Dann hatten wir vielleicht doch eine Zukunft?

»Aber wird sie denn nichts dagegen haben?«

»Sie muss es ja nicht erfahren.«

»Ja, aber die Kinder?« Ich wusste inzwischen, dass Karsten zwei Söhne und eine kleine Tochter hatte. Jana war fünf, Tom neun und Ingo elf. Er schwärmte in den höchsten Tönen von ihnen und hatte mir auch schon Fotos gezeigt. Blonde, hübsche Wonneproppen. Die Söhne waren beide sportlich sehr begabt, die Kleine ein blauäugiger Sonnenschein.

»Die Kinder wollen ein schönes Wochenende haben. Und sie wollen, dass ihr Papi glücklich ist. Und falls es dir leichter fällt, dann Ja zu sagen: Wir haben natürlich zwei Zelte mit.« Er ließ ein warmes Glucksen vernehmen. »Du könntest ja zufällig als Tramperin am Straßenrand stehen. Dann lesen wir dich auf und nehmen dich netterweise mit, wir sind eine sehr sozial eingestellte Familie ...«

Ich presste die Faust vor den Mund, um nicht gleich loszujubeln.

Das war so eine verrückte Idee!

»Und du meinst, sie merken es nicht? Habt ihr denn überhaupt genug Platz im Auto?«, versuchte ich Zeit zu schinden.

»Der Chauffeur hat am Wochenende frei.« Karsten ließ ein sonores Lachen folgen. »Alles muss er ja auch nicht wissen.«

Ich kicherte. Die Vorstellung, dass er mich als Tramperin aufgabeln würde, ließ mein Zwerchfell flattern vor Abenteuerlust. »Und wo soll ich ... zufällig ... stehen?«

Karsten nannte mir die Stelle an der Ausfallstraße und die genaue Zeit: Freitag, 19 Uhr 30. Vorher musste ich ja noch arbeiten, aber auch das schien Karsten bereits in seine Pläne miteinbezogen zu haben.

»Es ist ja noch lange hell. Wir kommen locker rechtzeitig dort an und können in Ruhe die Zelte aufbauen.«

»Und was muss ich mitnehmen?« Insgeheim spulte ich schon mein modisches Programm ab: Bikini, kurze Jeans, enge T-Shirts, mein kniekurzes, rot gepunktetes Sommerkleid und meine angesagten Sandaletten, außerdem natürlich die coolen Turnschuhe und etwas Warmes für die Nacht. Karsten hatte mir schon so viele tolle Klamotten gekauft! In Leipzig waren wir sogar im Intershop gewesen. Gott, war das alles aufregend!

»Zaubermaus, lass dich überraschen. Ich habe an alles gedacht. Du glaubst gar nicht, wie glücklich du mich machst. Die Kinder werden dich lieben.«

*

Am Freitagabend stand ich aufgeregt am Straßenrand und hielt den Daumen in die Luft. Wie nicht anders zu erwarten, hielten gleich mehrere Autos an, in denen ganz andere Leute saßen, die mich hilfsbereit mitnehmen wollten. Besonders die jungen Männer waren ganz enttäuscht, wenn ich mich wieder abwandte und ihnen so einen Korb gab.

»He, wieso steigst du nicht ein? Ist dir mein Trabi nicht gut genug? Wartest wohl auf einen Mercedes, was?«

Ach, woher sollten die armen Kerle auch wissen, auf wen ich wartete! Auf meinen deutlich reiferen Traummann.

Irgendwann entdeckte ich die schwarz glänzende Karosse, diesmal mit ungewohntem Dachaufbau und noch ungewohnteren drei Blondschöpfen auf dem Rücksitz. Vor lauter Aufregung bekam ich einen ganz trockenen Mund. Karsten setzte den Blinker und kurbelte die Scheibe runter.

»Wohin, junge Frau?« Er strahlte mich aus seinen jetzt dunkelblauen Augen dermaßen an, dass mir die Knie weich wurden. Mein Herz klopfte wie kurz vor einem Banküberfall.

»Ähm, nehmt ihr mich mit zum Stausee Hohenfelden?«

»Na, so ein Zufall, da wollen wir auch hin!« Er drehte sich zu seiner Kinderschar um: »Nehmen wir die nette junge Frau mit?«

»Klaro!« – »Natürlich!« – »Warum nicht!«, tönte es von hinten.

Karsten sprang aus dem Auto, nahm mir den Rucksack ab und streifte dabei wie aus Versehen meine Taille. »Na, dann nehmen Sie Platz, schöne Frau.«

»Hallo ihr drei.« Ich schaute nach hinten.

»Ich bin Ingo, das ist Tom, und das ist Jana«, stellte der Älteste höflich seine Familie vor. Gut erzogen waren sie auch noch! Er hatte den gleichen Charme wie Karsten. Ich konnte mir jetzt schon vorstellen, wie er die Mädels später um den Finger wickeln würde! Ich ließ mich auf den Beifahrersitz plumpsen und versuchte, meine Aufregung in den Griff zu bekommen. Karsten gab Gas und begann unverbindlich zu plaudern.

»Dann sagen wir am besten Du? Ich bin Karsten.« Seine starken Hände hielten das Lenkrad und bedienten den Schaltknüppel. Ich musste mich zwingen, nicht daran zu denken, was sie sonst so hielten und bedienten.

»Ja.« Ich schluckte trocken. »Gern. Ich bin ... die Sophie.« Meine Mundwinkel zitterten. Wenn er mich jetzt Zaubermaus nannte, war die Show vorbei!

»Sophie.« Seelenruhig legte Karsten den vierten Gang ein. »Was für ein schöner Name.« Er musterte mich von der Seite, als sähe er mich zum ersten Mal. Mein James Bond war wirklich ein guter Schauspieler!

Die Sommerlandschaft flog an uns vorbei. Der Himmel über den Kornfeldern war so knallblau wie die Augen meines Geliebten.

Für einen kurzen Moment stach mich wieder die Eifersucht. So also fühlte sich normalerweise Ingeborg? Auf diesem Platz durfte sie sonst immer sitzen? Was musste sie für eine glückliche Frau sein! Ich schloss die Augen und ließ meine Haare im Winde fliegen.

»Boah, du riechst gut«, bemerkte das entzückende Töchterchen.

Wir plauderten angeregt, und die Kinder schöpften keinerlei Verdacht. Im Gegenteil: Zutraulich erzählten sie mir, wo sie wohnten, nämlich im Bert-Brecht-Weg neun in einer alten Villa, in welche Schule beziehungsweise Hort sie gingen, und dass ihre Mama dieses Wochenende auf einer Lehrerfortbildung in Jena sei.

»Sozialismus und Marxismus«, quäkte die Kleine leicht lispelnd.

Ist ja egal!, dachte ich glücklich, Hauptsache, sie ist nicht hier. Wieder spürte ich dieses coole Champagnerkribbeln und fühlte mich wie die weibliche Heldin in einem James-Bond-Film.

Karsten und ich wechselten übermütige Blicke.

»Wie wär's, wenn wir heute Abend noch eine Runde Federball spielen?«

Ich drehte mich zu den Kindern um. »Jungs gegen Mädchen!«

Damit hatte ich das Herz der kleinen Jana gewonnen. Sie saß sowieso schon die ganze Zeit hinter mir und ließ meine langen blonden Haare durch ihre kleinen Finger gleiten.

»Sooo schöne Haare hast du, Sophie! Darf ich die mal kämmen und flechten?«

»Warum nicht?«, stellte ich ihr in Aussicht.

Und tatsächlich saßen die Kleine und ich schon bald nach unserer Ankunft auf einer Decke am See. Während die »Männer« fachmännisch die Zelte aufbauten, durfte sich die kleine Jana an meinen Haaren zu schaffen machen.

»Ich bin nämlich Friseurin, musst du wissen. Soll ich dir mal eine schöne Frisur machen?«

Damit hatte ich endgültig ihr Herz gewonnen. Ich zauberte drei Glitzerhaarspangen hervor und flocht ihr eine kunstvolle Krone. Sie sah hinreißend aus. Karstens anerkennender Blick streifte mich so verheißungsvoll glitzernd wie ein Regenbogen.

Als die Zelte standen, lieferten wir uns barfuß eine übermütige Federballschlacht.

»Du kannst das aber super!«, lobte ich den neunjährigen Tom. »Komm, wir versuchen es bis hundert. Ohne fallen lassen!«

Tatsächlich gelang uns das, weil ich wie wild hin und her sprintete und alles gab, damit der Federball nicht am Boden landete.

»Jetzt ich, jetzt ich!« Jana zerrte an meinem Arm.

Es war schon stockdunkel, als wir uns endlich ausgetobt und ums Lagerfeuer versammelt hatten, das Karsten inzwischen angezündet hatte.

Wir hielten unsere Würstchen ins Feuer und packten den von Ingeborg liebevoll vorbereiteten Kartoffelsalat aus.

»Der ist nach Mamas Spezialrezept«, verriet Ingo stolz.

Für einen kurzen Moment durchzuckte mich das schlechte Gewissen, als hätte ich in eine Steckdose gefasst.

»Ach, den hat doch die Oma gemacht«, relativierte Karsten das Ganze. Er spürte genau, dass ich sonst fast keinen Bissen runtergebracht hätte.

Von dem Grüppchen neben uns kamen leise Gitarrenklänge zu uns herüber. Ich spülte das Geschirr in der Campingplatzküche, unterstützt von der eifrigen kleinen Jana, die mir nicht von der Seite weichen wollte.

Die Jungs lehnten sich an je eine Schulter ihres Vaters

und schauten müde, aber glücklich in die Flammen. So fand ich die drei vor, als ich mit sauberem Geschirr zurückkam. Wieder spürte ich diesen Schmerz: Konnte, durfte ich so ein Familienidyll stören? Ich würde niemals ihre Mama sein!

»Sophie! Komm, setz dich zu uns!« Karsten reichte mir eine Flasche Bier, die er aus der Kühlbox im Kofferraum gezaubert hatte. »Sei kein Frosch! Wer so toll Federball spielt, darf auch mit uns am Feuer sitzen!«

»Wenn es euch nicht stört ...«

»Nein! Du bist doch unsere Freundin!« Ahnungslos klopfte Tom mit der flachen Hand neben sich auf die Decke. Jana machte es sich auf meinem Schoß bequem und schlief sofort ein. Sie sah so zerbrechlich aus mit ihrer Hochsteckfrisur! Karsten legte ihr zärtlich eine Decke um die Schultern, wobei er mich unauffällig genauso zärtlich berührte. Die Jungen schienen keinen Verdacht zu schöpfen. »Du bist wunderbar«, flüsterte er mir zu. »Meine süße kleine Zaubermaus!«

Und als kurz darauf Toms Kopf an meine Schulter fiel, traute ich mich kaum noch zu atmen. Wir saßen da wie eine richtige Familie, und der Himmel war voller Sterne.

*

Wir verlebten ein traumhaftes Wochenende mit viel Sport, Gelächter, Wettkämpfen zu Wasser und zu Land. Wir mieteten ein Boot und paddelten über den Stausee, wir wanderten am Ufer entlang und spielten Verstecken.

Die Kinder fragten nicht ein einziges Mal nach ihrer Mutter. Und sie fragten auch kein einziges Mal, ob ich nicht noch was anderes vorhätte. Ich schien plötzlich dazuzugehören, als wenn es mich immer schon gegeben hätte.

Mich beschlich die Hoffnung, dass dieses Wochenende eine Art Test für ihn sein könnte. Vielleicht wollte er die Kinder und mich auf ein gemeinsames Leben vorbereiten? Vielleicht hatte Ingeborg längst einen Freund und ihn schon freigegeben? Vielleicht war ihr angebliches Fortbildungsseminar genauso eine Farce wie unsere Tramp-Nummer? Ich sah schon alles genau vor mir: Karsten und ich würden am Wochenende die Kinder haben, Ingeborg an den Wochentagen. Schließlich waren ihre Eltern ja auch noch da, Freuden und Pflichten ließen sich doch perfekt aufteilen? Was für ein verrückter Gedanke! Ich wollte mich doch eigentlich gar nicht binden. Und erst recht keine Mutterpflichten übernehmen. Aber mit Karsten schien alles zu passen. Immer wieder wechselten wir innige Blicke. Wir hatten es sogar geschafft, uns im Zelt zu lieben, während die Kinder im anderen Zelt tief und fest schliefen. Er war einfach heimlich zu mir gekrochen. Das war doch eine Anziehungskraft, der sich niemand widersetzen konnte! Wir waren wie zwei Magneten.

Karsten konnte auch zu mir ziehen. Bei so einer innigen Liebe ist auch in der kleinsten Hütte Platz. Er war sowieso schon mehr bei mir als bei Ingeborg. Und noch immer hatte er es geschafft, nicht von Marianne und Dieter entdeckt zu werden. Obwohl Dieter Polizist war! Darüber musste ich klammheimlich schmunzeln. Der wichtige Herr hatte wohl doch nicht alles unter Kontrolle. Karsten war eben viel schlauer und vor allem so cool. Cool war damals das angesagteste Wort. Wer cool war, hatte es im Leben geschafft.

Als wir von diesem erfüllten Wochenende zurückkamen,

brachte Karsten seine Kinder wie selbstverständlich nach Hause und ließ sie vor der Villa aussteigen.

Neugierig musterte ich das Haus, das sich hinter einer Trauerweide duckte. Bert-Brecht-Weg neun. Eine Adresse, die ich nie mehr vergessen würde. Um vierzig Jahre später erneut davorzustehen.

»Na lauft, ihr Racker. Ich bringe nur schnell noch die Sophie nach Hause.«

»Tschüss, Sophie! Das hat echt Spaß gemacht mit dir! Besuch uns doch mal!«

»Darf ich die Haarspangen behalten?«

»Natürlich, Süße. Bis bald. Ich hab euch lieb.«

Mein Herz wollte fast zerspringen, als sich die Haustür öffnete. War das Ingeborg? Würde sie zum Auto kommen? Und fragen, wer ich sei? Die Kinder würden doch jetzt über mich reden?

Aber es war die nette Großmutter, die die Kinder in Empfang nahm. Eine grauhaarige Dame mit Dutt und Faltenrock. Sie kam nicht zum Auto, sondern winkte nur und zog die Tür hinter sich und den Kindern zu.

Mein Herz raste immer noch, als wir die Straße wieder in Richtung meines Plattenbaus verließen.

Lange sagten wir beide nichts.

Dieses Familienanwesen hatte mich schwer beeindruckt: Hier wohnt eine heile, intakte Familie, schoss es mir durch den Kopf. Du hast darin nichts verloren.

Um die Ecke meines Plattenbaus hielt Karsten und strich mir eine vorwitzige Strähne hinters Ohr. »Gute Nacht, Zaubermaus.«

»Kommst du nicht mehr mit rauf?«

»Heute nicht, Süße. Ich muss mich auch mal um Ingeborg kümmern.«

Mein Herz setzte einen Schlag aus. Oh Gott, das klang so schrecklich! Ob er mit ihr schlafen würde? Ich konnte den Gedanken kaum ertragen.

Karsten nahm meine Hand und presste sie an seine Brust. Ich spürte, wie heftig sein Herz hämmerte. Ich war ihm doch nicht egal! Er war emotional genauso beteiligt wie ich!

»Ich habe Angst, dich zu verlieren«, raunte er plötzlich heiser. Seine jetzt blassblauen Augen füllten sich mit Tränen.

»Du verlierst mich nicht«, flüsterte ich matt. Gott, was liebte ich diesen Mann!

»Es tut mir so leid, Sophie, Liebste. Aber ich kann im Moment noch keine Entscheidung treffen.«

»Das versteh ich doch ...« Mein Mund war so trocken wie Pappe. Hatte er gerade »im Moment« gesagt? Und mich bei meinem Namen genannt? Sophie! Liebste! Er dachte also ernsthaft darüber nach, mit mir ein neues Leben anzufangen?

Er beugte sich zu mir und küsste mich innig. Währenddessen spürte ich seinen rasenden Puls. Diese Leidenschaft konnte doch nicht gespielt sein?

In diesem Moment wollte ich einfach nur, dass diese wunderbare Beziehung Bestand hatte. Wir lebten eine Harmonie, die schöner nicht sein konnte. Wir lebten unsere Liebe nicht öffentlich, aber das Geheimnisvolle daran machte sie nur noch tiefer.

»Hauptsache, wir sind ehrlich und aufrichtig miteinander«, flüsterte ich, als er mich endlich wieder freigab.

»Darauf kannst du dich verlassen.« Karsten wischte sich flüchtig über die Augen und gab sich einen Ruck. »Ich habe mich noch niemals so sehr in eine Frau verliebt. Bitte gib mir Zeit, das Richtige zu tun.«

»Ich werde dich niemals unter Druck setzen. Ich genieße jeden Moment – der Rest steht in den Sternen.«

Zuversichtlich und dankbar lächelten wir uns an.

»Also dann ...«

»Ich ruf dich morgen an, wenn ich darf.«

»Du darfst.« Mit diesen Worten schnappte ich mir meinen Rucksack und schloss so leise wie möglich die Beifahrertür.

Mein Herz klopfte immer noch, als ich die Haustür meines Wohnblocks erreichte. In diesem Moment kam auch die heilige Familie dazu: Dieter, Marianne und Doreen.

»Wo warst du denn, Tante Sophie?«

Das Kind schob freudig seinen Roller zu mir. Eigentlich hätte sie wunderbar zu Jana gepasst! Ob sie sich jemals kennenlernen würden?

Dieter und Marianne taxierten mich: »Ja, wo warst du? Wir haben mit dem Essen auf dich gewartet!«

Ich hatte mich bewusst nicht abgemeldet, falls mit dem Ausflug doch noch etwas schiefgehen sollte.

»Ich war spontan mit Freunden zelten«, bemerkte ich so beiläufig wie möglich, als wir alle mitsamt Roller im Aufzug standen. Im milchig matten Spiegel sah ich meine Augen strahlen.

»Du bist braun geworden und siehst total hübsch aus«, meinte Doreen und ließ den langen Zopf, den Jana mir eifrig geflochten hatte, durch ihre Hände gleiten. »Diese Haarspange kenne ich gar nicht ...«

»Och, die hat mir ein kleines Mädchen geschenkt. Die hieß Jana.«

Mein Herz klopfte. Ich stand kurz davor, meiner Familie alles zu beichten!

»Kann es sein, dass sich meine kleine Schwester bis über beide Ohren verliebt hat?« Marianne durchbohrte mich mit ihren Blicken.

»Jetzt lasst die Sophie doch erst mal ankommen«, brummte Dieter. Er trug den Roller aus dem Aufzug und stellte ihn vor der Wohnungstür ab. »Sehen wir dich noch zum Abendessen?«

»Nein danke, ich habe keinen Hunger mehr. Bis morgen.«

Dass der Lift nicht mehr quietschte, schien niemandem aufzufallen.

*

Die ganze Nacht malte ich mir aus, wie Karsten nun mit Ingeborg seine ehelichen Pflichten vollzog. Bisher hatte ich den Gedanken problemlos verdrängen können, doch jetzt peinigte er mich regelrecht. Schlaflos starrte ich die rote Wandverkleidung im Goldrahmen an.

Was hast du dir nur dabei gedacht, Sophie! Ich warf mich wütend im Bett hin und her. Du wusstest es von Anfang an! Er hat dir nie etwas vorgemacht. Er hat immer mit offenen Karten gespielt, und du hast es akzeptiert.

Aber er hadert doch auch mit der Situation, widersprach ich mir selbst. Er liebt mich wirklich. Er will eine Entscheidung treffen. Ich habe es doch in seinen tiefblauen, ehrlichen Augen gesehen.

Die aber auch zu deinen Ungunsten ausfallen kann!, hörte ich plötzlich die Stimme meiner Mutter in meinem Kopf. Kind, was hast du dir da nur eingebrockt.

Unsere Beziehung fühlt sich so gut an, wehrte ich mich stumm. Ich will gar nicht über die Zukunft nachdenken! Ich kann mir überhaupt nicht vorstellen, ohne Karsten weiterzuleben. Deshalb werde ich ihn niemals zu einer Entscheidung drängen. Insgeheim fragte ich meine Mutter, ob sie meinen Vater auch so bedingungslos geliebt hatte, und lange wartete ich vergeblich auf Antwort. Das musste doch so gewesen sein, wenn sie ihm von Wien bis nach Weimar gefolgt war! Sie hatte alles für ihn aufgegeben und war nicht glücklich geworden. Vater war aber auch ein Egoist und Selbstdarsteller gewesen. Für Karsten galt das nicht! So liebevoll, lustig, geduldig und großzügig war mein Vater nie gewesen!

Wieder warf ich mich auf die andere Seite. Ich sah keine vernünftige Lösung. Sehnte ich mich etwa nach einer Vaterfigur? Nein. Ich liebte Karsten als Mann. Die sechzehn Jahre Altersunterschied machten uns gar nichts aus. Gegen diese Liebe konnte ich mich einfach nicht wehren. Außerdem machte sie mich trotz allem glücklich. Ich fühlte mich erwachsen, als Frau erwacht. Erschöpft drehte ich mich auf den Bauch, als mir plötzlich ein schrecklicher Gedanke kam. Die Sommerferien standen vor der Tür! Er würde sie natürlich mit Ingeborg und den Kindern verbringen! Und was würde aus mir?

Ich würde in meiner Einzimmerwohnung im Plattenbau vor Einsamkeit und Langeweile vergehen! Gitti und Siggi waren in ihrem Schrebergarten, und Marianne und Dieter langweilten sich zu Hause.

Da überkam mich ein trotziger Gedanke. Warum sollte ich denn mit blutendem Herzen hier herumsitzen? Im Sommer würde ich zweiundzwanzig werden. Ich würde mit meinen Ersparnissen eine Reise ans Meer machen. Nach Bulgarien. Das konnte mir niemand verbieten. Auch Karsten nicht. Mit etwas Glück würde ich im Reisebüro noch einen Platz ergattern. Und wer weiß? Vielleicht würde das seine Entscheidung sogar in meinem Sinne beeinflussen.

*

»Aber Liebes! Das ist eine großartige Idee.«

Gleich am nächsten Morgen hatte ich Karsten meinen Plan telefonisch mitgeteilt.

»Ich werde heute in der Mittagspause im Reisebüro eine Reise nach Bulgarien buchen – vorausgesetzt, ich bekomme so kurzfristig noch einen Platz.«

»Natürlich machst du das! Bestimmt haben die noch ein Restkontingent zur Verfügung!«

Ich stutzte. »Du bist gar nicht sauer, wenn ich das mache?«

»Zaubermaus, du bist ein freier Mensch! Wie könnte ich über dich bestimmen? Ich will doch nur, dass du glücklich bist!« Seine sonore Stimme klang wie immer liebevoll und fürsorglich.

»Hast du denn genug Geld?«

»Ich habe mir was zusammengespart. Und meine Eltern haben uns ja auch noch was hinterlassen.«

»Sonst würde ich dir gerne etwas Reisegeld zuschießen. Wie auch immer: Genieß dein Leben, Zaubermaus. Ich wünschte, ich könnte dabei sein.«

»Ja …?« Ich wickelte ihn buchstäblich um den Finger, allerdings nur in Form der Telefonschnur. »Und wenn du mitkommst?« Mein Herz setzte einen Schlag aus. Das wäre der Traum aller Träume. Mit Karsten am Goldstrand!

»Nein, mein Herz. Leider. Du weißt, die Ferien gehören

den Kindern.« Karsten machte eine kleine Pause und gab mir Gelegenheit, meine Enttäuschung zu verarbeiten. »Liebste, was ich dich noch fragen wollte: Jana hat einen Sonnenbrand. Du bist doch Spezialistin. Was kannst du mir gegen Brennen und Rötung empfehlen? Sie jammert nach dir!«

In mir zog sich alles zusammen. Die Kleine vermisste mich! Und ich sie auch.

Ich zählte ihm unsere hochwertigen Produkte auf, in der Hoffnung, dass er heute noch vorbeikäme, um das kühlende Gel abzuholen.

»Und Tom ist übersät von Mückenstichen. Zaubermaus, auch dagegen ziehst du doch bestimmt was aus dem Hut!«

Ich lachte schallend. Wie süß war das denn! Er vertraute mir, er wandte sich mit den Problemen seiner Kinder Hilfe suchend an mich. Auch gegen die Mückenstiche hatte ich eine passende Empfehlung.

»Dann komm ich heute Abend zu dir und hole mir die Sachen ab.«

Mir fiel ein Stein vom Herzen. Er würde kommen. Wie immer. Alles war wie immer!

»Und ... bleibst du auch?« Ich biss mir auf die Unterlippe. Ich wollte doch nicht drängeln, verdammt! Wo bleibt denn da dein Stolz, Sophie?, schalt ich mich.

»Natürlich bleibe ich, Zaubermaus, Liebes. Du glaubst gar nicht, wie sehr ich mich heute Nacht nach dir gesehnt habe.«

Erleichtert lehnte ich mich zurück. Er liebte mich. Alles war gut.

4

Ostberlin, August 1974

»Adieu, Zaubermaus. Guten Flug, genieß es und schreib mir eine Ansichtskarte.«

Andere warteten Jahre darauf, eine solche Reise machen zu dürfen. Ich hatte einen letzten Restplatz auf Anhieb bekommen. Dass es so reibungslos laufen könnte, hatte ich nicht zu hoffen gewagt. Und jetzt stand ich mit Karsten vor dem Flughafen und bibberte vor Aufregung. Ich war doch noch nie geflogen!

»Ich zähle die Tage, bis ich dich wiedersehe.«

Karsten hatte extra seinen Familienurlaub an der Ostsee unterbrochen, um mich zum Flughafen Berlin-Schönefeld zu fahren. Wie er sein Fehlen bei der Familie entschuldigt hatte, entzog sich meiner Kenntnis. »Wegen dringender beruflicher Angelegenheiten.« Diese Entschuldigung zählte bei einem so wichtigen Mann doch immer.

»Also dann ...«

Karsten drückte mich ein letztes Mal an sich und küsste mich innig.

»Ein bisschen traurig bin ich schon, dass ich dich jetzt so lange vermissen muss ...«

»Ich kann auch hierbleiben, Karsten.«

»Ach, Zaubermaus. Das kann ich dir nicht zumuten. Du sollst auch deinen Spaß haben. Du bist jung und frei.«

»Ich liebe dich, Karsten.«

»Ich liebe dich, Süße. Flieg vorsichtig.«

Wieder umarmte und küsste er mich, und ich sah wie seine Augen feucht schimmerten. Er hob meinen Koffer aus dem Kofferraum und drückte ihn mir in die Hand.

»Ich sehe dich am ersten September ...«

Noch einmal schenkte er mir glühende Blicke.

»Nun flieg schon, Schmetterling! Und vergiss nicht ...« – er legte den Finger auf die frisch geküssten Lippen – »... wir bleiben unser schönstes Geheimnis!«

»Du kannst dich auf mich verlassen.«

Ich straffte die Schultern und schleppte den Koffer mit meiner Reisebestätigung und meinen Dokumenten tapfer zum Schalter.

Ich wollte mir ein Beispiel an Karsten nehmen: Wie selbstlos er den Abschied ertragen hatte! Bestimmt hatte er keine besondere Lust, auf den Campingplatz an die Ostsee zurückzukehren. Viel lieber wäre er mit mir an den Goldstrand geflogen. Das passte doch auch viel besser zu ihm. Aber wie fürsorglich er mich zum Flughafen gefahren hatte! Und ich musste zugeben, dass ich mich doch langsam unbändig auf die Reise freute. Die Vorfreude kribbelte zwar nicht wie Champagner, aber wie schäumende Limonade, frisch und süß.

Kurz darauf saß ich auf meinem Fensterplatz und starrte in die Tiefe. Die Kotztüte hielt ich vorsichtshalber auf den Knien, aber ich brauchte sie nicht. Gott, war das ein wunderschönes Erlebnis! Das blaue Meer lag plötzlich unter mir, gesäumt von zerklüfteten Felslandschaften. Ich musste ein Jubeln unterdrücken. Am liebsten hätte ich meinen Nebenmann am Ärmel gezupft, aber der schlief. In Gedanken schrieb ich schon eifrig eine Ansichtskarte an Karsten und schilderte ihm das traumhafte Panorama in allen Einzelheiten. Natürlich würde ich sie an seine Arbeitsstelle adressieren, nicht an den Bert-Brecht-Weg neun.

In Bulgarien angekommen, schlug mir eine Hitze entgegen, als hätte jemand eine Backofentür geöffnet. Überwältigt ließ ich mich mit den anderen Mitgliedern der Reisegruppe in einen Bus verfrachten und zum Hotel an den Goldstrand fahren.

Alles war bis ins Kleinste organisiert; deutschsprachige Reiseleiter standen bei den Bussen und hakten die Namenslisten ab. Nie wäre jemand von uns auf die Idee gekommen, sich selbstständig zu machen. Der Tourismus in der DDR wurde vom jeweiligen Reisebüro streng überwacht.

Trotzdem registrierte ich sofort nach Besteigen des Busses, dass neben uns ein Bus mit westdeutschen Touristen den riesigen Parkplatz verließ. Die Leute, die darin saßen, hatten eindeutig West-Klamotten an, von den Fotoapparaten bis zu den Rucksäcken waren das West-Artikel. Selbst die Frisuren der Leute waren westlich. Genauso neugierig und aufgeregt wie wir schauten sie aus dem Fenster und starrten *uns* an. Schüchtern winkten wir einander zu.

An einer Ampel kamen die Busse nebeneinander zum Stehen. Wieder musterte ich neugierig die Fahrgäste »von Drüben«. Direkt neben mir, nur wenige Zentimeter entfernt, aber durch zwei Busscheiben getrennt, saß ein unglaublich gut aussehender junger Mann mit schulterlangen dunklen Haaren und braunen Augen. Unsere Blicke trafen sich. Wir schauten einander an, wie man Tiere im Zoo bestaunt: So etwas gibt es auch auf diesem Planeten? Sekundenlang senkte keiner von uns den Blick. Guck doch!, ging es mir durch den Kopf. Wir Ostmädchen haben auch was zu bieten. Ja, ich weiß, ich sehe aus wie Agneta von ABBA.

Plötzlich zuckte es um die Mundwinkel des jungen Mannes, und aus dem Staunen wurde ein herzliches Lachen. Er hatte schneeweiße Zähne.

Echt ein Schnuckel!, dachte ich. Schade, Karsten, dass du das jetzt nicht sehen kannst. Ich bin noch nicht mal angekommen und habe schon den heißesten Westler am Start. Ich warf meinen Zopf über die Schulter und lachte zurück. Was hatte ich denn zu verlieren? Nichts! Die Liebe zu Karsten gab mir das nötige Selbstbewusstsein, gleich bei der ersten Gelegenheit unverbindlich zu flirten. Den würde ich ja sowieso nicht wiedersehen, denn die Westdeutschen gastierten mit Sicherheit in einem anderen Hotel.

Die Ampel blieb gefühlte fünf Minuten auf Rot, und gefühlte fünf Minuten lächelten wir uns an. Schließlich hob er die Hand und legte sie an die Scheibe. Alle fünf Finger dran, stellte ich fest, tadellos. Und ohne darüber nachzudenken, legte ich meine Hand gegen die Scheibe, genau an seine. Sophie, lass das sofort sein!, hörte ich meine Schwester insgeheim keifen. Spinnst du? Der ist aus dem kapitalistischen Ausland! Das ist absolut tabu! Handel dir keinen Ärger ein! Und besonders loyal Karsten gegenüber ist das auch nicht, was bist du nur für ein unreifes Gör!

Aber ich hörte nicht auf sie. Wie magisch voneinander angezogen verharrten wir so, und ich spürte, wie meine Hand so heftig kribbelte, als hätte ich sie in Brennnesseln gehalten.

Endlich fuhren die Busse wieder an. Gleichzeitig schalteten sie mühsam vom ersten in den zweiten Gang, dann in den dritten ... und nach weiteren schier endlosen Sekunden, in denen wir aneinander zu kleben schienen, reihte sich unser Ostbus hinter dem Westbus auf die nun einspurige Straße ein.

Damit hatte ich den schönen dunkeläugigen Westler aus den Augen verloren.

*

Kaum im Zimmer meines Betonblocks im 14. Stock angekommen, hatte ich das fast schuldbewusste Bedürfnis, Karsten zu schreiben. Ich hatte ihm täglich eine Ansichtskarte versprochen, und weil das ein teures Vergnügen war, hatte mir Karsten zwanzig Ostmark fürs Porto zugesteckt. Er wollte eben wissen, ob es mir gut ging, der liebe Mann!

Ich warf meinen Koffer auf das Bett und schaute von meinem kleinen Balkon hinunter aufs hellblaue Meer. »Gibt's doch nicht!«, entfuhr es mir. »Sooo schön!« Die Wellen kräuselten sich spielerisch, und am Sandstrand reihte sich ein bunter Sonnenschirm an den anderen. Es wimmelte von entspannten Urlaubern. Körper an Körper rekelten sich die Bikinischönheiten auf ihren Badelaken, und junge Männer ließen ihre Muskeln spielen, indem sie Ball spielten oder sich kopfüber in die Fluten stürzten. Ich musste grinsen. Die ersehnten zwei Wochen, die uns DDR-Bürgern bestenfalls zustanden, mussten ausgenutzt werden! An Karsten konnte ich immer noch schreiben. In fliegender Eile zog ich meinen Bikini aus dem Koffer, schlang mir mein Handtuch um den Körper, schlüpfte in die Badelatschen und fuhr mit dem Aufzug runter zum Strand.

Die Sonne brannte wie glühende Lava! Mein Blick glitt über die sich im Sand tummelnden Menschenleiber. Die »Neuen« waren noch genauso käseweiß wie ich, die »Fortgeschrittenen« erfreuten sich bereits eines Sonnenbrandes vom Feinsten, und die »Könner« waren echt toll braun.

Dank meiner Ausbildung zur Kosmetikerin wusste ich um die verheerenden Folgen von zu viel Sonneneinstrahlung. Deshalb begab ich mich erst mal fast schüchtern in den Schatten und setzte mich staunend auf mein Handtuch: Die Leute brutzelten wie Hähnchen auf dem Grill. Es gab zwei Strandbars im Hotelbereich, doch ich widerstand der Versuchung, mir dort ein Getränk oder ein Eis zu leisten. In der Hotelhalle hatte man als Erstes Geld in vorgeschriebener Höhe tauschen müssen, und das wollte ich mir sorgfältig einteilen.

Wie ich feststellte, waren es hauptsächlich junge Paare, die hier gemeinsam Urlaub machten. Sie cremten einander den Rücken ein oder kuschelten, soweit das die streng dreinblickenden Aufsichtspersonen zuließen. Der ganze Strand war gut bewacht. Wenn jemand aus der Reihe tanzte, wurde er ziemlich harsch zurechtgewiesen. Ich beobachtete, wie eine junge Frau sich verstohlen einen Joghurt, offensichtlich vom Frühstücksbuffet, aus der Badetasche holte, um ihn unauffällig zu essen. Er wurde ihr direkt aus der Hand gerissen. Eine resolute Bademeisterin schimpfte auf Bulgarisch auf sie ein, vermutlich was von wegen »Entwendung von Staatseigentum«. Bestimmt war die Täterin eine Westlerin. Wir Ostdeutschen wären gar nicht auf die Idee gekommen, was vom Buffet für den späteren Verzehr zu bunkern. Das tat man einfach nicht! Niemand bunkerte etwas für sich. Es war ja für alle genug da!

Plötzlich überkam mich eine ungeheure Sehnsucht nach Karsten. Hätte ich doch jetzt hier mit ihm auf dem Badehandtuch sitzen und die Leute beobachten können! Wir hätten uns über dieses Vorkommnis kaputtgelacht. Auch wir hätten uns gegenseitig eingecremt und gekuschelt, uns zusammen in die Fluten gestürzt und nass gespritzt. Wir hätten Federball gespielt oder wären zu einem langen Strandspaziergang aufgebrochen. Wir hätten uns irgendwo hinter einer Sandburg geliebt ... Wie sollte ich die zwei Wochen bloß ohne ihn herumkriegen?

Tapfer beschloss ich, mich nicht der Sehnsucht und Einsamkeit hinzugeben, sondern buchte in der Hotelhalle sämtliche Tagesausflüge, die angeboten wurden.

Das Geld war bestimmt gut angelegt: Wenn ich schon mal hier war, wollte ich auch die Umgebung kennenlernen.

Und so wurde mir die Zeit nicht lang. Täglich schrieb ich Karsten einen Reisebericht an seine Firmenadresse und steckte die stets mit anderen Motiven bedruckte Ansichtskarte abends bei der Rezeption in den Briefkasten. Ich schilderte Karsten die faszinierende Landschaft, das pikante Essen, die Folkloredarbietungen, das Strandleben und die netten jungen Leute, die ich inzwischen kennengelernt hatte. Mehrmals wurde ich von einheimischen jungen Männern angesprochen. »Du Deutschland? – Du Ost oder West?«

Wenn ich »Ost« sagte, zogen sie immer recht schnell weiter. Sollten sie doch die West-Schnecken angraben, mir doch egal!

Aber ein bisschen ärgerte mich das schon. Hatte ich das denn nötig, hier wie A- oder B-Ware begutachtet zu werden?

Liebster Karsten, durch den Abstand zu dir wird mir immer

mehr bewusst, wie sehr ich dich liebe, schrieb ich im Schneidersitz auf meinem Bett sitzend. *Du gehörst zu meinem Leben, und ich will nicht noch einmal ohne dich verreisen. Ich hoffe so sehr, dass du an der Ostsee auch an mich denkst und mich genauso vermisst wie ich dich …*

Plötzlich wollten mir die Tränen kommen. Warum musste das so sein? Warum mussten wir getrennt verreisen? Jedes Wochenende, jeder Feiertag und alle Ferien gehörten seiner Familie, und ich fühlte mich wie ins Ersatzteillager abgeschoben. Die schönste Zeit des Lebens, nämlich die Freizeit, musste ich in weiten Teilen ohne meinen Liebsten verbringen. So romantisch unsere heimliche Beziehung zu Hause in Weimar auch war: Hier an der Goldstrandküste hätten wir uns frei und ungezwungen bewegen können, hier wäre das Versteckspiel nicht nötig gewesen! Wir hätten zwei wundervolle Wochen voller Zärtlichkeit und Leidenschaft haben können, ohne zu flüstern und uns gegenseitig den Mund zuzuhalten, ohne dass er sich nachts um drei durchs Treppenhaus davonschleichen musste. Wir hätten lachend in aller Öffentlichkeit in Restaurants aufkreuzen, Hand in Hand durch die Diskotheken und Strandbars ziehen, eng umschlungen tanzen und schmusen können, und alle hätten uns gesehen und gedacht: Wow, was für ein tolles Paar! Die passen aber gut zusammen.

Doch mein geliebter Karsten war nun mal auf dem FKK-Campingplatz und spielte mit seiner Ingeborg Federball! Na toll! Das wollte ich mir echt nicht ausmalen.

In einer trotzigen Aufwallung beschloss ich, mich heute Abend nicht mit dem Sternenzelt über meinem Balkon zu begnügen und sehnsüchtig an Karsten zu denken. Ich war jetzt eine Woche lang abends brav zu Hause geblieben, hatte sämtliche Schönheitsbehandlungen an mir selbst vollzogen, die man nur machen kann, verfügte über perfekt manikürte Finger- und Fußnägel, hatte alle Masken ausprobiert und Pröbchen, die ich für den Eigenbedarf mitgenommen hatte. Den Rest des Urlaubs wollte ich noch Spaß haben!

Karsten hatte mich doch ausdrücklich dazu ermuntert: Du bist frei, du bist jung, genieß es, meine Zaubermaus! Inzwischen war meine Haut sanft gebräunt, mein Haar weißblond, und meine Figur konnte sich sowieso sehen lassen. Gegen ein bisschen tanzen und unters Volk mischen würde Karsten sowieso nichts haben. Er war ja überhaupt nicht eifersüchtig oder besitzergreifend, was ich umso mehr an ihm liebte. Ein reifer Mann wie Karsten hatte so etwas gar nicht nötig.

Ich zog das kurze rote Sommerkleid mit den Spaghettiträgern an, schlüpfte in die Riemchensandaletten und legte mir einen rot-gelb gestreiften Seidenschal um, den ich hier auf dem Folkloremarkt günstig erstanden hatte. Toll. Das Gesamtbild konnte sich sehen lassen. Ich ging glatt als West-Mädchen durch, so modisch sah ich aus!

Tja Karsten!, dachte ich, während ich unternehmungslustig durch die Gassen der Altstadt flanierte und mein Spiegelbild in den Schaufenstern bewunderte. Das wäre dein Preis gewesen. Ach was, das wird immer dein Preis sein, das mit uns ist doch echte Liebe!, schalt ich mich.

Aus den Restaurants duftete es nach frisch gegrilltem Fleisch und Knoblauch, die Feriengäste saßen gut gelaunt in kurzen Hosen oder Miniröcken auf Bierbänken. Die samtige Abendluft streichelte meine nackten Arme. Meinen langen

Zopf hatte ich gelöst, die dank Kuren und Nährampullen seidig glänzenden Haare fielen mir fast bis zum Po. Alle Blicke folgten mir.

Vor einer Kellerdisko hatte sich eine lange Schlange gebildet. Junge Tanzwütige warteten geduldig vor der blutrot gestrichenen Tür, um eingelassen zu werden.

Es kostete mich ein bisschen Mut, aber ich reihte mich ein. Wenn so viele Leute hierher wollten, musste das eine sehr angesagte Disko sein.

Plötzlich witterte ich einen unbekannten frischen Duft. Nach Leder, Tabak und Wald ... Wie ich später herausfinden sollte, nach Teutoburger Wald.

»Hab ich dich endlich gefunden, schönes blondes Ostmädchen!«

Jemand tippte mir von hinten auf die Schulter. Die Stimme kannte ich nicht. Das musste wohl eine Verwechslung sein! Ich fuhr herum. Und mein Herz setzte einen Schlag aus. Das war der Typ aus dem Bus!

Er trug enge Jeans mit Schlag und ein weißes Hemd mit spitz zulaufendem Kragen, dazu Krokodillederstiefel mit hohen Absätzen. So etwas hatte ich noch nie gesehen. Sein fast schwarzes lockiges Haar fiel ihm glänzend bis auf die Schultern, und dunkle Koteletten umrahmten sein markantes Gesicht.

Der Westler! Ich schluckte.

»Seit einer Woche halte ich schon nach dir Ausschau, ich dachte schon, du bist längst wieder abgereist, und jetzt stehst du plötzlich vor mir, wie aus dem Boden geschossen!«

Der schöne junge Mann strahlte mich aus seinen braunen Augen an.

»Wow, du bist ja noch viel attraktiver, als ich dich in Erinnerung habe!«

Seine Stimme war nicht so tief und sonor wie die von Karsten, aber dennoch sehr angenehm. Diesmal fiel es mir deutlich schwerer, seinem Blick standzuhalten. Er hatte so lange dichte Wimpern, dass er bestimmt weitläufig von einem Kamel abstammte. Ich brauchte für so einen Look Stunden!

Er drehte seinen Lockenkopf suchend in alle Richtungen. »Bist du allein?«

»Was dagegen?« Ich wollte auf keinen Fall mit ihm flirten. Das heißt, natürlich wollte ich mit ihm flirten. Aber nur ein bisschen. Nur so viel, dass sich meine Karsten-Sehnsucht nicht wieder wie eine nasse schwere Wolldecke über mich legte.

»Und du hast auch zu Hause keinen Freund?«

Der Westler war aber direkt.

Kurz überlegte ich, ob ich mich absichern sollte wie manche Nichtschwimmer, die hier mit Schwimmringen ins Wasser gingen. So nach dem Motto: Der liegt im Hotel und würgt an einem Fischgericht herum. Morgen ist er wieder fit und haut dich, wenn er dich sieht.

Ach Quatsch, warum denn! Er tat mir ja nichts. Und er war mir kein bisschen lästig. Im Gegenteil. Ich freute mich aufrichtig, ihn wiederzusehen. Es prickelte sogar ein kleines bisschen in meinen Eingeweiden. Natürlich nicht wie Champagner, aber nichtsdestotrotz.

»Nein.« Ich musste schlucken. Andererseits war mir das Verschweigen von Karstens Existenz längst in Fleisch und Blut übergegangen. War sein letztes Wort vor dem Abschied nicht »Geheimnis« gewesen?

»Und da bist du allein in Urlaub gefahren.«

Langsam schob sich die Schlange weiter Richtung Eingang, und wir ließen uns vom Strom der Einlassbegehrenden mitreißen. Sein Duft, der sich mit der warmen Sommerabendbrise vermischte, roch wahnsinnig einladend. Keine Ahnung, was das für ein Zeug war, aber ich fühlte mich magisch davon angezogen.

»Ich kann es nicht fassen. So eine Prinzessin ist tatsächlich allein hier?«

»Ja. Was dagegen?«, erwiderte ich, diesmal fast ein bisschen kokett. Was dem einen seine Zaubermaus, ist dem andern seine Prinzessin.

»Nicht im Geringsten.« Er lachte wieder sein entwaffnendes Lachen.

»Ich bin Hermann. Aus der Nähe von Bielefeld.«

»Also ich bin Sophie. Aus Weimar.« Ich streckte ihm die Hand hin, und er schüttelte sie erfreut.

Hermann. Ganz schön uncool, war mein erster Gedanke.

»Und wo liegt Bielefeld?«

»Am wunderschönen Teutoburger Wald. In Ostwestfalen-Lippe. Unser berühmtester Vorfahre ist Hermann, der Cherusker. Der hat bei uns in der Nähe die Römer besiegt und steht als riesiges Denkmal bei uns im Wald.«

»Aha. Nie von diesem Hermann gehört. Westdeutschland ist jetzt nicht das, was sie uns in der Schule nahebringen. Und du heißt also wie der berühmte Vorfahre.«

Er grinste. »Mein Vater heißt auch Hermann. Und wir erfahren eigentlich auch fast nichts über euch. Umso spannender finde ich es, endlich mal ein Mädchen aus Weimar kennenzulernen. – Was machst du so?«

Ich erklärte es ihm.

»Kosmetikbranche, das finde ich faszinierend.«

»Aha?« War er vielleicht schwul?

»Ich arbeite in der Hotelbranche, und nach meinem Urlaub gehe ich für ein Jahr auf die Malediven. Da wird ein Luxushotel mit eigener Schönheitsfarm entstehen.«

Wow!, dachte ich. Der Hermann hat's ja drauf. »In einem Luxushotel auf den Malediven würde ich auch gern mal arbeiten.«

»Mach's doch!«

»Nee, geht nicht.«

Endlich waren wir am Eingang. Zwei bullige Türsteher musterten uns: »Ost oder West?«

»West.« Hermann aus der Nähe von Bielefeld nahm energisch meine Hand und zog mich mit sich. Konnte das tatsächlich sein, dass sie hier nur zahlungsfreudige Westler reinließen? Hermann führte mich eine dunkle Treppe hinunter.

In dem Kellerlokal war es schummrig, nur über der Tanzfläche kreisten Lichtkegel, die die Menge in zuckende Leiber verwandelten. Ohrenbetäubende Musik dröhnte aus den Boxen, und wir konnten unser eigenes Wort nicht mehr verstehen.

Hermann zog mich sofort auf die Tanzfläche. Automatisch wollte ich dieselbe Haltung mit ihm einnehmen, in der ich immer mit Karsten tanzte: zwei vor, zwei zurück, Zwischenschritt, Drehung. Aber Hermann tanzte frei. Peinlich berührt ließ ich von ihm ab und machte meine eigene Performance. Hoffentlich hatte er nichts bemerkt! Das fand er bestimmt spießig. Im Schein dieser kreisenden Kegel, die seine Zähne noch viel weißer aussehen ließen, fühlte ich mich plötzlich wie in einer anderen Welt. Der elegant in Weiß gekleidete Hermann wirkte wie eine Leuchtrakete. Bestimmt würde er irgendwann von mir ablassen und sich einem anderen Mädchen zuwenden. Das war ja leider der Nachteil bei diesem offenen Tanzstil, dass man nie sicher sein konnte, ob der Kerl, der einen gerade erst aufgefordert hatte, immer noch mit einem tanzte oder schon mit einer anderen.

Meinen Karsten konnte ich immer umklammern, außerdem schwenkte er mich so gekonnt über die Tanzfläche, dass alle anderen ehrfürchtig Platz machten.

Doch Hermann strahlte mich weiterhin mit seinen unfassbar weißen Zähnen an.

»*Honey, Honey* ...« Das war ja ABBA! Den Song kannte ich noch gar nicht. »*Oh, you make me dizzy* ...« *Make me* was ...? Ich traute mich nicht, ihn zu fragen. Wir lernten in der Schule Russisch, nicht Englisch. Und blamieren wollte ich mich nicht. Also bewegte ich die Lippen mit, ohne den Text zu verstehen.

Plötzlich änderte sich die Musik, und es wurde ein langsames Lied gespielt.

»Je t'aime.«

Was jetzt? Ein Fluchtreflex setzte bei mir ein, doch da hatte Hermann mich bereits sanft an sich gezogen. Ohne mir zu nahe zu kommen oder mir falsch ins Ohr zu brummen, wie ich schon befürchtet hatte, tanzten wir eng aneinandergeschmiegt im Takt. Ich schnupperte unauffällig an seinem Kragen. Dieser Duft haute mich um. Leder, Tabak, Wald, ging es mir wieder durch den Kopf, aber ging Letzteres nicht noch genauer? Tannen? Moos?, versuchte ich mich tapfer von den erotischen Schwingungen abzulenken.

Hermann aus der Nähe von Bielefeld schien meine innere Verspannung zu bemerken. Als die langsame Phase zu Ende war und wieder wilde Musik aufgelegt wurde, zog er mich aus der Disko.

»Gehen wir noch an den Strand? Ein bisschen plaudern?«

»Gern.« Alles war besser als mit einem fremden Mann so eng zu tanzen und wegen Karsten ein schlechtes Gewissen zu haben. Das fühlte sich einfach nicht richtig an.

Der Sternenhimmel überspannte die malerische Kulisse, und wir setzten uns in eine kleine Strandbar. Ein etwas übellauniger Angestellter knallte bereits die Stühle auf die Tische.

Hermann reichte ihm einen Westmarkschein, und schon wanderten die Stühle wieder in den Sand. Kurz darauf saßen wir vor zwei Gläsern Cola.

»Das war echt schön.« Ich strahlte ihn an und trank mein Glas vor lauter Durst fast auf Ex aus. »Ups! Was ist denn da drin?«

»Rum!« Hermann lachte sein strahlendes Lachen. »Cuba Libre! Den hast du aber runtergekippt wie ein alter Matrose!«

»Oh, das wusste ich nicht. So was bin ich nicht gewöhnt ... Schmeckt aber himmlisch!«

Hermann zückte noch einen Schein, und irgendwann gehörte die ganze Strandkneipe uns. Der sozialistische bulgarische Mitarbeiter, der eigentlich schon Feierabend machen wollte, lehnte rauchend an der Rückwand der kleinen Bar.

»Schon als ich dich im Bus gesehen habe, wusste ich: die Frau oder keine. Die nehme ich mit auf die Malediven. Und jetzt bist du auch noch Kosmetikerin ...« Hermann sandte mir einen intensiven Blick aus dunkelbraunen wimpernumkränzten Augen. Der war leider schön. Ich hatte aber auch ein Glück!

Ich kicherte geschmeichelt. »Aber ich kann dir gar nicht auf die Malediven folgen, und finde es in Weimar auch sehr schön.«

Wieder sah mich Hermann, der Cherusker, so lange an wie damals, als unsere Busse Scheibe an Scheibe vor der Ampel gestanden und wir die Hände aneinandergelegt hatten.

»Wir haben doch noch eine ganze Woche. Wollen wir gleich mit Problemen anfangen? Ich würde dich einfach gern ein bisschen kennenlernen.«

»Du hast recht.« Ich trank mein zweites köstliches Cola-Rum-Glas leer. Scheiß doch drauf, Sophie!, ging es mir durch den Kopf. Du willst doch sowieso nichts Ernstes von diesem Schönling aus Bielefeld, du liebst nur Karsten. Aber die letzte Urlaubswoche kannst du ruhig mit dem Ostwestfalen genießen und ein bisschen über Westdeutschland erfahren. Trübsal geblasen hast du jetzt lange genug.

»Wie bist du in die Hotelbranche gekommen?« Ich malte mit der großen Zehenspitze Kreise in den Sand. Er fühlte sich wunderbar warm und weich an, und plötzlich wurde mir bewusst, wie selbstverständlich wohl ich mich mit dem netten Westler fühlte.

»Hier in euren sozialistischen Bruderländern sind ja alle Hotels verstaatlicht, und ich beobachte den Umgang des Personals mit den Gästen. Auch eine sehr interessante Studienreise.« Er lächelte, aber ohne jede Überheblichkeit. Das war mir nämlich bei anderen Westlern schon aufgefallen, dass sie ziemlich herablassend über unsere Werte hier urteilten. Hermann schien respektvoll zu sein, und das gefiel mir. Auch dass er meine Zurückhaltung akzeptierte. Er versuchte nicht im Geringsten, mich blöd anzugrapschen.

»Meine Eltern betreiben ein Familienhotel mit Café und Restaurant in der Nähe von Bielefeld. Es ist schon in vierter Generation in unserem Besitz.«

Er machte eine kleine Pause und schaute mir in die Augen.

»Interessiert dich das wirklich?«

Ich nickte. Besser als ständig an Karsten zu denken und mir auszumalen, was er mit seiner Ingeborg gerade auf der Luftmatratze machte.

»Besitz. Ein Begriff, der uns im sozialistischen Deutschland total fremd ist«, bemerkte ich. »Bei uns gehört alles allen.«

»Das hört sich toll an. Unser Besitz hingegen verpflichtet mich.« Er sah mich von der Seite an.

»Da ich der einzige Sohn bin, musste ich eine Hotelausbildung machen, um den elterlichen Betrieb eines Tages übernehmen zu können. Das hat aber echt noch Zeit, denn er ist, unter uns gesagt, schon ein bisschen spießig. Ich würde ihn später gern etwas ausbauen und modernisieren. Gerade war ich ein Jahr in Amerika ...«

Ich staunte nicht schlecht. Was der da alles so locker-flockig von sich gab, beeindruckte mich mehr und mehr. Stimmte das überhaupt?

»Auch wenn man aus unserem soliden Landhotel zu Hause bei Bielefeld kein internationales Luxushotel machen kann, will ich doch alles über die Möglichkeiten in unserer Branche wissen.«

Dann erzählte er mir von seiner Oma, die unübertreffliche Kuchen und Torten backte und damit sonntags die Landbevölkerung anzog. »Wir haben auch Pferde, und bei uns steigen hauptsächlich Naturfreunde ab. Den größten Umsatz machen wir aber mit Hochzeiten, heiliger Erstkommunion und Beerdigungen. – Weißt du überhaupt, was heilige Erstkommunion ist? Ihr seid doch alle Heiden im Osten, oder?« Spitzbübisch grinste er mich an.

»Von wegen. Ich bin von Haus aus auch katholisch!«

Ich erzählte ihm von meiner Oma in Wien, von meinen Erinnerungen an den lauwarmen Apfelstrudel, dessen Duft sich mir unauslöschlich eingeprägt hatte.

Wir mochten uns. Die Chemie stimmte. Er gefiel mir wahnsinnig gut, aber er stand nicht zur Debatte.

»Aber bislang sind meine Eltern fit und machen das sicher noch ein paar Jahre. – Hast du mir überhaupt zugehört?« Seine braunen Augen taxierten mich, während er am Strohhalm saugte. »Schaffen wir noch einen?«

»Oh, entschuldige, ich war gerade in Gedanken.«

Verlegen malte ich Kreise in den Sand. Statt beleidigt zu sein, forderte er mich mit aufrichtigem Interesse auf:

»Und jetzt erzähl mir bitte von dir!« Dann bestellte er den dritten köstlichen Drink.

Ich erzählte von meinem wundervollen Job im Salon Anita, mitten in der Altstadt von Weimar, von den vielen Touristen, die nicht nur unsere schöne Stadt, sondern auch unser Institut besuchten, von meiner Schwester und ihrem Polizisten-Mann, die gleich nebenan wohnten, von meiner kleinen Nichte Doreen. Nur von Karsten erzählte ich kein Wort. Hermann unterbrach mich kein einziges Mal.

Nach dem dritten Glas Cola-Rum erlösten wir den armen Barkeeper, der inzwischen fast schon im Stehen eingeschlafen war, und Hermann brachte mich zu meinem Betonklotz zurück. Als er meine Hand nehmen wollte, entzog ich sie ihm freundlich, aber bestimmt. Wie hatte schon Karsten erfreut festgestellt? Ich war eben nicht leicht zu haben. Außerdem hatte ich sowieso nichts mit ihm vor, aber sein Interesse schmeichelte mir und tröstete mich gleichermaßen.

Auch einen Abschiedskuss bekam der schwarzlockige Westler nicht, und er schien es locker hinzunehmen.

»Darf ich dich morgen wiedersehen, Sophie?«

Wie er da so im Mondlicht vor mir stand, konnte ich einfach nicht widerstehen. Lieber einen Westler in der Hand als einen Ostler auf dem Dach, gluckerte der Rum in mir. Hauptsache, er nennt mich nicht Zaubermaus!

*

Und so kam es, dass Hermann und ich noch ein paar kurzweilige und fröhliche Tage an der Goldstrandküste verbrachten. Er war wirklich ein feiner Kerl, weder aufdringlich noch plump. Meine Mutter hätte gesagt: »Durch und durch anständig, gediegen und aus gutem Hause. Der spielt dir nichts vor, der ist echt.«

Als er mir die Ansichtskarte von seinem Familienhotel zeigte, stutzte ich: »Heißt du etwa so mit Nachnamen?«

»Landhaus Großeballhorst«, stand da in altdeutschen Lettern.

»Ja, solche Namen sind in unserem Landstrich nicht ungewöhnlich.«

Ich brach in prustendes Lachen aus. »Du heißt wirklich Hermann Großeballhorst? Ist das ein Versprechen, oder seid ihr bloß Angeber?«

Wir alberten herum, schubsten uns gegenseitig in die Wellen, spritzten uns an.

Hermann lachte nun auch. »Wir heißen einfach so. Jetzt wo ich es aus deinem Mund höre, klingt es wirklich nach ...«

»Na? Nach was klingt es denn?«

»Sag ich nicht.«

Er nahm meine Hand, und wir liefen weiter durch die warmen Wellen. Ich ließ es gern geschehen.

Dann erzählte er mir, dass er aus einem streng katholischen Hause komme, dass seine Eltern ihn zu Toleranz und christlicher Nächstenliebe erzogen hätten. Alle Menschen seien wertvoll und hätten etwas Gutes in sich, Verzeihen sei das Wichtigste im Leben.

All das sagte er bei unserem ersten Strandspaziergang, im August 1974, in den warmen Wellen des Schwarzen Meers. Hätte ich unwissendes Ostmädchen gewusst, was für eiskalte Riesenwellen noch auf mich zurollen würden – ich hätte es nie und nimmer geglaubt.

5

Ostberlin, September 1974

»Zaubermaus! Geliebte, da bist du endlich wieder!« Karsten stand am Flughafen und schwenkte strahlend einen Blumenstrauß. Wie gut er aussah! Groß, blond und braun gebrannt, erholt und entspannt! Innerlich musste ich umschalten wie zu Hause das Fernsehprogramm. Es gab genau zwei Programme, wie passend! Das andere, das mit den schwarzen Locken und dunklen Augen, war in diesem Augenblick ausgeschaltet.

Ich flog meinem Karsten in die Arme. Nach dem harmlosen Flirt mit Hermann fühlte ich erst jetzt wieder diese tiefe, ehrliche Liebe! Das war etwas ganz anderes. Karsten! Wir waren aus einem Holz geschnitzt, wir sprachen dieselbe Sprache, wir lebten in derselben Welt. Außerdem war er ein reifer, erfahrener Mann, mit dem ich den wundervollsten Sex hatte!

Mit Hermann hatte ich nicht geschlafen, und ich war stolz darauf. Karsten und ich, wir waren so vertraut, und alles fühlte sich wieder richtig an! Minutenlang standen wir eng umschlungen da und kämpften beide mit den Tränen. Ich würde ihm keine Fragen stellen, und er fragte mich ebenfalls nicht aus. Ich hatte ein gutes Gewissen: Bis auf einen harmlosen Abschiedskuss war nichts passiert.

Außerdem würde ich Hermann, den Cherusker, niemals wiedersehen. Es gab keinen Grund, ihn zu erwähnen. Er war aus einer anderen Welt. Einer Welt, die mir verschlossen bleiben würde. Warum also noch einen Gedanken an ihn verschwenden? Er war wie ein nettes Theaterstück gewesen, und der Vorhang war nun endgültig gefallen.

Die Wiedersehensfreude mit Karsten hingegen war unbeschreiblich. Karsten war die Wirklichkeit, die Zukunft!

Er führte mich zu seinem Auto, vor dem der mir bekannte Fahrer schmunzelnd wartete. Er trat seine Zigarette aus und richtete sich die Krawatte. »Die Zaubermaus ist wieder da«, entfuhr es ihm, als er mir den Schlag aufriss. »Lassen Sie unseren Chef nie mehr so lange allein, Fräulein Sophie! Er kann richtig unausstehlich werden!«

Ich musste lachen. »An mir soll's nicht liegen!«

Auf der Rückbank tauschten wir eng aneinandergekuschelt im Flüsterton die Neuigkeiten aus.

»Jana hat Schwimmen gelernt, und die Jungs haben mit den Jungen Pionieren einige tolle Abenteuer erlebt. Sie fragen immer noch nach dir ...«

Ingeborg erwähnte er nicht, und ich hielt mich an meinen Vorsatz, da nicht nachzuhaken. Wir wussten ja, dass wir uns liebten und zusammengehörten. Ich schilderte ihm den Goldstrand und die Schwarzmeerküste in den buntesten Farben, pfiff ihm die neuesten Sommerschlager vor, die er auch schon kannte, und er konterte mit ein paar Erlebnissen vom FKK-Strand an der Ostsee.

Zurück in meiner kleinen Wohnung liebten wir uns leidenschaftlich. Ich hatte ihn so wahnsinnig vermisst, dass ich weinen musste.

»Zaubermaus! Warum weinst du?« Karsten küsste mir die Tränen ab.

»Ich will nie wieder ohne dich verreisen ...«

»Ich doch auch nicht ohne dich!« Er drückte mich an sich.

»Das war das letzte Mal, das versprech ich dir.«

Dann erklärte er mir im Flüsterton, dass er die ganze Zeit über eine gemeinsame Zukunft nachgedacht hatte.

»Wenn die Kinder doch nur schon etwas älter wären ...«

»Das versteh ich doch, Karsten. Du bist so ein toller Vater!«

»Eine Trennung wäre für Ingeborg und mich okay, wir sind erwachsen und können damit umgehen. Aber die Kinder, besonders Jana, die würde das noch nicht verstehen.«

Er war wirklich verzweifelt, und ich spürte, in welcher Zwickmühle er sich befand.

»Ich kann warten, Karsten. Wenn ich nur weiß, dass du mich wirklich liebst.«

»Und wie ich das tue, Süße! Und um dir das zu beweisen, habe ich auch ein kleines Geschenk ...«

Er sprang auf, splitternackt wie er war, und zog einen amtlichen Schrieb aus seiner Hosentasche. Die Hose lag wie ein zur Strecke gebrachter Boxer über dem Stuhl.

»Was ist das?«

»Lies selbst.«

Es war der Bescheid, dass ich ab sofort ein Auto kaufen konnte!

Mir blieb das Herz stehen: ein Auto?! In der DDR wartete man zehn bis fünfzehn Jahre auf eines, und ich hatte ja erst vor zwei Jahren einen Antrag gestellt.

»Karsten, das ist verrückt! Ich brauche doch gar kein Auto!«

»Ja, freust du dich denn gar nicht?« Er sah mich ganz verwundert an. Oder lag da sogar Enttäuschung in seinen nun graublauen Augen? Bis vorhin hatten sie noch so tiefblau gestrahlt!

»Natürlich freue ich mich, Karsten. Aber mir fehlen einfach die Worte.« Ich musste daran denken, wie sehr andere Bürger jahrelang für ein Auto kämpften, und sei es noch so gebraucht, Hauptsache, es hatte vier Räder! Viele verbrachten mehrere Stunden pro Tag in Zügen und Bussen, um an ihre abgelegenen Arbeitsplätze zu kommen, die ihnen oft vom Staat zugewiesen worden waren. Mein Gerechtigkeitsgefühl sagte mir, dass solche Leute einen fahrbaren Untersatz viel nötiger brauchten als ich, die ich nur in die Weimarer Innenstadt musste.

»Außerdem habe ich gar kein Geld für ein Auto.« Mein Mund fühlte sich ganz trocken an.

»Zaubermaus, ich habe doch eben das Wort ›Geschenk‹ gesagt!«

Karsten stand immer noch in seiner ganzen männlichen Pracht vor mir und hielt mir frohlockend den Schrieb unter die Nase. Wie war er überhaupt daran gekommen? War der nicht mit der Post an mich gerichtet gewesen? Ich war verwirrt.

»Ich kann doch von dir kein Auto annehmen!« Perplex starrte ich ihn an. »Wie soll ich das bitte schön meiner Schwester und Dieter erklären? Die ahnen ja immer noch nichts von deiner Existenz.«

»Jetzt enttäuschst du mich aber.«

Karsten schlüpfte in sein Hemd und stieg in seine Hose.

»Karsten! Nein, bitte, ich wollte dich nicht kränken.«

»Das hört sich aber für mich so an wie eine kleine Erpressung.« Karsten knöpfte sich das Hemd zu. »Erzähl meiner

Verwandtschaft von unserer Beziehung, und ich bin bereit, ein Auto als Geschenk anzunehmen.«

»Aber nein! Karsten!« Fassungslos fiel ich ihm um den Hals. »Das hast du ganz und gar missverstanden! Ich will um Himmels willen keine Konfrontation mit dir!«

»Keine Konfrontation? Na, da bin ich aber froh!« Er stieß ein schnaubendes Lachen aus. »Die habe ich zu Hause mit Ingeborg zur Genüge!«

»Nein, kein Streit! Ich bin anders als sie, von mir hörst du niemals ein böses Wort! Ich werde dich nie unter Druck setzen!«

»Dann kannst du das Auto auch mit gutem Gewissen annehmen.« Karsten setzte sich versöhnlich zu mir aufs Bett und zog mich auf den Schoß. »Ich habe mir gedacht, dass du damit zu deinen Kundinnen nach Hause fahren kannst! Na, wie wäre das? Dann wärst du die erste Kosmetikerin in Weimar, die ihre Kundinnen zu Hause verwöhnt! Auch mal nach Feierabend, auch mal an Sonntagen. Was glaubst du, wie sich das in der Stadt herumspricht!«

Das war eigentlich eine brillante Idee! Wie viele Kundinnen klagten, sie hätten sich abhetzen müssen, um noch vor Ladenschluss bis zu uns zu kommen? Sie waren ja fast alle berufstätig, und nur die wenigsten hatten einen fahrbaren Untersatz.

»Außerdem hast du dann an Sonn- und Feiertagen keine Langeweile mehr ohne mich ...«

Karsten strich mir übers Haar. Er sog meinen Duft ein wie ein Ertrinkender und schloss überwältigt die Augen. »Was glaubst du denn, was ich immer für ein schlechtes Gewissen habe, wenn ich dich hier allein lassen muss. Aber natürlich sollst du nicht nur noch arbeiten. Wenn du damit nicht zu

Kunden fährst, fahr in die Umgebung! Mach Ausflüge, nimm eine Freundin mit, macht euch eine schöne Zeit! Du bist jung, Zaubermaus, genieß dein Leben!«

Oh Gott, er liebte mich wirklich. Er hatte sich so einfühlsam in meine Lage versetzt!

»Aber ich habe ja noch gar keinen Führerschein«, flüsterte ich.

»Dann machen wir den eben«, beschied Karsten. »Ich hab dich schon bei der Fahrschule angemeldet. Die Rechnung geht auf mich.«

*

Seit Monaten hatte ich nun mein wundervolles kleines Auto, einen roten Trabi, den Karsten für mich sogar hatte umbauen lassen! Auf die hintere Ladefläche konnte ich meine ganze Ausrüstung packen, angefangen vom Maniküre-Pediküre-Koffer bis hin zum ausklappbaren Massagetisch. Meine Chefin, Frau Anita, war einverstanden, dass ich einen Teil unserer Kundinnen fortan zu Hause betreute. Und die waren begeistert von diesem Kundenservice. So kam ich in viele Haushalte, die ich sonst nie von innen gesehen hätte. Es gab tolle alte Villen am Schlosspark, in denen private Partys gefeiert wurden. Total schick waren auch Kellerpartys, bei denen der Alkohol in Strömen floss. In diesem privaten Rahmen wurden auch häufig Dinge gesagt, die man in der Öffentlichkeit besser nicht sagte, aber man war ja unter sich. Und vorher ließen sich die Damen des Hauses von mir schön machen.

Ich blickte in viele Schlafzimmer und erfuhr so manch Privates. Allein schon die Fotos, die an den Wänden hingen! Auch die Bücher auf den Nachttischen sprachen Bände. Bei manchen lief im Hintergrund Westfernsehen, und niemand störte sich daran. Ich bekam automatisch mit, ob die Ehe intakt war, welche Ausbildungen die Kinder machten, zu welche Gästen man eher freundschaftlichen oder eher beruflichen Kontakt besaß, welche Verwandte man im Westen hatte, durch welche Beziehungen man an welche Dinge oder Luxusartikel gekommen war. Ich blieb freundlich und diskret, stellte keine Fragen und erzählte natürlich absolut nichts weiter, Ehrensache. Im Geheimnisbewahren war ich gut.

Die meisten meiner Kundinnen bewegten sich »in den besseren Kreisen«, ihre Männer hatten zum Teil hohe Posten in der Politik.

Marianne war kein bisschen erfreut, als sie mein Auto entdeckte. Sie platzte vor Neid. Deshalb behauptete ich lieber, der Wagen sei Eigentum der Firma Anita, und man habe mich als Jüngste und damit unverheiratete Mitarbeiterin für die Hausbesuche ausgesucht, da ich ja auch an den Wochenenden Zeit hätte. Das schluckte Marianne. Und dass ich plötzlich den Führerschein hatte, erklärte ich damit, dass der Freie Deutsche Gewerkschaftsbund ihn als Anreiz für die engagierteste Mitarbeiterin ausgesetzt hätte.

Marianne unterdrückte ihren Neid. Außerdem wollte sie es sich mit mir nicht verderben, denn Beziehungen waren auch ihr wichtig: »Kannst du mir nicht dieses oder jenes besorgen?«, hieß es immer wieder. Meine Schwester bezog heimlich Burda-Kataloge mit Schnittmustern aus dem Westen. Sie war eine geschickte Schneiderin. Sogar Dieter drückte ein Auge zu und erlaubte ihr, für den Eigenbedarf zu nähen: »Solange der Haushalt nicht zu kurz kommt.«

Er hatte ihr auch auf irgendwelchen Wegen eine professionelle Nähmaschine besorgt, und so produzierte Marianne hauptsächlich für sich und Doreen die hübschesten Kleider.

Nun aber versprach sie sich von meinem Kundinnenkreis weitere Vorteile.

»Kannst du Frau Meier dieses Schnittmuster zeigen und sie fragen, in welcher Farbe sie das Winterkleid für Weihnachten haben möchte? Du könntest es ihr dann bei der nächsten Behandlung ausliefern. Wenn sie es auf der Party trägt, werden die anderen Damen fragen, wo sie das hat machen lassen, und wer weiß ...«

»Natürlich. Eine Hand wäscht die andere.«

Dafür schneiderte Marianne mir die modernsten Klamotten – ich hätte wirklich als Model gehen können.

Mein Selbstbewusstsein war enorm gewachsen, schließlich hörte ich jeden Tag, wie hübsch und schlank ich sei, und das nicht nur von meinen Kundinnen.

Und dass mein Selbstbewusstsein gerade fast ein bisschen ins Unermessliche stieg, lag auch an etwas, an das ich nie zu glauben gewagt hätte: Hermann hatte mir geschrieben!

Frau Anita war mir wohlgesonnen, schließlich erweiterte ich ihren Kundenkreis durch meine Hausbesuche. Aber der Blick, mit dem sie mir den ersten Brief von Hermann überreichte, war dann doch eher reserviert bis säuerlich.

»Dass mir das aber nicht einreißt, Fräulein Sophie! Westkontakte sehe ich in meinem Hause nicht so gern.«

»Aber Frau Anita!« Um meine Aufregung zu überspielen, ging ich lieber zum Gegenangriff über. »Wir haben hier doch auch eine Menge Kundinnen aus dem Westen!«

Sie starrte mich zunächst sprachlos an. Dass sich ihre jüngste Göre so etwas traute! »Das ist etwas ganz anderes«, erwiderte sie schließlich spitz. Sie überspielte ihre Verlegenheit, indem sie die Tiegel im Regal hin und her rückte. »Als erstes Haus am Platz bedienen wir selbstverständlich auch Kundinnen aus dem Westen. Aber wir behandeln sie professionell und gehen keinerlei private Kontakte mit ihnen ein.«

Da unser Salon in der hübschen Weimarer Altstadt lag, verirrten sich auch Damen aus Westdeutschland zu uns, speziell, wenn es regnete. Dann ließen sie sich ausführlich beraten und staunten nicht schlecht, was für gute Produkte wir in der DDR zu bieten hatten! Außerdem kostete eine kosmetische Rundumbehandlung nur zehn Ostmark, das sprach sich bei den West-Damen schnell herum. Sie kamen sogar extra dafür über die Grenze. Bezahlt wurde aber in harten Devisen. Jeder D-Mark- Schein verschwand in einer separaten Schublade, auch westliche Modezeitschriften wurden versehentlich liegen gelassen und verschwanden diskret in den Privatgemächern von Frau Anita. Was diese alles so mit den Kundinnen hinter geschlossenen Türen besprach, sollten wir jungen Angestellten natürlich auch nicht mitbekommen. Aber ich ließ ihre Behauptung mal so im Raum stehen.

In der Pause verzog ich mich mit klopfendem Herzen in die Umkleide, wo jede ihren eigenen Spind hatte, und öffnete Hermanns Brief. Er war nicht etwa auf grauem, dünnem Briefpapier, wie wir es kannten, sondern auf hellgrünem festem Büttenpapier geschrieben. Es hatte ein faszinierendes Wasserzeichen, und ein besonderer Duft strömte mir entgegen. War das etwa wieder diese Leder-Tabak-Tannenwald-Mischung, die ich so anziehend gefunden hatte? Als Kosmetikerin hatte ich eine sehr geschulte Nase. Noch nie hatte ich ein so wohlriechendes Papier in Händen gehalten. Bevor ich den mit dunkelgrüner Tinte geschriebenen Inhalt las, schloss ich die Augen und schnupperte. Im Nu war ich wieder am Goldstrand, sah den romantischen Sonnenuntergang über dem Schwarzen Meer und glaubte warmen Sand und warme Wellen um die Füße zu spüren.

Verdammt. Ich hatte doch eigentlich gar nicht mehr an ihn denken wollen. An Landhaus-Großeballhorst-Hermann aus dem Teutoburger Wald bei Bielefeld.

Dezember 1974

Liebste Sophie,
es hat eine Weile gedauert, bis ich mir über meine Gefühle zu dir im Klaren war, und ich will dich auf keinen Fall belästigen. Du musst auch nicht weiterlesen, wenn du nichts Ähnliches empfindest. Unsere Bekanntschaft – und wenn ich das so sagen darf auch Freundschaft – war für mich mehr als nur ein Urlaubsflirt. Ich habe noch nie so innig für ein Mädchen empfunden, und ich kann dich einfach nicht vergessen! Alles an dir berührt mich nachhaltig: dein wunderschönes Gesicht, deine Traumfigur, dein langes glänzendes Haar, dein strahlendes Lachen, aber auch dein heiteres Wesen, deine unkomplizierte Art, deine Bescheidenheit ... ach, da kommt so ein westfälischer Sturkopp wie ich einfach nur ins Schwärmen.

Ich hielt inne und musste lachen: was war denn das, ein »Sturkopp«?

Vielleicht findest du es lächerlich, aber ich kann nicht anders, ich muss dich wiedersehen! Ich kann gar nicht mehr ABBA hören, ohne ständig an dich zu denken, Pretty Ballerina, Queen of the Dancing Floor! Bitte sag mir, ob ich dich besuchen oder irgendwo treffen darf, wo du problemlos hinkommen kannst. Ich komme auch nach Weimar, wenn du das willst.

Ich warte sehnsüchtig auf deine Antwort.

In Liebe dein Hermann

P. S.: Ich habe deine Privatadresse nicht, aber den Salon Anita habe ich über die Auskunft gefunden.

P. P. S.: Ich habe mich bei meiner Großmutter erkundigt: Großeballhorst ist wirklich ein alter westfälischer Name und hatte ursprünglich was mit den dicken Kartoffeln zu tun, die ein gewisser Horst im 18. Jahrhundert auf den Wochenmarkt brachte. Ich hoffe, du hältst mich nicht länger für einen Angeber!

P. P. P. S.: Wenn wir heiraten, können wir gerne deinen Namen annehmen!

Zitternd hielt ich den Brief und starrte an die grau verputzte Wand des Umkleideraums. Da hatte sich dieser schwarzlockige Westler doch tatsächlich in mich verknallt! Und wie süß der schrieb. Sein Humor war einfach goldig. Den hatte es ja so richtig erwischt! Mein Herz klopfte, und ich drückte seine bezaubernden Zeilen an meinen Kittelausschnitt.

Wie rührend war das denn! Wir hatten ja kein einziges Wort darüber verschwendet, wie es mit uns weitergehen sollte. Zumindest ich war fest davon ausgegangen, dass es nie ein Wiedersehen geben würde. Denn erstens gab es die Mauer, und zweitens, was noch viel wichtiger war: Mein Herz war ja gar nicht frei. Ich liebte ja Karsten!

Ich ließ den Kopf an den Spind hinter mir sinken. Das Blech war angenehm kühl. Der Brief schmeichelt dir natürlich, Sophie, gib es ruhig zu!, versuchte ich mein Herzklopfen zu beruhigen. Dieser Hermann ist ein lieber Kerl, und natürlich tut es dir gut, dass er so auf dich abfährt. Aber er lebt im Westen, also ist das Ganze völlig chancenlos.

Mein Herz schlug immer noch lauter als sonst. Was sollte ich denn jetzt machen? Ihm antworten? Aber was? Dass alles keinen Zweck hatte, dass er sich in Bielefeld und Umgebung nach einer passenden jungen Frau umschauen sollte, die ... Pfannkuchen backen und Trecker fahren konnte?

Die Tür flog auf und reflexartig steckte ich den Brief in meinen Kittelausschnitt. »Ach, du bist's, Gitti. Was hast du mich erschreckt!«

»Hier bist du! Ich such dich schon die ganze Zeit! – Was ist los mit dir, du glühst ja. Hast du Fieber?«

Sie sank neben mich auf die Bank und befühlte meine Stirn. »Du bist echt ganz heiß, und das obwohl es draußen so kalt ist!« Ohne eine Antwort abzuwarten, flüsterte sie, mit dem Kinn zur Tür zeigend: »Die Chefin scheint sauer auf dich zu sein. Was hast du denn angestellt?«

»Nichts«, beteuerte ich. »Ich habe mich nur mal kurz zurückgezogen. Mir stehen noch zehn Minuten Pause zu.«

Gitti zog einen Schrieb aus der Kitteltasche: »Die Chefin hat gerade die Post verteilt. Und schau mal, was ich hier habe: eine Einladung von einem Kunden-Ehepaar mit Freunden nach Karlsbad! Über Weihnachten und Silvester!«

»Wow!«, entfuhr es mir. »Nicht schlecht, Herr Specht!«
»Was ist denn das für ein Spruch?« Sie lachte.

In diesem Moment fiel mir ein, dass Hermann das öfter von sich gegeben hatte. Er hatte lauter solche Sprüche auf Lager.

»Keine Ahnung, wo ich das aufgeschnappt habe«, behauptete ich.

»Und was machst du über Weihnachten?« Gitti musterte mich von der Seite. »Dein Karsten ist natürlich wieder mit seiner Familie unterwegs. Scheiße, was?«

Gitti war ja die Einzige, die von Karsten wusste. Es tat ihr aufrichtig leid, dass er in mir nur die heimliche Geliebte sah und nicht öffentlich zu mir stand. Aber wir redeten normalerweise nicht groß darüber, es war ja nicht zu ändern.

»Ja, Karsten feiert mit seinen Schwiegereltern und den Kindern zu Hause.«

Ich zog Hermanns Brief aus meinem BH und grinste sie an:
»Hier! Noch ein Verehrer, den ich nicht haben kann.«

Gitti fiel fast in Ohnmacht, als sie das Briefpapier sah. Sofort schnupperte sie daran. »Dein Bulgarienflirt? – Wie edel! – Gott, was ist denn das? Waldmeister? Nein, jetzt weiß ich's: westdeutsches Leder!«

»Psst, Gitti, bitte!«

»Jetzt weiß ich auch, warum die Chefin so sauer ist! Er soll dir nach Hause schreiben!«

»Dann findet Marianne die Post!«

Außerdem würde Karsten die Briefe dort auch finden. Ich winkte ab: »Der schreibt sowieso bald nicht mehr. Ich will doch gar nichts von dem!«

»Nein?« Gitti inhalierte erneut den Duft. »Aber er offensichtlich von dir?«

»Er will mich wiedersehen«, murmelte ich ratlos. Eine Gänsehaut überzog mich.

»Und du?«

»Natürlich nicht. Wie gesagt: Ich habe bereits einen unerreichbaren Mann! Meinen Frustpegel muss man echt nicht noch steigern.«

»Eben drum. Der Karsten sollte sich deiner nicht zu sicher sein.«

»Ach, Gitti ... Er kann doch nichts dafür, dass er verheiratet ist.«

»Nein, aber du kannst was dafür, wenn du dich Weihnachten in deiner Wohnung langweilst. Oder hast du etwa Lust auf Marianne, Dieter und Doreen unterm Weihnachtsbaum?«

»Lieber sterbe ich.«

»Sophie!« Gitti packte mich an beiden Oberarmen. »Ich hab die Idee!«

»Nämlich?« Hoffentlich wollte sie nicht, dass Hermann in Zukunft an ihre Adresse schrieb. So lieb ich meine beste Freundin hatte: Meine Liebesbriefe wollte ich schon noch alleine lesen. Und außerdem sollte Hermann mir überhaupt nicht mehr schreiben. Das würde ich ihm freundlich, aber bestimmt mitteilen.

»Komm doch mit nach Karlsbad. Die haben sowieso ein Doppelbett für mich gebucht!«

Ich schluckte. Ihr Vorschlag war ja rührend, aber ...

»Und dann kann dein Westler da auch hinkommen.«

»Bitte? WAS?« Ich riss ihr den Brief aus den Händen. Meine Finger zitterten.

»Ja. Gib ihm doch wenigstens eine Chance!«

»Aber ich liebe Karsten Brettschneider«, rief ich im Brustton der Überzeugung. »Und nicht Hermann Großeballhorst aus der Nähe von Bielefeld!«

»Lauter, Sophie! Das wird die Chefin interessieren!«

»Oh, verdammt.« Ich schlug mir die Hand vor den Mund. »Hab ich das jetzt so laut in alle Welt posaunt?«

»Ziemlich.«

Schuldbewusst starrte ich sie an. »Karsten hat mich beschworen ...«

»Psst, ich weiß doch, Sophie. Hör zu.« Gitti flüsterte mir ins Ohr: »Schreib deinem Westler, dass du über Weihnachten und Neujahr in Karlsbad bist. Wenn er wirklich so verrückt nach dir ist, kommt er dahin.«

»Aber der kann bestimmt nicht! Seine Eltern führen ein Hotel, und er ist der einzige Sohn ...«

»Stell ihn auf die Probe! Wenn er es ernst meint ...«

»Nein, Gitti, solche Spielchen mach ich nicht.« Entschlossen sprang ich auf. »Das ist in jeder Hinsicht zwecklos und unfair obendrein.«

Gitti rieb sich die Nase.

»Na gut, Sophie. Aber überleg dir das mit Karlsbad. Mit oder ohne deinen Westler. Bevor du alleine zu Hause Frust schiebst, kannst du auch mit mir und den Leuten Spaß haben. Du bist jung und siehst verdammt gut aus. Hat dir schon mal jemand gesagt, dass du Agneta von ABBA ...?«

Ich schlug nach ihr.

»Klappe, Gitti! – Und überhaupt ist ABBA-Hören in der DDR streng verboten!«

Wir lachten und hatten beide ganz rote Flecken im Gesicht. War das Leben nicht aufregend?

6

Karlsbad, Silvester 1974

»Da kommt er!«

Gitti stand hinter mir am Fenster des altherrschaftlichen Hotels in Karlsbad und hatte die Hände auf meine Schultern gelegt.

Weihnachten war vergangen, ohne dass Hermann sich gemeldet hätte. Innerlich war ich hin und her gerissen: Einerseits war ich enttäuscht, dass er es mit seinen Briefen wohl doch nicht so ernst gemeint hatte. Andererseits war ich natürlich auch erleichtert, dass das neue Jahr nicht mit weiteren Komplikationen beginnen würde. Ich sehnte mich nach Karsten und zählte die Tage, bis wir uns in Weimar wiedersehen würden.

Dennoch hatte sich unser Glück eingetrübt, je näher die unvermeidlichen Weihnachtsferien gerückt waren. Da halfen auch keine Pralinen und keine Adventskalender mit Überraschungen. Jeden Tag brachte Karsten mir entweder selbst eine Kleinigkeit oder er schickte seinen Fahrer. Sogar ein blutrot blühender Weihnachtsstern zierte mein kleines Wohnzimmer. Mariannes prüfendes Auge hatte ihn natürlich sofort entdeckt, und sie hatte verstimmt gefragt, von wem der sei?! »Von einer Kundin«, so meine Standardantwort. Alles, was ich an Geschenken bekam, war »von einer Kundin«.

»Die müssen dich aber sehr lieben«, hatte Marianne nur spitz bemerkt.

»Ja, das tun sie. Ich habe nämlich magische Hände!« Das sagte Karsten immer!

Mein Herz zog sich voller Trauer zusammen: Karsten würde mit seiner Familie in der Villa sitzen, und ich würde keine Rolle spielen. Wieder einmal! Wie oft hatte Karsten schon behauptet, über eine gemeinsame Zukunft nachzudenken? Und wie oft hatte er mich gebeten, ihm der Kinder wegen noch ein wenig Zeit zu lassen?

Nachdem Hermann mir dann weitere süße Liebesbriefe geschrieben hatte, die alle herrlich nach Westen und Freiheit dufteten, war mein Kugelschreiber plötzlich fast gegen meinen Willen nur so übers Papier geglitten: »Ich bin übrigens über Weihnachten und Neujahr mit Freunden in Karlsbad. Wir werden es sicherlich im Schnee lustig haben und abends tanzen und feiern. Komm du auch gut ins neue Jahr und grüß die Familie Großeballhorst unbekannterweise.«

Dabei hatte ich natürlich insgeheim gehofft, dass er auch käme, und nun …

»Boah, was für ein schnittiger Wagen!« Gitti stellte sich auf die Zehenspitzen. »Ist das ein BMW?«

»Möglich.« Ich tat desinteressiert, dabei klopfte mir das Herz bis zum Halse.

Hermann sah wirklich umwerfend gut aus, wie er da aus seinem schwarzen Auto stieg und fröhlich den Kofferraum öffnete. Er trug einen schwarzen Rollkragenpullover, der mit seinen dunklen Locken zu verschmelzen schien. Er schaute nach oben und suchte die Fensterfront ab. Schnell huschte ich beiseite, aber Gitti winkte mit beiden Händen.

»Spring doch gleich raus zu ihm!« Peinlich berührt zog ich mir die Gardine vor den Kopf.

»Das sieht schon fast aus wie ein Hochzeitsschleier! – Schau nur, was der alles an Geschenken dabeihat!« Gitti hüpfte vor Aufregung wie ein kleines Mädchen. »Jetzt wink ihm schon! Er hat dich doch gesehen!«

Ich kam mir vor wie Rapunzel, als ich mich schließlich am Fenster zeigte. Sollte ich nun mein langes Haar herunterlassen?

Hermann legte beide Hände auf sein Herz. Bildete ich mir das nur ein, oder wurde er rot?

»Gott, wie süß ist der denn!«

Gitti rüttelte an meiner Schulter. »Der ist ja noch viel süßer, als du ihn mir geschildert hast!«

»Gitti.« Ich fuhr zu ihr herum. »Der Mann ist aus dem Westen. Wir spielen hier mit dem Feuer, und ich habe zu Hause schon so eine heimliche Flamme. Nicht so laut, wenn's geht!«

»Ja, aber das ist einfach zu aufregend! Heimliche Flammen sind die Würze des Lebens.« Gitti stürzte zur Tür. »Komm, worauf wartest du noch? Der steht jetzt in der Halle!«

Halb zog sie mich, halb sank ich hin. Mit wackeligen Beinen rannten wir die knarzende Treppe hinunter, und da stand er: Hermann, mein Bulgarienschwarm. Diesmal winterlich angezogen, aber nicht minder gut aussehend.

Er breitete die Arme aus, und ich ließ mich hineinsinken, in seine ganze männliche Begeisterung. Großeballhorst. Das waren nicht nur die Erdäpfel seiner Vorfahren! Oh Gott, Gitti! Ihr Gerede hatte mich ganz nervös gemacht! Als er mich an sich drückte, spürte ich sein wild schlagendes

Herz. Er war genauso aufgeregt wie ich! Was sollte das nur werden!

»Darf ich vorstellen, das ist meine Freundin Gitti ...«

»Sophie hat mir schon so viel von Ihnen erzählt!«

Sie strahlte ihn an, als wäre er mein Verlobter.

»Und wie sie eben mit der Gardine vor dem Kopf ausgesehen hat ... wie eine Braut!«

»Gitti, hältst du vielleicht einfach mal die Klappe.«

Ich hatte Gitti das große Indianer-Ehrenwort abgenommen, dass der Name Karsten nicht *ein* Mal fiel. Dasselbe Versprechen musste ich ihr bald noch einmal abnehmen, Hermann betreffend. Zwei verbotene Lieben ... Das Leben war spannend! Alles tausendmal besser, als in Weimar allein zu Hause mit Dieter und Marianne vor dem Schwarzweißfernseher zu sitzen! Landsmann, lieber Landsmann, jetzt ist es wohl so weit ...

»Na, dann lass ich euch Turteltauben jetzt mal allein.« Gitti verzog sich, und ich stand mit Hermann in der Halle. Einige tranken dort Tee und beobachteten uns, das war mir unangenehm. Verlegen rang ich die Hände.

»Warte einen Moment. Ich check nur schnell ein.«

Sehr weltmännisch sprach Hermann mit dem Mann an der Rezeption, und ich sah, wie ein Fünfzigmarkschein aus dem Westen den Besitzer wechselte.

»Er hat mir eine Suite gegeben«, strahlte Hermann mich an, während sein Gepäck von einem Liftboy abgeholt wurde. »Sophie, tut mir leid, dass es so lange gedauert hat. Aber ich musste Weihnachten im Familienhotel mithelfen, und in den letzten Tagen war Inventur. Damit konnte ich meine Eltern nicht alleine lassen.«

»Ist doch völlig okay.« Ich schluckte. »Ich hab sowieso nicht erwartet, dass du tatsächlich ...«

»Nein?« Er nahm mich am Arm. »Du hast nicht damit gerechnet, dass ich komme?«

»Ich weiß nicht ... Du kannst doch überallhin reisen, warum solltest du ausgerechnet nach Karlsbad ...?«

»Weil ich mich in DICH verliebt habe, Sophie?!« Er sah mich mit seinen dunklen Augen so warmherzig an, dass mir die Knie weich wurden.

»Ich habe mir in meiner Bude unterm Dach extra ein ABBA-Poster aufgehängt, nur weil ich dich immer vor Augen haben will. Meine Eltern denken, ich wär wieder in der Pubertät.«

Er lachte ansteckend.

»Sophie!«, hörte ich die Stimme meiner Mutter. »Du musst es ihm jetzt sagen. Er darf sich keine Hoffnungen machen, es geht so oder so nicht. Du musst ihm ja nichts von Karsten erzählen, aber die Ost-West-Situation ist ja hinlänglich bekannt. Und ABBA ist hier genauso verboten wie euer Techtelmechtel.«

Stattdessen sah ich mir dabei zu, wie ich mit ihm in einer Sitzecke saß, in meiner Teetasse rührte und ihm interessiert lauschte.

»Singapur hatte mir ein tolles Angebot gemacht, aber es wäre ein Zweijahresvertrag gewesen, und das hätte bedeutet, dass ich dich nicht wiedersehen kann.« Verständnislos sah ich seinem Mund beim Sprechen zu.

»Da habe ich abgelehnt. Ich möchte in deiner Nähe sein.«

»Moment.« Ich schluckte nervös. »Du hast MEINETWEGEN Singapur abgelehnt?« Das klang wie im Märchen.

»Aber Hermann, was denkst du denn, dass das mit uns werden ...«

»Pssst!« Er legte mir zwei Finger auf die Lippen. »Nicht so laut! Es müssen ja nicht alle mitkriegen!«

Er sah mich unter seinen dichten Wimpern so schmachtend an, dass ich wegschauen musste.

»Mein Vater war auch ziemlich verärgert darüber, denn so eine Chance kriegt man nicht zweimal, meinte er. Aber es gibt immer noch das Hotel auf den Malediven, und da ist der Vertrag auf ein halbes Jahr begrenzt.«

Er redete so begeistert weiter, dass ich ihn nur sprachlos anstarren konnte.

Was fantasierte der da? Dass ich in den Westen ziehen würde, mal eben so? Um bei Bielefeld sein Familienhotel mit ihm zu wuppen? Selbst wenn das möglich gewesen wäre, ich hatte nicht das geringste Interesse daran! Mein Leben in Weimar war wunderbar! Ich hatte eine eigene Wohnung, einen traumhaften Job in der wunderschönen Altstadt, meine dankbaren Stammkundinnen, einen noch traumhafteren Geliebten, ein eigenes Auto, ein Telefon und meine Freunde, allen voran Gitti. Das Leben machte jeden Tag Spaß, war spannend, vielseitig und romantisch ... bis auf ein paar kleine Schönheitsfehler wie die Mauer oder so. Aber das sollte doch jetzt wirklich nicht mein Problem sein. Ein hässlicher kleiner Gedanke nagte an mir: Karsten. Der saß jetzt sicher mit seiner Familie in seiner Villa und ließ Silvesterraketen krachen. Krachen lassen konnte ich es auch!

*

Wenige Stunden später tanzten wir in der Bar des Hotels ausgelassen auf der Silvesterparty. Gittis Kunden waren sehr nette Leute aus einflussreichen Kreisen, der Alkohol floss in Strömen, und auch Gitti konnte sich begeisterter Tänzer nicht erwehren. Um Hermann nicht allzu sehr in Sicherheit zu wiegen, tanzte ich auch mit sämtlichen anderen Männern aus unserer Clique. In den heißen Klamotten, die Hermann mir aus einer Modeboutique in Bielefeld mitgebracht hatte – er hatte mit Größe 36 goldrichtig gelegen –, machte mir mein großer Auftritt umso mehr Spaß. Wenn Karsten mich doch so sehen könnte!, dachte ich halb sehnsuchtsvoll, halb wütend, während ich zu Agnetas Stimme tanzte! *Nina, pretty ballerina* ... Die anderen lachten und klatschten im Takt, feuerten Gitti und mich an.

»Hat sie nicht Ähnlichkeit ...?«

»Hat dir schon mal jemand gesagt, dass ...?«

»Wer zum Teufel ist Nina?«, schrie ich übermütig, riss die Arme hoch, ließ die Haare wirbeln und wiegte mich in den Hüften. »*This is the moment she's waited for ...*« Oder etwa nicht?

Als es Mitternacht wurde, holten wir schnell unsere Mäntel und traten hinaus auf den verschneiten Vorplatz. Die Glocken läuteten, und Raketen stiegen zischend in den nachtschwarzen Himmel. Manche entfalteten sich zu prächtigen Mustern, standen wie riesige Lampenschirme am Himmel, bevor sie sich in silbrige Sternschnuppen verwandelten und dann ... verloschen. Ja, so war auch mein Leben. Ich fröstelte. Viel Schein und wenig Sein. Es sah alles so toll aus, aber was würde mir am Ende bleiben? Würde ich einsam als alte Jungfer sterben? Ach, Karsten, seufzte ich innerlich. Denkst du jetzt auch an mich? Frohes Neues Jahr, ich liebe dich. Ich will mit dir eine Familie gründen und noch viele Kinder haben ...

Plötzlich lag ich in zwei starken Armen.

»Frohes neues Jahr, Sophie. Ich liebe dich.«

Ich brauchte eine Sekunde, um zu begreifen, dass es Hermann war. Sein Bild gefror, während ringsum gelacht, gekreischt und sich zugeprostet wurde.

Wie konnte er das sagen? Wir kannten uns doch netto erst ein paar Tage! Was wollte er denn nur von mir?

»Ich mag dich auch, Hermann. Frohes neues Jahr.«

Wir küssten uns, ganz vorsichtig wie damals, als wir in Bulgarien am Flughafen voneinander Abschied genommen hatten. Damals war ich mir sicher gewesen, ihn nie wiederzusehen.

Der Kuss war schön und zärtlich. Er schmeckte nach mehr.

Hermann duftete verheißungsvoll nach ... Freiheit. Frei von Karsten? Ginge das? Würde ich das eines Tages sein?

Hermanns braune Augen kamen meinen ganz nahe, seine Wimpern schienen meine Wangenknochen zu streifen wie der Flügelschlag eines Schmetterlings. Er hielt mich ganz fest und strahlte mich an.

»Ich bin so glücklich in diesem Moment! So glücklich wie noch nie!«

Ich erstarrte. Das waren exakt die Worte, die ich vor Kurzem noch zu Karsten gesagt hatte! Wir hatten uns leise unter meiner Bettdecke geliebt, und er hatte mich wie immer auf Wolke sieben schweben lassen. Er musste mir immer den Mund zuhalten, damit meine Schwester nebenan nichts hörte. Und jetzt sagte ein völlig anderer Mann denselben Text. Ganz öffentlich und ohne sich zu verstecken! Am liebsten hätte ich IHM den Mund zugehalten!

Was sollte ich nur antworten? Trug ich jetzt etwa die Verantwortung für die Gefühle eines verliebten Hotelerben in spe aus der Nähe von Bielefeld? Er hätte genauso gut aus Alaska oder Timbuktu kommen können! Es gab für uns keine Zukunft.

»He Leute, wollt ihr hier erfrieren?« Gitti schwankte schon nicht mehr ganz nüchtern an uns vorbei und schwenkte ihre Handtasche in unsere Richtung. »Die Party geht weiter. Los, kommt! Wir spielen die Reise nach Jerusalem!«

Sehr witzig, dachte ich. Da komm ich nämlich auch nie hin.

*

Zurück in Weimar, nahm mein gewohntes Leben wieder seinen Lauf. Schon am Abend meiner Ankunft stand Karsten wieder auf der Matte. Wortlos sanken wir auf mein Bett und liebten uns leidenschaftlich und ausdauernd. Ich musste mich zwingen, dabei nicht an Hermann zu denken.

Karsten fragte nicht nach meinem Urlaub in Karlsbad und ich nicht nach seinem Weihnachtsfest im Bert-Brecht-Weg. Als verspätetes Weihnachtsgeschenk hatte er mir einen Kassettenrekorder mitgebracht, in dem schon eine Kassette steckte.

»Du kannst hier auch was aufnehmen, wenn du willst …« Karsten drückte die rote Aufnahmetaste und flüsterte: »Ich liebe dich, Zaubermaus, gib mir noch ein bisschen Zeit!«

Dann spulte er es zurück und spielte es wieder ab.

»Ich liebe dich, Zaubermaus, gib mir noch ein bisschen Zeit.« Klick.

»Ich liebe dich, Zaubermaus, gib mir noch ein bisschen Zeit.« Klick.

»Ich liebe dich, Zaubermaus, gib mir noch ein bisschen Zeit.« Klick.

Perplex sah ich ihn an. Sollte ich mir das in einsamen Momenten immer wieder vorspielen?

»Und jetzt du!« Er schob mir das Ding hin.

»Ich liebe dich auch, Karsten«, sprach ich hölzern hinein. »Ich gebe dir alle Zeit der Welt!«

Was sonst sollte ich sagen? Wenn ich ihm Druck machte, würde das nur das Gegenteil bewirken.

Auch das hörten wir wieder ab, aber meine Stimme war mir so fremd und klang so albern, dass ich Karsten anflehte, diesen Quatsch wieder zu löschen.

7

Weimar, Sommer 1975

»Fräulein Sophie, Sie sind meine beste Mitarbeiterin. Die Kundinnen singen die höchsten Loblieder auf Sie, und die Vorgaben unseres Betriebs sind weit überschritten. Davon profitieren wir alle.«

Frau Anita, meine Chefin, hatte mich in ihr Büro bestellt, und ich stand verlegen vor ihrem Schreibtisch.

»Danke!« Ich knetete verlegen die Hände. »Es macht mir aber auch Spaß, und die Kundinnen sind pflegeleicht, im wahrsten Sinne des Wortes ...«

»Ich würde Sie gern zur Ausbilderin ernennen. Wir bekommen drei neue Lehrlinge zugeteilt, die ich Ihnen anvertrauen möchte.«

Frau Anita strich über einen Aktenordner, der auf ihrem Schreibtisch lag.

»Wow, das ist ... Ich weiß gar nicht, was ich sagen soll.« Ich errötete bis unter die Haarspitzen. Das Leben meinte es wirklich gut mit mir!

»Das ist eine große Verantwortung, und Sie müssen den Mädchen immer ein Vorbild sein.«

»Ja, natürlich. Ich werde immer perfekt gepflegt und gestylt ...«

»AUCH in Ihrer Lebensweise.«

Sie schaute mich intensiv an.

»Ja, selbstverständlich.« Ich wusste gar nicht, wohin mit meinen Händen. Was meinte sie denn? Hatte sie etwa gesehen, wie mich Karsten abholte? Wusste sie, dass er verheiratet war? Ich biss mir auf die Unterlippe.

»Es wird nicht mehr vorkommen.«

»Das hoffe ich.« Sie wies mit dem Kinn auf die Tür. »Der Hörer liegt auf dem Tisch. Das ist das erste und letzte Mal.«

Mit wackeligen Beinen stand ich auf. Wie, der Hörer …? Rief Karsten mich etwa hier an? Er hatte mir doch extra zu Hause ein Telefon installieren lassen!

»Ja bitte? Hier ist Sophie?«, piepste ich ins Telefon. Frau Anita saß hinter der offen stehenden Tür im Nebenraum und hörte garantiert mit.

»Ich muss dich sehen! Ich stehe in einer Telefonzelle auf der anderen Straßenseite und parke um die Ecke!«

Mein Herz polterte noch lauter als vorher schon. Mein Mund war wie ausgedörrt. »Ähm, da müssen Sie sich geirrt haben, ich habe gar keinen Termin mehr frei …«

»Bitte, Sophie! Ich habe mich daheim davongestohlen und nur einen Tag Zeit!«

Ich schluckte trocken und versuchte ruhig zu atmen. Schließlich sagte ich so sachlich wie möglich:

»Ich arbeite heute bis neunzehn Uhr.«

Während ich die Hand auf die Sprechmuschel legte, spürte ich den Luftzug der sich schließenden Tür. Frau Anita demonstrierte Diskretion, aber die Art, wie sie die Tür schloss, ließ mich wissen: Sag's ihm, aber mit aller Deutlichkeit und zum letzten Mal.

»Wo kann ich auf dich warten, Sophie?«

Mir schwirrte der Kopf. Das konnte doch gar nicht sein! Aber als Westtourist konnte er natürlich beliebig nach Weimar reisen, als Grund konnte er eine Geschäftsreise angeben.

Ich nannte ihm meine Adresse.

»Gut, dann bis um acht.«

»Viertel nach«, hauchte ich noch ins Telefon, aber da hatte er schon aufgelegt.

Frau Anita wühlte geschäftig in ihren Unterlagen.

»Ein schwarzer BMW mit Westkennzeichen ist hier ein paarmal auf und ab gefahren. Fräulein Sophie, das kann ich hier nicht dulden.«

»Es kommt nicht mehr vor«, hauchte ich verstört.

Innerlich stand ich völlig unter Strom. Das war ja der Wahnsinn! Hermann, hier! Oh Gott, war das Leben spannend! Der Reiz des Verbotenen hatte sich verdoppelt! Ich fühlte mich ungeheuer lebendig, jung, schön, begehrenswert und komplett verrückt! Ich war knapp dreiundzwanzig Jahre alt und bebte vor Lebenshunger. Nur so konnte ich den Schmerz betäuben, den Karsten inzwischen Tag für Tag bei mir auslöste: »Lass mir Zeit. Ich bin noch nicht so weit.«

Bitte, mein Geliebter!, frohlockte eine Stimme in mir. Kannst du haben. Heute habe ich doch tatsächlich etwas anderes vor, als auf dich zu warten.

*

Als es um kurz nach acht an meiner Wohnungstür klingelte, betete ich, dass es nicht Karsten war, der sonst oft um die Zeit kam, manchmal durchaus auch unangekündigt. Ich starrte durch den Spion. Nein, alles gut. Alles gut? Es war Hermann. Was war daran gut? Mein Herz polterte wie wild.

Rasch zog ich ihn hinein und schloss die Tür wie üblich so leise, dass meine Schwester hoffentlich nichts davon mitbekam.

»Hermann! Bist du verrückt? Wie hast du …?«

Er verschloss mir den Mund mit einem Kuss. Träumte ich das jetzt? Normalerweise stand sonst Karsten hier und küsste mich. Hermanns Kuss schmeckte anders. Aber keinesfalls schlecht anders. Wie sollte ich denn das jetzt gebacken kriegen? Mein Herz raste, als ich leise Schritte im Treppenhaus vernahm.

»Sophie, entspann dich!«, hauchte mir Hermann ins Ohr. »Ich tu dir nichts, was du nicht willst!«

Doch die Schritte entfernten sich.

Mir war ganz schwindelig, auch weil mich wieder dieser herbe Leder-Tabak-Tannenwald-Duft umfing, der mich an unsere Nächte in Bulgarien und Karlsbad erinnerte. Daran, wie wir getanzt, gelacht, herumgealbert hatten, und wie cool ich mich mit einem so schönen Mann aus dem Westen gefühlt hatte. Wie alle geschaut hatten!

Ja, Hermann war schon eine tolle Nummer. Er schmeichelte mir ungemein, und mein Selbstbewusstsein schnurrte unter seinen Blicken und Küssen wie eine Schmusekatze. Er nannte mich auch nicht Zaubermaus, sondern bei meinem Namen. Das machte etwas mit mir. Ich fühlte mich gleich ein Stück erwachsener. Und nicht so austauschbar.

Aber ich liebte doch Karsten! Der war allerdings mein kleines großes Geheimnis. Und Hermann war mindestens genauso verboten. Er war ein Westler! Was machte ich denn da bloß?? Genauso gut hätte ich ein Krokodil küssen können. Oder einen Frosch gegen die Wand werfen? Würde dann endlich ein erreichbarer Mann vor mir stehen?

Meine Körperhärchen stellten sich senkrecht. Fast glaubte ich spüren zu können, dass Karsten vor der Wohnungstür stand und sein Ohr gegen die Tür drückte.

»Pssst, Hermann, wir müssen ganz leise sein!«

»Sophie! Ich musste dich sehen!« Hermann strich sich die Locken aus dem Gesicht und warf seinen Mantel über meinen Stuhl.

»Ich liebe dich, ich krieg dich nicht mehr aus dem Kopf!«

»Hermann, ich mag dich ja auch ...«

Oh Gott, hatte es da an der Wand geknackt? Hinter dem roten Samtstoff im Goldrahmen? Quatsch, ich hörte schon Gespenster!

»Ich hab dir die neueste ABBA-Kassette mitgebracht!«

»Oh, danke!« Innerlich jubelte ich. Das war alles so herrlich verboten! »Aber wir können sie nur leise hören! Meine Schwester wohnt da drüben ...« Lass das bloß Dieter nicht hören, sagte ihre Stimme streng in meinem Kopf.

Es hatte schon etwas sehr Reizvolles, als Hermann mit seinen langen Fingern die »Ich liebe dich, gib mir Zeit«-Kassette von Karsten herausnahm und seine ABBA-Kassette einlegte. Ganz dicht an mein Ohr hielt Hermann den Rekorder.

Agneta und die anderen sangen.

»I do, I do, I do, I do, I do ...«

»Aiduu, aiduu, aiduu«. Ich kicherte verlegen. »Ist das ein westfälischer Landjodler?«

Hermann lachte mich aus. *»I do* heißt wortwörtlich ›Ich mache es‹.«

»Ich mache es«, wiederholte ich verwirrt.

Und wir machten es.

Ich musste mich mehrmals kneifen, um zu begreifen, dass

es Hermann war und nicht Karsten, mit dem ich jetzt eng umschlungen auf dem Bett lag und herumknutschte, dass die Matratze quietschte!

Und er hielt mir auch kein bisschen den Mund zu. Ich quietschte gleich mit.

Oh Gott, was sollten Marianne und Dieter jetzt von mir denken!

Als wir endlich wieder sprechen konnten, flüsterte Hermann:

»Ich habe ein Angebot in Miami Beach und wollte es dir unbedingt persönlich sagen.«

»Aber das ist ... toll! Miami, das klingt einfach traumhaft!«

Eine Mischung aus Hysterie und Erleichterung machte sich in mir breit. Miami Beach! Das klang nach Freiheit und Sonne und Hippies und langen Haaren und Marihuana, nach fetten Autos und Kaugummi und Wärme und Erotik. Zum ersten Mal fühlte ich mich gefangen im eigenen Land. Warum konnte ich da nicht hin? Ach, sollte er doch da hinfliegen, ein Mädchen aus Florida in den Armen halten und mich vergessen! Doch vor meinem inneren Auge sah ich mich selbst im Bikini in einem Cabrio über die Strandpromenade cruisen und »Aiduu, aiduu, aiduu« brüllen.

Gleich darauf bekam ich ein schlechtes Gewissen. Wie oft hatte man uns in der Schule gepredigt, wie schlimm und verdorben der Westen sei, vor allem Amerika, wo alle Drogen nahmen, kriminell waren und obdachlos auf den Straßen herumhingen, wo sich die Kinder nur von Fastfood ernährten, weil sich niemand um sie kümmerte und ...

»Für wie lange?«, hörte ich mich plötzlich fragen. »Wolltest du nicht auf die Malediven?«

»Miami ist besser. Fortschrittlicher. Ein Jahr.«

Hermann sah mich flehentlich und gleichzeitig verzweifelt an.

»Hältst du das aus?«

Am liebsten hätte ich laut aufgelacht! Hallo? Ich? Aushalten? Hahahaha! Als wenn das je zur Debatte gestanden hätte! Hermann sollte ruhig nach Amerika gehen. Es schmeichelte mir, dass so ein Mann von Welt überhaupt einen Gedanken an mich verschwendete. Und jetzt stand er auch noch hier! Beziehungsweise lag. Genau dort, wo sonst Karstens Platz war. Ich unterdrückte ein hysterisches Kichern.

»Hermann, ich denke nicht, dass ...«

Er legte mir die Hand auf den Mund, was mich langsam hysterisch werden ließ. Ja, wir hatten in der Silvesternacht auch ziemlich heftig geknutscht, und ich war zugegebenermaßen mehrmals in seiner Suite aufgewacht, aber den Rest hatte ich komplett verdrängt.

Ein Westler geht gar nicht. Das war fest in mir verankert.

Es reichte schon, dass Karsten nicht ging. Noch nicht. Aber auf Karsten konnte ich wenigstens hoffen. Das mit Hermann war völlig aussichtslos. Immer wieder hämmerte ich mir das ein.

Wenn in Karlsbad was mit Hermann gewesen war, dann nur, um mir zu beweisen, dass ich genauso handeln konnte wie Karsten. Dadurch hatte ich mich einfach besser gefühlt. Besser ... und gleichzeitig miserabel.

Aber das war ja nun schon wieder ein halbes Jahr her! Und in diesem halben Jahr hatte ich fast täglich Karsten gesehen, Karsten geliebt, mit Karsten Pläne geschmiedet und mit Karsten gelacht. Es herrschte eine Vertrautheit mit Karsten, als wären wir verheiratet. Obwohl er keine meiner Kundinnen persönlich kannte, hatte ich ihm schon alles Mögliche über sie berichtet, von ihren Pickeln bis zu ihren eingewachsenen Zehennägeln, von ihren Ehestreitigkeiten bis von ihren Verwandten aus Westberlin, ganz vertraulich natürlich, und wir hatten eine Menge Spaß gehabt.

Auch über die West-Kundinnen hatte ich ihm hinter vorgehaltener Hand die verrücktesten Dinge erzählt, wenn wir nachts flüsternd unter der Bettdecke lagen.

Aber immer, wenn ich ganz vorsichtig über eine gemeinsame Zukunft sprach, blockte Karsten ab und wechselte das Thema.

Und nun: Kontrastprogramm! Hier stand Hermann, der lustige, unkomplizierte dunkle Lockenkopf, der fest davon ausging, dass wir ein Paar würden!

Hermann zauberte eine Flasche Rotwein und ein paar Delikatessen aus der Vorratskammer seines Familienhotels bei Bielefeld hervor: »Westfälischer Beinschinken«, »Pumpernickel«, »Pickert« und anderes merkwürdiges Zeug. Außerdem noch eine riesige Dose selbst gebackener Kekse von seiner Oma, von der er mir immer vorgeschwärmt hatte. Eine herzensgute, fromme, katholische Frau, die nach dem Krieg ihren Sohn, Hermanns Vater, allein aufgezogen und das Familienhotel durch harte Arbeit am Laufen gehalten hatte.

Mangels Platz sanken wir zum Essen wieder auf mein Bett. War hier vor wenigen Stunden noch Karsten drin gewesen? Nicht daran denken!

Während Hermann mich mit köstlichen Häppchen aus seinem Landhotelsortiment fütterte, erzählte er mir, was sich seit unserem Karlsbadaufenthalt alles so zugetragen hatte:

Sein Vater hatte irgendwas am Unterleib, worüber er nicht sprechen wollte. Er wollte sich aber nicht operieren lassen, denn dann würde es ganz Ostwestfalen-Lippe wissen. Nur Hermann, seinem Sohn, hatte er sich in einem Männergespräch anvertraut. Der solle jetzt unbedingt seine Ausbildung im Ausland fortsetzen und dann das Familienhotel übernehmen. Es sei quasi allerhöchste Eisenbahn.

Und jetzt meldete sich Hermann quasi für ein Jahr Amerika bei mir ab. Als hätte ich da was mitzureden! Um mir dann von der Zukunft vorzuschwärmen, was Karsten nie tat!

»In den neuen Anbau kommt dann ein Schönheitssalon, und der wird dein Revier! Unsere Hochzeit werden wir groß feiern, meine Eltern freuen sich so sehr darauf!«

Ich schüttelte nur fassungslos den Kopf. Wie stellte er sich das eigentlich vor?

»Psst, Hermann, nicht so laut! Die Wände sind so dünn hier!«

Hermann beschwor mich, auf ihn zu warten. »Ich werde dir so oft wie möglich von Miami aus schreiben, Sophie. Du darfst nicht aufhören, daran zu glauben, dass wir eines Tages zusammenleben werden! – Stell dir nur vor, ein gemeinsames Hotel. Sie werden uns die Bude einrennen. Wenn sie dich sehen, werden wir ein ganz anderes Publikum erreichen. ›Salon Sophie, Schönheit für Geist und Seele‹«, malte er in die Luft. »So sportlich wie du bist, könntest du auch Aerobic anbieten!«

»Das kenne ich nicht.«

»Das ist in Amerika der letzte Schrei! Du musst nach Amerika gehen und dort Kurse machen!« Er strahlte mich so begeistert an, dass mir ganz schwindelig wurde. Das war eine so andere Welt, in die ich nie einen Fuß setzen würde. Warum konnte er das denn nicht begreifen!

»Aber Hermann, ich …«

»Liebe kennt keine Grenzen, Sophie. Ich habe mich erkundigt. Du kannst einen Ausreiseantrag stellen! Natürlich nur, wenn du willst!«

Hermann sah mich flehentlich an.

»Du willst doch, Sophie?«

Ich entwand mich seiner Umarmung.

»Ich … ich habe noch nie darüber nachgedacht. Es geht mir doch super hier!«

»Sophie! Es geht dir doch nicht super. Du bist hier eingesperrt!«

Er nahm meine Hände und drückte sie ans Herz.

»Du kannst dich auf die Menschenrechte berufen! Es gibt ein Abkommen, das sogenannte Helsinki-Abkommen, davon wissen im Osten die wenigsten. Hier, ich habe dir einen *SPIEGEL* mitgebracht …« Jetzt flüsterte er wieder, griff in seine Reisetasche und kramte darin herum.

»Aber ich habe doch schon einen Spiegel …«

»Die Zeitschrift!«

Ich war wirklich hinterm Mond.

»Nein, nicht doch«, wehrte ich mit beiden Händen ab. »Das wird hier nicht gern gesehen. Marianne hat schon Ärger wegen ihrer Quelle-Kataloge, und Dieter meint, er könnte seinen Job verlieren, wenn West-Schund bei uns gefunden wird!«

Diese orangefarbene Zeitschrift mit irgendeinem Politiker drauf sah gefährlich aus. Die wollte ich nicht in meiner Wohnung haben.

Wieder verschloss mir Hermann den Mund mit einem Kuss. Es fühlte sich so surreal an, dass ich sicher war, nur zu träumen. Fast außerirdisch: Marsmensch überfällt Frau von der Venus und möchte sie mit ins All nehmen. Und das alles bei Vollmond. Aufwachen!

Das mit Karsten war Realität. Oder? Mit ihm konnte ich mir ein Leben vorstellen. Aber er sich auch mit mir? War Karsten vielleicht ebenfalls auf dem Mars, und ich merkte es einfach nur nicht?

»Hermann, ich denke nicht, dass ...«

Es klingelte.

Wie versteinert saßen wir auf dem Bett. Oh Gott, Karsten, natürlich. Das musste ja so kommen. Es war nach zweiundzwanzig Uhr. Manchmal schaffte er es einfach nicht, sich vorher von seiner Familie fortzustehlen.

Mein Herz setzte einen Schlag aus. Zwischen Hermann und mir lag nicht nur die ganze Palette an Köstlichkeiten aus Bielefeld, sondern auch noch die ABBA-Kassette und dieses orange Westblatt mit der gefährlichen Hetze.

Es klingelte wieder. Dann klopfte es auch noch an der Tür!

Wie mit einem Mühlstein um den Hals schleppte ich mich hin. Hermann wusste auch nicht so recht, was er machen sollte, aber da er ein Ehrenmann war und nichts zu verbergen hatte, blieb er einfach mit nacktem Oberkörper auf dem Bett sitzen. Ihm war überhaupt nicht bewusst, was hier alles verboten oder zumindest unerwünscht war. Aber woher denn auch? Es war mir ja selbst gar nicht richtig bewusst: Viel zu selbstverständlich nahm man die Einschränkungen, Verbote und Bespitzelungen durch Nachbarn hin und versuchte, nicht aufzufallen. Man hatte längst gelernt, sich anzupassen und sich heimlich die Dinge zu besorgen, die man haben wollte, seien es nun Westkaffee, Westjeans, Weststrumpfhosen oder eben ABBA-Kassetten. Oder ein westlicher Liebhaber. Gott, Letzteres ging wirklich GAR nicht!

Eine Sekunde lang erwog ich, ihn zu bitten, sich unterm Bett zu verstecken, aber wohin hätte das geführt? Wenn Karsten und ich da gemeinsam drauflagen, konnte es auch schon mal tief sinken. So wie auch ich schon sehr tief gesunken sein musste. Weiter wollte ich überhaupt nicht denken.

Ich spähte durch den Spion, und ein graublaues Auge schaute zurück.

»Sophie! Ich weiß, dass du zu Hause bist!«

»Marianne!« Erleichtert machte ich die Tür einen Spalt auf.

»Dieter sagt, es steht ein Westauto bei uns auf dem Parkplatz. Er fragt schon alle Mieter im Haus, ob sie wissen, von wem das ist ...« Schon stand sie in der Wohnung. Und erstarrte, als sie den westfälischen Adonis in meinem Bett sah.

»Oh. Du hast Besuch.«

Marianne hatte schon ihr Schlafzimmerensemble an, eine Art Schlafrock über geblümtem Pyjama. Im Gesicht hatte sie großzügig die Maske verteilt, die ich ihr aus dem Salon Anita organisiert hatte.

»Gott, das kann man ja nicht ahnen ...« Sie wischte sich sinnlos im Gesicht herum und das grünliche Ergebnis ihrer Bemühungen am Bademantel ab.

»Ja, wie gesagt, Dieter hat ein Westauto auf unserem Parkplatz bemerkt, und um diese Zeit ...«

»Ich fahr gleich wieder.« Hermann hatte sich erhoben und reichte Marianne die Hand. »Ich habe hier nur kurz was abgegeben.«

Mariannes Blick fiel auf das Stillleben auf dem Bett. Krümel und Rotwein und Plätzchen und eine Ansichtskarte vom Landhaus Großeballhorst, zart schmelzende lila Westschokolade und die ABBA-Kassette. Und der *SPIEGEL*.

Ihr Blick versteinerte. »Seid ihr verrückt? Wenn Dieter das sieht ...«

»Muss er ja nicht.« Geistesgegenwärtig schob ich den *SPIEGEL* mit dem Fuß unter das Bett. »Jetzt weißt du ja, wem das Westauto gehört. Kannst es ihm ja sagen.«

Trotzig hielt ich ihrem Blick stand. Eine Weile standen wir uns schweigend gegenüber, meine Schwester und ich. Ihr Blick saugte sich an dem schönen schwarzlockigen Hermann fest.

»Was machen Sie denn hier? Meine Schwester hat mir ja gar nicht ...«

»Auch ein Glas Wein?« Galant schenkte er ihr einen Schluck ein.

»Nein, ich ... Ach warum nicht.« Hastig trank sie ihn aus. »Und Sie sind?«

»Hermann Großeballhorst aus der Nähe von Bielefeld.«

Marianne entfuhr ein nervöses Kichern, das in ein Hüsteln überging.

»Und ihr kennt euch woher?«

»Aus Bulgarien. Und Karlsbad.«

Hermann lächelte weiterhin höflich und war Marianne gegenüber äußerst respektvoll. Ich hatte ihm ja schon von ihr erzählt und erwähnt, dass meine drei Jahre ältere Schwester ein bisschen die Mutterrolle bei mir übernommen hatte.

»Es freut mich sehr, Sie kennenzulernen. Ich hatte gehofft, bei Ihnen und Ihrem Mann morgen noch einen

Antrittsbesuch machen zu können, bevor ich für ein Jahr nach Florida gehe.«

Marianne blieb der Mund offen stehen.

»Lasst das bloß nicht Dieter wissen«, wiederholte sie.

»Ich hätte gern mehr Zeit mitgebracht, aber die Umstände haben diesen Spontanbesuch nötig gemacht.« Hermann schenkte Marianne das Glas wieder voll. »Wenn es diesmal nicht passt, kann ich das gut verstehen. Ich liebe Ihre Schwester und habe ihr gerade die Möglichkeiten eines Ausreiseantrags ...«

»HERMANN!«

»Lasst das bloß nicht Dieter ...«

In dem Moment hämmerte es wieder an die Tür. Ich wollte im Erdboden versinken. Bitte, lieber Gott, wenn es dich gibt, lass das jetzt nicht Karsten ...

»Marianne? Bist du da drin?!«

Es war Dieter! Mit dem Rücken lehnten wir Schwestern uns beide reflexartig gegen die Wohnungstür.

»Ich war jetzt überall klingeln, und keiner weiß, wem das Westauto gehört!«

Panisch schob ich Marianne zur Tür hinaus und zog sie hinter ihr zu.

»Sophie auch nicht«, hörte ich Marianne sagen. »Sie war schon im Bett.«

*

In dieser Nacht blieb Hermann bei mir. Nach der halben Flasche Rotwein ließ meine Angst, Karsten könnte noch auftauchen, immer mehr nach. Hermann schwärmte ununterbrochen von seiner schönen Heimat im Teutoburger Wald, vom gemütlichen Landhaus Großeballhorst am Waldrand, von seinen Plänen, es auszubauen und mich als seine Zukünftige zur Schönheitskönigin von Ostwestfalen-Lippe zu machen. Der Wein tat seine Wirkung, und es hörte sich alles großartig an. Wir liebten uns noch mal, und es fühlte sich ebenfalls großartig an.

Schlaflos lag ich neben meinem Adonis, der auch kein Auge zutun konnte. Dann musste er leider los.

Mit zitternden Fingern schloss ich im Morgengrauen die Tür hinter meinem Geliebten Nummer zwei. War ich vollkommen verrückt geworden?

Als Hermann weg war, fühlte es sich jedenfalls so an. Ich hatte ein schrecklich schlechtes Gewissen wegen Karsten, mit dem ich nun schon fast zwei Jahre zusammen war.

Die ABBA-Kassette hütete ich ebenso wie den *SPIEGEL* in einer Kiste unterm Bett, in der auch weitere Milka-Schokolade, Lux-Seife und die anderen Geschenke von Hermann ihr Dasein fristeten.

Dieter dagegen machte mir am Abend die Hölle heiß, und es fühlte sich fast gut an, dass mir wenigstens einer ins Gewissen redete.

»Sophie, ich muss dir doch nicht sagen, dass dein Westkontakt absolut unerwünscht ist?«

Ich bedachte Marianne mit einem verächtlichen Blick. Hatte sie also gepetzt!

»Es gibt viel zu viele Kriminelle und Mörder im Westen! Es ist viel besser, hier im Osten zu leben!«, ereiferte sich Dieter, und die kleine Doreen, die mit am Tisch saß, starrte ihren Vater mit großen Augen an. »Die Deutsche Demokratische Republik ist der sicherste Ort zum Leben! Der Staat kümmert sich um alle, jeder hat Arbeit, und keiner schläft auf der Straße! Das Schulsystem ist viel besser, und die Stasi merkt man fast gar nicht.«

»Dieter!«, zischte Marianne. »Was soll das nun wieder!«

»Jaja, reg dich ab«, murmelte ich in meinen Pfefferminztee hinein.

»Nein, ich muss dir das so deutlich sagen! Du bist jung und naiv und gefährdet, auf solche Blender wie diesen langhaarigen Westler reinzufallen!«, echauffierte sich Dieter. »Niemand in diesem Staat muss Hunger leiden, und alle Kinder gehen zur Schule, wo sie täglich mit einer warmen Mahlzeit und einem Liter Milch versorgt werden. Stimmt's, Doreen?«

»Ja, Vati.«

»Als Frau kannst du zu Hause bleiben wie Marianne oder deinen Beruf ausüben, wie du! Trotzdem kannst du Mutter werden, denn schon die Kleinsten haben einen garantierten Krippenplatz. Es gibt nicht den geringsten Grund, über eine andere Lebensart nachzudenken!«

»Tu ich ja auch gar nicht.«

»Und dieser Kerl mit dem fetten Auto hat das doch nur von seinen Eltern. Wie heißt der? Großeballhorst? Ja, so sieht der auch aus. Das ist ja zum Totlachen!«, bölkte Dieter, ein Leberwurstbrot im Mund. »Reiner Kapitalismus, Besitz und Großbürgertum, lass dich bloß nicht davon ködern! In Wirklichkeit sind das alles alte Nazis und Verbrecher.«

Ich starrte meinen Schwager kopfschüttelnd an. »Was regst du dich denn so auf? Ich habe überhaupt nicht vor ...«

»Marianne sagt, dieser Angeber geht nach Amerika und setzt dir irgendwelche Flausen in den Kopf!«

»Ja, er geht nach Amerika.« Ich knallte meine Tasse auf den Küchentisch. »Und damit ist er jetzt kein Thema mehr!«

Wieso wollten mir plötzlich die Tränen kommen? Warum hatte Marianne mich verraten? Ich fühlte mich so abgekanzelt wie ein zwölfjähriges Gör. Dabei war ich erwachsen und selbstständig!

Marianne konnte es sich nicht verkneifen, mir noch den Rest zu geben:

»Wenn sich das bei uns im Haus herumspricht, kriegen wir alle den größten Ärger! Vergiss nicht, dass Dieter Polizist ist! Er muss sich vor seinen Genossen verantworten. Wir sollten alle ein Vorbild sein und dürfen keinerlei Anlass zu Spekulationen bieten!«

»Ich will hier nie wieder diese kapitalistische Karre sehen«, schrie Dieter und haute mit der flachen Hand auf den Küchentisch, dass die Tassen flogen: »Das ist eine unverschämte Provokation, und das lass ich mir nicht bieten!«

»Ist ja gut, Leutnant Drawitz«, murmelte ich genervt und schlug unter dem Tisch die Hacken zusammen.

»Ist das versprochen?«, donnerte mein Schwager so geifernd, dass Marianne und Doreen ängstlich zusammenzuckten.

»Versprochen. Reg dich ab. Ich seh ihn nie wieder.«

*

Noch am selben Abend lag ich wieder in Karstens Armen. Er war wie immer innig und leidenschaftlich. Er entschuldigte sich vielmals, es die letzten Abende nicht mehr geschafft zu haben: »Jana ist krank geworden, ich glaube, es sind die

Masern. Ich konnte Ingeborg nicht mit ihr allein lassen. – Und, wie hast du die Zeit verbracht?«

Ich biss mir auf die Zunge, um nur kein Sterbenswörtchen zu verraten.

»Ach, ich war bei Marianne und Dieter, und wir haben wie immer gestritten ...«

»Dann habe ich ja nichts verpasst.« Karsten legte sich vorsichtig, aber auch fordernd auf mich und spreizte mit seinen Knien meine Beine auf eine Art, die mich verrückt machte, bedeckte mein Gesicht mit Küssen. »Ich habe dich schrecklich vermisst, Zaubermaus ...«

Hoppla, was war nur los mit mir? Ich stand doch so wahnsinnig auf ihn. Normalerweise gab ich mich ihm vertrauensvoll hin, aber diesmal spürte ich, wie ich mich verspannte. Unterm Bett, das geräuschvoll knarrte, lag dieser *SPIEGEL*, diese westliche Propaganda. Die ganze Zeit hatte ich Angst, Karsten könnte auf die Idee kommen, mal unterm Bett nachzusehen. Aber warum hätte er das tun sollen? Er ahnte doch nichts von Hermann. Wer hätte es ihm sagen sollen? Marianne und Dieter ahnten schließlich nichts von Karsten, kannten ihn nicht und waren ihm noch nie begegnet.

»Liebes! Du bist ja gar nicht bei der Sache! Genießt du es denn heute gar nicht?«

»Doch, Karsten. Es ist wie immer wunderschön.«

Karsten tat die Dinge, von denen er wusste, dass sie mich auf Wolke sieben brachten. Wir waren so eingespielt wie ein Ehepaar, es gab keine Falte, kein Haar und kein Muttermal, das wir beim anderen nicht kannten.

Ich machte mich locker, aber während wir miteinander schliefen, ertappte ich mich dabei, wie ich an Hermann dachte. Sein Gesicht tauchte vor mir auf, seine dunklen Augen, seine schwarzen Locken fielen mir in die Stirn ...

»Ich liebe dich, Kleines!«

»Ich liebe dich auch ...«

Karsten presste mir die Hand auf den Mund und sackte gleichzeitig über mir zusammen.

Und ich? Ich spielte ihm vor, dass ich auch gekommen war, wie immer gleichzeitig mit ihm, auf einer Woge der Vertrautheit und Routine.

Dabei dachte ich an Hermann und seine verrückten Träume. Ob er jetzt schon im Flieger saß? Nach Miami? Und dabei an mich dachte?

»Liebes, irgendwie bist du heute gar nicht ganz da.« Karsten hatte sich eine Zigarette angezündet und blies den Rauch knapp an meinem Gesicht vorbei.

»Ich weiß nicht, vielleicht werde ich krank«, murmelte ich verlegen. »Sind Masern ansteckend?«

»Dem müssen wir dringend entgegenwirken.«

Karsten richtete sich auf und kramte eine Kassette aus seiner Hosentasche.

»Hier. Hab ich dir überspielen lassen. ABBA. Magst du doch so gern.«

Ich wollte gleichzeitig lachen und weinen, tat aber so, als sei nichts Besonderes.

Und dann hörten wir ganz leise zusammen die Kassette: *So when you're near me, darling, can't you hear me, S.O.S.!!*

Wenn du neben mir liegst, Liebster, kannst du mich trotzdem nicht hören, Hilfe!

ABBA schienen es für mich geschrieben zu haben.

8

Weimar, Anfang 1976

Hermann war jetzt tatsächlich in den USA, und ich hörte wochenlang nichts mehr von ihm. Stattdessen kümmerte sich Karsten umso liebevoller um mich. Diesmal hatte er nur die Weihnachtstage mit seiner Familie verbracht. Zu Silvester nahm er mich mit nach Leipzig in ein tolles Hotel, direkt am Bahnhof. Ein alter riesiger Prachtbau, in dem abends im Ballsaal die Post abging. Karsten hatte mir aus dem Intershop ein wunderschönes knallrotes Cocktailkleid gekauft, dazu Nylonstrumpfhosen und schwarze knöchelhohe Lackstiefel, die voll angesagt waren. Während wir als wohl schönstes Paar durch den festlich beleuchteten Saal schwebten, genoss ich unseren Anblick in den vielen Spiegeln. Ach, wenn es doch nur immer so bleiben könnte! Wir passten einfach so gut zusammen. Wenn wir tanzten, waren wir wie eine Person. Leicht wie eine Feder schwebte ich in seinen Armen dahin. Es war, als wären wir zwei Marionetten, die an unsichtbaren Fäden hingen, gelenkt von ein- und derselben Hand. Die Leute bildeten schon einen Kreis um uns, und ich genoss die bewundernden Blicke. DAS hier passte, DAS hatte Zukunft! Karsten war so stolz auf mich, dass er über beide mit Koteletten bewachsenen Backen strahlte. Er kannte eine Menge interessanter Leute, und wir waren an jedem Tisch willkommen.

Auch Karstens Freunde und Kollegen forderten mich zum Tanzen auf, und ich fühlte mich wie der Mittelpunkt des Abends. Diesmal wurde nicht ABBA gespielt, und trotzdem fühlte ich mich wie die *Pretty Ballerina*.

»Wo leben Sie in Leipzig? Wir haben Sie noch nie gesehen«, sprach mich eine gut aussehende Frau an der Bar an, als ich durstig ein Glas Wasser hinunterschüttete.

»Ach, wir leben gar nicht in Leipzig. Wir kommen aus Weimar.«

»Und? Haben Sie Kinder?«

»Drei«, platzte es aus mir heraus. Verträumt lauschte ich dem Klang meiner Stimme.

»Oh! Dafür sehen Sie aber jung aus!« Die Dame musterte mich bewundernd. Und Ihre Figur hat nichts eingebüßt!«

»Wir haben eben früh angefangen und gute Gene!« Lachend vor Übermut ließ ich sie stehen.

Was war das denn gewesen? Wieso hatte ich das gesagt? »Wir kommen aus Weimar. Wir haben drei Kinder.« Sie hatte es geglaubt!

Es fühlte sich einfach wunderbar und richtig an! Ich liebte ja die Kinder! Das musste Karsten doch auch spüren. Und er liebte mich auch, daran bestand kein Zweifel!

Wir genossen das prächtig ausgestattete Hotelzimmer mit den frisch gestärkten Laken, den Blumen und den kuschelweichen Bademänteln im altmodischen, aber herrschaftlichen Bad, in dem wir uns gegenseitig in der Wanne verwöhnten.

Schade, dass Marianne das nicht sehen kann!, dachte ich immer wieder. Du hast so ein erbärmliches Würstchen, das sich als dein Herrscher aufspielt. Und ich habe so einen

Traummann, der alle anderen in die Tasche steckt und mir außerdem meine Freiheit lässt.

Dass ich eigentlich zwei Traummänner hatte, verdrängte ich. Im neuen Jahr sollte Hermann kein Thema mehr sein. Es hatte keinen Zweck. Aus, basta.

Am Neujahrsmorgen saßen Karsten und ich an einem der besten Tische im Restaurant und frühstückten wie die Könige.

»So könnte es bleiben«, seufzte ich, während ich mir genüsslich Marmelade auf mein frisches Brötchen strich.

»So wird es auch eines Tages sein«, sagte Karsten. Mit großer Geste zog er einen Ring aus einem kleinen Kästchen, der an einer feinen Goldkette hing: »Der soll dir beweisen, dass ich ganz fest an uns glaube.«

Er strich mir das Haar aus dem Nacken und befestigte das dünne Kettchen um meinen Hals. Der Ring lag genau zwischen meinen Schlüsselbeinknochen in der kleinen Kuhle, über die Karsten so gern zärtlich mit dem Finger strich.

»Du kannst ihn ja verstecken, wenn du nicht möchtest, dass man ihn sieht.«

»Oh Karsten ... ich will doch meine Liebe zu dir nicht länger verstecken müssen ...«

»Nur ein bisschen noch, Zaubermaus. Die Kinder spüren es sowieso schon, dass ich dich liebe. Und sie lieben dich auch.«

Das stimmte. Wir waren in letzter Zeit häufig mit ihnen unterwegs gewesen, entweder mit dem Auto oder sogar ganz selbstverständlich zu Fuß in der Stadt. Die Leute hatten uns schon öfter zusammen gesehen. Es schien, als machte sich Karsten nicht mehr so viele Sorgen, dass man seinen Ehebruch erkennen könnte. Und diese Ingeborg war dauernd auf Fortbildung oder mit ihren politischen Gruppen aktiv. Bestimmt ging die längst auch eigene Wege.

»Wir gehören zusammen, Liebes. Es geht nur noch um das Haus im Bert-Brecht-Weg. Ingeborgs Eltern würden das im Moment nicht verkraften mit uns … Aber jetzt lass uns nicht mehr darüber sprechen. Das neue Jahr hat so gut angefangen. Komm, meine süße Zaubermaus, wir gehen jetzt Leipzig unsicher machen. Für heute Nachmittag habe ich Kinokarten!«

Und wieder stellte ich keine Forderungen und keine Ansprüche. Es war ja so schön mit Karsten! Er trug mich auf Händen. Er kannte so viele wichtige Leute. Es machte so viel Spaß mit ihm, er war immer für Überraschungen gut. Ich hatte so ein schönes Leben. Hermann war weit weg.

Und so sollte es auch bleiben.

*

Es wurde Frühling. Meine Hausbesuche bei meinen Kundinnen liefen wie am Schnürchen. Längst war ich mit vielen per Du, und mein Terminkalender war voll. Im Institut arbeitete ich zusätzlich als Ausbilderin für die Lehrlinge, und beides trug dazu bei, dass mein Selbstbewusstsein aufblühte wie die Kirschbäume und Magnolien in den Vorgärten meiner Kundinnen. Das Leben fühlte sich leicht und frei an, und ich erfreute mich großer Beliebtheit, sowohl bei meinen Kolleginnen wie auch bei den Lehrmädels, die mich ganz offensichtlich vergötterten. Ich war halt ein tolles Vorbild und strahlte eine natürliche Schönheit aus. Wie alle Frauen, die sich geliebt fühlen und im Beruf Erfolg haben!, dachte ich glücklich. Bei den vertrauten Kundinnen wagte ich es, während unserer Anwendungen die ABBA-Kassette einzulegen, und die meisten Damen fuhren total darauf ab. Viele von ihnen pflegten ebenfalls heimlich Westkontakte, und so kam ich an interessante Tauschartikel für Marianne, die wohl oder übel zugeben musste, dass ich auf der Sonnenseite des Lebens gelandet war. Unser Verhältnis hatte sich wieder verbessert, schließlich gab ich ihr großzügig von meiner reichen Ausbeute ab: Westklamotten, Stoffe, Schmuck und Süßigkeiten aus dem Intershop. Seife, Kaffee und Strumpfhosen aus den Päckchen, die Hermann inzwischen schickte.

Ach ja, Hermann.

Natürlich war er wieder in meinem Leben! Oder sollte ich sagen: Immer noch?

Ja, es hatte einige Zeit gedauert, bis seine Post aus Amerika bei mir eintraf, aber dann kamen die Pakete regelmäßig! Hermann meinte es absolut ernst; er wollte mich heiraten und beschwor mich, einen Ausreiseantrag zu stellen. Das allerdings nur durch die Blume. »Schau mal in den Spiegel«, schrieb er immer, umrahmt von vielen Herzchen und Smileys. »Dann siehst du das Leben in all seiner Pracht vor dir liegen!« War das nicht romantisch? Wie schade, dass ich das niemandem erzählen konnte! Auch nicht Gitti, denn ihrem Schrebergarten-Siggi konnte ich nicht richtig vertrauen. Unsere innigen Gespräche waren seltener geworden, ich wusste einfach nicht, was sie ihrem Siggi weitererzählte, und welche Kontakte der wieder hatte.

Besser, ich behielt meine Hermann-Geschichte für mich.

Natürlich hatte ich einige Male in den »Spiegel« geschaut,

aber es fühlte sich an, als fasste ich auf eine heiße Herdplatte. Deshalb klappte ich das Magazin schnell wieder zu und schob es unters Bett. Das wollte ich alles gar nicht wissen. Warum auch.

Es war schön, neben meinem unerreichbaren Karsten auch noch von einem unerreichbaren Hotelmanager in Florida geliebt und umschwärmt zu werden. Es fühlte sich aufregend und spannend an, verboten und reizvoll. Sollte es doch ruhig noch ein bisschen so weitergehen, dann würde ich auf dem Totenbett wenigstens sagen können: Ich habe gelebt, geliebt und etwas gewagt!

Hermanns Liebesbriefe wurden immer intensiver. Kaum zu glauben, dass der in Miami nicht längst die eine oder andere durchtrainierte Blondine kennengelernt hatte! Der konnte doch alle Millionärstöchter der Welt haben. Was fand er nur an mir, der knabenhaften Sophie aus Ostdeutschland?

»Lass das bloß den Dieter nicht sehen.«

Marianne wühlte in den Paketen und war einerseits begeistert wie ein Kind, das heimlich schon die Weihnachtsgeschenke im Versteck ausgepackt hat und andererseits gefangen in ihren ehelichen Zwängen. Während ich meine engen Westjeans und Lederjacken auch in der Öffentlichkeit selbstbewusst spazieren trug und sogar beim Autofahren ABBA hörte und laut mitsang, konnte Marianne die verbotenen Luxusartikel nur heimlich genießen. Unsere schwesterliche Hassliebe verstärkte sich.

Ich war in einer Art prickelndem Schwebezustand. Und sie war eine frustrierte Hausfrau ohne Pläne und Träume.

Gedankenverloren spielte ich mit dem Ring, der um meinen Hals hing, und von dem Marianne annehmen musste, dass er von Hermann war. Denn noch immer hatte meine Schwester keine Ahnung von Karsten. Sie war ihm nie begegnet. Woher Karsten den untrüglichen Sinn dafür hatte, wann Marianne und Dieter zu Hause waren und wann nicht, war mir ein Rätsel. Andererseits hatten sie wirklich einen sehr überschaubaren Alltag.

Hermann schrieb nun regelmäßig, wie sehr er sich nach mir sehne und wie sehr er sich wünsche, dass ich eines Tages mit ihm im Westen lebe. Er wollte mir die Welt zu Füßen legen. Mich mitnehmen ins Ausland. Mit mir das elterliche Hotel modernisieren und weiterführen. Wenn ich doch nur einen Ausreiseantrag stellen würde! Es gebe Ausreisegenehmigungen für Eheschließungen im Westen. Damit wurde eine Saat gesät, die langsam, aber sicher aufging.

Karsten oder Hermann? Hermann oder Karsten? Warum nicht beide? Einer war physisch anwesend, aber äußerte sich kaum noch zu einer gemeinsame Zukunft. Der andere war auf dem Mars, träumte aber von nichts anderem als von einem Leben zu zweit.

Ich war hin- und hergerissen. Wenn Karsten bei mir war, war ich der glücklichste Mensch, aber es gab eine Mauer, und zwar nicht nur in Berlin. Immer stand da diese »Bastion Ingeborg« mitsamt ihren Eltern und der Familienvilla zwischen uns wie eine mittelalterliche Burg, die niemand erstürmen kann.

Nach einigen Abenden, an denen Karsten wieder einmal nicht auftauchte und auch nicht anrief, konnte ich nicht schlafen. Der *SPIEGEL* leuchtete förmlich unterm Bett hervor. Mit spitzen Fingern griff ich danach und blätterte erneut darin. Irgendwie war ich enttäuscht von der Lektüre. Viel langweiliges Geschreibsel mit wenig Bildern. Ich hatte mehr westlichen Glamour erwartet wie in den Magazinen, die Marianne und Frau Anita heimlich horteten. Aber dann wagte ich es endlich, den Artikel zu lesen, den Hermann mir mit einer Büroklammer markiert hatte.

Es war ein Interview mit einem Botschafter namens Bock, und es ging um das Helsinki-Abkommen, das Hermann schon erwähnt hatte.

»Die DDR gehört zu den weltoffensten Staaten«, wurde der Botschafter zitiert. »Sie werden wenige Staaten in der Welt finden, die im Verhältnis zu ihrer Größe und ihrer Bevölkerungszahl von 17 Millionen eine so umfangreiche Reisetätigkeit über ihre Grenze hinweg entwickeln.«

Ach was, ging es mir durch den Kopf. Davon sagt hier in der DDR aber niemand was. Wenn das mal bloß nicht Dieter zu lesen bekommt! Mit roten Ohren las ich weiter: »Allein im ersten Halbjahr 1975 reisten 1,1 Millionen DDR-Bürger ins kapitalistische Ausland. Diese Zahlen sprechen für sich, und es steht außer Zweifel, dass die DDR diese großzügige Praxis weiterhin beibehalten wird.«

Mein Herz fing an zu klopfen, und ich spürte, wie mir heiß wurde.

Was? Und das wusste hier keiner? Vermutlich weil so etwas nur in westlichen Blättern stand. Sollte mein Hermann etwa recht haben, und es ging so einfach, wie er sagte?

SPIEGEL: »Bisher war eine Ehe zwischen Einwohnern der DDR und der Bundesrepublik kaum möglich, wenn der DDR-Bürger in den Westen übersiedeln wollte ...«

BOCK: »Die Schlussakte gibt die Orientierung, Gesuche auf Eheschließung wohlwollend zu prüfen. Wie in jedem

Staat, so liegt auch in der DDR die Bearbeitung der Einzelfälle in den Händen der zuständigen Behörden. Die DDR hat bisher derartige Fragen großzügig entschieden. Seit 1969 hatten 9000 Bürger der DDR, wohlgemerkt außerhalb des Rentenalters, die Möglichkeit, im Zuge der Familienzusammenführung in die BRD auszureisen.«

Ich ließ das Blatt sinken und starrte vor mich hin. In meinen Ohren rauschte es.

NEUNTAUSEND Menschen waren also schon auf diesem Weg ganz friedlich in den Westen übersiedelt! Ohne unter lebensgefährlichen Bedingungen fliehen zu müssen, wie man immer wieder hörte, ohne an der Mauer festgenommen oder sogar erschossen zu werden!

Es ging! Es war möglich! Auf legalem Wege! Nur wir ahnten davon nichts! Man musste bloß in den Westen einheiraten! Hermann WOLLTE mich heiraten! Um alles in der Welt. Karsten hingegen hielt mich seit Jahren hin!

Ich stopfte den *SPIEGEL* wieder unters Bett und knipste das Licht aus.

Dann ließ ich mich nach hinten fallen und starrte in die einsame Schwärze der Nacht. Wie lange wollte ich dieses Leben noch führen? Ich war jetzt bald vierundzwanzig Jahre alt! Höchste Zeit, eine Entscheidung zu treffen. Wenn Karsten es nicht tat, würde ich es eben tun.

Nein, nicht ich. Das Schicksal. Das Schicksal war doch kein mieser Verräter – nur die Feigheit!

Ich würde einen Ausreiseantrag stellen. Und dann mal sehen!

9

Weimar, Mai 1976

Mein schriftlicher Ausreiseantrag hatte eine Lawine ausgelöst. Eine Lawine von demütigenden und entmutigenden Behördengängen. Immer wieder wurde ich nun zu Verhören bestellt, und der Ton der Männer, die es als persönliche Beleidigung nahmen, dass ich dieses Land verlassen wollte, wurde von Monat zu Monat härter.

Schon die riesige Eingangstür zum angsteinflößenden Gebäude ließ sich kaum öffnen. Ich musste mich mit meinem ganzen Gewicht dagegenstemmen, um schließlich hindurchzuschlüpfen. Es gab keine Sprechstunden, man wurde im Gang sitzen oder stehen gelassen. Es gab keine Ansprechpartner, niemand stellte sich mit Namen vor. Es gab nur uniformierte, kalt dreinblickende Männer, die mich behandelten, als hätte ich ihnen meinen Müll vor die Tür gekippt.

Regelmäßig wurde ich kleine Bittstellerin von einem Schalter zum nächsten geschickt, man ließ mich stundenlang warten, schüchterte mich ein, ließ mich wieder warten. Man wollte meinen Willen brechen und mich umstimmen, und so ging das nun schon seit Wochen.

Ich hatte ja nicht ahnen können, was da auf mich zukam! Wieder trat ich so einen Gang an. Mehrere Männer in Zivil saßen in einem kargen Raum hinter einem Schreibtisch, an dem ich nach langem Warten hatte Platz nehmen dürfen. Darüber das obligatorische Bild von Erich Honecker, unter dessen Augen ich mir wie eine miese Rechtsbrecherin vorkam.

»Was wollen Sie?«

Hatte ich das nicht schon tausend Mal gesagt?

»Ich möchte in die BRD ausreisen.«

Perplexes Schweigen, vielsagende Blicke zwischen den Beamten. Kalter Zigarettenrauch. Die Männer in ihren schlecht sitzenden Uniformen sahen wächsern aus, so als kämen sie nur selten an die frische Luft. Sie hatten alle den gleichen unpersönlichen Tonfall drauf, als wäre er ihnen antrainiert worden. Sie erinnerten mich ausnahmslos an Dieter. Keiner von ihnen sah mir offen ins Gesicht. Ich war für sie nur eine Nummer. Kein Mensch. Leider wirkten auch meine Schönheit und mein Liebreiz nicht auf sie. Das war ungewohnt für mich. Bisher hatte ich jedes menschliche Herz, speziell jedes männliche, schnell erobern können. Hier jedoch konnte ich noch so anmutig mein Haar über die Schulter werfen und noch so knackige Jeans anhaben: Das kümmerte die nicht die Bohne.

»Ausreisen? Wie kommen Sie denn darauf?«, bellte mich schließlich einer von ihnen an.

»Ich möchte im Westen heiraten.«

»Das ist doch nicht zu fassen! Gibt es hier nicht genügend passende Männer?«

»Wieso kennen Sie überhaupt jemanden aus dem Westen?«

»Von diversen Reisen ins sozialistische Ausland.«

»Das ist völlig ausgeschlossen.«

»Das wird in Zukunft unterbleiben.«

»Woher nehmen Sie überhaupt die Dreistigkeit anzunehmen, dass so etwas in unserem sozialistischen Staat möglich ist?«

»Das steht im *SPIEGEL* Nr. 32 aus dem Jahr 1975. Das Abkommen von Helsinki.«

Langes, bedenkliches Schweigen. Ein Tonband lief mit. Zwei der Vernehmer rannten raus und kamen nach gefühlten Stunden wutschnaubend wieder herein. Der Dritte hatte mich einfach nur schweigend angestarrt.

»Wie kommen Sie denn an so ein Schmutzblatt?«

Das konnte ich unmöglich verraten. Ich wollte auf keinen Fall, dass Hermann auf die Liste der Transitreisenden aus dem Westen käme, die in der DDR unerwünscht waren. Denn längst hatte er sein Kommen für den Sommer angekündigt!

Die Beamten fragten mich Löcher in den Bauch, und ich verweigerte die Aussage.

»Ich beziehe mich auf die Menschenrechte und möchte von meinem Recht Gebrauch machen, meinen Wohnort frei zu wählen.«

Diese Formulierung kam von Hermann. Es kostete mich unendlich viel Mut, sie vor diesem böse dreinblickenden Männergremium auszusprechen. Mein Herz raste, und meine Hände waren feucht vor Angstschweiß. Aber ich wollte das jetzt durchziehen. Mehr und mehr war ich zu der Überzeugung gelangt, dass ich Karsten und seiner Familie nicht länger im Weg stehen wollte. Seit über zwei Jahren waren wir jetzt heimlich ein Paar, und noch immer hatte er sich nicht zu mir bekannt. Hermann hingegen stand zu mir wie eine Eins.

»Dann geben Sie mal Ihren Ausweis ab.«

»Wie bitte?«

»Ausweis!« Einer der Uniformierten wedelte auffordernd. »Die Sachlage wird überprüft! Verlassen Sie die Stadt nicht mehr.«

Mit zitternden Knien verließ ich die Behörde und fühlte mich wie eine Staatsfeindin.

Dabei hatte ich doch gar nichts gegen dieses Land. Ich fühlte mich hier wie ein Fisch im Wasser, mir fehlte es an nichts! Bis auf einen zuverlässigen Partner.

Egal wie es ausging, auf vieles würde ich so oder so verzichten müssen. Würde ich zu Hermann in die Bundesrepublik ausreisen, dann würde ich alles hier in Weimar verlieren: meine Selbstständigkeit, meine geliebte Wohnung, meinen wundervollen Arbeitsplatz mit all den netten Kundinnen, freundlichen Kolleginnen und Lehrlingsmädels, mein Auto, meine Schwester samt Nichte, meine beste Freundin Gitti, und natürlich Karsten, meine große Liebe. Was für ein Preis, den ich da zu zahlen bereit war! Mein ganzes bisheriges Leben würde ich über Bord werfen. Für jemanden, den ich kaum kannte, für einen winzigen Ort, der sich fast ein bisschen gruselig anhörte, und für ein Leben, das ich vielleicht gar nicht so würde führen wollen.

Aber wenn ich bei Karsten in der DDR bliebe, wartete ich auf eine gemeinsame Zukunft möglicherweise bis zum Sankt Nimmerleinstag. Bis zur Volljährigkeit der Kinder? Dann würde ich vielleicht selbst zu alt sein, um noch Kinder bekommen zu können! Bis Ingeborg in eine Scheidung einwilligte?! Würde sie das überhaupt je tun? Und was wäre dann mit der Villa im Bert-Brecht-Weg? Natürlich würde sie dort wohnen bleiben, mitsamt den Eltern und den Kindern. Gäbe Karsten all das für mich auf, käme irgendwann bestimmt der Tag, an dem er mir das im Streit vorwerfen und mich eventuell sogar für eine neue Zaubermaus verlassen würde.

Auf einmal war mein Leben alles andere als leicht. Ich fühlte mich, als trüge ich zwei schwere Sorgensäcke, unter denen ich schier zusammenbrach. Dass Gitti inzwischen geheiratet hatte und davon träumte, mit ihrem Siggi eine Familie zu gründen, machte es auch nicht gerade einfacher. Es war eine wunderschöne Hochzeit gewesen mit mir als Trauzeugin. Die beiden hatten eine hübsche Wohnung bezogen, mit Einbauküche und eigenem Bad.

Ich beneidete Gitti zwar nicht um Siggi, aber die wusste wenigstens, wohin ihr Leben führte.

Karsten dagegen war eine Sackgasse. Wie die ganze DDR! Was ich inzwischen auf den Ämtern erlebt hatte, war nicht die angeblich so menschenfreundliche DDR, in der alle glücklich und zufrieden leben durften.

Ich war bereit, mich auf Hermann und den mir unbekannten Westen einzulassen! Denn Karsten musste ich aus Liebe Adieu sagen. Ich durfte seine Familie nicht länger gefährden. Hier hatte ich keine Zukunft mehr.

So dachte ich, wenn ich mich nachts grübelnd hin und her warf.

*

»Fräulein Sophie, ich bin schwer enttäuscht von Ihnen.«

Frau Anita, meine Chefin, bot mir noch nicht mal einen Stuhl an, als ich an diesem heißen Junimorgen in die Arbeit kam.

»Ich habe Sie gewarnt. Sie können keinen Westkontakt

haben, das haben Sie mir auch hoch und heilig versprochen. Und nun haben Sie sogar einen Ausreiseantrag gestellt!«

Tapfer hielt ich ihrem Blick stand. »Ich mache hier seit Jahren einen guten Job, es gibt keinerlei Klagen über meine berufliche Qualifikation, und der Rest ist wohl meine Privatsache.«

Sie schnappte nach Luft, denn das hatte sie nicht von mir erwartet.

»Ich bekomme Ihretwegen den größten Ärger und muss meiner Partei erklären, warum ich das dulde. Sie werden den Antrag sofort zurückziehen, sonst ...«

»Ja?«, fragte ich höflich.

»Sonst kann ich leider nichts mehr für Sie tun.«

Mein Herz machte einen dumpfen Schlag. »Was soll denn das heißen?«

»Sie sind eine Persona non grata, noch dazu ohne gültige Papiere. Ich kann Sie weder weiterhin zu meinen Kundinnen nach Hause schicken noch Ihnen die Ausbildung der Lehrlinge anvertrauen.«

»Das ist ... Das ist nicht fair!«

Mir blieb die Spucke weg. Ich rang nach Luft. Was hatte ich mir denn da eingebrockt? Ich liebte doch meinen Job und meinen Kundenkontakt!

»Lassen Sie die dummen Sprüche, Sophie. SIE waren nicht fair! SIE haben unsere Prinzipien verraten und Ihr Versprechen dem Staat und Ihrem Arbeitgeber gegenüber gebrochen! Einen Ausreiseantrag zu stellen ist Staatsverrat. Gehen Sie nach Hause und denken Sie in Ruhe darüber nach. Sie sind ab jetzt beurlaubt.«

Mit einer fordernden Geste verlangte sie alle Utensilien

zurück, die bei mir im Kofferraum lagen: den zusammenklappbaren Massagetisch, die Koffer mit den Cremes, Peelings und Masken, die Gerätschaften für Maniküre und Pediküre, die Trockenhaube, die Kämme, die Bürsten und meine Make-up-Kollektionen. Wie eine Diebin kam ich mir vor, als ich unter den Augen der Kolleginnen und Kundinnen all diese Dinge in ihren Salon schleppte. Außerdem musste ich die Schlüssel für meinen Spind und für den Unterrichtsraum abgeben. Es war so demütigend!

Meine Finger zitterten, und ich versuchte krampfhaft, nicht loszuheulen.

»Ich weiß ja selbst nicht, was ich will ...«, stammelte ich, während ich der Chefin die Kisten übergab. »Ich liebe diesen Job und fühle mich wohl bei Ihnen!«

Vielleicht hoffte ich, sie würde für mich eine Entscheidung treffen und mir mütterlich verzeihen. Ich war doch einfach nur zwischen zwei Männern hin- und hergerissen! Alles andere entzog sich komplett meiner Kenntnis.

»Das interessiert mich nicht. Sie haben einen Ausreiseantrag gestellt und damit unseren Staat verraten. Das ist das Einzige was zählt!«

Fassungslos fuhr ich mit meinem knallroten Trabi nach Hause. Es war als wäre ich gebrandmarkt. Auf dem Parkplatz vor unserem Hochhaus vermutete ich hinter jedem Fenster verächtliche Blicke. Ich, die immer schick und mit meinem kleinen Statussymbol wie der leibhaftige Sonnenschein vorgefahren war, schlich mich nun mit hängendem Kopf hinein und verschanzte mich in meiner Wohnung.

*

Als wäre nichts gewesen, blieben meine beiden Liebhaber präsent und fürsorglich. Von Hermann kamen nun fast täglich Briefe und Päckchen, denn er war aus Amerika zurück und unterstützte seine Eltern im Landhotel bei Bielefeld. Es war gerade Hochsaison, täglich kamen Busse aus dem Umland, um den sagenumwobenen Kuchen und die deftige Hausmannskost von Mutter und Großmutter zu genießen. Außerdem ritt Hermann mit den Gästen in den nahe liegenden Teutoburger Wald aus. Das war der Sommerhit! Er konnte nicht weg. Doch sobald es ihm möglich war, wollte er mich in Weimar besuchen. So stand es in seinen Briefen, die stets nach Leder, Tabak und Tannenwald dufteten.

Karsten dagegen hatte seine Familie in diesem Sommer zunächst allein an die Ostsee zum Zelten geschickt, angeblich, weil ihn eine Großbaustelle in Weimar in Anspruch nahm. Ganz so als spürte er, wie sehr ich ihn gerade brauchte, tauchte er abends täglich bei mir auf oder holte mich zu Ausflügen ab. So sehr schien die Baustelle ihn gar nicht zu beanspruchen! Sein Chauffeur stand wie immer bereit, und seine Schuhe waren immer sauber geputzt.

»Was ist los, Zaubermaus? Warum bist du so traurig?«

»Ich weiß auch nicht ... Du wirst wieder mit deiner Familie in Urlaub fahren, und ich sitze dann den ganzen Sommer über allein in der Wohnung ...«

Ich konnte ihm ja unmöglich von dem Ausreiseantrag und seinen Folgen erzählen, denn dann hätte ich ihm ja die gesamte Hermann-Sache beichten müssen. Auf die Frage, warum ich nicht mehr in Sachen Kundinnen unterwegs sei, hatte ich nur vage geantwortet, dass man nun auch andere Mitarbeiterinnen mit den Hausbesuchen beauftragt habe.

Gut möglich, dass ich auch deshalb deprimiert sei. »Ich hatte so viel Spaß mit den Hausbesuchen, und natürlich auch ... so manchen Vorteil. Du weißt schon: eine Hand wäscht die andere ...«

»Zaubermaus! Wie können die denn eine andere schicken, wo du doch so beliebt bei allen bist? Es braucht doch Jahre, um so vertrauensvolle Kundenbeziehungen aufzubauen«, fragte Karsten zunächst verständnislos. »Wer könnte dich denn ersetzen?«

»Na ja, jetzt sind halt auch mal andere dran«, wiederholte ich. »Die Chefin hat gemeint, ich könne mir nicht immer nur die Rosinen rauspicken.«

»Ja, wir leben in einem gerechten sozialistischen Staat«, kam es da nur von Karsten zurück.

In Bezug auf seine eigenen Probleme war er gewohnt zurückhaltend. Von den Kindern berichtete er lebhaft und liebevoll: wie gut sie das Schuljahr gemeistert hätten. Dass sie mich herzlich grüßen ließen. Doch über Ingeborg verlor er kein Wort. So als hätten wir ein geheimes Schweigeabkommen unterschrieben, fragte ich auch nie nach ihr. Es war, als wäre Ingeborg gar nicht existent.

Aber sie war es doch, denn sonst hätte Karsten ja längst um meine Hand angehalten! Also musste ich einen anderen Weg gehen. Jetzt erst recht, so weh es auch tat. Ach, ich hatte ja nicht die geringste Ahnung ...

*

Eines Morgens klingelte es bei mir an der Wohnungstür, und ein Mann vom Innenministerium forderte den Autoschlüssel:

»Ihr Wagen wird beschlagnahmt.«

»Aber wieso, der gehört doch mir?«

»Sie haben einen Ausreiseantrag gestellt. Also verbleibt der Wagen im Besitz des sozialistischen Staates. Sie sind nicht mehr berufstätig. Also brauchen Sie ihn nicht mehr.«

Noch bevor ich meiner Verwirrung und Entrüstung überhaupt Ausdruck verleihen konnte, war der Mann mitsamt meinen Autoschlüsseln auch schon wieder weg. Ich eilte zum Fenster und musste mitansehen, wie mein geliebter roter Trabi über den Parkplatz davonfuhr. Das versetzte mir einen furchtbaren Stich. Das konnten die doch nicht machen? Der Wagen war doch ein Geschenk von Karsten gewesen!

Als Karsten mich erstaunt auf das Fehlen meines Autos ansprach, behauptete ich, das sei gerade in der Werkstatt. Ich drohte mich immer mehr in meinen Lügen zu verstricken.

Das und das beharrliche Schweigen über unsere wirklichen Probleme bereiteten mir Kopfschmerzen, die in Migräneanfälle ausarteten. Ich war total überfordert, und mein Körper meldete sich auf diese Weise zu Wort. Ich hatte überhaupt keinen Appetit mehr und nahm innerhalb kürzester Zeit zehn Kilo ab. Man sah mir das Elend schon von Weitem an. Zum Glück fand ich eine verständnisvolle Ärztin, der ich mich anvertrauen konnte.

Ich erzählte ihr nicht, dass einer meiner Männer im Westen lebte. Es reichte, ihr zu sagen, dass ich zwei Männer liebte und ein Doppelleben führte.

»Aber schwanger sind Sie nicht?«

»Nein, auf keinen Fall. Ich nehme die Pille.«

»Dann ist es ja gut.«

Sie stand mir bei und versorgte mich mit stimmungsaufhellenden Medikamenten, sodass ich diesen Sommer ohne Arbeit und ohne Abwechslung in meiner kleinen Wohnung durchstehen konnte.

Denn bei einem totalen Zusammenbruch wäre es mit meinen Plänen vorbei gewesen. Ich spürte, dass ich stark sein musste, wenn ich den eingeschlagenen Weg durchhalten wollte.

Dann kam der Tag, an dem Karsten seiner Familie in den Urlaub folgte. Ich war fast vierundzwanzig Jahre, fühlte mich aber mindestens doppelt so alt.

Ich kam kaum noch aus dem Bett. Einsamkeit, Perspektivlosigkeit, Verwahrlosung. Dabei gab es doch so was eigentlich gar nicht in der DDR?

Da ich keinen Ausweis mehr hatte, konnte ich die Stadt nicht mehr verlassen, und ein Urlaub in Bulgarien, wie er mir früher regelrecht in den Schoß gefallen war, lag nun außerhalb aller Möglichkeiten. Ich konnte nur auf eine Entscheidung der Behörde warten. Meine Zukunft war vollkommen unklar. Würde ich je wieder beim Salon Anita arbeiten? Oder würden sie mich in eine abgelegene Fabrik schicken? Es gab sogar Leute, die kamen wegen eines Ausreiseantrages ins Gefängnis! Plötzliche Panikattacken überrollten mich mitten in der Nacht und sprengten mir die Brust. Ich konnte nicht schlafen und konnte mit niemandem darüber reden, musste das alles ganz allein aushalten.

Doch damit nicht genug: Seit Wochen kam nun auch kein Lebenszeichen mehr von Hermann. Kein Paket, kein Brief, kein Anruf. Anscheinend hatte er das Interesse an mir verloren.

Was hatte ich da nur getan? Ich wollte Karsten verlassen, um mit einem Mann zu leben, den ich ganze drei Mal im Leben gesehen hatte? Andererseits: An Karstens Seite konnte ich auch nicht glücklich werden.

In guten Momenten, wenn die Tabletten wirkten, sah ich wieder eine unglaubliche Chance in dem Neuanfang, so ungewiss und unvorstellbar er auch war. Dann fühlte ich mich stark genug, für mein neues Ziel zu kämpfen. Auch deshalb nahm ich vor den weiteren Terminen bei der Stasi meine Beruhigungspillen.

»Sie bleiben also bei Ihrem Ausreiseantrag?«

»Ja.«

»Nun, Sie werden sehen, wir können auch ganz anders!«

Nur ich konnte nicht mehr anders. Ich musste das jetzt durchziehen!

10

Weimar, 23. August, 1976

»Sophie? Bist du da?«

Ein heftiges Klopfen an meiner Wohnungstür riss mich aus dem Schlaf. Wieder einmal hatte ich Tabletten genommen. Verwirrter Blick auf den Radiowecker: Es war drei Uhr nachmittags. Mit einem pelzigen Geschmack im Mund und unschönen Schweißrändern unter den Armen taumelte ich zur Tür.

»Sophie, mach auf!«

Es war Marianne, die voll bepackt mit Campingutensilien wie Kochgeschirr und Luftmatratze vor meiner Tür stand. »Wir klingeln und klopfen, seit wir wieder zu Hause sind! Dieter ist gerade Tanken gefahren. Ich dachte, du hilfst mir beim Hochtragen der Sachen. Du kannst doch nicht am helllichten Tag im Bett rumliegen!«

Ich kämpfte mit einer Schwindelattacke und musste den Kopf nach unten halten, damit wieder Blut hineinfloss. Mir war ganz schwarz vor Augen.

»Wie siehst du denn aus! Was ist mit dir passiert, Sophie?«

Meine Schwester ließ alles fallen, schlug die Hände über dem Kopf zusammen und zog mich in ihre Wohnung.

»Wo ist dein Wagen? Weißt du, was heute für ein Tag ist? Sag bloß nicht, du hast deinen eigenen Geburtstag vergessen!«

Das waren viele Fragen auf einmal. Nein, ich hatte meinen Geburtstag nicht vergessen und ehrlich gesagt seit Mitternacht mit pochendem Herzen auf einen Anruf von Karsten gewartet. Aber bisher war keiner gekommen. Weder ein Anruf noch Karsten selbst. An den letzten drei Geburtstagen hatte er mich immer mit Aufmerksamkeiten und Geschenken überrascht.

Ich fasste mir an die Schläfen, die zwischen Schraubstöcke geklemmt zu sein schienen.

»Oh, ich hab solches Kopfweh, ich brauch noch eine Tablette ...«

Marianne stellte mir ein Glas Wasser hin.

»Ich könnte schwören, dass der schwarze BMW von damals unten vorgefahren ist. Aber er hat gewendet und ist wieder weg. Vielleicht hat er uns gesehen. Hat er bei dir geklingelt? Lass das bloß nicht Dieter wissen.«

Ich hörte gar nicht richtig zu. Wer war hier? Hermann? Aber der schrieb mir schon seit Wochen nicht mehr, und innerlich hatte ich ihn abgehakt! Ich würde meinen Ausreiseantrag wieder zurückziehen! Vielleicht würde ich dann mein Auto wiederbekommen und erneut im Salon Anita arbeiten dürfen! Wenn ich nur erst wieder zu Kräften gekommen war ... Warum hörte Marianne bloß nicht auf zu reden? Jedes ihrer gekeiften Worte fuhrwerkte wie ein Messer zwischen meinen Schläfen.

In dem Moment klingelte bei mir nebenan das Telefon. Ich stürzte hin, in der Hoffnung, dass es Karsten war. Wahrscheinlich hatte er sich endlich von seiner Familie loseisen können! Happy Birthday, Zaubermaus?

Aber es war tatsächlich Hermann.

Marianne hatte sich nicht geirrt.

»Sophie! Alles Gute zum Geburtstag! Ich wollte dich überraschen, aber deine Schwester und dein Schwager standen auf dem Parkplatz und holten gerade ihren ganzen Kram aus dem Auto. Die sind anscheinend gerade aus dem Urlaub zurück?«

»Bist du etwa hier in Weimar?«

»Ja, natürlich! Hast du denn meine ganzen Briefe nicht bekommen?«

»Briefe? Wann? Nein!«

Ich presste die Hände gegen die Schläfen. Hatten die etwa meine Briefe abgefangen? Hoffentlich würde die Tablette gleich wirken! Ich begriff gar nichts mehr.

»Ich habe jetzt im Hotel ›Zur Kupferkanne‹ in der Altstadt eingecheckt. Sophie, Liebste! Wann darf ich dich abholen?«, drängte Hermann, und in seiner Stimme schwang genauso viel freudige Aufregung wie Sehnsucht mit. Fast bildete ich mir ein, sein Leder-Tabak-Tannenwald-Aroma durch den Hörer zu riechen. Er war da! Er hatte mich nicht vergessen! Er hatte mir oft geschrieben!!

Wie durch ein Wunder gelang es mir, innerhalb einer Stunde wieder einen ansehnlichen Menschen aus mir zu machen. Zwar klingelte Marianne noch zwei Mal misstrauisch, aber dann stapfte Dieter aus dem Aufzug, und sie beeilte sich, ihrem Gatten Schnittchen mit Leberwurst und Gürkchen und Doreen ihren Sandmann im Fernsehen zu kredenzen.

Kurz darauf schlüpfte ich ungesehen in meinem kurzen roten Sommerkleid und meinen Riemchensandalen aus der Wohnung. Die tiefen Ringe unter den Augen hatte ich gekonnt überschminkt.

Hermann parkte um die Ecke. Genau da, wo sonst immer Karsten stand! Schnell ließ ich mich in seinen Wagen fallen, und noch bevor er mich überhaupt umarmen und küssen konnte, keuchte ich: »Schnell weg hier!« Mein Herz klopfte wie verrückt, als ich ihn von der Seite ansah: weißer Hemdkragen, schwarze Locken, graues Jackett. Das westlichcoole Auftreten hatte ich schon ganz vergessen! Es gab ihn wirklich, er war real! Während Karsten durch Abwesenheit glänzte.

Im altehrwürdigen Hotel »Zur Kupferkanne« begrüßte man uns freundlich, und niemand wunderte sich. Hermann hatte meine Ankunft offensichtlich schon angekündigt und einen größeren Westschein an der Rezeption hinterlassen.

Obwohl ich keine Papiere hatte, durfte ich hinein. Normalerweise musste man seinen Ausweis an der Rezeption abgeben. Vielleicht, weil Hermann sich so stürmisch freute, vielleicht weil ich heute Geburtstag hatte, vielleicht, weil wir aussahen wie Romeo und Julia: Sie riefen mir sogar noch lachend einen Glückwunsch hinterher!

Oben auf dem Zimmer stand ein Strauß roter Baccararosen, und eine Flasche Champagner ruhte in einem silbernen Kühler. An der Wand hing eine Schnur mit bunten Buchstaben: »Happy Birthday, Sophie!«

Das Bett war von roten Blütenblättern bedeckt. Ich fasste mir ans Herz: Noch vor zwei Stunden hatte ich lethargisch im Bett gelegen und an keine Zukunft mehr geglaubt! Ich musste mich in den Arm zwicken, um zu begreifen, dass das alles Wirklichkeit war.

»Sophie!«

Hermann kniete nieder und nahm meine vor Aufregung

eiskalten Hände. »Ich liebe dich und habe inzwischen meine Eltern von dir überzeugt! Sie sind einverstanden und freuen sich auf dich! Also ... willst du meine Frau werden?«

Er zauberte ein kleines Kästchen hervor und ließ es aufschnappen.

Ein goldener Ring mit grünem Smaragd funkelte und glänzte auf rotem Samt.

Fassungslos starrte ich darauf. Automatisch griff ich mir an den Hals, wo Karstens Ring an der dünnen Kette hing. Karsten, auf dessen Anruf ich den ganzen Tag, aber auch schon die letzten Tage sehnsüchtig gewartet hatte.

Das war alles zu viel für mich! Ich war seelisch nicht mehr stabil. Meine Sinne spielten mir bestimmt einen Streich.

Ich wich zurück, begann zu weinen und rannte aus dem Zimmer, flog die Treppen hinunter wie ein panisches Tier.

Unten in der Bar hatte der Pianist gerade angefangen zu spielen: Cocktailzeit. Um nicht verheult auf die Straße zu rennen, flüchtete ich mich in die dunkelste Ecke der Bar und wollte mich nur noch verkriechen. Auch vor mir selbst. Denn nach Hause konnte ich in diesem Aufzug auch nicht mehr. Marianne hätte mich gleich wieder argwöhnisch belagert.

In diesem Zustand fand mich Hermann wenige Augenblicke später. Er war mir gefolgt und hatte noch einmal beruhigend mit der Rezeption gesprochen, dass alles in Ordnung sei.

»Sie ist so überwältigt, die Überraschung ist gelungen ...«, hörte ich ihn sagen, und die Leute an der Rezeption hatten vollstes Verständnis.

»Aber Sophie! Ich dachte du freust dich!« Hermann setzte

sich zu mir auf die schwarze Ledergarnitur und zog mich tröstend in die Arme. »Psst, psst Liebste, ist ja gut. Ich bin ja bei dir.«

»Wie soll ich mich denn freuen?«, schluchzte ich. »Mein Leben ist ein einziger Scherbenhaufen!«

»Ich weiß, ich habe dich zu lange allein gelassen, und das werde ich mir nie verzeihen!«

Er wischte mir zärtlich die Tränen ab und reichte mir eine blütenweiße Leinenserviette vom Tisch. »Ich wollte schon viel früher kommen, doch meinem Vater ging es nicht gut ... Aber das hab ich dir doch alles geschrieben. Du wusstest doch, wie es um ihn steht?«

»Ach, das ist es doch gar nicht«, heulte ich.

»Was ist es dann? Du hast doch einen Ausreiseantrag gestellt?« Er senkte die Stimme und sah sich verstohlen um, doch niemand schien uns Beachtung zu schenken.

»Ja.« Ich schluckte und putzte mir die Nase. »Allerdings. Seitdem kam keine Post mehr von dir, und auch sonst ging alles den Bach runter.«

»Ach Liebes, das tut mir so leid!« Er küsste mich zärtlich und strich mir das verklebte Haar aus dem Gesicht. »Ich kann mir einfach nicht vorstellen, dass man zwei Liebende nicht zueinander lässt! Ich habe dir jeden Tag geschrieben, das musst du mir glauben!«

Tränenblind starrte ich ihn an. »Das hätte mir so viel Kraft gegeben ...«

»Bestimmt ist die Post nur verloren gegangen.«

»Ach Hermann ...« Ich musste schon wieder heulen. »Sie haben sie abgefangen!«

Wie konnte ein Mensch nur so gutgläubig sein!

»Vertrau auf Gott, Sophie. Er fügt zusammen, was zusammengehört. Verzeih ihnen, die machen auch nur ihren Job. Verzeihen ist das Wichtigste im Leben.«

Er tröstete mich mit den liebsten Worten und zog mich schließlich auf die Tanzfläche. Der Pianist spielte nur für uns von Simon and Garfunkel: »*Like a bridge over troubled water.*« Westmusik war zwar in öffentlichen Bars nicht wirklich erlaubt, aber ab und zu machte man eine Ausnahme.

Wir wiegten uns im Takt zu diesen wunderschönen Klängen, und obwohl mein Englisch nicht besonders war, konnte ich ungefähr verstehen, was der Barpianist für uns sang: Es war ein Text, der genau zu unserer Situation passte. Ich musste weinen und lachen zugleich.

Später landeten wir in dem Rosenblütenbett, und Hermann wiederholte seinen Heiratsantrag. Diesmal sagte ich Ja.

*

Wenig später, am frühen Morgen, fragte ich zaghaft: »Stimmt es, dass im Westen alle Mörder und Verbrecher sind, dass die Alkoholiker und Arbeitslosen scharenweise auf der Straße rumlungern?«

»Ach was, Sophie. Jeder, der fleißig seine Arbeit macht, hat bei uns ein gutes Leben.«

»Das wird uns hier nämlich eingetrichtert, und schon die Schulkinder fürchten sich vor dem bösen Kapitalismus. So richtig habe ich das nie geglaubt, in Österreich, wo meine Mutter ja herstammt, habe ich es zumindest als Kind anders erlebt. Meine Mutter wollte immer zurück, aber man hat sie nach Vaters Tod nicht mehr mit uns Kindern rausgelassen. Sie ist an gebrochenem Herzen gestorben.«

»Das wird dir nicht passieren, Liebste ... Bielefeld ist so wunderschön und der Teutoburger Wald erst recht. Du wirst es lieben!«

Wir diskutierten ein bisschen hin und her, was nun die schönere Stadt wäre, Wien oder Bielefeld, und Hermann beharrte lachend auf Bielefeld. Seine Begeisterung war ansteckend! Nur um dann zu scherzen: »Gott erschuf in seinem Zorn: Bielefeld und Paderborn.«

Oder aber: »Bielefeld gibt es gar nicht. Und treffen wir uns nicht in dieser Welt, dann treffen wir uns in Bielefeld.«

Das waren so ostwestfälische Hermann-Scherze. Daran musste ich mich erst mal gewöhnen. Unwirklich war es allemal. Schon am nächsten Tag war Hermann wieder weg.

Vielleicht gab es auch ihn nicht, und ich hatte schon Halluzinationen? Es gab ja so vieles nicht in der DDR. Zum Beispiel Bespitzelungen. Oder Sanktionen. Das bildete ich mir alles bloß ein.

11

Weimar, 1. September 1976

»Zaubermaus! Du siehst krank aus! Ist alles in Ordnung?«

Kaum waren die Sommerferien vorbei, stand Karsten wieder auf der Matte. Mit Blumen und Geschenken, als wenn nie etwas gewesen wäre.

Mir ging es hundeelend! In meinem Innern herrschte totales Chaos. Wie lange konnte ich diese Situation noch durchhalten? Inzwischen war ich mit Hermann sogar verlobt!

»Ich bin einfach traurig und verwirrt...« Meine Augen füllten sich mit Tränen.

»Ich arbeite wirklich daran, unsere Situation zu ändern«, versprach Karsten mir zum x-ten Mal. »In den Ferien hatte ich ein paar konstruktive Gespräche mit Ingeborg.«

»Weiß sie inzwischen von mir?« Ungläubig putzte ich mir die Nase.

»Sie ahnt etwas. Schließlich haben die Kinder von dir erzählt. Aber setz mich nicht unter Druck! Wir müssen den richtigen Zeitpunkt abwarten.«

Karsten verstand das offenbar so, dass ich ihn zu einer Entscheidung drängen wollte. Dabei war inzwischen das Gegenteil der Fall, ich wollte ihn freigeben, aber wie konnte ich ihm das sagen?

Im Job hatte sich für mich auch nichts zum Guten gewendet: Frau Anita wollte nichts mehr mit mir zu tun haben, und ich wurde für ein staatliches Friseurgeschäft am Stadtrand eingeteilt, wo ich die Arbeiten eines Lehrlings verrichten musste: Haare waschen, Lockenwickler für die Dauerwelle anreichen, Kaffee holen und Haare auffegen.

Ich fühlte mich ausgestoßen und bestraft. Mein Arbeitsweg war extrem lang. Von nun an musste ich täglich zweimal eine Stunde mit der Straßenbahn fahren. Zwei Stunden Straßenbahn! Zur Strafe natürlich.

Tja, der Arm der Behörden war lang.

Dafür bekam ich plötzlich wieder Briefe und Päckchen von Hermann. Eine höhere Macht schien Spaß daran zu haben, uns Marionetten wieder ein bisschen zappeln zu lassen.

Hermann bestand darauf, bei seinem nächsten Besuch bei Marianne und Dieter offiziell seine Aufwartung zu machen. Und dann stand er auch schon wieder da! Auf unserem Parkplatz, mit seinem schwarzen West-Auto, das doch keiner sehen sollte.

Zu meinem Erstaunen empfingen sie ihn sogar zu Hause in ihrer Einbauküche. Marianne sammelte seit einiger Zeit merkwürdige Tassen und Gläser und stellte sie in einer Vitrine zur Schau wie Trophäen. Von Dieter wurde sie mit teuren Pullovern überhäuft, die sich in ihrem Schrank türmten, und nun hing dort neben Abendkleidern schon der dritte Pelzmantel.

Es wunderte mich, woher Dieter dieses Zeug hatte, und warum Marianne so viel Wert darauf legte. Wie gesagt: Sie gingen doch fast nicht aus! War Marianne im Laufe der Zeit so zickig geworden, dass sie diese Geschenke von Dieter forderte? Als Gegenleistung für ihr langweiliges Hausfrauendasein? Zu Ehren meines Besuchs aus dem Westen schmückte sie sich jedenfalls damit.

Hermann wiederum hatte einen großen Blumenstrauß für Marianne dabei und amerikanischen Whiskey für Dieter. Sogar an Doreen hatte er gedacht: Sie bekam einen Legobaukasten, aus dessen vielen bunten Einzelteilen man ein Haus bauen konnte, mit Dach, Fenstern und allem Drum und Dran. Das Kind war jedenfalls beschäftigt.

»Ich weiß, dass es für Sie schwierig ist, und ich möchte Ihnen auch überhaupt keinen Ärger bereiten. Aber ich liebe Sophie und möchte sie heiraten.«

Kaum saß Hermann auf dem ihm angebotenen Stuhl, als er auch schon meine Hand nahm und Dieter und Marianne verständnisheischend ansah.

Diesmal konnte Marianne noch nicht mal ihren Spruch »Lass das bloß nicht Dieter wissen!« loswerden. Denn der saß ja mit geballten Fäusten dabei, in seinem gelblich-grünen Polyesterhemd und der schlecht sitzenden Uniform. Seine Kiefer mahlten.

»Wie stellen Sie sich das vor!«

»Sie hat einen Ausreiseantrag gestellt.« Hermann sah mich liebevoll an, und Stolz glänzte in seinen braunen Augen.

»Sie hat ... WAS?!«

»Ich habe einen Ausreiseantrag gestellt«, wiederholte ich mutig.

Beide starrten mich an, als hätte ich den Untergang der Welt angekündigt.

»Jetzt wird mir so einiges klar!«, ließ Marianne mit einem

bitteren Auflachen vernehmen. »Warum du nicht mehr im Salon Anita arbeitest und dein Auto weg ist. Warum du tagelang im Bett liegst und aussiehst wie Scheiße. Selber schuld, kleine Schwester, selber schuld!«

»Wir wollen doch niemandem was Böses.« Hermann ließ meine Hand nicht los. »Aber das Helsinki-Abkommen sagt eindeutig, dass die Menschenrechte ... Bei einer Familienzusammenführung ... Es wurde bereits über neuntausend Anträgen stattgegeben ...« Weiter kam er nicht.

»Sie sind doch ein Zuhälter«, schnauzte Dieter Hermann plötzlich an. »Wir sind doch nicht blöd und längst informiert! Sie wollen meine Schwägerin im Westen als Nutte ...«

»Dieter! Nicht vor dem Kind!«

»Was ist eine Nutte, Vati?«

»Spiel schön weiter mit deinem Legobaukasten, Doreen.« Marianne versuchte mit zitternden Fingern, ein paar Legosteine aufeinanderzustecken, aber da zerbrach das Haus.

»Och Menno, jetzt hast du es kaputt gemacht!«, schimpfte Doreen.

»Wir brauchen so ein kapitalistisches Plastikspielzeug nicht!« Dieter warf das angefangene Haus mitsamt der Verpackung in den Abfalleimer. »Du hast genug eigene Spielsachen, Doreen!« Dann schob er die Kleine etwas barscher als nötig aus der Küche in den Flur, wo sie laut anfing zu heulen.

»Hören Sie, Sie setzen meiner Schwägerin ungeheuerliche Flausen in den Kopf!«, brüllte er den verdutzten Hermann an. »Mit dem kapitalistischen Westen wollen wir nichts zu tun haben! Wir haben für Sophie gebürgt, sodass sie mit achtzehn Jahren eine eigene Wohnung bekam und diese auch nach der

Scheidung von ihrem ersten Mann behalten durfte. Sie hatte ein Auto und einen Superjob, und jetzt ist alles weg, nur weil Sie hier aufgetaucht sind und unser Leben durcheinanderbringen!« Dieter schlug mit der Faust auf den Tisch, dass die Tassen klirrten. »Respektieren Sie gefälligst unsere Gesetze und unsere Grenzen! Das ist doch eine Unverschämtheit, was Sie da machen!«

Er wischte die Whiskeyflasche mit einer brüsken Geste vom Tisch, fing sie aber im letzten Moment auf. Um den guten Tropfen war es ihm dann wohl doch zu schade.

»Aber ich wollte doch nicht ... Ich liebe Sophie, das ist alles.« Hermann hatte ganz rote Flecken am Hals. Er hatte sicherlich mit Schwierigkeiten gerechnet, aber dass Dieter ihn so behandeln würde ... So einen rüden Umgangston war er überhaupt nicht gewöhnt!

»Und jetzt raus hier!« Dieter hob die Flasche, als wollte er sie Hermann über den Kopf ziehen. Unmöglich, mein Schwager! Ich schämte mich fremd. Denn gleich würde er sich über den Whiskey hermachen, da war ich mir sicher.

Wie die begossenen Pudel zogen wir ab.

Warum hatten sie einem Treffen mit Hermann zugestimmt, wenn sie ihn sowieso bloß zur Sau machen wollten? Und mich gleich dazu? Wie gemein von ihnen! Wie falsch und hinterhältig waren denn hier alle? Und was hieß das überhaupt: Wir sind doch nicht blöd, wir sind informiert? Was war das alles für ein falsches Spiel?

Ich kämpfte mit den Tränen, als wir in meiner kleinen Wohnung saßen, Wand an Wand mit dem immer noch tobenden Dieter und der heulenden Doreen. Marianne keifte und zerrte Doreen vor den Fernseher, damit sie Ruhe gab.

Hohe Kinderstimmen plärrten: »Sandmann, lieber Sandmann, es ist noch nicht so weit.«

»Ich versteh sie nicht«, sagte ich verstört zu Hermann, der versuchte, die Fassung zu bewahren. »Einerseits wollten sie uns ganz offensichtlich zeigen, was sie besitzen und wie großzügig und gastfreundlich sie sind. Andererseits lehnen sie dich schlichtweg ab und schmeißen dich raus.«

»Es ist bestimmt nicht einfach für sie«, versuchte Hermann die beiden auch noch zu verteidigen. »Wenn du in den Westen gehst, haben sie dich für lange Zeit verloren. Denn dann kannst du bestimmt nicht so bald wieder einreisen. Du musst ihnen verzeihen. Verzeihen ist das Wichtigste. Wer nicht verzeiht, kann niemals glücklich werden.«

Ich hatte aber keine Lust darauf, Dieter zu verzeihen. Dieter war ein opportunistisches Arschloch, und ein blöder Macho noch dazu.

»Er verfügt einfach über Marianne«, grollte ich. »Er behandelt sie wie sein Eigentum. Anscheinend meint er, ich gehöre auch dazu.«

Hermann lachte schon wieder. »So gefällst du mir, Sophie. Du bist eine Kämpferin! Ich habe niemals vor, dich so zu behandeln.«

»Er verwaltet das Geld und teilt ihr das Haushaltsgeld zu«, schmollte ich, immer noch tief gekränkt von Dieters ungehobeltem Benehmen. »Marianne besitzt kein eigenes Konto, außerdem verbietet er ihr zu arbeiten.«

»Unsere Ehe wird partnerschaftlich und modern sein.« Hermann zog mich tröstend in die Arme.

»Ich werde deine Arbeit immer wertschätzen, und wir werden an einem Strang ziehen. Meine Eltern sind so gespannt auf dich! Natürlich hatten sie auch erst Bedenken, aber sie werden dich mit offenen Armen empfangen.«

»Wirklich? Und wenn sie mich genauso rausschmeißen wie Dieter dich?«

»Das wird nie passieren. Sie werden dich wie eine Tochter lieben. Es kommt doch immer auf den Ton an. Der Ton macht die Musik! Überleg doch mal, wie nett sie dich im Hotel behandelt haben. Das hat gar nichts mit Ost und West zu tun. Wir sind alle nur Menschen.«

In seiner naiven freundlichen Art begann er sogar von den netten Grenzpolizisten zu schwärmen, die ihn offensichtlich immer freundlich begrüßten: »Wir kennen uns schon, sie tippen sich an die Mütze und fragen ganz höflich, was ich in der DDR will.«

»Und was sagst du dann? Hoffentlich nicht: ich will zu meiner Zaubermaus!«

Ups! Hatte ich das gerade wirklich gesagt? Ich spürte, wie mir heiß wurde. Doch Hermann schöpfte keinen Verdacht.

»Aber nein! Ich sage, dass ich geschäftliche Gründe habe, und dann winken sie mich durch.«

Hermann schien die ganze Welt zu Füßen zu liegen. Jetzt musste ich mich nur noch genauso in ihn verlieben, wie ich mich in Karsten verliebt hatte, aber das konnte doch nicht so schwer sein!

Er war so ein aufrichtiger, lieber Kerl. Wäre ich nicht so blind vernarrt in Karsten gewesen, hätte ich nicht seit Jahren an der Vorstellung gehangen, eines Tages vor den Bürgern der Stadt Weimar Karstens Frau zu sein, hätte ich viel leichter loslassen können.

Aber so war die Situation vertrackt. Ich schien in einem aufgewühlten Gefühlsmeer zu versinken, und egal welche Hand ich ergriff – sie könnte mich noch mehr in die Tiefe ziehen.

*

»Sophie! Du sollst mal rüber zu meinen Eltern kommen!«

Es war inzwischen Oktober, und Doreen klopfte an meine Wohnungstür. Ich war gerade erst von dem mir zugeteilten Friseurladen am Stadtrand zurückgekommen. Ich hatte den ganzen Tag stehen müssen, meine Füße brannten wie Feuer, und ich freute mich eigentlich auf ein Fußbad. Draußen herrschte eine graue Nebelsuppe, und die Stimmung näherte sich dem Nullpunkt.

Hermann war wieder zu Hause im Landhotel bei seinen Eltern, Karsten auf einer Großbaustelle in Cottbus. Kein Schwein rief mich an, keine Sau interessierte sich für mich.

Seit dem Rausschmiss hatte ich mich bei meinen Verwandten nicht mehr blicken lassen.

Etwas misstrauisch zog ich mir die flauschigen Socken an, die Hermann mir zum Geburtstag geschenkt hatte und ging mit Doreen hinüber.

Marianne stand am Herd, sie hatte offensichtlich geweint. Unwirsch wischte sie sich mit dem Handrücken über die Augen. Vielleicht hatte sie aber auch nur Zwiebeln geschnitten. Dieter saß mit einem Glas Whiskey am Küchentisch. Wenn das mal nicht Hermanns kapitalistischer Feindes-Whiskey aus Amerika war!

Doreen wurde wieder ins Wohnzimmer geschickt, wo der Fernseher lief.

»Hör zu, Sophie. Wir meinen es doch nur gut mit dir.« Dieter hatte schon einen leicht glasigen Blick. »Willst du immer noch in die BRD ausreisen?«

Ich zuckte nur müde mit den Schultern. Für einen weiteren Streit hatte ich heute einfach nicht die Kraft.

»Meine Kollegen haben mich aufgefordert, dich von deinem Vorhaben abzubringen.«

Dieter nahm einen weiteren Schluck von dem angeblichen Zuhälterschnaps.

»Kannst du aber nicht«, sagte ich trotzig.

»Du hast jetzt die Möglichkeit, den Antrag zurückzunehmen. Ich habe alle erforderlichen Formulare dabei.« Dieter knallte einige Papiere, die er seiner Aktentasche entnahm, auf den Tisch. Seine Feinmotorik war schon etwas außer Kontrolle geraten.

Marianne zuckte zusammen.

»Ich unterschreibe das nicht.« Trotzig verschränkte ich die Arme vor der Brust.

»Bitte, Sophie ...« Marianne zog eine Grimasse, die ich nicht deuten konnte. »Sei doch vernünftig! Du zerstörst noch unsere Familie!«

»Ich verliere meinen Job, wenn du den Ausreiseantrag nicht zurücknimmst«, lallte Dieter selbstmitleidig.

»Wie bitte?«

»Ja, dann ist meine Polizeikarriere beendet!« Es klang so wie »Bollsseigajeere.« Was für ein armseliges Weichei Mariannes Mann doch war!

Ich musste ein paarmal tief durchatmen. Sollte ich mich dafür jetzt verantwortlich fühlen? Was war das für ein Staat, in dem solche Sippenhaft herrschte?

»Hör mal zu, Dieter. Das ist ja wohl ganz mies, mir auf diese Weise ein schlechtes Gewissen machen zu wollen.« Ich wunderte mich selbst über meinen Mut. »Die Masche zieht bei mir überhaupt nicht. Das ist einfach nur peinlich!«

Damit verließ ich hoch erhobenen Hauptes die Wohnung und knallte die Tür hinter mir zu.

Im Treppenhaus stieß ich fast mit jemandem zusammen, der gerade aus dem Aufzug schlüpfte.

»Karsten!«

Sofort setzte mein Herzschlag aus und Schnappatmung ein. »Ich denke, du bist in Cottbus?!« Flüsternd zog ich ihn in meine Wohnung.

»Ich hatte so Sehnsucht nach dir, Zaubermaus!« Karsten bedeckte mein Gesicht mit Küssen, und in Sekundenschnelle hatten wir einander die Kleider vom Leib gerissen. Wie ferngesteuert sank ich mit ihm auf mein Bett, und wir fielen leidenschaftlich übereinander her wie zwei Ertrinkende, für die es keine Rettung mehr gab.

Karsten war auch völlig überwältigt von seinen Gefühlen: Wir weinten beide.

»Ich habe mit Ingeborg gesprochen«, wisperte er, als sich unser Herzschlag schließlich beruhigt und er sich seine übliche Zigarette danach angezündet hatte. »Sie weiß jetzt von dir.«

»Wirklich?« Ich stützte mich auf und starrte ihm ins Gesicht. »Und was bedeutet das für uns?«

Vor meinen Augen tanzten grelle Punkte.

»Wir werden es öffentlich machen und zusammen leben. Wir finden einen Weg. Wir gehören zusammen, Zaubermaus. Ich halte es ohne dich nicht länger aus. Und das Lügen macht mich fertig.«

Das Blut pulsierte mir in den Schläfen.

»Karsten, ist das wirklich wahr?«

Mein Herz schlug auf einmal so laut, dass ich mein eigenes Wort nicht verstand.

Jetzt auf einmal ging es doch? Jetzt würde sich mein jahrelanger Traum plötzlich erfüllen? Wenn das so war, würde ich den Ausreiseantrag tatsächlich zurückziehen. Dann würde ich jetzt gleich zu Dieter rübergehen und den Wisch unterschreiben. Falls mein Schwager nicht schon unter dem Tisch lag.

»Karsten, wie konkret ist es?«

Ich war so kurz davor, ihm von meiner Alternative zu erzählen! Die Worte lagen mir schon auf der Zunge. Eines nach dem anderen wollte endlich herauspurzeln wie die Einzelteile des Lego-Baukastens, und am Ende würde es doch noch ein Haus für uns geben? Mit Dach, Fenstern und allem Drum und Dran? So wie ich es mir seit Langem mit Karsten erträumte? Aber wenn es jetzt ernst mit uns wurde, würde ich durch ein solches Geständnis nur jede Menge Porzellan zerschlagen.

Nein, ich durfte Hermann niemals erwähnen! Sonst würde mein Traum von einer Ehe und einer Familie mit Karsten doch noch zerplatzen.

Ich hing an seinen Lippen.

»Ingeborg spricht gerade mit ihren Eltern«, verriet er mir. »Die werden natürlich aus allen Wolken fallen, denn wir waren das Vorzeigeehepaar im Bert-Brecht-Weg, und keiner unserer Nachbarn hat etwas geahnt …«

»Karsten …« Ich schluckte trocken. Bloß nicht drängen!

»Bitte gib mir noch eine winzige Weile. Ich schwöre dir, Sophie: Noch ehe das Jahr zu Ende ist, werden wir unsere

Beziehung öffentlich machen und beide zusammenleben. Nur noch ein paar Wochen. Ja?«

Ich biss mir auf die Unterlippe. Bloß jetzt kein falsches Wort sagen. Nach einer jahrelangen heimlichen Beziehung konnte ich jetzt auch noch ein paar Wochen warten.

»Du wirst Weihnachten also nicht mit Ingeborg und den Kindern verbringen?«, hakte ich nach, und mein Mund fühlte sich trocken an. »Mit deinen Schwiegereltern?«

Karsten zupfte sich einen Tabakkrümel von der Zunge. Wie sehr ich diese vertraute Geste liebte! Ich fand alles an ihm so aufregend und sexy, seine Lippen waren so vertraut, so weich und erotisch, dass ich mich schon wieder in seine Arme fallen lassen wollte.

Das Landhaus Großeballhorst löste sich gerade in ein Wolkenkuckucksheim auf. Bielefeld gab es doch gar nicht. Aber Weimar gab es! Unser gemeinsames Leben war zum Greifen nah! Unser Haus, das nicht einstürzen würde! Plötzlich sah ich mich an Karstens Seite mit einem Kinderwagen grüßend durch die Straßen gehen. Dieter und Marianne kamen uns entgegen und winkten freundlich, der Salon Anita öffnete erneut seine Pforten für mich, und das rote Auto stand auch wieder vor der Tür.

»Das wird sehr hart für alle. Vor allem für die Kinder. Aber wenn du darauf bestehst, versprech ich es dir.«

»Nein, das kann ich nicht von dir verlangen ...« Frustriert ließ ich mich aufs Kopfkissen fallen und starrte an die Decke. Wieder verließ mich der Mut. Wie konnte ich mit ihm schlafen und gleichzeitig jemand anderem die Ehe versprochen haben? Oh Gott, was hatte ich alles schon angerichtet!

Karsten legte den Arm um meinen Nacken und zog mich zu sich heran: »Nein, ich kann nicht von dir verlangen, dass du noch länger auf mich wartest. Um dir das zu sagen, bin ich heute gekommen. Ich liebe dich, und ich will mit dir leben. Die Entscheidung ist gefallen. Aber jetzt fahre ich, Zaubermaus. Morgen früh um acht muss ich wieder auf der Baustelle sein.« Mit diesen Worten zog Karsten seine blitzblank geputzten Schuhe an und meine Wohnungstür lautlos hinter sich zu.

12

Weimar, November 1976

Das Telefon schrillte.

Es war das Wochenende vor dem Volkstrauertag, normalerweise eine trübe, dunkle, stille Zeit. Aber Hermann hatte seinen nächsten Besuch angekündigt und wollte am heutigen Freitag gegen Nachmittag wieder in seinem Hotel »Zur Kupferkanne« in der Altstadt einchecken. Ich hatte mir freigenommen und mich bereits fein gemacht. Und ein bisschen Herzklopfen hatte ich auch. Hermann war nämlich doch noch nicht ganz aus dem Rennen: An Karstens Situation hatte sich immer noch nichts geändert, die Wochenenden gehörten nach wie vor seiner Familie.

Wer konnte jetzt am Telefon sein? Karsten oder Hermann, Hermann oder Karsten?

Gespannt nahm ich den Hörer ab. »Sophie Becker?«

»Sophie! Bist du allein, kannst du sprechen?«

Hermann klang gehetzt.

»Natürlich bin ich allein.« Ich schüttelte gerade eine beige Seidenbluse vom Bügel, die ich neben einen hellblauen Schäfchenpullover aufs Bett fallen ließ.

Niedlich oder sexy? Was sollte ich anziehen? Zaubermaus oder Agneta?

»Ich darf nicht mehr in die DDR einreisen! Sie haben

mich an der Grenze rausgefischt und gefilzt, als wäre ich ein Verbrecher!«

Ich schluckte. Dann war das Kapitel Hermann jetzt also beendet? Ratlos drehte ich an der Telefonschnur.

»Und was wirst du jetzt machen, Hermann?«

»Ich versuche, in die CSSR einzureisen! Kannst du nach Prag kommen?«

Na, der hatte Ideen! Obwohl ich so ein Abenteuer spannend gefunden hätte, musste ich passen.

»Aber Hermann! Ich habe keine Ausweispapiere mehr! Ich darf die Stadt nicht mehr verlassen, weißt du das nicht?«

»Ach ja, stimmt, verdammt! Sophie, ich liebe dich! Es muss einen Weg geben!«

Er hörte sich wirklich verzweifelt an.

»Was machen wir denn jetzt?«

»Ich habe keine Ahnung.« Während ich den Hörer zwischen Kinn und Schulter klemmte, hängte ich die Seidenbluse wieder auf den Bügel.

Das Telefon gab Störgeräusche von sich.

»Hermann, bist du noch dran?«

»Ich nehme jetzt Kontakt zur Ständigen Vertretung der Bundesrepublik in Ostberlin auf«, hörte ich Hermann undeutlich rufen. »Die können mich nicht davon abhalten, dich zu heiraten. Hörst du, Sophie?«

Mein Herz raste.

»Sophie?«

»Ja, Hermann, ich höre.«

»Du willst es doch noch?«

Ich schluckte trocken. »Hermann, ich hör dich wirklich ganz schlecht…«

»Sophie? Bist du noch bei mir? Ich werde kämpfen und nicht aufgeben! Es gibt da einen Rechtsanwalt, Dr. Vogel, und ich werde mich auch ans westdeutsche Fernsehen wenden ...«

Ein hässliches Knacken unterbrach das Gespräch.

»Hermann? Aufgelegt«, murmelte ich. Dann sank ich aufs Bett.

Ich horchte in mich hinein und versuchte zu ergründen, was ich jetzt fühlte. War es Erleichterung? Hauptsächlich jedenfalls Mitleid mit dem armen Hermann. Ich mochte ihn echt gern. Sehr gern sogar. Aber liebte ich ihn? So wie ich Karsten liebte, der seit Jahren nicht nur mein großes kleines Geheimnis war, sondern gerade deswegen auch meine große Liebe?

Automatisch griff ich mir an den Hals und spielte mit dem Ring, der dort in der Kuhle zwischen meinen Schlüsselbeinknochen ruhte. Karstens Ring! Während ich den Verlobungsring von Hermann am Finger trug! Ich streifte ihn ab und ließ ihn leise klirrend in eine kleine Porzellanschale auf dem Schminktisch gleiten. Da funkelte er vor sich hin. An meinem Finger hatte sich eine kleine weiße Rille gebildet.

Zögerlich räumte ich den Pulli und die Bluse wieder in den Schrank. Was sollte ich denn jetzt machen?

Zu Hause bleiben und Frust schieben, wie üblich!

Verzweifelt vergrub ich den Kopf in den Armen. Alles was ich tat, machte ich falsch!

Als es kurz darauf wieder klingelte, zögerte ich, das Gespräch überhaupt anzunehmen. Ich war einfach zu niedergeschlagen. Andererseits ... Vielleicht hatte es Hermann doch irgendwie geschafft?

»Sophie Becker?«

»Zaubermaus«, tönte es mir gut gelaunt entgegen. Keinerlei Knacken und Rauschen in der Leitung mehr. »Was machst du, wobei störe ich dich?«

Ich räusperte mir einen Kloß von der Größe eines Tennisballs von der Kehle. Karsten! Hatte er etwa Zeit?

»Du störst nicht«, krächzte ich.

»Bist du okay?«

»Natürlich. Ich bin nur etwas überrascht ...«

»Es ist Freitag«, kam es mir fast triumphierend entgegen.

»Ja. Und?«

»Und? Ich habe frei!«

»Von ... deiner Familie?«

»Ich BIN frei«, verbesserte sich Karsten. »Ich bin so frei, dass ich dich auf einen Wochenendtrip nach Oberhof einladen kann. Ich habe ein Doppelzimmer im Panoramahotel gebucht!«

Sprachlos presste ich den Hörer ans Ohr. Wurde ich langsam verrückt? Ich spähte aus dem Fenster im zehnten Stock: unten grauer Nieselregen und Pfützen auf einem verwaisten Parkplatz. Kein schwarzer BMW. Auch kein roter Trabi. Aber der schwarze Wartburg. Und Karsten. Ich halluzinierte nicht. Er stand in der Telefonzelle an der Ecke!

»Zaubermaus! Hat es dir die Sprache verschlagen?«

Mir fiel nichts anderes ein, als dämlich zu fragen: »Bei dem Wetter?!«

Das Herz schlug mir bis zum Hals. Karsten WAR FREI! Es hatte alles so sein sollen! Meine Geduld hatte sich ausgezahlt! Und Hermann steckte an der Grenze fest! Das Schicksal hatte entschieden! All meine Probleme waren gelöst.

Danke, Schicksal!, dachte ich insgeheim. Letztlich habe ich mir das genau so gewünscht. Du musstest es aber auch spannend machen, du Schicksal, du.

»In Oberhof liegt Schnee«, lachte Karsten sonor. »Habe eben den Wetterbericht gehört: morgen wird blauer Himmel sein. Da habe ich spontan den Entschluss gefasst, meine Zaubermaus in die glitzernde Winterpracht zu entführen! Lust auf eine romantische Schlittenfahrt im verschneiten Märchenwald? Wir beide haben viel zu besprechen!«

Es war als sähe ich die Welt plötzlich wieder in Farbe.

Im Stillen hörte ich die frech-fröhliche Stimme von Nina Hagen: »Du hast den Farbfilm vergessen, mein Michael ...«

Aber da war er nun, der Farbfilm!

»Komm runter, ich parke auf deinem Parkplatz.«

Zum ersten Mal nicht um die Ecke! Sichtbar für alle!

Wenn das kein Beweis für seine Ehrlichkeit und Offenheit war! Ich hatte ihn. Mein Traum war wahr geworden. Karsten gehörte mir.

Mit rasendem Herzklopfen packte ich meine Reisetasche, die schon für mein Wochenende mit Hermann auf dem Bett stand. Eine unbändige Vorfreude durchströmte mich. Ich sah schon vor mir, wie wir gemeinsam, in flauschige Bademäntel gehüllt, durch die Panoramascheibe in den glitzernden Schnee blicken würden, ein Glas Rotkäppchen-Sekt in der Hand. Ich sah, wie wir uns leidenschaftlich lieben und später Hand in Hand mit geröteten Wangen durch die weiße Pracht stapfen würden.

Mit vor Aufregung feuchtkalten Fingern stopfte ich die letzten Habseligkeiten in die Reisetasche und schulterte die rote Lederhandtasche einer berühmten Marke, die Hermann mir aus dem Westen mitgebracht hatte. Es war so verrückt, dass ich noch nicht mal mehr ein schlechtes Gewissen hatte! Ein letzter Blick galt dem Verlobungsring auf dem Tisch: Da liegst du gut!, dachte ich. Ruhe in Frieden.

Das Rad des Schicksals hatte sich noch mal gedreht. Zwar rückwärts, aber gefühlt dennoch in die richtige Richtung! Ich war so erleichtert, dass ich hätte weinen, schreien oder singen können.

Erst im Auto, als Karsten gut gelaunt über die matschige Autobahn fuhr, und ich den Kopf an seine Schulter gelehnt hatte, fiel es mir siedend heiß ein: Du hast keine gültigen Ausweispapiere! Du hast nur diese hässlichen Ersatzpapiere, und mit denen bist du Abschaum in diesem Land. Du darfst die Stadt eigentlich gar nicht verlassen!

Mir war, als würde ich schockgefrieren! Versteinert starrte ich vor mich hin.

»Alles gut, Zaubermaus?«, kam es gut gelaunt vom Fahrersitz.

»Ja, natürlich. Alles gut.«

»Sei so lieb, und zünd mir eine Zigarette an«, bat Karsten nichtsahnend.

Immer wenn ich mit ihm allein im Auto fuhr, also ohne den netten alten Chauffeur, dann schob ich für ihn den Anzünder in die Armatur. Sobald der glühte, rauchte ich seine Zigarette an, bevor ich sie ihm zwischen die Lippen steckte. So auch jetzt. Alles fühlte sich so vertraut an, und es stellten sich schon alle meine Körperhärchen senkrecht bei dem Gedanken, diese Lippen gleich endlos küssen zu dürfen ... aber der Personalausweis.

Was tun? In Weimar, an meinem Geburtstag, hatte Hermann

das Personal mit einem Westschein bestochen, und dort kannte man mich ja auch. Aber in Oberhof, im Panoramahotel, würde dieser Trick nicht funktionieren. Zumal Karsten ja keine Ahnung davon hatte, dass ich keinen Personalausweis mehr besaß! Er würde nach dem Grund fragen! Ausreiseantrag? Hallo?! Es würde alles auffliegen, mein ganzes mühsam erbautes Kartenhaus! Wo ich dem Ziel schon so nahe war! Mir wurde übel, und mein Magen rebellierte.

Es würde auffliegen. Die ganze Sache würde auffliegen, und Karsten würde jegliches Vertrauen in mich verlieren. Ich hatte ihn seit Monaten belogen. Und betrogen. Mit einem Mann aus dem Westen! Er würde so unfassbar enttäuscht von mir sein. Ausgerechnet jetzt, wo er seiner Frau reinen Wein eingeschenkt und seine Ehe beendet hatte! Wieder überkam mich ein Würgereiz, und ich konzentrierte mich auf das Ein – und Ausatmen.

Das durfte nicht passieren! Jetzt, wo er sooo kurz davor stand, mit mir ein neues Leben anzufangen! Ich musste es schaffen, Hermann und die Folgen zu verheimlichen! Vor Angst schlotternd, grübelte ich vor mich hin. Vor meinen Augen tanzten grelle Sterne, in meinen Ohren rauschte es.

»Du bist so still, Zaubermaus …?«

Ich schluckte. Meine Hände hatte ich unter den Oberschenkeln versteckt.

»Ist dir schlecht?«

»Ein bisschen.«

»Frische Luft wird dir guttun.« Karsten kurbelte das Fenster auf meiner Seite herunter. Sein Arm berührte wie zufällig meine Brustwarzen. Das war natürlich Absicht, und er genoss es, weil er wusste, wie mein Körper darauf reagierte. In weniger

als einer Stunde würden wir gemeinsam im Bett liegen ...
WENN wir es denn bis dahin schaffen würden.

Karsten machte das Radio an. Wieder tönte mir Nina Hagens freche Görenstimme entgegen: »Du hast den Farbfilm vergessen, bei meiner Seel' ...«

Genau, das war's! Was Nina Hagen konnte, das konnte ich auch. Wenn ich an der Rezeption danach gefragt werden würde, würde ich einfach behaupten, der Ausweis liege bei mir in der Wohnung auf dem Tisch. In meiner ganzen Aufregung und Vorfreude konnte das doch passiert sein!

Dann müssten Karsten und ich zwar wieder nach Hause fahren, aber bis dahin sollte mir schon was eingefallen sein. Ich konnte den Ausweis ja auch in der Straßenbahn verloren haben. Zeit schinden, Sophie!

»So, Zaubermaus. Da sind wir. Na, was sagst du?«

Inzwischen war es dunkel geworden, und das Panoramahotel lag tief verschneit und festlich beleuchtet vor den dunklen Bergen.

»Wahnsinn. Es sieht so schön aus.«

»Hast du alles?«

»Ja. Ich denke schon ...«

Meine Nerven lagen blank, in meinem Kopf hämmerte es. Ich musste mich sehr zusammenreißen, um so tun zu können, als wäre alles bestens. Dass an der Rezeption eine Bombe platzen konnte, war mir klar.

Vielleicht würde die Polizei schon in den Startlöchern stehen. Dann würde ich diese Nacht nicht im Panoramahotel, sondern im Gefängnis verbringen. Schließlich hatte ich einen Ausreiseantrag gestellt. Und war eine Staatsfeindin. Ich durfte die Stadt nicht verlassen. Auf einen Fehler, einen Rechtsbruch von mir warteten die doch nur!

Wie in Zeitlupe ging ich neben Karsten die Stufen hinauf. Mein geliebter Karsten! Jeden Moment würde ich ihn bitterlich enttäuschen müssen!

An der Rezeption stand eine freundliche junge Frau, die Karsten mit Namen begrüßte. »Gute Anreise gehabt, Herr Brettschneider?«

»Ja, natürlich, bei so einer bezaubernden Begleitung ...«

Er strahlte mich von der Seite an und legte besitzergreifend den Arm um mich.

»Na dann: schönen Aufenthalt. Sie haben das schönste Zimmer mit der besten Aussicht.«

Sie händigte uns einen goldenen Schlüssel aus und lächelte.

13

Weimar, 22. Dezember 1976

Dieses Weihnachten wollte Karsten bei mir verbringen! Ich hatte es geschafft! In den wunderschönen Tagen in Oberhof hatte er mir alles dargelegt:

Ingeborg wusste Bescheid, sie war mit einer Scheidung einverstanden. Ihre Eltern waren natürlich entsetzt, denn sie hatten all die Jahre nichts geahnt. Aber nun war es endlich heraus. Weshalb Karsten dieses Jahr in der Familie nicht willkommen sein würde.

Dennoch wollte er, der Kinder wegen, wenigstens am Heiligen Abend nachmittags noch seine Geschenke dort abgeben, um dann so schnell wie möglich zu mir zu kommen.

Und jetzt, kurz vor den Feiertagen, hatte er noch auf seiner Großbaustelle zu tun, um auch »mit dieser Baustelle abzuschließen«, wie er vielsagend bemerkte.

Als ich die Post aus dem Briefkasten fischte, ahnte ich nicht, dass sich mit diesem Tag mein ganzes Leben ändern sollte. Ein grauer Umschlag mit dem Stempel »Staatssicherheit« fiel mir entgegen.

Noch im Aufzug riss ich ihn mit rasendem Herzklopfen auf:

Hiermit teilen wir Ihnen mit, dass Ihre Ausreise in die Bundesrepublik am 24.12.1976 bewilligt wird. Sie haben am genannten

Tag bis zwölf Uhr Ihre Wohnung zu verlassen, sich bei allen Behörden abzumelden und den Schlüssel bei Ihrem Schwager Dieter Drawitz in den Briefkasten zu werfen.

Die Fahrkarte für Ihren Zug ab Weimar kostet ... und ist am Schalter ... hinterlegt. Sie ist sofort in bar zu bezahlen. Ansonsten dürfen Sie keinerlei Devisen ins kapitalistische Ausland mitnehmen. Als Gepäck wird Ihnen ein Koffer und eine Reisetasche bewilligt. Sollten Sie diesem Ausreisebefehl nicht Folge leisten, haben Sie mit entsprechenden Konsequenzen zu rechnen.

Ausreise*befehl*. Nicht Ausreise*erlaubnis*. Ich wurde ins Exil verbannt! Fassungslos las ich dieses Schreiben. Die Buchstaben verschwammen vor meinem Auge.

Als die Fahrstuhltür sich im zehnten Stock öffnete, waren meine Beine weich wie Pudding, und ich musste mich an der Wand abstützen. Meine Finger zitterten so sehr, dass ich kaum die Wohnungstür aufschließen konnte. Mein kleines heimeliges Reich, mein Nest, in dem ich die Feiertage mit Karsten verbringen wollte, und wo schon liebevoll verpackte Geschenke für ihn versteckt waren, ja wo sein Weihnachtsstern wie jedes Jahr blühte, und der Weihnachtsbaum mit Kerzen bereitstand, sollte ich jetzt ganz plötzlich verlassen?

Fassungslos saß ich zwei Stunden danach immer noch auf meinem Bett, unfähig, einen klaren Gedanken zu fassen. Ich wollte doch gar nicht mehr weg! Jetzt also doch? Warum ausgerechnet jetzt? Warum an Heiligabend? An Weihnachten 1976, wo ich kurz vor meinem Ziel stand, mit Karsten zu leben?

Ich konnte ihn auf seiner Großbaustelle nicht erreichen. Aber was hätte ich auch sagen sollen? Karsten, ich habe dich die ganze Zeit belogen? Karsten, ich bin zweigleisig gefahren, so wie du auch, aber im Gegensatz zu dir habe ich nicht mit offenen Karten gespielt? Karsten hatte mir nie etwas vorgemacht, von Anfang an hatte er mir ehrlich gesagt, dass er verheiratet war und drei Kinder hatte, die er nie im Stich lassen würde. Ich wusste von Ingeborg und den Schwiegereltern, ich kannte seine Adresse, ich hatte sein Haus gesehen. Er hatte immer seinen Ehering getragen. Aber ich hatte ihn belogen und betrogen.

Hatte ich Dieter neulich einen Opportunisten genannt? Ihn als jemanden verachtet, der sich immer nach dem Wind dreht, ohne Rücksicht auf Verluste? Und was war ICH?

Automatisch glitten meine Finger wieder zu dem Ring in meiner Halskuhle. Dort hüpfte er im Takt meines wummernden Herzens auf und ab.

Zitternd öffnete ich den Verschluss meiner Kette und ließ sie in die Porzellanschale gleiten, in der Hermanns Verlobungsring lag. Der mit dem grünen Smaragd. Den ich mir jetzt wieder ansteckte. Er drückte.

Ich wollte das gar nicht mehr! Oder doch?

Wie in Trance packte ich meine Sachen zusammen, aber ich konnte mich nicht konzentrieren. Was sollte ich alles in wenigen Stunden erledigen? Wo mich abmelden, wo mich anmelden?

Plötzlich fiel mir ein, dass ich ja Hermann Bescheid sagen musste! Der Arme wusste ja noch gar nichts von seinem Glück! Seit sie ihn nicht mehr in die DDR gelassen hatten, waren auch keine Briefe mehr von ihm gekommen! Ob er mich überhaupt noch wollte?

Mit zitternden Fingern wählte ich die Nummer des Landhauses Großeballhorst bei Bielefeld und erreichte nur den Anrufbeantworter: »Liebe Gäste. Vom heutigen 22. Dezember bis einschließlich Heiligabend haben wir geschlossen. Wir öffnen unsere Pforten wieder am 1. Weihnachtstag. Wir wünschen Ihnen frohe und besinnliche Feiertage. – Tischbestellungen können Sie gerne auf Band sprechen, wir freuen uns auf Sie.«

Das war bestimmt die Stimme des Vaters. Ich räusperte mir einen Kloß von der Kehle. Irgendwas musste ich ja nun sagen!

»Hier ist Sophie. Dies ist eine Nachricht für Hermann. Ich komme am Heiligen Abend um zwölf Uhr dreißig in Kassel an. Ja, und da muss ich umsteigen. Also ...« Ich fasste mir wie gewohnt an den Hals, aber da war kein Ring mehr. »Lieber Hermann, ich hoffe, du hörst das ab. Tut mir leid, dass das alles ein bisschen kurzfristig ist.« Und da ich das Gefühl hatte, mit dem Vater zu sprechen, fügte ich noch höflich hinzu: »Danke, dass ich kommen darf. Ich freue mich darauf, Sie alle kennenzulernen. Bis dann.«

Innerlich machte sich eine fürchterliche Panik breit. Wie sollte ich das denn schaffen mit dem Umsteigen? Ich hatte ja noch nicht mal einen Schulatlas, in dem eine Karte von Westdeutschland war. Und das Landhotel Großeballhorst lag wie der Name schon sagte außerhalb von Bielefeld, das es ja eigentlich gar nicht gab, in einem Ort namens Avenwedde. Da fuhr doch im Leben kein Zug hin, und schon gar nicht an Weihnachten!

Völlig fahrig packte ich weiter und räumte meine Wohnung leer, wie es verlangt worden war. Zu diesem Zweck blieb mir nichts anderes übrig, als meine Möbel vor Dieters und Mariannes Wohnung in den Flur zu stellen. Sollten sie sich doch nehmen, was sie brauchen konnten! Zum Entsorgen blieb mir keine Zeit.

Da von nebenan gar kein Lebenszeichen kam, ging ich davon aus, dass meine Verwandten in der Stadt unterwegs waren, um Weihnachtseinkäufe zu machen. Niemand spähte durch den Spion, die Tür öffnete sich nicht einen Spalt.

Es tat weh, mich von meinen lieb gewordenen Sachen zu trennen, sehr weh sogar. Als ich mit dem Packen fertig war, und noch bevor ich den Tisch aus der Wohnung schob, setzte ich mich daran und schrieb unter Tränen einen Abschiedsbrief an Karsten. Die Tinte verschwamm, und es waren eher Kleckse als Buchstaben:

Lieber Karsten,
vor zwei Jahren habe ich in Bulgarien einen anderen Mann kennengelernt. Er heißt Hermann Großeballhorst und betreibt mit seinen Eltern ein Familienhotel bei Bielefeld, genauer gesagt in einem Ort namens Avenwedde. Keine Ahnung, wo das liegt, aber nun reise ich dorthin! Ich habe vor neun Monaten einen Ausreiseantrag gestellt, weil ich dachte, dass wir beide doch keine Zukunft haben. Ich wollte dich von der Last befreien, dich zwischen mir und deiner Familie entscheiden zu müssen – eben weil ich dich so liebe. Jetzt hast du zwar endlich beschlossen, mit mir zu leben, aber das Schicksal hat andere Pläne.

Ich kann dir nicht mehr in die Augen sehen und bin völlig verzweifelt. Hoffentlich ist es für dich und deine Familie noch nicht zu spät. Ich wollte deine Familie nie zerstören.
Bitte verzeih mir! Verzeihen ist das Wichtigste im Leben.
Frohe Weihnachten,

Deine Sophie

P.S.: Ich werde dich immer lieben

*

Am übernächsten Morgen stand das Taxi um Viertel vor sieben vor der Tür. Inzwischen hatten Marianne und Dieter natürlich mitgekriegt, was los war! Während Dieter sofort ein paar Kollegen mobilisierte, die die Möbel aus dem Treppenhaus entfernten, damit nur die Nachbarn nichts merkten, kam Marianne mit vorwurfsvoller Miene zu mir in die leere Wohnung: »So. Nun hast du es also geschafft. Gratuliere. Toll.«

»Ich wollte es gar nicht wirklich, aber jetzt ist es passiert ...«

»Das kannst du dem Weihnachtsmann erzählen. Unsere Familie hast du jedenfalls ruiniert!«

Ich wollte wenigstens Doreen noch einmal umarmen, doch Marianne wollte nichts davon wissen: »Du lässt uns im Stich, also wollen wir auch nichts mehr mit dir zu tun haben. Du bist eine ganz miese Verräterin.«

Mit einem Herzen schwer wie Blei stieg ich in das Taxi. Ein letzter Blick zurück: Niemand winkte.

»Zum Bahnhof?« Der Taxifahrer stank nach Rauch, und seine speckige Lederjacke quietschte auf dem Plastiksitz.

»Bert-Brecht-Weg neun.« Mir war so schlecht, dass ich mich übergeben wollte.

Um Viertel nach sieben stieg ich bei knirschendem Schnee bei morgendlicher Dunkelheit vor Karstens Haus aus dem Auto. Mein Herz raste. »Warten Sie bitte.«

Der Taxifahrer rauchte bei laufendem Motor eine weitere Zigarette. Der Auspuff seines Wagens verpestete die klare Luft.

Durchs klappernde Gartentor schritt ich durch den Vorgarten auf das verschlafen wirkende Gebäude zu. Die Rollläden waren noch heruntergelassen. Alles wirkte so friedlich und still, dass ich mich fast nicht traute, bis zur Haustür zu gehen. Den Brief wollte ich nur schnell durch den Schlitz werfen. Ich beugte mich gerade zu diesem Zweck vor, als plötzlich die Außenlampe anging, Schritte näherten sich. Die Tür flog auf. Ich erstarrte. Hoffentlich jetzt nicht die Frau oder die Eltern ...

Schuldbewusst hob ich den Kopf, in Erwartung eines Donnerwetters oder eines Schlages mit dem Nudelholz. Verdient hätte ich es!

Es war Karsten.

Zu meiner Überraschung stand er fertig angezogen und frisch rasiert da, ganz so als hätte er auf mich gewartet. In seinem Gesicht spiegelte sich keinerlei Erstaunen oder Befremden, er schien sich kein bisschen zu wundern, dass ich einfach so bei seinem Haus auftauchte. Im Gegenteil: Er lächelte mich an wie immer. Was für ein Mann!

Am liebsten wäre ich ihm um den Hals gefallen! Ich

brachte keinen Ton heraus, sondern übergab ihm mit zitternden Händen meinen Brief. Warum musste ich ihm das antun! Er stand ja zu seinem Wort! Er wollte mit mir leben! Und jetzt wollte ich nicht mehr?

Wortlos drehte ich mich abrupt um und rannte zum Taxi. »Zum Bahnhof. Schnell.«

Als das Taxi losfuhr, drehte ich mich noch einmal um und schaute durch die Rückscheibe.

Karsten verschwand gerade wieder in seinem Haus und ließ die Tür hinter sich zufallen.

*

Um acht Uhr dreiunddreißig stieg ich in den Zug in die Freiheit. Dabei fühlte ich mich keineswegs frei! Die Fahrt war beklemmend.

Bis kurz vor der Grenze haderte ich noch mit mir: Noch konnte ich aussteigen! Ich sehnte mich so sehr nach Karsten. Was hatte ich nur getan! Ich wollte zurück, mich in seine Arme werfen. Inzwischen hatte er den Brief bestimmt gelesen. Er tat mir so leid! Seine Welt musste gerade zusammenbrechen. Sollte ich noch rausspringen? Wie ein hypnotisiertes Kaninchen starrte ich in die trübe Landschaft hinaus.

Aber wie hatte es in dem Bescheid geheißen? »Sollten Sie diesem Ausreisebefehl nicht Folge leisten, haben Sie mit entsprechenden Konsequenzen zu rechnen.« Ein normales Leben mit Karsten dürfte inzwischen unmöglich sein. Dafür hätte ich den Ausreiseantrag vorher zurückziehen müssen. Gelegenheit genug hatten mir die Leute von der Staatssicherheit ja eingeräumt. Sie hatten mich regelrecht dazu gedrängt. Aber wie hätte ich nach all den Jahren des Wartens wissen sollen, dass Karsten wirklich Ernst machen, seine Familie endlich für mich verlassen würde ...

Ausgerechnet jetzt, wo ich ein neues Leben beginnen sollte, war ich psychisch völlig am Ende.

Dann kam die Grenze, und unfreundliche Beamte rissen die Abteiltür auf. Eine Frau mit Gummihandschuhen forderte mich auf, den Koffer zu öffnen und wühlte darin herum. Hunde hechelten die Gleise entlang, Spiegel wurden unter den Zug geschoben.

»Ausreisegenehmigung!«

Ich übergab den Schrieb einem Beamten, der mich keines Blickes würdigte. Verächtlich reichte er mir das Papier zurück. Ohne ein Wort, ohne ein »Gute Fahrt« und erst recht ohne »Frohe Weihnachten«.

Ruckelnd verließ der Zug Wartha, einen trostlosen kleinen Bahnhof mit verlassen wirkenden Baracken im Hintergrund. Dann war ich im Westen: Herleshausen. Und wieder hielt der Zug. Neue Grenzbeamte kamen, die schon viel freundlicher waren. Als sie meine Einreisepapiere sahen, tippten sie sich grüßend an die Mütze. »Ein schönes Datum haben Sie sich ausgesucht, junge Frau. Willkommen in der BRD! Frohe Weihnachten!«

Kurz darauf stand ich in Kassel auf einem großen, zugigen Bahnhof.

»Kassel Wilhelmshöhe.« Musste ich hier umsteigen? Oder gab es noch ein »Kassel Zentrum?« Hektisch verließ ich den Zug und irrte zwischen den vielen Menschen umher. Vielleicht stand Hermann ja schon hier irgendwo und hielt nach mir Ausschau! Wie ich ihn kannte, würde er mich bestimmt nicht mit dem Nahverkehrszug durch die Pampa irren lassen! Doch so sehr ich mir auch den Hals verrenkte: kein Hermann.

Na gut!, dachte ich traurig. Heute an Heiligabend kommt er vom Hotel nicht weg. Halt! Haben die nicht noch geschlossen? Vielleicht ist er ja mit seinen Eltern in der Kirche? Ganz bestimmt holt er mich in Bielefeld ab.

Ich schleppte mich mit meinem Koffer und meiner Reisetasche zu einem gelben Plakat hinter Glas, auf dem »Abfahrt« stand. Ich war so aufgeregt, dass ich es nicht schaffte, einen Nahverkehrszug nach Bielefeld zu finden. Sollte ich einfach den Schnellzug über Hannover nehmen? Aber der war bestimmt viel teurer! Ich hatte doch überhaupt keinen Pfennig Westgeld, nur die Fahrkarte! Und die galt nicht für die schnelle Verbindung.

»Kann ich Ihnen helfen, junge Frau?«

Eine ältere Frau war die Einzige von all den herumhetzenden Menschen, die mein Elend überhaupt bemerkte. Sie nahm sich die Zeit, ihrer Einkaufstasche einen Zettel und einen Bleistift zu entnehmen, und schrieb mir die beiden Verbindungen auf: »Ab Gleis 12 nach Altenbeken, von dort aus mit einem weiteren Zug nach Paderborn und dann mit dem Triebwagen nach Bielefeld. Ankunft 17 Uhr 52.«

Ich traute mich nicht, sie um zwanzig Pfennig zu bitten, mit denen ich noch mal im Hotel hätte anrufen können. Mein Selbstbewusstsein klebte mir unter den Schuhen.

Die umständliche Weiterreise gab mir Zeit, mich innerlich auf Hermann einzustellen. Die Leute hier sprachen so ähnlich wie er. Leider wirkte die Landschaft öd und trist, obwohl Hermann so von seinem heiß geliebten Teutoburger Wald geschwärmt hatte. Es dämmerte bereits, als ich schließlich voller Panik den Bahnhof von Bielefeld erblickte. Besonders hübsch war es hier wirklich nicht. Da war Weimar deutlich attraktiver.

Mit zitternden Beinen stieg ich aus. Eiskalter Wind schlug mir entgegen. Seit dem Ausreisebescheid vorgestern hatte ich keinen Bissen mehr runterbekommen und nicht mehr geschlafen.

Das Bahnhofsgebäude wirkte verlassen, nur ein paar eilige Spätankömmlinge stiegen aus, begrüßten ihre Lieben und verließen dann eilig diese eher trostlose Stätte. Es war kurz vor sechs. Die meisten feierten längst zu Hause unterm Christbaum. Weit und breit kein Hermann! Mein Herz sank in die nasskalten Schuhe. Tapfer nahm ich meinen Koffer und schulterte die Reisetasche, stiefelte die Steinstufen zur Unterführung hinab. »Ausgang«.

Bitte sei da, bitte sei da, bitte sei da!, flehte ich leise. Was sollte ich denn jetzt machen? Ich hatte immer noch kein Geld zum Telefonieren! Plötzlich durchzuckte mich ein grässlicher Gedanke. Was, wenn er mich aufgegeben hatte?

Aber wer sollte ihm denn von Karsten erzählt haben außer Karsten selber? Mein Herz setzte einen Schlag aus. Hatte Karsten inzwischen Hermann angerufen und ihm von unserer jahrelangen Beziehung erzählt? Ich hatte ja seinen Namen und seinen Wohnort in meinem Brief hinterlassen!

OH Gott! Dann stünde ich jetzt ohne alles da. Nein!, ging es mir durch den Kopf. Das würde Karsten nicht machen. Karsten war ein Gentleman. Und selbst wenn – Hermann würde mir verzeihen. »Verzeihen ist das Wichtigste«, murmelte ich wie eine obdachlose Irre vor mich hin.

Mühsam schleppte ich mich durch die Unterführung. Es

roch scheußlich, und die paar Gestalten, die sich hier noch rumtrieben, machten keinen vertrauenserweckenden Eindruck. Es stimmte also doch, das mit den Alkoholikern und Obdachlosen im Westen. Draußen vor dem Bahnhofsgebäude stand nur noch ein einzelnes Auto, ein Opel Kapitän, darin erkannte ich eine umhäkelte Klopapierrolle auf der Konsole. Die Scheinwerfer gingen an und blendeten mich. Vor ihnen sah ich Schneeflocken taumelnd zu Boden gleiten. Das Seitenfenster wurde heruntergekurbelt.

»Hallo? Sind Sie Sophie?« Eine laute Frauenstimme durchschnitt Kälte und Dunkelheit. »Sophie Becker aus Weimar?!«

»Ja?!« Endlich! Ich war angekommen, ich wurde erwartet! Es gab ein neues Zuhause. Ich wollte weinen vor Erleichterung. Aber wo war Hermann?

Eine ältere Frau im beigen Mantel schälte sich aus dem Auto. »Ich bin die Mutter von Hermann! Trude Großeballhorst!« Sie rollte reichlich das R, schüttelte mir die Hand und schob ihren Sitz nach vorne. »Kommense klar?« Sie warf mein Gepäck in den Kofferraum. »Mein Mann ist ein bisschen krank, der kann das nicht mehr so.«

Halb erleichtert, halb enttäuscht ließ ich mich auf den Rücksitz gleiten. Hilfsbereit kurbelte sie die Rückenlehne des Beifahrersitzes nach vorn. »Und dat ist Hermann, mein Mann.« Der Mann mit Hut am Steuer drehte sich zu mir um und schüttelte mir die Hand. »Wir haben mehrere Züge abgewartet, weil Sie ja mittags in Kassel sein wollten. Wir wussten nicht genau, wann Sie kommen, und drinnen ist es einfach wärmer. Dat war jetzt aber auch der letzte Zuch.«

»Wir waren eben noch beim Arzt und konnten Sie nicht in Kassel abholen«, schob Trude entschuldigend hinterher.

Es war komplett dunkel geworden, und die Lichter der Stadt wirkten heimelig und warm. Bielefeld gab es doch! Auch wenn die beiden merkwürdig abgehackt sprachen: sie waren seine Eltern!

»Wo ist Hermann?«

»Tja, dat is getz dumm gelaufen«, sagte Hermann senior und schob seinen Hut nach hinten: »Der Junge is getz in Indonesien. Und kommt da so schnell auch nicht weg.«

»Wir hammen sofort angerufen, nachdem wir Ihren Anruf abgehört hatten, woll, aber der Junge hat gerade erst sein Vertrach angefangen, und der kommt da jetzt auch nicht auf die Schnelle wieder raus.«

In mir zog sich alles zusammen. Ich saß mit diesen fremden Menschen, die durchaus sehr bemüht waren, in diesem Auto und schaukelte durch die ostwestfälische Prärie, aber Hermann war am anderen Ende der Welt?!

Was hatte ich nur getan?

»Abba jetzt sagen wir erst mal: Fröhliche Weihnachten«, frohlockte meine zukünftige Schwiegermutter und hielt mir eine Tüte mit weiß überzogenen Lebkuchenherzen hin. »Die hamwa hier eben am Kiosk gekauft. Woll Hermann. Konnten ja aunich den ganzen Tach hungern.«

Sie dufteten so verführerisch, als wäre ich im Paradies. Ich griff zu und schloss beim ersten Zuckerschock die Augen.

*

Kurz darauf saß ich mit diesen netten Leuten, die ich kaum verstand, in ihrem bäuerlich-ländlichen Gasthaus in der heute geschlossenen Wirtsstube. Ein altes braunes Klavier stand an der Wand, allerlei Zierrat wie Zinnbecher, getrocknete Rosen, selbst gehäkelte altrosa Deckchen, Puppen und Ahnenbilder rundeten das Ambiente ab.

»Wir wollten eigentlich noch inne Kirche gehen«, meinte die Mutter, »aber dat wär getz wat viel für Sie, woll, Sophie? Der Hermann hat ja gesagt, Sie wär'n katholisch, aber da drückt der Herrgott jetzt sicher ein Auge zu.«

Hermann senior hatte sich seines Hutes und seines grobgrünen Förstermantels entledigt und holte einen Schnaps hervor.

»Auf die Weihnachtsüberraschung. Der Junge hat ja nicht zu viel erzählt. Dat Mädchen sieht aus wie'n Engel.«

»Der sacht ja immer: wie die Agneta von ABBA, woll?«

»Dat is aber auch wahr, sachma.« Die beiden erfreuten sich aufrichtig an meinem Anblick. »Oben hängt'n Poster, dann könnse kucken.«

Ich wusste, wie Agneta aussah. Ich beneidete sie gerade ganz fürchterlich. Ich wäre jetzt lieber in der schwedischen Einöde einem Elch begegnet.

S.O.S.!, ging es mir durch den Kopf. *Darling, can't you hear me, S.O.S.!*

»Getz lasse doch erst mal ankommen, Hermann! Kommen Sie, ich zeige Ihnen Ihr Reich. Sie schlafen natürlich in Hermann sein Zimmer!«

Die liebe Schwiegermutter bugsierte mich zwei Treppen hinauf durch den eisigen Flur, in dem es nach Äpfeln, Putzmitteln und Zimtsternen roch. Vorbei an einem altmodischen Gästeklo, das ich als Erstes dringend benutzen musste. Man musste noch an einer Kette ziehen. Es war schrecklich kalt überall. Nebenan im Stall muhte eine Kuh.

»Hier entlang. Kuckense. Hier ist unser Hermann groß geworden.«

Ich stand in einem Kinderzimmer. Sehr praktisch eingerichtet mit einem Ausziehsofa, Regalen voller alter Schulbücher, Postern von ABBA, einem Schreibtisch, ein paar Schränken und einem Modellflugzeug.

»Ja, das ist ne richtige Jungsbude.« Die nette Trude lachte. »Aber das ist ja nur für'n Übergang. Der Hermann will hier alles renovieren. ›Wenn meine Braut kommt‹, hat er immer gesagt, ›dann ist hier alles pikobello!‹« Sie zauberte ein paar Handtücher und eine Bettwäschegarnitur mit dem Logo von Arminia Bielefeld aus einem Schrank: »Abba jetzt kam das alles überstürzt. Der Junge beißt sich'n Loch in'n Bauch: Wenn er das gewusst hätte! ›Mutter!‹ sagt er, ›kümmert euch um die Sophie, ich reiß euch'n Kopp ab, wenn der nur ein Haar gekrümmt wird!‹ Und Haare haben Sie ja wirklich tolle. Da schwärmt der ja die ganze Zeit von, von Ihrer tollen Mähne.«

Trotz meiner Müdigkeit und Verzweiflung spürte ich, wie die Frau sich bemühte, mir eine würdige Ankunft zu bereiten. Und dennoch hätte ich schreien können vor Verzweiflung. Ich wollte nach Hause! Zu Karsten!

Der wäre jetzt bei mir gewesen, in meiner kuscheligen Wohnung, und wir hätten uns geliebt. Er hätte sich nicht mehr verstecken müssen. Er wäre bei mir geblieben und nicht mehr zu seiner Familie zurückgekehrt. Wir wären fortan als Paar öffentlich durch Weimar spaziert! Ich hätte meinen Antrag zurückgezogen und meinen Job und mein Auto wiederbekommen.

Allein die Vorstellung brachte mich beinahe um den Verstand.

Nun saß ich in einem spießigen kalten Kinderzimmer mit braun karierten Tapeten und war diesen Leuten ausgeliefert.

Wenn wenigstens Hermann da gewesen wäre! Am liebsten hätte ich hemmungslos geweint. Aber die Leute warteten mit dem Essen auf mich.

Nachdem ich mein zukünftiges Reich und mein Bett bezogen hatte, saß ich nun mit den Schwiegereltern in der Gaststube und versuchte, etwas zu entdecken, das mir gefiel. An den Wänden hingen Schädel von erlegten Kleintieren. Hatten Hasen hier Hörner?

»Wirst schon sehen, Sophie!«

Der Vater war inzwischen zum Du übergegangen.

»Wir werden uns gut verstehen. Dat kriegen wir hin!«

Und die Mutter, die inzwischen in der Küche eine undefinierbare Masse namens »Pillekauken« und »dicken Reis« hergestellt hatte, tischte die herzhaften Köstlichkeiten im Kittel auf: »Da schwört unser Hermann drauf! Greif feste zu, Sophie, du bist ja viel zu dünn! – Na, schmeckt's?«

Appetitlos stocherte ich in dem fettigen Pillekauken herum und pulte anschließend die Rosinen aus dem Reis, da sie mich an ertrunkene Stubenfliegen erinnerten.

»Und Hermann kommt jetzt erst mal nicht zurück?«

Der Vater prostete mir mit seinem Schnaps zu. »Mädchen, wir erledigen jetzt erst mal alles für dich. Der Hermann hat ja gerade erst angefangen da in Bali. Er hofft, dass du bald nach Indonesien kommen kannst. Du brauchst zuerst mal die nötigen Papiere, also'n richtigen Ausweis von der Bundesrepublik, nen Reisepass, die Impfungen, das Visum für Indonesien ... das kann dauern. Aber wir bürgen für dich. Du musst jedenfalls nicht ins Aufnahmelager nach Gießen.«

Mit jedem Wort, das der Vater sprach, wurde mein Herz schwerer.

»Aber da kümmern wir uns drum«, versprach die nette Trude. »Du bist jetzt die Tochter im Haus, wir nehmen die Kosten voll auf unsere Kappe! Wenn du dich eingelebt hast, kannst du ja im Hotel mithelfen«, machte mir die Schwiegermutter die Sache schmackhaft. »Putzen kannst du doch, und Betten machen?«

Obwohl ich vor Müdigkeit schon halluzinierte, sehnte ich mich nach nichts mehr als auf der Stelle nach Indonesien weiterzureisen.

Um Mitternacht läuteten dumpf die Glocken, und die beiden Herrschaften wollten nun doch noch unbedingt in die Kirche.

»Komm doch mit, Sophie! Da kucken die Leute!«

»Ach Hermann, lass das Mädchen doch schlafen! Die kann doch kaum noch aus den Augen kucken! Die ist aus der Diaspora, da geht man überhaupt nicht inne Kirche.«

Das stimmte. Ich hätte im Stehen einschlafen können. Und ich wollte ganz sicher nicht in die Kirche, wo alle mich anstarren würden.

»Abba da wartet dat Christkind persönlich auf Sie!«, meinte Hermann, der schon recht tief in diverse Schnapsgläser geschaut hatte.

»Die kann doch morgen noch mit in die Kirche kommen«, entschied Trude. »Kind, gute Nacht. Und noch mal herzlich willkommen in der Heimat.«

14

Avenwedde bei Bielefeld, Anfang 1977

»Wo is die Sophie? Am helllichten Tage fernsehen?«

Ich hatte mich vor dem Westfernsehen verschanzt und sog alles auf, was in der Mattscheibe kam. Die Welt war ja so viel bunter als gedacht!

»Sophie, komm mal eben runter, die Bude ist gerammelt voll!«, rief Trude an der Treppe. Ich eilte zu ihr.

»Hier, die drei großen Bier kommen an den Tisch mit dem Bürgermeister! Und putz mal eben das Herrenklo, da hat einer danebengepinkelt.« – »Sophie, kannst du mal eben diesen Eimer Kartoffeln schälen und dann die Koteletts panieren?«

Meine Schwiegereltern legten sich hier wirklich schwer ins Geschirr. Das Landhaus Großeballhorst war ihr Lebenswerk und unumstrittener Mittelpunkt der Umgebung. Hier traf man sich zu sämtlichen Familienfeierlichkeiten, sei es zu Kaffee und Kuchen oder zu deftigen Schlachtplatten. Sonntags nach der Messe versammelten sich sämtliche Bauern, die etwas auf sich hielten, in dem Lokal, diskutierten dort über Politik und rauchten die Bude voll. Nachmittags erschienen die fein gemachten Bauersfrauen mit weißer Bluse, selbst gestrickten Jacken, Faltenrock und frischer Dauerwelle mitsamt ihren ebenso fein gemachten, meist dicken Kindern. Dann wurde auch gerne mal die Blockflöte ausgepackt, und eine ältere energische Dame mit gewöhnungsbedürftigem Popelinehut bearbeitete das braune alte Klavier. Lauthals sang sie auch dazu: »Wo wir uns finden wohl unter Linden, im Abendrund.«

Ich sehnte mich mit jeder Faser meines Herzens nach meiner gemütlichen Wohnung in Weimar und nach Karsten!

Jetzt im Winter waberte oft Nebel über den brach liegenden Feldern. Einzelne Scheunen und weiter entfernte Gehöfte duckten sich unter Schneestürmen oder Regenböen.

Aber immer wieder wurde mir vorgeschwärmt, wie schön es hier im Frühling oder gar im Sommer sei. Und erst die Pferde! Doch die standen ja jetzt im Stall.

»Das Schöne, das kannst du jetzt gar nicht sehen, Sophie. Aber unser Garten ...« Meine zukünftige Schwiegermutter neigte dazu, wie eine Gans zu quaken, wenn sie sich begeisterte. »Da gibt es viel zu tun; von Unkrautjäten bis zu de Stiefmütterkes ... Mein Hermann ist dann immer am Treckerfahren. Ich meine natürlich DEIN Hermann, ne, da muss ich mich noch dran gewöhnen ...«

Im Garten standen verlassene Strandkörbe, und es gab ein Forellenbecken, in dem mein Schwiegervater in spe Forellen züchtete. Der berühmte Bullerbach floss dort hinein und auch wieder heraus.

»Dat Forellenbraten ist immer ne Schweinerei«, lachte meine Schwiegermutter in spe. »Die muss man ja erst ausnehmen und schuppen, aber das bring ich dir schon noch bei, Kind! Da kommen die Leute aus der ganzen Gegend, von Hillegossen über Asemissen und Ubbedissen bis nach Avenwedde hin! Hörste! Wegen unserer Forellen!«

Es gab auch noch ein Tiergehege mit zotteligen, völlig verdreckten Ziegen und Schafen. Es stank fürchterlich.

»Im Sommer ist bei uns erst recht was los«, freuten sich die wackeren Wirtsleute. »Aber bis dahin ist ja auch unser Hermann wieder da! Dann feiern wir hier auf dem Hof die größte Hochzeit im ganzen Umkreis!«

Bis dann schien es noch unfassbar lange hin zu sein. Mir graute davor. Ich kannte hier doch keinen! Hermann schrieb zwar glühende Briefe, in denen er immer wieder beteuerte, wie ungünstig es sei, dass ich ausgerechnet jetzt plötzlich gekommen war, wo er diesen wichtigen Vertrag in Indonesien unterschrieben hatte, und dass ich bitte durchhalten solle: Entweder könne ich eines Tages mit gültigem Visum zu ihm reisen, oder aber er komme so schnell wie möglich wieder nach Hause. Trotzdem konnte ich mich einfach nicht eingewöhnen und fühlte mich einsam.

Die grauen Tage zogen sich endlos hin, und wenn keine Gäste da waren, fiel mir buchstäblich die Decke auf den Kopf. Dann starrte ich in den Fernseher und konnte nicht fassen, was in der Welt vor sich ging. Wieso wusste das bei uns in der DDR bloß keiner?

Trude und Hermann waren lieb und bemühten sich sehr um mich. Doch weil ich aus der DDR stammte, hielten sie mich für unselbstständig und lebensuntüchtig ... was ich in dieser Umgebung leider auch war: Weder kannte ich mich in der Gastronomie aus noch war ich es gewohnt, andere Klos als mein eigenes zu putzen.

»Schick mal die Sophie zum Bauern Schulte-Kesselbrink, sie soll dreihundert braune Eier mitbringen!«

Wie viele Eier sollte ich transportieren? Man gab mir eine Schubkarre mit! Ich hatte Angst vor den Hofhunden, die mir entgegensprangen! Die Klamotten, die ich mithatte, waren völlig untauglich für diese Arbeiten, und sie steckten mich wahlweise in Arbeitsdrillich und derbe Gummistiefel oder weiße Kittelschürzen mit Gesundheitsschuhen. Mich, die ich als Kosmetikerin immer so auf mein Äußeres geachtet hatte! Außerdem fiel es mir schwer, mich wie eine Magd zur Arbeit einteilen zu lassen. Ich war schon seit Jahren berufstätig, hatte eine eigene Wohnung gehabt und war es gewohnt, eigene Entscheidungen zu treffen.

Über »dat Sophie« hielten sie nicht nur ihre schützende Hand, sondern organisierten meinen gesamten Tagesablauf.

»Der Hermann soll kein' Grund zum Klagen haben!«

Mehrfach schon war Hermann senior mit mir in seinem Opel Kapitän nach Bielefeld »inne City« gefahren, um im Bürgermeisteramt die Dinge für mich zu regeln. Er musste dort auch immer zum Arzt. Eine Angelegenheit, über die er ungern sprach. »Männersache.« Ich hatte im Auto zu warten.

Der Bürgermeister war ein Stammgast und wirklich sehr bemüht, die erforderlichen Papiere für mich zu bekommen, aber das dauerte endlos! Auch er war ja auf Reaktionen der entsprechenden Organe in der Bundeshauptstadt Bonn angewiesen. Einen Pass zu bekommen, dauerte sowieso Monate, aber mit meiner Vorgeschichte deutlich länger. Dazu kam noch das Visum, das ich für Indonesien brauchte.

So sehr mein Schwiegervater es auch versuchte: An eine Reise nach Bali war vorerst nicht zu denken.

Zum Trost für die langwierigen Behördengänge nahm mich Trude mit zu Karstadt und anschließend zu C & A. Modisch gingen unsere Geschmäcker weit auseinander.

Aber sie glaubten, mir ihre westliche Kultur nahebringen zu müssen, und dazu gehörte auch runtergesetzte Schurwolle in Strick.

Hermann und Trude waren fromme Katholiken und gingen sonntags in »dat Hochamt nach St. Liebfrauen hin«, was eine endlose Messe auf Lateinisch war. Sie legten großen Wert darauf, mich ihren Mitchristen vorzustellen:

»Das ist unsere Schwiegertochter aus der Diaspora«.

Dann wurde ich mit einer Mischung aus Faszination, Ekel und Mitleid angestarrt.

»Ja, ist sie denn überhaupt getauft?«

Das war ich, denn unsere Mutter war früher in Wien einmal katholisch gewesen.

Der Pfarrer erbot sich, mir Kommunionsunterricht zu geben, ganz privat, nur wir zwei, in seiner Sakristei. Sonst könne ja keine kirchliche Hochzeit stattfinden!

Ich lauschte ihm respektvoll, sah aber vieles nicht so richtig ein. Doch weil ich meinen Schwiegereltern keine Schande machen wollte, traute ich mich nicht, Rückfragen zu stellen. Ostern, so wurde beschlossen, sollte ich feierlich zur ersten Heiligen Kommunion gehen. Trude fand, ich solle mal ein bisschen unter Leute kommen, und das war für sie die katholische Gemeinde.

Diese Leute waren auch alle nett und hilfsbereit, aber ich fühlte mich immer mehr wie eine Außerirdische. Knien, Sitzen, Stehen, Singen, Kreuzzeichen machen, Hände reichen ... All diese Dinge wie Beichte, Messe, Prozessionen, Fastenzeiten hatten in meinem Leben noch nie stattgefunden ... und ich hatte sie bisher auch nicht vermisst. Und hier schienen sie der Hauptbestandteil des Lebens zu sein!

Als es dann zu Karstadt ging, um ein würdiges Kommunionskleid für mich zu kaufen, wäre ich am liebsten erst recht vom Glauben abgefallen. In der DDR war ich fremdbestimmt worden? HIER wurde ich fremdbestimmt!

Währenddessen schwärmte mir Hermann regelmäßig in seinen Briefen von seiner sonnigen Ferienanlage vor, in der er als Hotelmanager arbeitete. Bunte Ansichtskarten mit weißem Sandstrand vor luxuriösen Anwesen mit Golfplatz und Schönheitsfarm lagen stets bei und ließen mich auch dunkle Tage überstehen. Ich klebte sie alle neben das ABBA-Poster an die braun karierte Tapete und zählte die Tage.

Ich befand mich im Fegefeuer, aber der Himmel war nah.

*

»Sophie! Du hast Post aus der alten Heimat!« Trude schnaufte mit einem Wäschekorb die zwei Treppen von der Waschküche in die Privatgemächer hinauf, wo wir drei uns inzwischen irgendwie arrangiert hatten. Ich stand am Bügelbrett und mühte mich mit Bettbezügen und Laken ab. »Hier. Der Brief hat einen Poststempel aus Weimar.« Ungeniert drehte sie ihn um. Ich erkannte die Handschrift schon von Weitem. »Absender Karsten Brettschneider«, las sie keuchend vor.

Mein Herz setzte einen Schlag aus. Zischend stellte ich das Bügeleisen ab und zog den Stecker.

»Entschuldige mich einen Moment ...«

Hastig verschwand ich mit dem Brief in Hermanns Zimmer. Meine Finger zitterten so sehr, dass es mir nicht gelang, den grauen Brief zu öffnen.

Panisch suchte ich in Hermanns Schreibtischschubladen

nach einem Brieföffner oder einer Schere, um nicht aus Versehen den ganzen Schrieb zu zerreißen.

Trude klopfte energisch: »Ist es was Amtliches? Kann ich helfen?«

Ihr zweiter Vorname war Neugierde!

»Nein, danke, lass mal, Trude. Ich komm schon klar!«

»Kind, lass das lieber den Hermann machen!«

»Ich schaffe das«, presste ich hervor. Endlich hatte ich das dünne Blatt entfaltet. Er war von Ende Januar.

Zaubermaus!
Ich bin völlig ratlos, geschockt und traurig!

Meine Welt ist zusammengebrochen! Was habe ich falsch gemacht? Ich habe immer nur dich geliebt und liebe dich noch! Von Anfang an habe ich dir die Wahrheit gesagt und dir nichts vorgespielt! Ich brauchte Zeit, um meine Frau und die Kinder nicht zu verletzen. Aber seit Ende 1976 hatte ich doch von Ingeborg das Einverständnis, uns in Freundschaft zu trennen. Auch sie hat jemand anders gefunden. Weihnachten haben wir es den Kindern gesagt. Die Kinder haben es verstanden und gut verkraftet. Ich wollte mit dir leben, Sophie! Ich will es noch! Ich habe auch schon eine Wohnung für uns gefunden! Drei Zimmer mit Balkon, mitten in Weimar! Mit Ingeborg ist vereinbart, dass wir die Kinder jedes zweite Wochenende zu uns nehmen und auch die Hälfte der Ferien mit ihnen verreisen. Alles könnte perfekt sein, Zaubermaus!

Und plötzlich ist da ein anderer Mann? Wer ist Hermann Großeballhorst? Ich verstehe das alles nicht! Hast du mir jahrelang etwas vorgespielt? Das passt doch gar nicht zu meiner geliebten Zaubermaus, der ich immer voll vertrauen konnte!

Doch Schwamm drüber. Jeder macht mal Fehler. Ich weiß,

dass es nicht leicht für dich war, so lange auf mich zu warten. Die Wohnung konnte ich zum Glück frei halten, und deinen Job beim Salon Anita kriegst du auch zurück. Die DDR wird dich mit offenen Armen wieder aufnehmen, ich habe schon alles in die Wege geleitet. Wie gesagt: Ich weiß, du hast lange Geduld bewiesen und sicher oft gezweifelt, deswegen verzeihe ich dir dein unüberlegtes Handeln. Alle hier verzeihen dir. Du hast selbst gesagt: Verzeihen ist das Wichtigste, das habe ich von dir gelernt. Wenn du wiederkommst, müssen wir nie wieder darüber sprechen.

Ich liebe dich und warte auf dich. Komm zurück, du wirst es nicht bereuen!

Dein Karsten

»Sophie?« Trude trommelte an die Tür. »Ist alles gut?«

»Ja!«, brüllte ich lauter zurück als gewollt. »Lass mich bitte einfach mal einen Moment in Ruhe!«

Ich hörte sie die Treppe hinunterpoltern, in entrüstete Selbstgespräche vertieft. »Undank ist der Welten Lohn ... Was hat sie denn? Wir tun ihr doch nichts ...«

Lange saß ich reglos auf der Arminia-Bielefeld-Bettwäsche und lauschte in mich hinein. Statt der erwarteten neuerlichen Panik fühlte es sich an, als würde sich der größte Traum meines Lebens doch noch erfüllen. Ich hatte doch immer nur Karsten geliebt! Er stand zu mir und unserer Liebe und verzieh mir mein Ausreißen. Und Ingeborg hatte auch jemand anderen! Nun würde ich mich nicht mehr schuldig fühlen müssen. Alles würde gut. Ich konnte zurück! Zurück in meine geliebte Heimat, zu meinen Freunden, in meine alte heile Welt!

Es war, als würde eine eiserne Kette um meine Brust gesprengt!

Mein Zuhause, meine große Liebe, das gab es alles noch. Karstens ausgestreckte Hand legte sich warm auf meine Brust. Ja! Zu ihm gehörte ich.

Der »Goldene Westen« hatte mich nicht vollends überzeugt. Durch das ständige Beaufsichtigen und Bevormunden meiner Schwiegereltern, die glaubten, mir alles beibringen und erklären zu müssen, hatte sich auch kein Freiheitsgefühl bei mir eingestellt. In Weimar hatte ich mich viel freier gefühlt! Wenn ich dort meine Ruhe vor Marianne und Dieter haben wollte, konnte ich doch wenigstens die Tür hinter mir zumachen. Und das Landhotel ... konnte ich mir bisher noch nicht in modernisiertem Zustand, schon gar nicht mit einer angebauten Schönheitsfarm vorstellen. Man brauchte sich die Frauen hier doch nur mal anzuschauen! Wer von den Landeiern würde sich denn von mir überhaupt behandeln lassen? Die glaubten auch alle, ich wäre von gestern und hätte überhaupt keine Ahnung von Mode und Schönheit.

Drei Monate lang hatte ich wirklich immer wieder versucht, dem viel gepriesenen Westen einen Reiz abzugewinnen. Deshalb hatte ich mich auch dazu aufgerafft, mit Hermanns Opel, den er mir großzügig angeboten hatte, den langen Weg nach Köln zurückzulegen. Davon hatten sie mir alle einhellig vorgeschwärmt. An diesem Tag schien sogar die Sonne, und eine schneefreie Autobahn erleichterte mein Unterfangen. Nach schweißtreibender Parkplatzsuche schaute ich mir den Dom von innen und außen an, betete um eine Lösung und ließ mich anschließend in der Fußgängerzone mitziehen.

Ja, hier herrschte ein reges Treiben. Junge Menschen konnten ungehindert demonstrieren und zogen mit ihren Atomkraft-Nein-Danke-Aufklebern durch die Stadt. Die Polizei beobachtete das Ganze, ohne einzuschreiten. Die Kaufhäuser waren voll mit schönen Sachen, es gab noch andere Läden außer Karstadt, und ich kaufte mir von dem großzügigen Taschengeld, das ich von den Großeballhorsts bekam, auch ein paar schöne Stücke. Aber noch während ich in der Umkleidekabine stand und ein paar hautenge Jeans mit passendem Pulli anprobierte, ertappte ich mich dabei, wie ich mir ausmalte, Karsten würde mich darin sehen.

Ich sah Karstens begehrliche Blicke auf mir ruhen, und in mir zog sich alles zusammen vor Sehnsucht nach ihm. Bei der Vorstellung, wir wären jetzt schon seit drei Monaten öffentlich ein Paar, und ich würde mit ihm – vielleicht schon schwanger – durch Weimar bummeln, zog sich mein Herz schmerzhaft zusammen.

Hier gehörte ich doch gar nicht hin! Es war ein Irrtum gewesen. Aber ich war jung, und noch hatte ich Hermann nicht geheiratet. Noch konnte ich zurück! Ein Gedanke, der sich immer mehr in mir festsetzte.

Jetzt kamen nicht nur Liebesbriefe von Hermann aus Indonesien, sondern auch welche von Karsten aus Weimar, und zwar mit derselben Regelmäßigkeit. Meinen Schwiegereltern erklärte ich, es sei mein Schwager von nebenan, der mich mit Nachrichten aus der Heimat versorgte.

Alle meine Bemühungen, hier in Ostwestfalen-Lippe heimisch zu werden, waren gescheitert. Die Behördengänge verliefen schleppend bis ergebnislos. Ein Beamter hatte mich sogar eines regelrechten Verhörs unterzogen und unterstellte mir, eine Spionin zu sein! Ihm war völlig unverständlich, wieso ich »so schnell« aus der DDR hatte ausreisen dürfen, ohne hier Verwandte zu haben. Die geplante Heirat mit Hermann hielt er für einen Trick, um für die DDR an interne Informationen zu kommen.

»Wer ist Ihr Auftraggeber? Wer ist Ihr Hintermann?«, fragte er böse.

Wenn ich geglaubt hatte, hier vor üblen Unterstellungen und Verhören gefeit zu sein, wurde ich eines Besseren belehrt.

Hermann und Trude verloren auch zunehmend die Geduld mit mir.

Ihr Vorzeige-Diaspora-Kind wollte nicht so, wie sie wohl wollten.

Ich hatte den weiteren Unterricht beim Pfarrer verweigert, weil ich gewisse Dinge nicht glauben und auch nicht herunterbeten wollte. Nach einigen Diskussionen mit dem alten Mann, der mich wohl auch für ein dummes Kind hielt, war ich auf meine Heilige Erstkommunion gar nicht mehr erpicht. Doch wie sollte ich das Trude und Hermann beibringen, die jetzt schon die Riesenfeier als »Generalprobe für die Hochzeit« in allen Einzelheiten planten? Die Landfrauen waren bereits eingeteilt, Kuchen zu backen, und Trude hatte sich ein fürchterliches cremefarbenes Kleid mit Rüschen und Puffärmeln für mich in den Kopf gesetzt. Cremefarben deshalb, weil ich ja kein »unschuldiges Kind« mehr sei, denn ich habe ja wohl schon »Verkehr« mit ihrem Hermann gehabt. Wenn die wüssten!, dachte ich nur.

All das setzte mich immer mehr unter Druck, ich bekam wieder diese Kopfschmerzen und Schwindelanfälle und floh immer häufiger in Hermanns Zimmer, wo ich mich mit diversen Liebesbriefen im Bett verkroch. Dann klopfte schon bald Trude: »Kind, komm wacker runter, die Leute warten schon!«

Wenn dann irgendwelche Flötenkreise, Kirchenchöre, Landfrauenvereine oder Jägerinnungen bei uns im Gasthaus ihre Karnevalsveranstaltungen abhielten und mir der eine oder andere alte Sack auch schon mal wie zufällig den Hintern streifte, musste ich schon schwer die Zähne zusammenbeißen, um auch weiterhin Sahnetorten, Pillekauken und Bier zu servieren, ohne sie ihnen ins Gesicht zu knallen.

Endlich erhielt ich meinen westdeutschen Personalausweis und auch meinen Reisepass. Während andere Geflüchtete aus der DDR laut gejubelt hätten, wurde mir das Herz schwer.

Ich fühlte mich nicht wie eine Bundesbürgerin und wollte inzwischen auch gar keine mehr sein! Wie auch, wenn ich von allen ständig als DDR-lerin behandelt wurde, wie eine Fremde, eine Zugezogene, ein seltenes Insekt?

Ich sehnte mich nach Normalität, nach dem Gefühl, in Einklang mit meiner Umgebung zu leben. Aber das, was ich hier seit drei Monaten tat, fühlte sich nicht richtig an!

Karsten machte mir in jedem seiner Briefe Mut, den Schritt zurück zu wagen.

»Ich nehme dich in Empfang, wann immer du kommst! Wir ziehen sofort in unsere gemeinsame Wohnung! Du kannst jederzeit im Salon Anita wieder anfangen. Alle lieben dich, und alle warten auf dich, außerdem wünsche ich mir so sehr ein Kind mit dir.«

Ich wollte es so gerne glauben! Mein Herz weitete sich vor Sehnsucht nach meinem altvertrauten Leben, nach meiner Selbstständigkeit und natürlich nach Karsten. Doch mir fehlte der Mut, eine Entscheidung zu treffen. Ich konnte auch mit niemandem darüber sprechen. Kein Mensch ahnte von Karsten, niemand konnte mir verraten, wie ernst seine Absichten wirklich waren. Und ich konnte ja nicht schnell mal eben in die DDR fahren und mich davon überzeugen, dass alles seine Richtigkeit hatte. Mit Karsten telefonieren konnte ich auch nicht. Wenn Hermann hier gewesen wäre, hätte ich mich ihm vielleicht anvertrauen können. Aber er war am anderen Ende der Welt. Also wartete ich einfach ab und ließ das Schicksal erneut entscheiden. Ohne zu ahnen, was noch kommen sollte.

*

Es wurde Frühling, und die Schönheit der Landschaft rund um das Landhotel Großeballhorst kam erst schüchtern, dann aber doch immer farbenfroher zum Vorschein, um das eintönige Grau des endlosen Winters zum Verschwinden zu bringen.

Der Garten wurde neu bepflanzt, die Terrasse geschrubbt, Tische und Bänke wurden aufgestellt, Sonnenschirme aus der Scheune geschleppt und Strandkörbe von ihren Schutzhüllen befreit. Ein Bauer brachte Pferde auf die Weide, und auf einer anderen Wiese grasten Kühe.

Die Ziegen und Schafe hatten Junge bekommen.

Kinder von nah und fern tobten auf unserem hauseigenen Spielplatz herum und fütterten die Tiere.

Diese Kulisse vor plötzlich hellblauem Himmel hatte etwas Zauberhaftes, und auf einmal begriff ich, wie Hermann so von seinem Landhotel hatte schwärmen können. Für die Osterferien wurden zwanzig Zimmer vorbereitet, und jetzt erklärte mir Hermann senior auch, wie die Modernisierungspläne aussahen.

Der Anbau sollte im nächsten Jahr erfolgen, eine Sauna sollte entstehen, dort das Tretbecken, hier das Tauchbecken und da ... Hermann zog mich zur Scheune. »Da kommt dann dein Dings hin. Sacht der Hermann. Da kriegst du dein Schönheitsstudio.«

Das sah zwar nach endlos viel Arbeit aus, aber ich konnte es mir vorstellen.

Wieder schöpfte ich einen Funken Hoffnung: Nur noch ein bisschen durchhalten! Bald würde Hermann kommen! Wir würden heiraten! Vielleicht durfte ich mir mein Hochzeitskleid ja selbst aussuchen. Wir würden eine Menge Kinder kriegen und das Hotel übernehmen. Eines Tages würde ich dazugehören! Und dann würde alles gut werden!

Eine Phase, die nicht lange vorhielt. Denn was war mit Karsten? Würde ich damit leben können, ihn im Stich gelassen zu haben? Ich hatte seine Familie zerstört, die Trennung war vollzogen! Er saß nun allein in der Dreizimmerwohnung und wartete auf mich. Er liebte mich doch! Aber Hermann liebte mich auch! Und ich? Was fühlte ich?

Wieder war ich hin- und hergerissen. Die Belastung blieb, die Migräneattacken ließen nicht nach ... und zu allem Überfluss blieb auch noch meine Periode aus. Der Landarzt, zu dem Trude mich schleifte, konnte mir auch nicht helfen. »Sie sind doch nicht schwanger?«, war seine besorgte Frage.

»Nein, ich nehme die Pille. Und außerdem war ich seit fast vier Monaten mit keinem Mann mehr zusammen.«

Der Landarzt verzog keine Miene. Er verordnete mir Ruhe, sprach von Frühjahrsmüdigkeit und Aufregung vor dem großen Tag.

Damit meinte er wohl die bevorstehende Hochzeit, die sich inzwischen überall herumgesprochen hatte.

Oder wollte ich doch lieber Karsten heiraten?

Der schrieb, er würde mich ja abholen, wenn das möglich wäre. Aber das ginge leider nicht. Zurückkehren müsste ich schon ganz alleine. Aber es wäre leicht: einfach in den Zug steigen! Er warte jeden Tag auf mich! Wieder ließ er mich wissen, dass alles vergeben und vergessen sei, wenn ich nur wieder in seinen Armen liegen würde.

Je näher meine Hochzeit mit Hermann rückte, desto banger wurde mir davor. Desto mehr trat Karsten wieder in den Vordergrund. Er wartete auf mich, er hatte schon alles geregelt.

Und plötzlich hatte ich keine Angst mehr davor, in die DDR zurückzukehren. Plötzlich war ich mir sicher, mein großes Glück auf Umwegen doch noch erreichen zu können. Es kam mir so vor, als ob ich mein Leben endlich geordnet hätte: Ich wusste nun, was ich wollte!

Wahrscheinlich würde ich sogar zur Vorzeige-DDR-Bürgerin ausgerufen, die freiwillig in das sozialistische Land zurückkehrt! Eben weil es besser ist!

Natürlich würde ich auch hier wieder verbrannte Erde hinterlassen müssen. Das tat mir sehr leid für die wackeren Leute hier. Aber aus Mitleid ein falsches Leben führen? Nein, ich würde zurückfahren. Jetzt war ich mir ganz sicher.

Endlich fühlte ich mich wie befreit. Liebeskummer und Heimweh waren es gewesen, die mir diese Kopfschmerzen, diese gesundheitlichen Probleme bereitet hatten!

Mein Herz hatte von Anfang an Karsten gehört. Und zu ihm wollte ich zurück. Nach Weimar. Nach Hause.

15

Avenwedde bei Bielefeld, 1. Mai 1977

»Also, ich nehm dich in zehn Minuten mit zum Bahnhof, Sophie!«

Die nette Nachbarin winkte ahnungslos herüber, und ich nickte heftig. Die junge Bauerstochter wollte ihren Liebsten in Bielefeld zur Maifeier abholen. Die perfekte Gelegenheit!

Die Schwiegereltern hatten alle Hände voll zu tun; heute würde die Hütte voll werden! Ein Maibaum war mit bunten Girlanden geschmückt worden, und der Männergesangsverein würde später im Garten ein Frühlingskonzert geben: »Wo wir uns finden wohl unter Linden im Abendrund!« Da würde ich schon weg sein, und jetzt zählte ich die Minuten.

»Wo ist die Sophie? Kann die Sophie mal mit anpacken?«

Aber ich hatte meinen Koffer bereits gepackt.

»Ich komme gleich«, rief ich hinunter. »Ich muss noch schnell was erledigen!«

Hastig schrieb ich einen Abschiedsbrief an Hermann, und das Herz schlug mir dabei bis zum Hals.

Lieber Hermann,
es tut mir unendlich leid, aber ich habe es nicht geschafft, mich hier einzuleben. Du warst nicht da, und ich hätte dich so gebraucht. Deine Eltern waren sehr lieb zu mir, aber mein

Heimweh nach Weimar ist so stark, dass ich hier nicht glücklich werden konnte.

Es gibt auch dort jemanden, der auf mich wartet. Er schreibt mir jeden Tag, dass ich zurückkommen soll. Ich bin nun sicher: Ich gehöre zu ihm.

Wir waren schon zwei Jahre zusammen, als ich dich traf.

Bitte verzeih mir, ich kann nicht anders.

In Liebe, Sophie

Auch auf diesen Brief tropften wieder viele Tränen. Ich faltete ihn zusammen und legte ihn auf mein, nein Hermanns Arminia-Bielefeld-Kopfkissen.

Die junge Frau mit dem VW Käfer hupte schon vor der Scheune, und ich hastete in einem günstigen Moment ungesehen mit meinem Koffer und der Reisetasche die Treppe hinunter.

Die Schwiegereltern waren gerade im Garten und begrüßten die ankommenden Gäste, während die rüstige Dame mit Hut bereits das Klavier malträtierte.

Die junge Nachbarin hatte keine Ahnung, was ich vorhatte, und wir plauderten belangloses Zeug.

In Bielefeld nahm ich den Nahverkehrszug nach Paderborn, von dort den Zug nach Kassel, um anschließend in den Interzonenzug nach Ostdeutschland einzusteigen.

Das Herz schlug mir bis zum Hals, als die Landschaft an mir vorbeizog. Überall grünte und blühte es, und die Farben waren so intensiv, dass sich wieder Zweifel regten. Hieß es nicht, im Westen sei alles viel grüner? Aber ich wollte so schnell wie möglich zu Karsten! Mein Herz raste genauso schnell wie der Zug.

Immer wieder hielt er, und immer wieder dachte ich: Noch kann ich aussteigen. Genau wie Heiligabend. Nur umgekehrt.

Die anderen Reisenden hatten das Abteil alle schon verlassen. Ich saß als Einzige da und krampfte die Hände um die Handtasche, in der mein bundesdeutscher Personalausweis und der Reisepass steckten. Ich DURFTE doch problemlos in die DDR einreisen?

Plötzlich verlangsamte der Zug sein Tempo und kam zum Stehen. Es war der letzte Halt im Westen: Herleshausen. Einige wenige Passagiere stapften draußen von dannen.

Die Abteiltür öffnete sich, und zwei westliche Grenzbeamte steckten die Köpfe herein: »Guten Tag, junge Frau. Die Fahrkarte und Ausweispapiere bitte!«

Mit zitternden Händen zog ich beides aus meiner Handtasche. Irgendwie hoffte ich, dass das so für sie in Ordnung war.

»Dann bräuchten wir bitte noch Ihre Einreisegenehmigung in die DDR.«

Ich schluckte. »Ich BIN aus der DDR. Ich will nur wieder nach Hause.«

»Ja, aber wir brauchen die Einreisegenehmigung! Die werden Sie doch dabeihaben!«

»Hab ich nicht.« Ich starrte die beiden Männer fest entschlossen an. »Das ist schon in Ordnung so. Ich werde drüben erwartet.«

Die beiden Grenzbeamten starrten erst mich, dann einander ratlos an.

»Das können Sie doch nicht machen.«

»Doch. Das mache ich. Ich kann nicht anders. Ich will nach Hause.« Plötzlich schossen mir die Tränen in die Augen, und ich wischte sie hastig weg.

Die beiden besprachen sich leise miteinander, dann gingen sie.

»Also, das hab ich ja noch nie erlebt«, sagte der eine.

Ich wollte schon aufatmen und wappnete mich bereits gegen die nächste Grenzkontrolle, diesmal in Wartha im Osten, wo ich ja ein Heimspiel haben würde, als sie wiederkamen. Sie hatten Verstärkung mitgebracht! Ganze vier Grenzbeamte sprachen inzwischen auf mich ein:

»Haben Sie sich das auch gut überlegt?«

»Warum wollen Sie denn um Himmels willen wieder zurück?«

»Der Liebe wegen.« Tapfer hielt ich ihren Blicken stand.

»Der Liebe wegen.« Der Älteste von ihnen schob sich die Mütze in den Nacken.

»Mädchen. Das ist doch kein Grund!«

»Für mich schon.« Ich saß da, und vier Männer standen um mich herum.

»So toll kann der Mann doch gar nicht sein, dass Sie dafür die Bundesrepublik wieder verlassen!« Sie hatten meinen Pass geprüft und gesehen, dass er nagelneu war.

»Vielleicht kann der Mann nachkommen?«, schlug einer vor. »Wenn Sie es schon geschafft haben, schafft er es bestimmt auch!«

»Der will überhaupt nicht nachkommen. Der hat drei Kinder da drüben!«

Die Blicke der Männer huschten hin und her.

»Junge Frau, machen Sie sich doch nicht unglücklich!«, drangen sie in mich, als ein Fünfter dazukam.

»Was ist hier los? Wir haben schon dreißig Minuten Verspätung!«

»Sie will zurück in die DDR. Wir müssen sie vor sich selbst beschützen!«

»Passen Sie mal auf, junge Frau! Sie steigen jetzt aus und überlegen sich das alles noch mal in Ruhe. Morgen um diese Zeit fährt wieder ein Zug.«

»Nein!«, rief ich erschrocken aus. »Wo soll ich hier denn vierundzwanzig Stunden bleiben?! Zurück zu meinen Schwiegereltern kann ich auf keinen Fall!« Mir wurde heiß und kalt.

»Ja, wo sind denn nun die Schwiegereltern?«

»Ja, die sind in Bielefeld. Ich will aber in den Osten zurück!«

Tapfer kämpfte ich gegen die Tränen an. »Lasst mich doch einfach nach Hause fahren!«

Der Netteste von allen, ein Mann um die dreißig, sagte: »Frau Becker. Sophie Becker. Ich mache Ihnen einen Vorschlag: Ich habe hier gleich Dienstschluss und gehe zu meiner Frau und zu meinen Kindern nach Hause. Wir grillen heute im Garten. Sie sind herzlich eingeladen. Sie können bei uns übernachten, und wenn Sie morgen immer noch in den Osten einreisen wollen, setze ich Sie eigenhändig wieder in den Zug.«

Die anderen nickten beifällig.

In meinem Kopf ratterte es hektisch. Andererseits: Was sollte ich jetzt bei diesem Grenzbeamten und seiner Familie? So nett der auch war! Ich würde doch nur wieder in Tränen ausbrechen und denen den Grillabend verderben! Nein, ich wollte zu Karsten. Ich hielt es hier nicht mehr länger aus. In wenigen Stunden würde ich in seinen Armen liegen!

Die Sehnsucht und das Heimweh waren so groß, dass mein Verstand komplett ausgeschaltet wurde.

»Nein, ich will nach Hause. Ich kann nicht anders. Ich gehöre hier nicht hin.«

Ich weinte nun hemmungslos.

Nach einer langen Verhandlung gaben die Beamten auf.

»Na dann viel Glück!«

»Hoffentlich bereuen Sie es nicht!«

Sie stiegen aus dem Zug. Da mein Fenster offen war, konnte ich alles hören.

»Das muss ja ein geiler Typ sein.«

»Findet ihr nicht auch, dass sie Ähnlichkeit mit Agneta hat?«

»Jeder ist seines Glückes Schmied!«

Sie winkten und tippten noch einmal grüßend an die Mütze.

Mit einstündiger Verspätung rollte der Zug über die Grenze.

Voller Stolz über meine Beharrlichkeit verschränkte ich die Arme über der Reisetasche, Pass und Fahrkarte schon griffbereit in der Hand.

Was bei den einen geklappt hatte, würde bei den anderen auch funktionieren. Die würden froh sein, dass ich wiederkam. So hatte es mir Karsten mehrfach versichert. Vorbei an trostlosen Grenzanlagen, Stacheldraht, Mauern und Schildern mit Totenkopfsymbolen, auf denen gewarnt wurde, dass man hier erschossen würde, rollte der Zug auf DDR-Gebiet. Wartha. Er hielt erneut. Uniformierte Grenzbeamte mit Hunden, die unter dem Zug herumschnüffelten, schritten den Bahnsteig ab. Alle hatten wächserne Mienen, keiner schaute freundlich oder nett. Aber da musste ich jetzt durch. Die machten auch nur ihren Job. Karsten, Karsten, Karsten, pochte mein liebestolles Mädchenherz.

Die Abteiltür wurde aufgerissen.

»Einreisepapiere!«

»Die hab ich nicht. Ich will nur wieder nach Hause ... Ich bin aus Weimar!«

»Aussteigen! Kommse, Kommse!« Grob zerrte man an meinem Arm. »Wir wurden schon informiert! Nehmen Sie Ihr Gepäck mit, Sie haben den Zug schon lange genug aufgehalten!«

Keine dreißig Sekunden später stand ich auf dem kargen Bahnsteig. Im Hintergrund ein heruntergekommenes Gebäude, nichts als hässliche Tristesse weit und breit.

»Gehnse da rein, na machense schon!« Obwohl sich der Kommandoton vertraut anfühlte, stellte sich kein Heimatgefühl bei mir ein.

»So. Und jetzt begründen Sie, warum Sie wieder in die Deutsche Demokratische Republik einreisen wollen, und das ohne Einreisepapiere.«

»Aus Liebe«, sagte ich knapp.

»Aus Liebe«, äffte mich einer nach. »Geht's noch ein bisschen genauer?«

»Ich liebe da jemanden, schon lange, und es war ein Fehler, in die Bundesrepublik auszureisen. Ich habe das nur gemacht, um ihn freizugeben, aber jetzt ist er frei für mich.«

Trotzig starrte ich die Männer an, die so kein bisschen verständnisvoll sein wollten. Die anderen waren deutlich netter gewesen!

Die Grenzbeamten prüften meinen Pass und den Personalausweis. Sie drehten und wendeten ihn wie etwas, das man aus dem Papierkorb geholt hat.

»Nagelneu«, sagte einer.

»Noch nicht benutzt«, ein zweiter.

»Verdacht auf Spionage.«

»Abführen.«

In dem Augenblick setzte sich der Zug wieder in Bewegung, und zwar ohne mich. Das war der Moment, in dem mir leise Zweifel kamen. Ich hatte doch nichts Böses getan! Ich wollte doch nur zurück nach Hause, zu meinem Karsten! Der auf mich wartete!

»So. Jetzt setzen Sie sich hier hin und schreiben Ihre Gründe für eine gesetzwidrige Einreise in die Deutsche Demokratische Republik auf.«

Gehorsam schrieb ich auf das Blatt: »Ich möchte aus Liebe wieder in die DDR einreisen.«

»So! Und wie heißt der Kontaktmann in der Deutschen Demokratischen Republik?«

Ich fiel in mich zusammen. Warum sollte ich ihnen Karstens Namen verraten? Ich wollte ihn doch nicht in Schwierigkeiten bringen. Er war immer mein kleines großes Geheimnis gewesen, das hatte er mir eingeschärft.

»Das möchte ich nicht sagen.«

»Dann haben Sie jetzt ein Problem. Wenn Sie nicht kooperieren, können Sie hier schwarz werden. Wir haben auch Verwahrzellen.«

Die Beamten verhörten mich über eine Stunde. Sie stellten immer dieselbe Frage, die ich schon von meinem Ausreiseantrag damals kannte!

»Warum wollen Sie ausreisen?«

»Der Liebe wegen.«

»Warum wollen Sie wieder einreisen?«

»Der Liebe wegen.«

»Name und Adresse des Kontaktmannes?«

Nach einer Stunde hatten sie mich weichgeklopft.

»Karsten Brettschneider. Weimar. Bert-Brecht-Weg neun.«

So. Nun war es heraus. Er hatte mir doch geschrieben, ich solle zurückkommen, er werde mich erwarten, alles sei geregelt, man werde mich mit offenen Armen empfangen! Nur diese dummen Grenzbeamten wussten das offensichtlich noch nicht!

Nun würde er mir bestimmt beistehen. So wie ich meinen Karsten kannte, setzte der sich sofort ins Auto und würde in spätestens zwei Stunden hier sein.

Der eine Beamte griff bereits zum Telefon, die anderen forderten mich auf, mitzukommen. »Kommse, Kommse! Aber'n bisschen zackig!«

Ein Wartburg stand bereit. Insgeheim atmete ich auf. Also doch keine Verwahrzelle. Jetzt würden sie mich endlich nach Hause fahren! Es war inzwischen später Nachmittag, der Zug seit zwei Stunden weg. Genau jetzt wäre ich in Weimar angekommen!

Nun aber los!, dachte ich, nachdem ich auf dem Rücksitz Platz genommen hatte. Jetzt gebt aber mal Gas!

Der Beifahrer las dem Fahrer meine schriftliche Erklärung vor, die er in einer schmalen grauen Aktenmappe dabeihatte. »Hättest du das auch getan? Der Liebe wegen?«

»Nee, wenn ich einmal drüben gewesen wäre, käme ich doch nie im Leben zurück.« Der Fahrer sah sich nach mir um.

»Fräulein, jetzt mal ehrlich, so ganz unter uns: Warum wollen Sie denn wirklich zurück?«

Ich verhielt mich still. Wenn sie mich aushorchen wollten, hatten sie Pech gehabt. Ich hatte alles gesagt.

Wo fuhren wir denn hin? Nach Weimar ging es hier aber nicht!

Die Reise endete irgendwo in Thüringen vor einem großen Mietshaus am Rande der Pampa.

»Gehnse rauf, aber zügig.«

»Was? Wohin? Was soll ich denn hier?« Wartete Karsten etwa da oben? Mein Herz klopfte heftig.

»Na gehnse schon, Aufzug gibt es hier keinen!« Der Fahrer trug meinen Koffer.

Der Beifahrer schloss eine graue Wohnungstür auf, an der kein Namensschild hing. »Los, rein mit Ihnen.«

Es war eine ganz normale Zweizimmerwohnung ohne Balkon, mit kleinen Fenstern nach hinten raus. Ein schmuckloser Hof, ein Waldrand, mehr war nicht zu sehen.

Ehe ich auch nur begriffen hatte, wo ich war, hatten die beiden Männer mich in der Wohnung eingeschlossen. Der Koffer stand im Flur.

So. Da stand ich nun. In einem hässlich möblierten Wohnzimmer. Es sah nicht so aus, als würde hier jemand wohnen. Ungemütlich und unpersönlich, eher zweckmäßig. Ich öffnete die Tür zum Schlafzimmer: ein Bett an der Wand, ein Stuhl, ein Tisch, ein Waschbecken. Die Toilette war am Ende des Flures.

In der kleinen Küche gab es ein paar Teebeutel, eine Zuckerdose, eine Packung Zwieback und einen kleinen Topf Margarine. In der Besteckschublade nur zwei kleine Löffel, im Schrank zwei verbeulte Blechtassen, ein Wasserkocher.

Kein Messer!, ging es mir durch den Kopf. Hier werden Leute festgehalten, die nicht freiwillig da sind! Bestimmt zwei Stunden stand ich ratlos in der Wohnung herum, setzte mich auf das hässliche Sofa, stand wieder auf, prüfte, ob man aus dem Fenster klettern konnte. Nein. Wenn man sprang, dann vier Stockwerke tief.

Ich wurde langsam panisch. Kein Telefon. Natürlich.

Karsten? Wo bleibst du denn? Ich habe denen doch deinen Namen gesagt!

Niemand wusste wo ich war! Weder die Schwiegereltern, die mich sicher schon suchen ließen, noch Karsten! Es gab in meinen Augen zwei Möglichkeiten: Entweder Karsten stand in absehbarer Zeit hier und holte mich aus diesem jämmerlichen Loch, oder ...

Die Tür wurde aufgeschlossen. Mein Herz wollte sich schier überschlagen. Karsten?

Unwillkürlich wich ich zurück. Schon am Geruch merkte ich, dass es nicht Karsten war. Ein fremder Mann undefinierbaren Alters. Grauer Blouson, gebügelte Stoffhose, Seitenscheitel, Spießerfrisur. Aktentasche. Unbeteiligter Blick.

»So, Fräulein Becker. Jetzt noch mal ganz von vorn.« Er wies auf das Schmuddelsofa: »Nehmse Platz. Sie wollen also ohne gültige Einreiseerlaubnis in die Deutsche Demokratische Republik einreisen. Nennen Sie mir Ihre Gründe dafür.«

»Der Liebe wegen«, leierte ich nun schon zum hundertsten Mal herunter.

»Name und Adresse der Kontaktperson.«

»Karsten Brettschneider. Habe ich doch schon vor Stunden Ihren Kollegen gesagt. Ich bin sicher, dass er mich abholt und alles erklärt.«

Der Mann schrieb alles penibel mit, so als wäre ihm das völlig neu.

»So. Dann noch mal der Reihe nach. Was sind die Gründe für Ihre illegale Einreise in die DDR ...?«

Ich kannte das schon. Als ich ausreisen wollte, hatten sie mich genauso sinnlos befragt! Aber mehr als antworten konnte ich doch nicht! Ich hatte nichts zu verbergen.

»Der Liebe wegen.«

»Geben Sie doch zu, dass Sie als westliche Spionin widerrechtlich in die Deutsche Demokratische Republik einreisen wollten.«

»Nein! Wenn ich eine Spionin wäre, hätte ich mir wahrscheinlich was Besseres überlegt.«

Ich wollte auf keinen Fall heulen.

»Ich liebe einen Mann, der mir geschrieben hat, dass ich unbedingt wiederkommen soll! Er heißt Karsten Brettschneider. Rufen Sie ihn doch an und fragen Sie ihn!«

»Das überlassen Sie gefälligst mir. So. Jetzt noch mal ganz von vorn. Wer im Westen hat Ihnen den Auftrag gegeben, zu Spionagezwecken widerrechtlich in die Deutsche Demokratische Republik einzureisen, und was ist Ihr Auftrag ...«

Mehr als zwei Stunden zog sich dieses stumpfe Verhör hin. Das mit der Liebe reichte dem Mann einfach nicht aus. Man wollte mir etwas anhängen, das mich zu einem Staatsfeind machte. Doch als verliebte Frau war ich ja noch kein Staatsfeind. Dennoch wurde mir schmerzlich klar, dass ich jetzt wieder in den Fängen der Stasi war.

»So. Sie verbleiben jetzt in dieser Wohnung. Morgen früh um acht werden Sie abgeholt. Stehen Sie pünktlich bereit.«

Ohne ein weiteres Wort verließ der Mann die Wohnung und schloss sie wieder von außen ab.

Plötzlich sehnte ich mich nach Trude und Hermann, nach meinem Arminia-Bielefeld-Kopfkissen, in das ich hätte weinen können. Ich hatte schon wieder alles falsch gemacht!

Eine ruhige Nacht wurde das nicht. Angezogen lag ich auf dem schmuddeligen Bett, das nach Angstschweiß stank, und starrte an die Decke. Bestimmt hatten die »Schwiegereltern« inzwischen Hermann in Indonesien angerufen. Und ihm meinen Brief vorgelesen. Ach Gott, was hatte ich nur wieder angerichtet?

Mit polterndem Herzklopfen lauschte ich auf meinen eigenen Atem. Und auf eine innere Stimme, die diesmal nichts als Vorwürfe für mich hatte:

Was hast du da nur gemacht, Sophie? Wie durchgeknallt bist du eigentlich?

Du tust allen, die dich lieben, immer nur weh!

Gleichzeitig lauschte ich verzweifelt, ob draußen vielleicht ein Auto vorfuhr, oder ob sich Karstens vertraute Schritte im Treppenhaus näherten. Wie oft hatte er in Weimar plötzlich dagestanden, wie aus dem Nichts!

Aber es blieb dunkel und still. Ich schämte und grämte mich die ganze Nacht.

16

Irgendwo in Thüringen, 2. Mai 1977

»So. Kommense mit. Ich nehme Ihr Gepäck.«

Ein weiterer Stasimann, unpersönlich und wächsern wie der erste, holte mich um Punkt acht am nächsten Morgen ab. Ich hatte mir eine Tasse Tee gemacht und auf einem trockenen Zwieback herumgekaut. Die Margarine war ranzig.

Schweigend fuhr der Mann mit mir durch die Gegend, wieder in einem Wartburg. Er roch auch wie die anderen, nach altem Schweiß und kaltem Rauch, und ich hatte keine Lust, mich mit ihm zu unterhalten. Meine altbekannten Kopfschmerzen hatten sich wieder eingestellt. Die Thüringer Landschaft war sehr waldreich und lieblich, und ich fühlte mich meiner Heimat schon sehr nah. Vielleicht brachte er mich jetzt endlich zu Karsten?

Ich starrte wie betäubt aus dem Fenster. Auf einer Anhöhe im Thüringer Wald stand ein riesiger hässlicher Komplex mit vergitterten Fenstern, umgeben von Mauern, Stacheldraht und Wachtürmen.

Ein Knast!

Darauf hielt der Wartburg zielstrebig zu. Unwillkürlich krallte ich mich in die Plastiksitze.

Sie fahren dich ins Gefängnis!, begriff ich. Der Kopfschmerz nahm mich wieder in die Zange, und meine Lunge schien von einer zentnerschweren Last zerquetscht zu werden.

Nein!, wollte ich schreien. Ich hab doch nichts gemacht! Ich bin doch keine Verbrecherin! Ich habe nichts Verbotenes getan, außer dass ich zu dem Mann will, den ich liebe.

Karsten!, schrie ich innerlich. Hilf mir! Hermann, wo warst du? Ich habe dich gebraucht! So helft mir doch!

Mit einem irren Summen zwischen den Ohren ließ ich mich im vergitterten Innenhof aus dem Auto zerren.

»Kommse, Kommse. Machense schon. Bisschen zackig hier.«

Durch viele Gänge und Türen, die vor mir auf- und hinter mir wieder abgeschlossen wurden, wurde ich mehr gejagt als geführt.

»Wo bin ich?«, stammelte ich immer wieder, denn die Personen, die mich vor sich her trieben, waren pro Etage stets andere. Einer von ihnen würde mir doch bestimmt Auskunft erteilen können. »Wie lange muss ich hierbleiben? Was wirft man mir konkret vor?«

»Wir stellen hier die Fragen!«

Erneut fand ich mich in einem Verhörzimmer wieder.

Verhöre, Verhöre, Verhöre.

Immer wieder dieselben Fragen, dieselben Unterstellungen, dieselben Drohungen.

»Wenn Sie nicht auspacken, können Sie hier verrecken. Wie schon so viele vor Ihnen, die sich nicht kooperativ zeigen wollten.«

»Aber ich bin doch kooperativ! Die DDR ist mein Heimatland. Hier bin ich aufgewachsen, zur Schule gegangen, hier habe ich gelebt und gearbeitet. Bis vor wenigen Monaten war ich noch DDR-Bürgerin! Was ich überhaupt die meiste Zeit meines Lebens gerne war. Ich bin nur der Liebe wegen in die BRD ausgereist, und nun reise ich der Liebe wegen wieder ein!«

»Das glauben Sie ja selber nicht. Nur weil Sie'n hübschen Kopp haben, nehmen wir Ihnen die Schmonzette bestimmt nicht ab. Also noch mal von vorn ...«

Mein Leben war zum Stillstand gekommen. Meine vielgepriesene Schönheit bröckelte wie eine Gipsfigur. Die Leute raubten mir jede Energie, ich spürte förmlich, wie ich dahinwelkte.

Niemand hier sagte: »Sieht sie nicht aus wie Agneta?« Ich war eine Nummer.

Wenn die Verhöre oft erst nach Stunden zu Ende waren, wurde ich in eine karge Zelle geführt: ein Stuhl, ein Tisch, eine herunterklappbare Pritsche, ein Waschbecken, ein Klo.

Meine Privatklamotten hatte ich anbehalten dürfen: Es waren die engen hellblauen Jeans und der Pulli vom Karstadt in Bielefeld. Während ich mir damals noch ausgemalt hatte, wie sexy Karsten mich darin finden würde, diente dieses Outfit nun als Knastdress. Verschmuddelt, verschwitzt und gar nicht mehr sexy, war es mir inzwischen auch viel zu weit. Ich hatte bestimmt fünf Kilo abgenommen. Meine Haare waren strohig und stumpf, meine Haut trocken und meine Lippen rissig. Wo waren meine Pflegeutensilien? Warum durfte ich meinen Koffer nicht haben? Ich brauchte meine Beruhigungspillen mehr denn je!

Völlig versteinert saß ich nach den Verhören auf meinem Hocker. Das war doch verlorene Lebenszeit! Ich war jung, verdammt! Knapp fünfundzwanzig! In der Blüte meines

Lebens! Die stahlen sie mir einfach. Jeder einzelne Tag war armselig verplempert in dieser Falle. Ich wollte raus! Draußen war Frühsommer. Ich sprang auf und tigerte in meiner Zelle auf und ab.

Wie wollte Karsten es schaffen, mich hier rauszuholen?

Wusste er überhaupt wo ich war? Hatten sie ihn informiert? Oder ließen sie mich hier als angebliche Spionin einfach verrotten?

»Hallo?« Ich hämmerte gegen die Tür. »Wo ist mein Koffer? Ich brauche meine Waschutensilien! Und meine Kosmetika!«

Immer noch klammerte ich mich an die Hoffnung, Karsten könnte jeden Moment hier erscheinen. Und wie sah ich dann aus? Ich wollte duschen, mir die Haare waschen, mich pflegen und schminken, wie ich das gewöhnt war! Ich ließ mich nie gehen, NIE!

»Was wollen Sie?«

»Ich brauche meinen Koffer!«

»Den kriegen Sie bei Ihrer Entlassung.«

»Wann IST meine Entlassung?«

Statt einer Antwort bekam ich ein Antragsformular durch die Türklappe geschoben. »Kreuzen Sie an. Drei Sachen können Sie beantragen.«

Auf dem dünnen grauen Papier standen Dinge wie: »Rasierer«, »Seife«, »Haarshampoo«, »Gesichtscreme«, »Handtuch«, »Waschlappen«, »Zahnbürste«, »Zahnpasta«, »Tampons« …

Meine Periode hatte ich schon lange nicht mehr, darauf konnte ich getrost verzichten. Trotzdem: DREI Dinge? Das war viel zu wenig! Mal abgesehen davon, dass da noch nicht mal ansatzweise die Produkte drauf waren, die ich täglich benutzte und ohne die ich überhaupt nicht leben konnte!

Schließlich entschied ich mich zähneknirschend für Zahnbürste, Zahnpasta und Seife.

»Bei guter Führung können Sie wieder einen Antrag stellen. Jede Woche einen Gegenstand mehr.«

Peng, Klappe zu.

Jede WOCHE? Wie lange wollten die mich denn hier noch festhalten? Ich hatte doch alles gesagt!

Wie in Trance starrte ich an die Wand. Karsten, Karsten, Karsten, hol mich hier raus!, schrie alles in mir. Ich weiß, dass du mich liebst. Du hast geschrieben, dass ich zurückkommen soll. Oft. Immer wieder. Jeden Tag. Bitte, hier bin ich. Jetzt bist du dran!

*

Einige Tage später durfte ich raus zum Hofgang.

Etwa zwei Dutzend Menschen schleppten sich zwischen den hohen Mauern hin und her. Einige von ihnen waren sicher über sechzig! Grauhaarige alte Ehepaare taperten da Hand in Hand im Kreis herum! Sie wirkten erschöpft und verzweifelt. Was hatten sie nur verbrochen?

Es waren BRD-Bürger, die jetzt im Alter lieber bei ihren Kindern und Enkeln in der DDR leben wollten!

Es gab zwei lehnenlose Bänke, auf die man sich offensichtlich setzen durfte. Bei solch kurzen Gesprächen erfuhr ich die Geschichten der anderen.

Sie alle waren beim illegalen Grenzübertritt zurück in die DDR aus dem Zug oder aus dem Auto geholt worden. Wir waren also die Idioten, die freiwillig in die DDR einreisen oder zurückkehren wollten! Und das hier war ein Auffanglager für solche Leute. Wie lange man uns hier festhalten würde, wusste keiner.

Verhöre, Verhöre, Verhöre.

Jeden Tag.

Warum ich in die DDR zurückkehren wolle. Welchen Auftrag ich von westlichen Agenten hätte. Auf wen ich angesetzt sei. Wer meine Hintermänner seien. »Drahtzieher«, sagten sie auch gern.

Wenn ich den Namen Karsten Brettschneider nannte, reagierte man überhaupt nicht.

»Er wollte mich abholen! Er hatte schon eine Wohnung für uns organisiert! Er hat mir geschrieben, dass er mich liebt und nicht nur einmal! Dutzende von solchen Briefen habe ich!«

»Wo sind die Beweisstücke? Können wir die sehen?«

»Nein! Die habe ich alle in Bielefeld gelassen!«

»Damit der andere Liebhaber sie findet? Da ist doch was faul. Wir glauben Ihnen kein Wort. Wie doof kann man sein. Wegtreten.«

Das war ja das Tragische! Ich hatte sie in der Eile liegen lassen! Seine Eltern hatten sie bestimmt längst gefunden. Was mussten die von mir denken! Ich wollte tot sein! Alles hatte ich falsch gemacht, alles, alles! Die Schuldgefühle und die Scham zerfraßen mich wie ein bösartiges Geschwür.

In dem riesigen Gebäude aus rotem Backstein gab es feuchte Kellerräume, in denen Tausende von Zwiebeln gehortet wurden.

Hier waren auch die Duschen, und ich kannte die nach Zwiebeln stinkenden Treppengänge zur Genüge. Plötzlich wurde angeordnet, dass die Insassen die Zwiebeln der Größe nach zu sortieren hätten. Sie keimten bereits und faulten vor sich hin.

Alle vierundzwanzig anderen Insassen gingen sofort demütig in den Keller, verbrachten dort den ganzen Tag auf Knien und atmeten die giftigen Dämpfe ein.

Unfassbar, wie manipulierbar diese Menschen waren!

Ich dachte überhaupt nicht daran, diese sinnlose und gesundheitsschädliche Arbeit zu verrichten. Die Art, wie ich mich weigerte, mit hoch erhobenem Kopf, schien den Wärtern so zu imponieren, dass sie mich als Einzige im Hof ließen. Es war ein strahlender Sommertag, vielleicht Ende Juli oder Anfang August, und ich lief im Kreis herum, sog die frische Luft ein und schwor mir, standhaft und stark zu bleiben. Sie wollten einen brechen, aber das würde ihnen mit mir nicht gelingen. Ich hatte nichts Böses getan. Ich hatte diesen Staat nicht hintergangen und nicht geschädigt. Ich war zurückgekehrt.

Der Liebe wegen.

Dieser steinige Weg war der Weg zurück zu meiner großen Liebe Karsten, und dafür würde ich das alles durchstehen. Manchmal fühlte ich mich wie in einer großen Oper oder wie in einem Märchen. Man musste erst durch tiefe Täler gehen und heftige Prüfungen bestehen, bevor der Prinz kam und einen erlöste.

Daran klammerte ich mich.

Nach und nach beantragte ich immer mehr Dinge aus meinem Koffer, und eines Tages hatte ich meine wichtigsten Kleidungsstücke und Kosmetika bei mir in der Zelle. Meine Kopfschmerztabletten und Stimmungsaufheller bekam ich nicht. Zu den Tabletten, die sie mir stattdessen einzeln, natürlich ohne Verpackung oder Beipackzettel, durch den Schlitz schoben, hatte ich kein Vertrauen. So willenlos, wie manche Leute hier waren, wollte ich auf keinen Fall werden.

Jeden Morgen schminkte ich mich sorgfältig und machte mir die Haare. Das dauerte an dem kleinen Waschbecken Stunden, aber die wollte ich ja schließlich herumkriegen.

Es konnte schließlich jeden Moment Karsten hereinkommen!

Wenn er erst wusste, wo ich war, würde er Himmel und Hölle in Bewegung setzen, um mich abzuholen, dessen war ich mir sicher. Er würde von jeder Großbaustelle des Landes herbeieilen und mit geputzten Schuhen vor mir stehen.

Durch das Schminken und Pflegen bekam ich auch meine Selbstachtung zurück. Wie ich es im Salon Anita gelernt hatte, baute ich meine Kosmetika in der Zelle auf. Um damit irgendwann imaginäre Kundinnen zu »bedienen«. Ich sprach höflich und zuvorkommend mit ihnen und erklärte ihnen meine Produkte. »Meine Dame, ich bin ja eine Expertin für Haut- und Körperpflege, für Ihr Wohlbefinden und Ihre Schönheit. Gern biete ich Ihnen eine ganzheitliche Beratung an, denn Schönheit kommt von innen und strahlt dann nach außen – wie Sie an mir sehen können. Gern gebe ich Ihnen auch kurzfristig einen Termin für eine Anamnese. Ihre zu Trockenheit neigende Haut würde ich reinigen – bedampfen – und durch eine Gesichtsmassage vitalisieren. Am Ende sollten wir ein typgerechtes Styling und Make-up vornehmen. Haben Sie Zeit mitgebracht? Wir würden den ganzen Tag dafür veranschlagen ...« So sprach ich mit meinen eigenen Kleidern. Das sah zwar bestimmt verrückt aus, war aber die einzige Möglichkeit für mich, nicht selbst verrückt zu werden.

17

Irgendwo in Thüringen, gegen Ende August 1977

»Kommse!« Die Zelle wurde aufgeschlossen. »Sie haben Besuch.«

Ja! Ich hatte es gewusst! Zum Glück war ich bereits perfekt gestylt und frisiert. Meine frisch gewaschenen Haare hatten eine nährende Ampulle genossen und glänzten. Ich hatte sogar einen Hauch Parfum aufgelegt.

Der Wärter ließ mich vor sich hergehen und dirigierte mich durch verschiedene Gänge.

»Gehen Se rein.«

Es war einer der Verhörräume, und es standen drei Stasimänner darin.

Enttäuscht wich ich zurück. Wenn das mein Besuch sein sollte ...

»Nehmse Platz.«

Also würde das jetzt wieder von vorne losgehen. Na bitte. Das konnten sie haben. Der Liebe wegen. Der Liebe wegen. Der Liebe wegen. Und noch mal zum Mitschreiben: der Liebe wegen.

Von außen näherten sich Schritte. Die Tür wurde erneut aufgerissen.

»Fassen Sie sich kurz.«

Ich traute meinen Augen nicht. Karsten trat ein.

»Karsten!«

Ich sprang auf und fiel ihm um den Hals. »Ich habe es gewusst ...« Er fühlte sich so gut an! »Endlich! Wo warst du denn so lange?«

»Guten Tag, Sophie.« Nicht Zaubermaus?

Karstens Stimme klang verändert. Ganz heiser irgendwie, so als spräche jemand anders durch ihn. Verlegen löste er sich von mir.

»Setzen Sie sich«, befahlen die Männer. »Hände auf den Tisch.«

Wir saßen einander gegenüber.

Sofort erkannte ich, dass Karsten sich komplett verändert hatte. Seine sonst so strahlenden Augen waren kalt, seine Lippen schmal. Wo war seine lässige Art geblieben, in die ich mich so rettungslos verliebt hatte? Da begannen sämtliche Alarmglocken zu läuten: Pass auf dich auf, Sophie! Hör nicht mehr auf dein Herz, sondern auf den Verstand! Anscheinend kannst du ihm nicht mehr trauen!

Was sollte ich unter der Stasiaufsicht nun sagen?

Wir wechselten ein paar Floskeln.

»Lange nicht gesehen.«

»Ja, über ein halbes Jahr.«

»Nein, schon länger. Es ist ja schon Ende August.«

»Aha. Ich habe hier drin keinen Terminkalender.«

»Keine Einzelheiten über die Haftbedingungen!«, schnarrte einer der Beamten.

»Du hast dich verändert.« Ich sah Karsten traurig an.

»Du dich auch.«

»Wann holst du mich hier raus, Karsten?«

»So! Die Besuchszeit ist zu Ende. Kommse, kommse!«

Einer der Stasimänner riss meinen Stuhl zurück. Karsten erhob sich und ging einfach zur Tür hinaus. Wir hatten uns keine drei Minuten gesehen!

»Karsten, sag wenigstens meiner Schwester, wo ich bin!«, war das Letzte, was ich ihm noch nachrufen konnte. »Sie wohnt nebenan, das weißt du ja!«

Auch wenn meine Schwester nicht die leiseste Ahnung von ihm hatte und ihm noch nie begegnet war: Das war der letzte Strohhalm, an den ich mich klammern konnte.

*

Etwa einen Monat später wurde ich wieder in den Besucherraum geführt, und kurz danach betraten Marianne, Dieter und die kleine Doreen den Raum.

Dieter begrüßte alle drei Stasimänner mit Handschlag. Sah ich richtig, oder machte er sogar einen zackigen kleinen Diener?

Wie versteinert standen wir uns gegenüber. In Mariannes Augen blitzten Wut, aber auch Mitleid auf. Dieter begrüßte mich ebenfalls ganz förmlich. Nur den Diener ließ er weg.

Zum Glück war Doreen halbwegs unbefangen. »Mama und ich haben dir einen Kuchen gebacken!« Stolz fischte sie eine große runde Haushaltsdose hervor.

Ich ging in die Hocke und nahm ihre beiden kleinen Hände: »Da freue ich mich ganz riesig!« Mir wollten die Tränen kommen, als ich in das unschuldige kleine Kindergesicht sah.

»Auf'n Tisch damit«, bellte ein Stasimann.

Eifrig bugsierte das Kind den runden Marmorkuchen auf den Tisch und nahm fast ehrfürchtig die Haube ab. Ein unwiderstehlicher Duft zog mir in die Nase: Vanillezucker bestäubte eine knusprig krosse Oberfläche, dunkle Schokolade zog sich spiralförmig durch den hellen weichen Teig, und mir lief das Wasser im Munde zusammen.

Vielleicht würden wir jetzt alle hier zur Feier des Tages gemeinsam ein Stück Kuchen essen? Das würde die Stimmung bestimmt auflockern! Ob es hier wohl Teller gab? Und Kuchengäbelchen? Ein Tässchen Kaffee wäre nett.

Stattdessen zückte der Stasimann ein Taschenmesser, ließ die Klinge aufblitzen und zerschnitt den Kuchen mit solcher Vehemenz in tausend kleine Stücke, als wäre er Chirurg und müsste einen Blinddarm sezieren.

Fassungslos sahen wir ihm dabei zu. Doreen wurde kalkweiß und klammerte sich reflexartig an Marianne.

»Astrein«, gab der Stasimann seinen Kollegen zu Protokoll. »Keine Beanstandungen.«

»Nehmen Sie Platz, die Sprechzeit beträgt noch zwanzig Minuten.«

Wir setzten uns an den Tisch, zwischen uns der Krümelhaufen.

»Die Krümel schmecken bestimmt auch noch gut!« Aufmunternd lächelte ich Doreen an. Wir pickten mit dem angeleckten Finger ein paar davon auf, und ich verdrehte verzückt die Augen und lobte ihre Backkünste:

»Hm! Das schmeckt wieder nach Zuhause!«

Ich leckte mir so lange schmatzend die Finger, bis Doreen wieder lächelte. Es tat mir so weh, dass diesem erst knapp neunjährigen Kind eine so düstere, menschenfeindliche Umgebung zugemutet wurde!

»Hermann hat geschrieben«, begann Marianne. »Er ist drei

Tage nach deiner Abreise aus Indonesien zurückgekommen. Seine Eltern hatten ihn informiert. Sie gingen erst von einem Unfall aus und ließen dich polizeilich suchen. Sie haben in allen umliegenden Krankenhäusern angerufen und sind fast verrückt geworden vor Sorge.«

»Das tut mir alles so leid, das wollte ich doch nicht ... Ist er mir sehr böse?«

»Tja. Hermann hat seinen Job verloren und sitzt jetzt wieder zu Hause bei seinen Eltern. Die wissen jetzt auch nicht, wie es weitergehen soll. Du kommst ja wohl nicht mehr zurück?!«

»Das haben Sie gar nicht zu entscheiden! Redense von was anderem!«

»Die Schule hat wieder angefangen, und Doreen ist jetzt in der zweiten Klasse.«

»Oh wie schön! Kannst du denn schon ganze Sätze schreiben?«

Von Karsten sagte sie kein Wort. Obwohl sie der doch über meinen Aufenthaltsort informiert hatte, oder etwa nicht?

Mein Herz klopfte wie verrückt. Oh Gott, was hatte ich nur getan! Hermann und ich wären jetzt längst verheiratet, und schon auf Hochzeitsreise in Bali!

»Hermann ist völlig verzweifelt, dass es so weit kommen musste. Er gibt sich selbst dafür die Schuld. Er hätte dich niemals so lange mit seinen Eltern allein lassen dürfen. Er versucht alles, um dir zu helfen ...«

»Marianne, ist gut jetzt«, bellte Dieter.

»So, die Besuchszeit ist vorbei!« Der Stasimann schaufelte die Kuchenkrümel in ein grobmaschiges Einkaufsnetz, das für Mitbringsel der Besucher an einem Haken bereithing. Natürlich fielen sie unten wieder heraus.

»Kommse, kommse!«

»Auf Wiedersehen! Danke, dass ihr gekommen seid!« Ich winkte Doreen dankbar hinterher, und auch von Marianne fing ich einen aufmunternden Blick auf.

Wieder verabschiedete sich Dieter dienernd mit Handschlag von den Stasileuten. Fehlte nur noch, dass er die Hacken zusammenknallte.

Als ich wieder in meiner Zelle saß, versuchte ich, einen klaren Gedanken zu fassen. Doch es gelang mir nicht.

Hermann! Mein Gott! Ich vergrub das Gesicht in den Händen, schaukelte mit dem Oberkörper vor und zurück und versuchte, nicht wahnsinnig zu werden. Der arme Mann.

Während Karsten ... Ich wusste bis heute nicht, wie ich sein Verhalten interpretieren musste. Hatte er mir bewusst eine Falle gestellt? Steckte er mit diesen Stasileuten unter einer Decke? Wieso hatte er mich mit Dutzenden von Briefen, in denen er mir seine Liebe schwor, zurückgelockt, wenn er mich gar nicht mehr liebte? Oder war er nur benutzt, ja gezwungen worden? Hatte er so handeln müssen, weil sonst seine Kinder langfristig Nachteile haben würden? Trotzdem, dass er mich hier einfach vergammeln ließ ... Ich konnte es kaum glauben. Hatte ich mich in diesem Mann tatsächlich so getäuscht? Es tat so unfassbar weh.

Hermann dagegen ... Er wollte mir helfen, hatte Marianne gesagt. Trotz allem, was ich ihm angetan hatte. Hermann verstellte sich nicht, der spielte nicht mit meinen Gefühlen, der wollte mich glücklich machen! Hätte ich doch nur noch ein paar Tage durchgehalten! Das Landhotel hatte sich doch schon von seiner schönsten Seite gezeigt. Alle hatten sich so um mich bemüht. Aber aus lauter Dummheit hatte ich die

Menschen, die es wirklich gut mit mir meinten, komplett unglücklich gemacht. Und mich mit dazu. Einen ganzen Sommer hatte ich hinter diesen feuchtkalten Mauern verbracht. Selbst schuld, Sophie! Ich weinte, bis ich keine Tränen mehr hatte.

Lass dich nicht hängen, Sophie!, hörte ich meine Mutter irgendwann sagen. Es soll dir nicht so ergehen wie mir. Du stirbst nicht an gebrochenem Herzen. Los, kämpfe. Du hast dein Leben noch vor dir. Und du wirst geliebt. Von Hermann.

Und plötzlich straffte ich mich und ballte die Fäuste.

Ich werde mich NICHT unterkriegen lassen!, schwor ich mir. Ich habe euch Stasileuten und eurem glorreichen Staat nichts getan! Ich bin aus Liebe hin und her gerissen gewesen, und Liebe ist das Beste, was ein Mensch empfinden kann. Nicht ich bin schuldig, sondern IHR. Aber jetzt bin ich erwachsen geworden! Jetzt bestimme ich wieder über mein Leben!

Also hämmerte ich mit den Fäusten gegen die Tür: »Ich will einen Antrag stellen!«

»Einen Antrag worauf?«

»Einen Antrag auf Ausreise in die BRD!«

*

Nun ging es mit den Verhören erst recht wieder los. Inzwischen kannte wirklich jeder hier meine Geschichte.

»Warum wollen Sie die schöne Deutsche Demokratische Republik wieder verlassen? Wo Sie doch gerade erst zurückgekommen sind!«

»Ich habe kein Vertrauen mehr zu dem Kontaktmann«,

zitierte ich nun deren eigene kalte Worte. Das Wort »Freund« oder »Geliebter« kam mir nicht mehr über die Lippen. Nur noch »Hintermann« und »Drahtzieher«.

»Ich bestehe darauf, in die Bundesrepublik auszureisen. Schließlich bin ich im Besitz eines bundesdeutschen Passes. Sie haben gar kein Recht, mich hier festzuhalten. Die westdeutschen Behörden sind sicherlich längst informiert, und mein Verlobter weiß über meine Rechte Bescheid.«

»Na, das überlassen Sie mal lieber uns. Belehren Sie uns gefälligst nicht über unsere oder Ihre Rechte! Sie haben Ihre Rechte nachhaltig verwirkt!«

Ein Verhör reihte sich ans andere. So ging es wochenlang weiter. Ich glaubte, in einer Zeitschleife gefangen zu sein:

»Warum wollen Sie in die BRD ausreisen?«

»Ich habe kein Vertrauen mehr zu Karsten Brettschneider. Ich möchte zu meinem Verlobten nach Bielefeld zurück. Dieser hat längst sämtliche Behörden eingeschaltet und sich an die entsprechenden Stellen gewandt. Ich beziehe mich auf meine Menschenrechte ...«

Irgendwann, es war schon Abendbrotzeit, ließen sie mich zwei Stunden alleine im Verhörraum sitzen. Sie wollten mich brechen, mich hungern lassen, sie wollten, dass ich weine. Den Gefallen tat ich ihnen nicht. Dazu waren mir mein Lidschatten und meine Wimperntusche viel zu schade.

Irgendwann kam der Vernehmer mit einer Flasche Schnaps wieder. Die stellte er wortlos zwischen uns auf den Tisch.

Ich schwieg.

Er schwieg auch. Wir hatten schon so oft dasselbe gesagt, dass wir uns vorkamen wie eine Schallplatte, die immer an derselben Stelle hängen bleibt.

»Aus Liebe – ich habe kein Vertrauen mehr. Aus Liebe – ich habe kein Vertrauen mehr ...«

Der Vernehmer schenkte ein Glas Schnaps ein und schob es mir hin. Schweigend.

Ich starrte schweigend zurück.

»Nun werdense schon gesprächig!«

Der Vernehmer kippte den Schnaps schließlich selbst hinunter. Ha!, dachte ich. Gewonnen. Und schwieg bis Mitternacht.

*

Es war nun schon Anfang Dezember, und ich lebte seit neun Monaten isoliert in dieser Einrichtung.

Inzwischen war es bitterkalt geworden, und als Letztes hatte ich mir aus meinem Koffer den Wintermantel geben lassen. Bibbernd saß ich auf der Bettkante, die Kleider um mich herum drapiert, und sprach mit meinen imaginären Kundinnen, die längst zu Freundinnen geworden waren:

»Für trockene Haut im Winter eignet sich dieses Produkt, Frau Rothstein. Frau Hansen, bei Ihren seidigen Haaren muss man ja gar nicht eingreifen. Ihr Naturblond braucht nur eine nährende Ampulle. Schauen Sie, dieses Öl unterfüttert die Haarwurzeln. Das muss jetzt eine Stunde einwirken, aber wir haben ja Zeit.« Ich wandte mich einer anderen Kundin zu.

»Karsten hat mich getäuscht«, teilte ich der Kundin rechts neben mir mit. »Ich dachte, ich kenne ihn in- und auswendig, wissen Sie. Ich habe mich auf ein großes Abenteuer eingelassen, und Sie werden mich mit Recht auslachen. Ja, ich war unfassbar dumm, und jetzt werde ich für diese Dummheit bestraft. Aber es war einfach unfassbar schön, so lange verliebt zu sein. Ja, staunen Sie nur, aber ich habe ihm geglaubt, als er sagte, er hätte ein Heim für uns vorbereitet, eine Dreizimmerwohnung im Zentrum von Weimar. Mit Südbalkon. Wissen Sie, wie schwierig es ist, eine solche Wohnung zu bekommen? Als ich noch in der Bundesrepublik war, hat er mir unzählige Briefe geschrieben, sicher drei Dutzend. Und ich dusselige Kuh lass die auch noch in Bielefeld liegen, damit Trude und Hermann sie lesen. Na ja, vielleicht wollte ich das unterbewusst so. Um diese Tür endgültig hinter mir zuzuschlagen. Damit das emotionale Hin und Her endlich ein Ende hat.«

Ich wandte mich an die andere links von mir. »Bitte nicht die Maske abnehmen, die muss zwanzig Minuten einwirken. – Aber vielleicht hat Karsten mich ja tatsächlich dorthin bringen wollen, bevor er mich vor rund drei Monaten hier im Knast ... Verzeihung ... Schönheitssalon besucht hat? Können Sie mir noch folgen? Bitte schön die Augen zulassen. Nur haben sie ihn nicht gelassen. Vielleicht hat man ihn ja gezwungen? Trotzdem: Mich hat er so oder so enttäuscht. Er war nicht wiederzuerkennen.«

Die Tür wurde aufgerissen.

»Sie haben Besuch!«

»Entschuldigen Sie mich, meine Damen. Wenn man vom Teufel spricht ...«

Lächelnd verließ ich meine Zelle, pardon, meinen Schönheitssalon.

Wieder wurde ich in den Verhörraum geführt, und wieder warteten drei Stasimänner.

Karsten stand bereits mitten im Raum. Er wirkte eingeschüchtert.

Diesmal fiel ich ihm nicht um den Hals. Wir standen beide da wie Salzsäulen.

Was hatten wir uns denn noch zu sagen?

»Wie geht es dir, Zauber-, Sophie?«

»Ich will wieder in die Bundesrepublik!«, stellte ich als Erstes klar.

»Sie können gehen.«

Zu meinem grenzenlosen Erstaunen übergab man Karsten meine beiden Gepäckstücke, in denen vermutlich die imaginären Kundinnen lagen.

Karsten schritt schweigend vor mir her. Vor der letzten Außentür stand sein mir bekannter, schwarz glänzender Wagen. Ohne Fahrer.

»Wie jetzt?« Meine Beine wurden wachsweich.

»Steig ein.«

Er verstaute meine wenigen Habseligkeiten im Kofferraum, setzte sich neben mich und ließ den Motor an. In diesem Moment öffneten sich wie von Geisterhand quietschend die eisernen Tore mit dem Stacheldraht obendrauf.

»Wohin fahren wir?«

Etwa doch zur Dreizimmerwohnung? Wollte ich das überhaupt noch? Wie oft sollte ich denn noch hin- und herschalten im »Fernsehprogramm« meines verrückten Lebens? Ich wollte doch nicht mehr mit Karsten leben! Ich wollte zu Hermann! Zurück in die Bundesrepublik!

Es ging aber längst nicht mehr darum, was ich wollte.

Stille. Karstens Kieferknochen mahlten. Von der Seite betrachtete ich meinen einst so geliebten Karsten, wie ich ihn schon so oft beim Fahren betrachtet hatte. Wie oft hatte er meine Hand genommen und auf seine sich freudig wölbende

Männlichkeit gelegt, wie oft hatte ich mich dann auf unsere seltene Zweisamkeit gefreut. Und jetzt? Starrte er einfach nur wortlos geradeaus.

»Karsten? Nun sag doch endlich was!«

Ich sah, wie die Landschaft an mir vorbeizog, die Häuser, ich sah den Adventsschmuck in den Fenstern.

Vor knapp einem Jahr war ich aus Weimar abgehauen und hatte ihm den Brief gebracht, in seinen Bert-Brecht-Weg. Wo er so gar nicht überrascht reagiert hatte, als er mich sah. Was für ein Spiel spielte Karsten? Ich verstand die Welt nicht mehr.

Karsten bog in einen Waldweg ein. Der Wagen schlingerte gefährlich. Mehrmals stieß ich mit dem Kopf an die Decke. Was wollte er hier? Was sollte das? Wohin fuhren wir?

Mein Herz geriet genauso ins Schlingern wie der Wagen. Er würde mich doch jetzt nicht ... töten? Beseitigen?

Nein, das konnte nicht sein. Er war doch immer noch Karsten, der Mann, den ich fast vier Jahre lang geliebt hatte. Wir waren oft in den Wald gefahren. Auch im Winter. Wir hatten immer eine Möglichkeit gefunden, uns zu lieben.

»Karsten?«, versuchte ich es erneut.

»Es ist kalt draußen«, stieß er zwischen zusammengepressten Lippen hervor. »Eiskalt.«

Ich erstarrte. Wurden wir abgehört? War sein Wagen verwanzt? Wurde er erpresst? Was sollte das alles?

Meine innere Anspannung war so groß, dass ich kein Wort herausbekam. Meine Zunge klebte am Gaumen, und trotz der Kälte klebten meine Klamotten vor Schweiß.

Karsten nahm eine Kurve und hielt dann vor einer heruntergekommenen Baracke. Mitten im Thüringer Wald. Sonst weit und breit kein anderes Haus, keine Straße, kein Mensch.

Was hatte er vor? Wollte er jetzt etwa hier mit mir ...?

Die Tür öffnete sich, und ein Stasimann nahm schweigend die Gepäckstücke entgegen, die Karsten ihm reichte.

Dann drehte sich Karsten ohne ein einziges Wort um, ohne mir noch einen Blick zu schenken, stieg ins Auto und fuhr weg.

Ich blieb mit dem Fremden in der grässlichen Baracke zurück.

*

Dies war nun schon die dritte Stasieinrichtung, in der ich seit meiner Rückkehr in die DDR einsaß.

Hier war es richtig gruselig. Zum Glück konnte ich mein Zimmer von innen abschließen. Der Kerl war auch nicht interessiert an mir. Er war mein Aufpasser. Die meiste Zeit verbrachte er rauchend vor der Tür. Nach einigen Tagen kam ein neuer, ebenso nichtssagender Typ und schob vor der Baracke Wache.

Meine Sachen hatte ich auch. Ich hängte meine Klamotten vor die beiden vergitterten Fenster auf vorhandene Drahtbügel und sprach wieder mit ihnen.

»Meine Damen, frohe Weihnachten, es dürfte Weihnachten sein. Diesmal feiern wir in unserer Datscha im Wald, und das passende Ensemble stelle ich Ihnen jetzt zusammen ...«

Der Aufpasser kam herein, um zu gucken, ob ich endgültig wahnsinnig geworden war. Ich beachtete ihn überhaupt nicht.

Im Obergeschoss gab es ein Bad, das man ebenfalls von innen abschließen konnte. Darin stand eine alte Wanne.

Der Aufpasser, es war inzwischen ein dritter, hatte mich

freundlich gefragt, ob er mir etwas besorgen könne. Wahrscheinlich war gerade wirklich Weihnachten.

Ich gab Shampoo und Duschgel in Auftrag, dazu eine Körperlotion und Nagellack. So gut es ihm möglich war, besorgte der Typ es sogar.

So zog ich mich zu stundenlangen Badeorgien in meine »Wohlfühloase« zurück.

Von Karsten hörte ich nichts. Bestimmt feierte er jetzt wieder mit Ingeborg und den Kindern Weihnachten. Ob er dabei an mich dachte? Er hatte mich doch wirklich geliebt! Jahrelang waren wir ein heimliches Liebespaar gewesen. Das konnte man doch nicht spielen!

Andererseits hatte auch ich mit gezinkten Karten gespielt.

Dies hier war meine verdiente Strafe! Der Kommunionsunterricht beim Bielefelder Pfarrer kam wieder hoch. Das hier war das Fegefeuer! Wie lange würde ich das noch aushalten? Diese Ungewissheit, diese Isolation, diese zermürbende Einsamkeit! Diese hässliche Baracke mitten in der Pampa?

Ich war inzwischen fünfundzwanzig Jahre alt. Irgendwann musste mein Geburtstag gewesen sein. In meiner Verzweiflung hatte ich ihn gar nicht wahrgenommen. Trotzdem: Ich war jung, mein Leben lag noch vor mir, und ich würde es mir von diesen Stasileuten nicht kaputt machen lassen.

18

Im Thüringer Wald, Frühling 1978

Jeden Morgen, wenn es dämmerte, rissen mich die schwarzen Krähen, die sich wie Unheilsboten vor dem Fenster niederließen und entsetzliche Schreie ausstießen, aus meinen Träumen. Die Geräusche ihrer Krallen auf dem Sims waren ebenso furchterregend wie ihr Flügelschlagen. Danach lag ich lange wach. Zeit zum Grübeln. Um acht Uhr kam immer der Aufseher mit dem Frühstück. Graubrot, Margarine, Marmelade, eine Tasse Muckefuck. Weit über zehn Monate war ich jetzt in ihrer Gewalt.

Und doch war heute alles anders. Bildete ich mir das nur ein, oder hatte ich einen Wagen vorfahren gehört? Ich lauschte. Stimmen. Bereits um sieben Uhr früh kamen ungewohnte Schritte die Treppe herauf.

»Wo ist sie?«

»Letzte Tür links.«

Es klopfte.

»Wer ist da?«, fragte ich panisch. Ich hatte von innen abgeschlossen, wie immer.

»Ich bin's. Dieter.«

Hastig machte ich auf. Dieter hatte seine Polizeiuniform an. Er sah sich im Zimmer um: alles voller Kleiderbügel und Kosmetikartikel. »Na, du hast es dir ja gemütlich gemacht.«

»Was willst du?«, fragte ich ihn misstrauisch.

»Dich abholen. Ich habe den Auftrag, dich nach Hause zu bringen.«

»Nach Hause?!« Ich ließ mich rückwärts aufs schmale Eisenbett plumpsen. Was war denn »Zuhause«?

»Beeil dich, ich muss zum Dienst.«

Mein Herz polterte. Hieß das, ich konnte zurück in die Bundesrepublik?

Noch ehe ich ihm weitere Fragen stellen konnte, war Dieter wieder runtergegangen und plauderte mit meinem Aufpasser. Sie standen vor der Baracke und rauchten.

Ein strahlender Frühlingstag war angebrochen, als ich mit meinen Gepäckstücken die Treppe runterkam. Ganz so als wäre das nur ein netter kleiner Ausflug gewesen, verabschiedete sich Dieter per Handschlag von meinem Aufpasser, lud die Koffer in seinen Kofferraum und fuhr los. Es war halb acht.

»Wohin fahren wir?«

»Nach Hause! Hab ich doch schon gesagt!«

»Also reise ich nicht in die BRD aus?«

Dieters Kopf ruckte zu mir herüber. Typisch Marionette.

»Spinnst du? Du kannst froh sein, dass du überhaupt wieder in Freiheit leben darfst!«

Ich schwieg. Freiheit war das ja nun nicht. Was ich in den letzten Monaten erlebt hatte, hatte ich mir früher in den kühnsten Träumen nicht vorgestellt. Während ich mein sorgloses Leben mit Karsten geführt hatte, waren solche Dinge auch anderen unbescholtenen Leuten widerfahren! Sie passierten ständig in diesem Land, und keiner wusste es!

Doch. Dieter wusste es. Karsten wusste es. Und jetzt wusste

ich es auch. Ich wollte in diesem Land nicht mehr leben. Aber danach wurde ich nicht gefragt.

Marianne wartete schon mit dem Frühstück auf uns. Sie trug knallbunte Strumpfhosen zu einem karierten Minirock. Eindeutig Westmode, und zwar von einem teuren Designer. Ich erkannte die Marke Wolford sofort.

»Willkommen zurück«, sagte sie knapp. »Dünn bist du geworden.«

Wortlos legte sie mir einen ganzen Stapel Briefe neben meine Kaffeetasse. Es war bester Westkaffee, er schmeckte nach Landhaus Großeballhorst.

»Hermann scheint dich wirklich zu lieben.« Marianne lehnte sich zurück und betrachtete mich, als sähe sie mich zum ersten Mal. Wie abgerissen und blass musste ich aussehen, im Gegensatz zu ihr, die regelrecht aufgeblüht war.

Fassungslos starrte ich auf das dicke Bündel Briefe, das mit Müh und Not von einem Gummiband zusammengehalten wurde. Das waren bestimmt hundert Briefe!

»Der gibt nicht auf, fürchte ich.«

Sie schob mir ein großes Nutellaglas hin. »Greif zu! Du musst wieder zulegen!«

»Wo hast du das denn her?«

»Er schickt zweimal wöchentlich Pakete.« Jetzt erst sah ich die Produkte von Maggi, Knorr und Dr. Oetker, Prinzenrolle, Milka und Nutella. Das volle Programm.

Selig kaute ich auf meinem Brötchen und verdrehte die Augen vor Wonne. »Wie ich das vermisst habe …«

»Selber schuld, Schwesterherz.« Marianne zuckte mit den Schultern. »Wie konntest du das Paradies da drüben nur wieder verlassen!«

Argwöhnisch starrte ich sie an. Sie hatte Karsten mit keiner Silbe erwähnt, also würde ich es auch nicht tun. Karsten war niemals ein Thema zwischen uns gewesen, er war mein langjähriges Geheimnis gewesen. Und jetzt, wo er mich so schändlich im Stich gelassen hatte, wollte ich auch nicht von ihm anfangen.

»Wo soll ich bleiben?«

»Die Wohnung nebenan ist wieder für dich hergerichtet.«

Wir gingen hinüber, und sie schloss auf. Der mir vertraute Duft strömte mir entgegen, und eine Sekunde lang fühlte ich mich, als wäre ich nie weg gewesen. Alles war wieder so wie früher. Alles? Fast alles.

Nur das Telefon war nicht mehr da.

*

Langsam gewöhnte ich mich wieder ein. Zu den Mahlzeiten durfte ich wieder rüber zu Marianne und Dieter. Es dauerte Wochen, bis ich wieder zu Kräften kam und genauso lange, bis ich mich wieder auf die Straße traute. Ich verbrachte ganze Tage im Bett und konnte mich nur ganz langsam wieder an meine »Freiheit« gewöhnen. Meine hiesige Ärztin versorgte mich erneut mit meinen gewohnten Tabletten. Sie stellte besorgt massives Untergewicht und Herz-Kreislaufbeschwerden fest und schrieb mich erst mal krank. Ich wog keine vierzig Kilo mehr.

Einmal traute ich mich in die Innenstadt. Ich hatte aber solche Angst, Karsten zu treffen, dass ich mit eingezogenem Kopf durch die Straßen schlich und nur zu Boden blickte. Ich war eine Staatsverräterin und eine Staatsfeindin, und das schien mir auf die Stirn geschrieben zu stehen. Die Leute tuschelten hinter mir her oder stießen sich gegenseitig in die Rippen.

Am 1. Mai, dem Tag der Arbeit, gingen Marianne und Dieter mit Doreen hinaus, um Fahnen zu schwenken und Arbeiterlieder singen. Ich stand am Fenster meiner Wohnung und sah zu, wie die Menschenscharen unter polizeilicher Aufsicht vorbeimarschierten.

Nach und nach las ich alle Briefe von Hermann, die nach seinem Leder-Tabak-Wald-Duft rochen, und die früheren Gefühle für ihn flammten wieder auf.

Wie hatte ich den armen Kerl so hintergehen, so schnöde verlassen können?

Er gab sich jedoch eine große Mitschuld an allem, was passiert war. Von Marianne und Dieter hatte er erfahren, dass man mich fast ein Jahr festgehalten hatte, und es zerriss ihm schier das Herz, dass er bei meiner Ankunft, Weihnachten vor einem Jahr, nicht zu Hause gewesen war.

»Ich hätte sofort zurückkommen müssen«, schrieb er in fast jedem seiner Briefe. »Was bin ich nur für ein Bräutigam, der seine Braut alleine in der Fremde lässt!«

Mit Tränen in den Augen las ich, dass er sich meinetwegen sogar mit den Eltern überworfen hatte.

»Ich habe dich ihnen anvertraut, sie sollten dir kein Haar krümmen! Stattdessen haben sie dich arbeiten lassen wie eine Bauernmagd, das werde ich ihnen nie verzeihen! Aber der Großteil der Schuld liegt auf meinen Schultern. Ich habe die Karrierechancen im Ausland gesehen und dich darüber vernachlässigt. Ich wollte dich nachkommen lassen, aber du hattest die Papiere nicht, und irgendwann war ich dort unabkömmlich! Ich hatte es bis zum Manager einer Fünfsterne-

Anlage geschafft, aber ich hätte den Job hinschmeißen und zurückkommen müssen! Warum habe ich das Liebste verspielt, was ich hatte?«

Gerührt schrieb ich ihm zurück, dass er sich keine Schuld geben solle, dass ich im Gegenteil dankbar dafür war, dass er mir verzieh.

Verzeihen, so predigte er mir in jedem Brief, sei das Wichtigste. Ohne Verzeihen könne kein Mensch auf Dauer glücklich sein. Und wenn sich die ganze Weltpolitik daran hielte, gäbe es diese Zustände auf Erden nicht.

Mit keiner Silbe erwähnte einer von uns beiden den Grund für mein Ausreißen. Hermann fragte nicht nach, wer der Mann war, für den ich zurückgekehrt war, und ich hütete mich, Karstens Namen noch einmal zu erwähnen. So heimlich, wie er vorher in meinem Leben gewesen war, so unsichtbar sollte er nun für immer bleiben. Dieses Geheimnis wollte ich mit ins Grab nehmen oder vielleicht irgendwann ein Buch darüber schreiben. Das Karsten dann hoffentlich lesen würde.

Durch die vielen Briefe von Hermann wurde mir klar, dass er es immer noch ernst mit mir meinte! Das konnte ich gar nicht fassen.

Wie sollte es nur weitergehen? An eine nochmalige Ausreise in den Westen war nicht zu denken! Meine Papiere waren mir weggenommen worden, und Dieter bemühte sich um eine beschleunigte Abwicklung eines Antrags auf einen neuen Ost-Personalausweis. Wieder einmal war ich ein Niemand.

*

Wenig später holte Dieter mich angeblich zu einem Behördengang ab.

»Was muss ich unterschreiben? Wieso fährst du nicht zum Amt?«

Wir waren auf der Autobahn.

»Stell keine Fragen, Sophie. Ich mach jetzt was, das mir das Genick brechen kann, aber ich tu es für dich.«

Dieter trug Zivil und wirkte sehr nervös. Immer wieder schaute er in den Rückspiegel, ob wir auch nicht verfolgt würden. Ich traute weder ihm noch sonst irgendwem mehr und saß einfach nur still auf dem Beifahrersitz.

Er nahm eine Ausfahrt, dann ging es weiter über mir unbekannte hügelige Landstraßen, die sich endlos hinzogen. Ich hatte kaum einen Blick für die blühende Pracht, die sattgrünen Wiesen, die Bäume, die wieder üppige Blätterdächer trugen.

»Verdammt, wir werden verfolgt.«

Dieter gab Gas, bemerkte aber, dass es zwecklos war. »Dreh dich nicht um«, zischte er mir zu. Wie versteinert hockte ich da und krallte mich mit der rechten Hand an die Halteschlaufe.

Plötzlich bremste er scharf und bog in eine Garage ein. Er sprang aus dem Wagen und zog das Tor zu. Ich schälte mich aus dem Auto und sah mich in der dunklen Garage um.

»Wo sind wir hier? Was hast du vor?«

»Psst! Ich hab doch gesagt, keine Fragen stellen!«

Wie ein Dieb schlich er zum Tor und spähte durch einen Spalt.

»Da stehen sie, die Idioten. Komm!«

Er nahm mich bei der Hand, öffnete eine weitere Tür, die ins Innere des Hauses führte, und zog mich eine Treppe hinauf.

In einem Wohnzimmer saßen mehrere Leute, die ich nicht kannte.

»Es hat geklappt«, sagte Dieter.

Ratlos stand ich da. Was hatte geklappt? Wer waren diese Menschen, und was sollte ich hier?

»Habt ihr es schon?«

»Ja. Er ist nebenan.«

Was hatten sie schon, und wer war nebenan?

»Na dann viel Spaß!« Dieter schob mich durch den Flur. »Ich hol dich in zwei Stunden wieder ab.«

Ich verstand gar nichts mehr! Sollte etwa Karsten in dieser Kaschemme auf mich warten? Nein, danke. Ich wollte ihn nie wiedersehen.

Dieter klopfte an die Tür, die sich schnell und geräuschlos öffnete. Mir schwindelte, als mich plötzlich zwei Männerarme ins Zimmer zogen.

Oh Gott, bitte nicht, nicht das auch noch ...

»Sophie! Liebste!«

»Hermann!«

»Psst!«

»Wie in aller Welt hast du ...«

»Dein Schwager ist wirklich in Ordnung, der ist ein ganz feiner Kerl!«

Mein Herz hämmerte wie ein Specht. Da stand er leibhaftig vor mir! Hermann strahlte mich an, seine braunen warmen Augen nahmen mich von Kopf bis Fuß auf. »Gott, Liebste, was haben sie dir angetan!«

Du hättest mich mal hundert Nutella-Brötchen vorher sehen müssen!, dachte ich, war aber viel zu überrascht, um es laut auszusprechen. In meinen Schläfen rauschte das Blut, und mein Herz ratterte wie ein D-Zug. Alles hatte ich erwartet, sogar dass ich fremden Männern zu Willen sein musste. Aber nicht Hermann. Hermann, der doch in die DDR gar nicht mehr einreisen durfte!

»Ich habe Dieter dermaßen in den Ohren gelegen, dass ich dich sehen muss und natürlich auch mit ein paar Westscheinchen gewinkt ... Er hat diese Bekannten hier, die haben zwei Garagen, in die eine fährst du rein, und zur anderen fährst du wieder raus, da kann man seine Verfolger abhängen. Ganz schön schlau dein Schwager, was?«

Er zog mich lachend in die Arme und küsste mich. Nach all der Angst, den Schuldgefühlen und fast zwei Jahren ohne ihn, wurde ich in seinen Armen fast ohnmächtig.

Die Sehnsucht nach Zärtlichkeit und das körperliche Verlangen in uns beiden jungen Menschen war so unermesslich groß, dass wir ziemlich übergangslos auf das große Bett sanken. Wir liebten uns wie zwei Ertrinkende, leidenschaftlich und zärtlich, und konnten es kaum fassen, dass wir hier so ungestört beieinanderlagen. Ich weinte mir allen Kummer von der Seele, und Hermann hielt mich fest in seinen Armen.

Nach einer gefühlten Ewigkeit konnten wir wieder sprechen. »Es tut mir so leid, Hermann. Wie konnte ich dir und deinen lieben Eltern das nur antun?«

»Pssst, es ist schon gut! ICH hätte da sein müssen, als du kamst! Mein armer Liebling, was hast du durchgemacht!«

Hermann versicherte mir immer wieder, dass ich seine einzige große Liebe sei, und dass er nie aufhören werde um mich zu kämpfen. Noch immer wollte er mich heiraten. Er redete eben nicht nur vom Verzeihen, er tat es auch. »Schwamm drüber, Liebste. Schauen wir nach vorn.«

»Wie viel hast du ihnen bezahlt?«

»Ist doch egal! Ich hab dich bei mir, das ist mir alles Gold und Geld der Welt wert!«

»Aber du darfst doch gar nicht mehr einreisen!«

»Es gibt immer eine undichte Stelle, wo man mit Westgeld und zugedrückten Augen schon mal durchgewinkt wird.«

»Du hast die Grenzbeamten bestochen?«

»Nicht alle. Nur einen. Dein Schwager kannte den.«

»Mein Schwager?«

»Hat natürlich auch daran verdient.«

Hermann hatte ganz rote Wangen vor Aufregung und Glück.

Mir blieb die Spucke weg.

»Ich unterstütze Dieter und Marianne und Doreen schon lange. Mit dieser finanziellen Hilfe konnten wir dich letztlich auch freikaufen.«

»Bitte WAS?«

»Sophie, ich liebe dich, und ich will dich heiraten! Wir schaffen das!«

Er umarmte mich stürmisch und bedeckte mich mit Küssen.

In diesem Moment verliebte ich mich endgültig in Hermann.

»Ich habe mich natürlich mit meinen Eltern wieder vertragen«, räumte er ein. »Nachdem ich ihre Sicht der Dinge gehört hatte, konnte ich ihr Verhalten besser verstehen. Meine Eltern wollten dir gleich die harte Schule der Gastronomie nahebringen, und da fängt man eben bei der Pieke an«, schnarrte er im Tonfall seines Vaters. »Außerdem ist Arbeit die beste Therapie gegen Heimweh.«

Er ahmte den ostwestfälischen Akzent so treffend nach, dass ich Tränen lachen musste.

»Ja, die beiden haben sich wirklich bemüht ...«

»Sie hätten dir natürlich eines der Gästezimmer geben müssen, und nicht meine alte Räuberhöhle.«

Hermann strich mir verliebt übers Haar. »Aber sie meinten, da wäre mein Geruch drin und da würdest du dich vielleicht eher zu Hause fühlen. Sie haben es wirklich gut gemeint.«

»Wie soll es denn jetzt weitergehen?«, fragte ich verwirrt. »Ich kann auf keinen Fall mehr rüber. Es tut mir so leid, Hermann ...«

Ich schmiegte mich in seine Umarmung und genoss die unerwartete Geborgenheit. Wo nahm der Mann bloß seinen Humor her? Und seine Fähigkeit zu verzeihen? Als wenn ich ihn nicht aufs Übelste enttäuscht hätte!

»Wir finden eine Lösung«, sagte Hermann. »Ich glaube an das Gute im Menschen. Wenn zwei Menschen sich so innig und von Herzen lieben wie wir, dann wird es auch einen Weg geben.«

»Wie kannst du dir da so sicher sein?«

Sanft schüttelte er mich.

»Sophie! Das kann doch nicht alles umsonst gewesen sein! Vertrau mir!«

»Ich vertraue dir«, sagte ich heiser.

Da klopfte es auch schon wieder an die Tür, und Dieter steckte seinen Kopf herein. »Wir müssen!«

Noch einmal drückten Hermann und ich uns fest und küssten uns innig.

Ein dickes Bündel Westscheine wanderte von Hermanns

in Dieters Hand, während sie sich die Hände schüttelten, machte mein Schwager einen Diener.

Wie in Trance verließ ich kurz darauf mit ihm durch besagte andere Garagenausfahrt unbemerkt das Haus. Auf der Rückfahrt sprachen wir kein Wort.

Niemand verfolgte uns. Nur meine komplette Verwirrung konnte ich wochenlang nicht abhängen.

19

Weimar, August 1978

»Warum kommst du denn nicht mit uns in den Schrebergarten?«, maulte Doreen. »Immer willst du zu Hause bleiben!«

»Mir ist einfach nicht danach.«

Noch immer fühlte ich mich elend, auch körperlich, so als steckte ich im falschen Körper. Was konnte das nur sein? Marianne hatte mich wieder aufgepäppelt, ich wog erneut knapp fünfzig Kilo, meine Haare glänzten, meine Haut hatte wieder einen rosigen Schimmer, aber ich fühlte mich, als wäre ich hundert.

»Macht euch ohne mich einen schönen Tag, ja?«

Marianne und das Kind standen schon mit Gießkanne, Harke, Picknickkorb und Sonnenhütchen im Aufzug, da sagte Marianne, den Fuß in der Lichtschranke: »Nein, du kannst NICHT bei uns telefonieren.«

Verdammt. Meine Schwester hatte mich durchschaut. Tatsächlich hatte ich vorgehabt, die Abwesenheit der Familie zu nutzen, um mein Glück einmal bei Hermann zu versuchen! Er schrieb täglich liebevolle Briefe und schickte Päckchen, aber ich hatte solche Sehnsucht danach, seine Stimme zu hören! Wenn man es von öffentlichen Fernsprechern versuchte, musste man stundenlang warten, bis die Zentrale eine Verbindung in den Westen hergestellt hatte. Kam ein solches Gespräch dann endlich zustande, konnte es jederzeit plötzlich unterbrochen werden, außerdem hörte mit Sicherheit jemand mit.

»Aber warum denn nicht?«, zischte ich enttäuscht.

»Unser Telefon wird abgehört«, zischte sie zurück.

Da schloss sich auch schon die Aufzugtür, und die beiden glitten nach unten. Wieso roch dieser Aufzug nur so unerträglich? Oder war es das Bohnerwachs?

Ich haderte noch mit mir, ob ich es doch wagen sollte, wenigstens ganz kurz unverbindlich mit Hermann zu telefonieren, als mir so schlecht wurde, dass ich es kaum noch zur Toilette schaffte.

Was war denn los mit mir? Die Gemütstabletten wirkten auch nicht mehr, eine seltsame Schwermut hatte von mir Besitz ergriffen, ich war lustlos und depressiv. Das alles war nach meinem Gefängnisaufenthalt und den seelischen Qualen auch mehr als verständlich, aber dass ich jetzt auch das Essen nicht bei mir behalten und den Geruch des Treppenhauses nicht mehr ertragen konnte, beunruhigte mich.

Außerdem fühlten sich meine Brüste so seltsam geschwollen an …

Um Gottes willen!, schoss es mir durch den Kopf. Ich werde doch nicht schwanger sein?

Der Frauenarzt, den ich wenig später aufsuchte, behandelte mich wie eine Minderjährige.

»Na Kleine, du willst doch deiner Mutter keine Sorgen machen?«

Mit zitternden Knien ließ ich die Untersuchung über mich ergehen.

»Kleine, du bist im dritten Monat schwanger. – Nun aber schnell, wenn du das Kind nicht bekommen möchtest!«

Ohne weiter auf mich einzugehen, schrieb er mir einen Überweisungsschein für eine Abtreibung. »Hoffentlich hast du Glück, und die sind nicht alle in Urlaub!«

Wenige Augenblicke später stand ich schon wieder auf der glühend heißen Straße. Ich konnte es nicht fassen.

Die zwei Stunden in der fremden Wohnung, in die Dieter mich gebracht hatte? Ich hatte gerade erst zwei Wochen vorher wieder meine Periode bekommen und Marianne freudestrahlend davon erzählt! Dann war das genau mein Eisprung gewesen.

Nur so konnte es passiert sein.

Ich bekomme ein Baby!, frohlockte es plötzlich in mir. Hermann und ich, wir bekommen ein Baby! Plötzlich fühlte ich mich so leicht und frei wie schon lange nicht mehr und wollte hüpfen und springen! Jetzt müssen sie mich zu ihm lassen! Wir werden eine Familie sein!

Ich zerriss die Überweisung und ließ die Papierfetzen in einen öffentlichen Mülleimer segeln. »Wir bekommen ein Baby, Hermann«, sang ich stumm vor mich hin.

Verbot hin oder her, jetzt hielt mich nichts mehr! Ich hatte ja einen Schlüssel für Mariannes Wohnung so wie sie für meine, sodass ich gleich dorthin eilte und die Nummer des Landhauses Großeballhorst wählte. Nun war es fast über ein Jahr und vier Monate her, dass ich dort abgehauen war, und aus Hermanns Briefen wusste ich, dass auch die Eltern mir verziehen hatten.

»Großeballhorst«, sang der Vater fröhlich in den Hörer und rollte das RRRR.

»Ich bin's, Sophie.« Mein Herz klopfte wie ein Presslufthammer.

Kurze Pause. Schweigen. Dann: »Sophie!« Es klang freundlich aufgeräumt. Nicht nachtragend. Gott sei Dank.

»Kann ich Hermann sprechen?« Innerlich flehte ich Hermanns lieben Gott an, dass er nicht wieder im Ausland sein möge.

»Sekunde. HERMANN!«, brüllte der Vater, und ich atmete erleichtert auf. Er war da. Alles würde gut werden.

»Sophie! Mensch, das ist Gedankenübertragung, ich plane gerade den Umbau der Scheune, und der Architekt sagt, eine Schönheitsfarm ist gar kein Problem. Wir bauen einen Massageraum, eine Sauna und ein Kosmetikstudio ein, es gibt sogar noch Platz für ein Fitnessstudio.«

Er tat so, als würde ich nächste Woche kommen, der unverbesserliche Optimist!

»Hermann, wir werden Eltern«, platzte es aus mir heraus. »Wir bekommen ein Baby!«

Plötzlich war Stille in der Leitung.

»Hermann?«

Es knackte.

»Hallo? Hermann?«

Sekundenlang hörte ich nur mein eigenes Herzklopfen. Hatte er aufgelegt? War er in Ohnmacht gefallen vor Schreck?

Sollte ich noch mal wählen?

Oder wurde dieser Apparat tatsächlich abgehört?

Ich versuchte es noch mehrere Male, aber eine Verbindung kam nicht mehr zustande. Immer meldete sich eine automatische Stimme: »Diese Nummer ist nicht vergeben. Bitte rufen Sie die Auskunft an!«

Mit trockenem Mund und Herzrasen sank ich auf den Küchenstuhl.

Plötzlich stand Marianne in der Tür.

»Bist du wahnsinnig? Hast du etwa telefoniert?«

»Nein, ich ... na gut ... doch! Ich ... ich bin schwanger.«

Marianne wurde weiß wie die Wand und ließ sich auf den anderen Stuhl fallen.

»Bist du wahnsinnig?«, war alles, was ihr dazu einfiel. »Wie stellst du dir das vor?«

»Ich habe einen Vater für mein Kind, der mich über alles liebt!«

»Ja, und der ist drüben im Westen. Du kannst sicherlich nicht noch einmal zurück!«

»Eine schwangere Frau müssen sie ziehen lassen! Ich hatte schon den westdeutschen Pass! Es gibt Regeln für eine Familienzusammenführung!«

»Du bist so wahnsinnig blöd«, schrie Marianne mich an. »Weißt du eigentlich, was du angerichtet hast? Wir haben uns hier monatelang Verhören unterziehen müssen, als du weg warst! Sie haben Dieter verdächtigt, dich zur Ausreise in den Westen angestiftet zu haben!«

»Hä? Dieter? Dieter doch nicht!«

»Er wurde auf der Karriereleiter wieder ganz unten eingestuft! Kapierst du das denn nicht?«

»Aber Hermanns Westgeld hat er gern genommen!«

»Bitte was?« Sie hatte ganz weiße Flecken im Gesicht. »Spinnst du? Wir haben keinerlei Westkontakte!«

»Lüg doch nicht!« Nun sprang ich aber auf und haute auf den Tisch.

»Dein Dieter hat mich ja selbst zu Hermann gebracht!«

Sie stieß ein höhnisches Lachen aus. »Dazu ist er viel zu feige!«

Schnell drehte sie sich um, ob er auch nicht in Hörweite war.

»Dein Westkontakt ist unerwünscht, und jetzt lässt du dich auch noch von einem Westler schwängern! Wie blöd kann man sein!«

Irgendwie hatte ich das Gefühl, dass Marianne lauter als nötig schrie, sie schrie auch Richtung Flurtür, so als stünde da jemand, der das alles hören sollte.

»Aber die Pakete mit den Strumpfhosen, mit dem Kaffee und den Nutella-Gläsern kommen dir ganz gelegen!«

»Schrei doch nicht so«, zischte sie genervt.

»Du schreist«, zischte ich zurück. »Hermann schickt Pakete.«

»Wer weiß wie lange noch«, ätzte sie.

Plötzlich wurde ihre Stimme wieder laut und schrill.

»Du lebst vom Staat! Schämst du dich denn gar nicht?«

»Ich bin krankgeschrieben. Aber ich werde wieder arbeiten!«

»Als was denn?«

»Ich lass mir einen Job vermitteln. Vielleicht klappt es wieder im Kosmetikinstitut! Und wenn nicht beim Salon Anita, dann eben woanders, es gibt inzwischen schon ein zweites in der Stadt.«

Plötzlich sagte Marianne ihren Lieblingsspruch:

»Lass das bloß Dieter nicht wissen!«

Wie falsch spielte sie? Dieter wusste doch längst alles! Was wollte sie mir denn weismachen? Auf wessen Seite war sie denn? Jetzt konnte ich noch nicht mal mehr meiner eigenen Schwester trauen!

Enttäuscht und entkräftet zog ich ab in meine Wohnung.

Warum hatte ich mir bloß erhofft, sie würde sich mit mir freuen?

In diesem Moment vermisste ich meine Mutter so schmerzlich, dass ich weinen musste.

*

Hermann schickte begeisterte Briefe, in denen er seine Vaterfreuden ausdrückte.

»Wir bauen hier um, und jetzt planen wir als Erstes ein Kinderzimmer«, schrieb er, als ob ich nur mal für ein paar Tage im Osten zu Besuch wäre. »Liebste Sophie, ich setze hier Himmel und Hölle in Bewegung, um dich wieder rauszukriegen! Mach dir keine Sorgen. Du musst jetzt nur auf dich und unser Kind achten! Setz dich keinem Stress und keinen negativen Energien aus. Geh viel spazieren und iss genug, versprich mir das. Im Gegenzug verspreche ich dir, keinen Auslandsjob mehr anzunehmen, für den Fall, dass du hier plötzlich wieder auf der Matte stehst!«

Dazu malte er viele dicke Smileys und Herzen. »Ich bin bereit, Sophie! Ich bin bereit!«

Er schickte Babywäsche, Pampers und all die Utensilien, die ich eines Tages für unser Baby brauchen würde. Natürlich hoffte ich insgeheim, das gar nicht mehr hier benutzen zu müssen! Ich hatte wieder einen Ausreiseantrag gestellt, mit der Begründung, ein Baby zu erwarten und bereits im Westen gewesen zu sein. Mein Pass und mein Personalausweis seien ja wohl noch vorhanden, sie müssten mir nur ausgehändigt werden.

Zu den Behörden ging ich allerdings nicht mehr. Ich wollte mich in diesem Zustand dem zermürbenden Theater mit den

Verhören nicht mehr aussetzen. Meine vertraute Ärztin bescheinigte mir, nicht stabil genug dafür zu sein.

Außerdem hatte ich beim Amt für Arbeit wieder um einen Job angesucht, denn ich wollte dem Staat bestimmt nicht auf der Tasche liegen.

Immer wenn ich in der Stadt war, hatte ich panische Angst, Karsten zu begegnen. Ich mied sämtliche Orte und Plätze, an denen wir früher immer zusammen gewesen waren.

Für die Übergangszeit bis zur Geburt teilte man mir noch einen Job in einer Wäscherei zu. Ich durfte Schmutzwäsche annehmen, mit Marken kennzeichnen und nach Koch- und Buntwäsche sortiert in riesige Körbe werfen, später aus der Waschmaschine ziehen und entweder in einen Trockner bugsieren oder, solange meine Rückenschmerzen das noch zuließen, auch im Hinterhof auf einer Wäscheleine aufhängen.

Ich wusste gar nicht, wie sehr ein Rücken schmerzen konnte. Besonders die nassen Laken und andere schwere Wäschestücke schienen mich schier zerreißen zu wollen.

»Halte durch, Liebste«, schrieb Hermann fast täglich. »Du bist hier schon durch eine harte Schule gegangen – wie du siehst, war es doch zu etwas gut!«

Ich hatte ihm augenzwinkernd geschrieben, dass mir die Unmengen nasser, schwerer Laken ziemlich bekannt vorkamen. Beide teilten wir uns nur noch aufmunternde Dinge mit, tapfer bemüht, nur noch nach vorn zu blicken und dies den heimlichen Mitlesern unserer Briefe auch zu vermitteln. Wir waren uns sicher, dass unsere Post geöffnet wurde und hüteten uns, staatsfeindliche, negative oder düstere Dinge hineinzuschreiben. Wir wollten niemanden verärgern, wir wollten es ihnen ganz leicht machen, sie sollten ihr Gesicht wahren können. Meine Strafe hatte ich schließlich abgesessen! Auch über meine Haftbedingungen hatte ich mit Hermann nie gesprochen; vor meiner Entlassung hatte ich unterschrieben, darüber Stillschweigen zu bewahren.

Also waren wir doch quitt, die DDR und ich!

20

Weimar, Heiligabend, 1978

»Willst du rüberkommen?«
»Nein, danke.«
Meine Schwangerschaft war nun weit fortgeschritten, und ausgerechnet heute, wo sich meine Ausreise in den Westen zum zweiten Mal jährte, konnte und wollte ich nicht bei Marianne, Dieter und Doreen in der Wohnung sitzen und so tun, als wäre alles in Ordnung.

Es bedrückte und verletzte mich tief, dass man mich hochschwanger nach wie vor im Unklaren ließ, was mit meiner erneuten Ausreise sei. In ein Gefängnis würden sie mich in diesem Zustand nicht stecken, das hoffte ich zumindest. Ich hatte schließlich nie versucht, die DDR auf illegalem Weg zu verlassen. Dieser erneute Ausreiseantrag war legitim und berief sich auf die Familienzusammenführung, von der ja auch im Helsinki-Abkommen die Rede war.

Bis zuletzt hatte ich gehofft, sie würden mich wieder an Heiligabend ziehen lassen! Ich hatte mir ausgemalt, erneut im Landhaus Großeballhorst zu sitzen, aber diesmal im umgebauten, modernen Haus und diesmal MIT HERMANN! Wie anders dieses Weihnachten geworden wäre, denn aus mir war inzwischen eine erwachsene Frau geworden, die endlich wusste, wohin sie gehörte! Ich würde Trude und

Hermann senior ein Enkelkind schenken, sozusagen als Wiedergutmachung.

Doch es tat sich nichts. Einfach gar nichts. Meine Arbeit hatte ich zu Beginn des achten Monats niederlegen dürfen; meine Chefin hatte mich gar nicht mehr angeguckt. Alle wussten, dass das Baby in meinem Bauch von einem Westler war, und in ihren Augen hätte es genauso gut von einem Mörder oder Schwerverbrecher sein können. Der Feind saß im Westen, und die gesamte westdeutsche Bevölkerung war verdorben, kriminell und nur materialistisch orientiert. So wurde unter den Waschweibern getuschelt, und es war ihnen strengstens verboten, mit mir zu reden. Keine von ihnen hatte den Mut, mich zu fragen, wie es denn wirklich im Westen sei. Denn dass ich drüben gewesen war, wussten sie auch, dessen war ich mir sicher.

So verbrachte ich allein und traurig in meiner Wohnung das Weihnachtsfest. Im Radio liefen fromme Weisen, doch an das Christkind und Hermanns Gott konnte ich immer noch nicht wirklich glauben. Wenn es Gott gab, würde er uns doch nie so schrecklich in die Irre führen und leiden lassen?! Jetzt schenkte er uns zwar ein Kind als Krönung unserer Liebe ... aber im Alltag durfte es keinen Vater haben?

Nach Weihnachten kam ein ganz besonderes Paket, und ich musste mich zum Bahnhof schleppen, um es abzuholen. Hermann hatte doch tatsächlich einen Kinderwagen gekauft, und zwar eine Luxusausführung, die man im Osten noch nie gesehen hatte. Die Einlage war aus braunem Samt, und seine Form war so elegant, dass man ahnen konnte, wie viel dieses besonders geschwungene Modell gekostet haben musste. Die riesigen schmalen Räder waren so toll gefedert, dass mein Baby darin nur so schweben würde.

Nachdem ich es am Paketschalter entgegengenommen hatte, fuhr ich so stolz und beschwingt damit nach Hause, dass die Leute glaubten, ich hätte mein Baby schon bekommen. Doch der Kinderwagen war noch leer, und der Briefkasten blieb es auch. Täglich schaute ich hinein, ob nicht doch eine Ausreisegenehmigung darin lag.

»Du hast wieder einen Liebesbrief vom Kindsvater«, ätzte Marianne, die mich mit dem sperrigen Luxuswagen schon hatte kommen sehen. »Ich habe ihn bereits mit raufgenommen!«

»Danke.« Unter ihren spöttischen Blicken parkte ich umständlich rückwärts in meine kleine Wohnung ein. Das luxuriöse Gefährt nahm einen Großteil des freien Platzes in Anspruch. Aber es war wunderschön! Und unser Kind würde in der ersten Zeit prima darin schlafen können. Eine Wiege oder ein Kinderbettchen brauchte ich nun nicht mehr. Sollten sie doch alle neidisch schauen!

Ich sank auf mein Bett, kuschelte mich so gut es ging an das Kissen, das ich mir in den Rücken geschoben hatte, schnupperte an dem Brief, der schon von außen mit Herzen und Smileys versehen war, und riss ihn schließlich auf.

Und dann las ich etwas, das mich völlig sprachlos machte. Ich musste es dreimal lesen, bevor ich es wirklich begriff.

Geliebte Sophie,
ich hoffe, der Kinderwagen ist angekommen. Jetzt gibt es eine gute und eine schlechte Nachricht. Die Schlechte zuerst: Alle Bemühungen, dich erneut in den Westen zu holen, sind gescheitert.

Ich beziehe mich auf die dir bekannten Stellen, an die ich mich seit geraumer Zeit gewandt habe. Ein solcher Doppelschachzug, so nannte es der zuständige Rechtsanwalt, sei noch nie gelungen, da müsse selbst er passen. Wer freiwillig in die DDR zurückgekehrt sei, könne nicht erwarten, noch einmal ausreisen zu dürfen. Vielleicht müsse dafür einfach noch mehr Zeit vergehen. So einen Präzedenzfall habe es noch nicht gegeben. – Aber nun die gute Nachricht: Ich lasse dich nicht im Stich, Sophie. Wenn nicht so, dann andersrum! Deshalb habe ich mich entschlossen, zu dir nach Weimar zu ziehen, Sophie. Zu dir und unserem Kind! Ich werde dich heiraten, das habe ich vor Gott und dir versprochen. Es war sehr schwer, diesen Entschluss meinen Eltern nahezubringen, und ich wollte unbedingt noch die Weihnachtsfeiertage abwarten, um ihnen das Fest nicht zu verderben. Sie haben ja alles getan, um mir nun ein frisch renoviertes Hotel zu übergeben, und außer mir gibt es keinen Nachfolger. Aber nachdem wir nun Eltern werden, haben sie trotz aller Trauer auch Verständnis für meinen Entschluss. Bei uns steht man zu der Frau, die man geschwängert hat, sagte sogar mein Vater, nachdem er sich von dem Schreck erholt hatte. Meine Mutter hat natürlich sehr geweint: »Warum konnte sie nicht noch ein paar Tage bleiben, dann wäre das alles nicht passiert! Dann würde ich bald meinen Enkel in den Armen halten! Andere Großeltern als uns hat das Kind doch gar nicht!« Ja, es ist in jeder Hinsicht schmerzlich und schrecklich für meine Eltern. Aber sie verstehen, dass ich jetzt zu dir stehen muss und will. Also, Sophie! Ich bin bereit!

Ich werde mein Auto bis unters Dach vollpacken und dann für immer bei dir sein. Ich habe kein Einreisevisum beantragt, weil ich keine Zeit mehr verlieren möchte, sondern hoffe auf die

Freundlichkeit und das Verständnis der netten Grenzbeamten (die mich ja schon kennen), damit ich zur Geburt bei dir sein kann. Ich vertraue den Menschen, auf ihren guten Kern! Die Geburt unseres Kindes wird ihre Herzen erweichen!

Trotzdem kann es sein, dass du etwas länger nichts von mir hören wirst, Sophie. Ich muss dir nicht erklären, dass es mit der Einreise in den Osten nicht so einfach ist. Ich stehe auf einer Liste unerwünschter Personen. Aber ich komme mit lauteren Absichten und werde dem Staat meine Arbeitskraft, meine Berufserfahrung und meine bedingungslose Solidarität zur Verfügung stellen. Der einzige Grund für meinen Entschluss ist die Liebe. Die Liebe zu dir und unserem Kind.

Ich hoffe und bete, es noch rechtzeitig vor der Geburt zu schaffen.

Unsere Mitmenschen in der DDR sind keine Unmenschen! Davon bin ich fest überzeugt.

In Liebe, bis bald, ich freue mich auf unser Leben!

Dein Hermann

Er war bereit, seine Heimat, seine Eltern, sein Erbe und sein bisheriges Leben für mich aufzugeben, nur um bei mir und unserem Kind zu sein!

Ein größeres Opfer konnte ein Mann für seine Frau und sein Kind wohl kaum bringen. Ich liebte Hermann für seine Entschlossenheit und seinen Mut. Und ich liebte ihn auch für die diplomatischen Worte, die er gewählt hatte! Wir beide wussten, dass wir nicht die Einzigen waren, die sie lesen würden, und er hatte seine Sache brillant gemacht. So verloren sie nicht das Gesicht, wenn sie ihn zu mir reisen ließen!

Er hatte ihnen und ihrer Menschlichkeit einen roten Teppich ausgelegt.

Mein Herz jubelte vor Freude! Ich sprach mit meinem Kind, das sich heftig bewegte: »Dein Papa wird kommen! Bald wirst du deinen Papa kennenlernen! Er ist der diplomatischste und liebste Mann auf der Welt!«

Doch die erste Begeisterung wurde bald von der Sorge überschattet, dass man meinen Hermann genauso behandeln würde wie mich! Würden sie ihn auch in dieses schreckliche Gefängnis stecken, in dem ich fast ein Jahr festgehalten worden war?

Zum ersten Mal im Leben betete ich inbrünstig zu Hermanns Gott, dass er uns dieses Schicksal ersparen möge. Im Gegensatz zu mir hatte Hermann noch nie etwas getan, was Gott verärgern oder erzürnen hätte können. Er war immer ehrlich gewesen und hatte zu mir gestanden. Er hatte es nicht verdient, bestraft zu werden! Und ich hatte meine Lektion doch inzwischen auch gelernt!

Lieber Gott!, betete ich flehentlich. Lass meinen Hermann unversehrt und heil bei mir ankommen. Lass uns gemeinsam die Geburt unseres Kindes erleben, gib unserem unschuldigen Kind die Chance, beide Eltern um sich zu haben!

Hermann hatte den schwersten Weg gewählt für mich und unser Kind. Wer wollte ihm das verübeln und ihm Steine in den Weg legen?

Ich wartete still. Tag für Tag verging, und unser Baby regte sich immer öfter. Es war eine harte Geduldsprobe, aber mich in Geduld zu üben hatte ich inzwischen gelernt. Ich wusste, dass alles gut werden würde. Immer wieder nahm ich Hermanns Brief zur Hand, um mich davon zu überzeugen, dass ich das alles nicht geträumt hatte. Es gab genug Frauen, die verlassen wurden, sobald sie schwanger wurden. Dann saßen sie da, alleinerziehend und überfordert mit Job und Kind.

Mein Hermann war der Beste, zuverlässig und treu. Er stand zu seinem Wort und sah über meine Fehler hinweg. Noch dazu war er ein bildschöner Mann! Wie hatte ich ihn nur verlassen können?

Immer wieder schüttelte ich den Kopf über mich selbst, dass ich auf Karsten reingefallen war: Wer seine Frau über Jahre belog und betrog, der spielte doch auch auf der anderen Seite falsch! Wie hatte ich das in meiner Vernarrtheit nur übersehen können! Karsten war nach meiner gescheiterten Ehe mit Frank eine Offenbarung für mich gewesen, auch und gerade im Bett. Das hatte mich süchtig und blind gemacht, und ich war ihm mit Haut und Haaren verfallen. Das wiederum hatte er für seine Zwecke ausgenutzt. Was das genau für Zwecke waren, außer, dass er mit einer attraktiven jungen Blondine Spaß haben wollte, die ihm jederzeit zur Verfügung stand, sollte ich erst viel später erfahren. Und dann sollte mein Fähigkeit zu verzeihen, auf eine harte Probe gestellt werden.

21

Weimar, Februar 1979

Die Tage wollten einfach nicht vergehen. Wenn es an der Tür klingelte, sprang ich auf und watschelte mit schmerzendem Rücken zur Tür. Hoffentlich ein Lebenszeichen von Hermann, oder sogar er selbst!

Der nette Postbote schaute mich mitleidig an und sagte bedauernd: »Wieder kein Brief vom Traummann aus dem Westen!« Selbst er hatte immer gern an den Briefen geschnuppert und die Smileys und Herzen darauf bewundert!

Nichts. Gar nichts. Nur Winter, graue Wolken, Nebel. Draußen wie drinnen.

Dieter und Marianne hatten sich komplett von mir zurückgezogen; niemand klopfte noch bei mir, und selbst Doreen fragte nicht, ob ich mitessen wolle.

Wussten sie von Hermanns Absichten? Ahnten sie, was kommen würde? Hatten sie wieder Ärger bekommen? Waren sie längst dazu verhört worden?

Wie sehr sehnte ich mich nach meiner Mutter. Hätte sie doch während der Schwangerschaft bei mir sein, sich um mich kümmern können! Manchmal sprach ich mit ihr und stellte mir vor, dass sie von irgendwo da oben ein Auge auf mich hatte.

»Sag mir, wo Hermann ist«, flüsterte ich nachts in die Dunkelheit. »Sag mir, ob es ihm gut geht!«

Wenn alles glatt gegangen wäre, hätte er längst bei mir sein müssen!

Stundenlang stand ich am Fenster und schaute auf den tristen Parkplatz hinunter, ob nicht sein voll beladener schwarzer BMW dort auftauchen würde!

Mein Baby strampelte und schien meine innere Unruhe zu spüren. Es wollte bald auf die Welt kommen!

An einem nebligen, tristen Tag schleppte ich mich wieder zum Kontrolltermin zum Frauenarzt. Ich hoffte und betete, dass nicht ausgerechnet während dieser zwei Stunden Abwesenheit Hermann vor der Tür stehen würde. Er wäre dann gezwungen, bei Marianne und Dieter zu klingeln, und das wollte ich vermeiden.

Der Arzt schüttelte den Kopf, als ich von der Waage stieg: »Sie haben stark an Gewicht verloren, Fräulein Becker. Das sehe ich gar nicht gern! Ja, kümmert sich denn niemand um Sie?«

»Ich schaff das schon«, sagte ich tapfer. Mein Bauch war zwar rund und schwer, aber der Rest, der daran hing, nämlich ich, war nur noch Haut und Knochen. Ich schlief nicht mehr, konnte fast nichts mehr essen, ich trank zu wenig, und meine Kopfschmerzen brachten mich manchmal schier um den Verstand.

Tabletten wollte ich meinem Kind zuliebe nicht mehr nehmen.

»Ich weise Sie jetzt in die Klinik ein.«

Entschieden kritzelte er etwas auf seinen Notizblock. »Die Verantwortung kann ich nicht mehr übernehmen.«

»Nein, bitte, ich muss zu Hause auf jemanden warten!«

»Das können Sie auch in der Klinik.«

Freundlich aber bestimmt sah mich der Arzt über seine

Brille hinweg an: »Lassen Sie sich verwöhnen, entspannen Sie sich, freuen Sie sich auf das schöne Ereignis.«

Er sprach von dringenden Aufbau-Infusionen, da sonst mein Baby gefährdet sei. Da willigte ich ein.

Zu Hause packte ich mein Köfferchen und wagte dann den schweren Gang nach Canossa, indem ich bei meiner Schwester an die Tür klopfte.

»Hallo, Marianne. Ich gehe jetzt in die Klinik. Hier ist mein Wohnungsschlüssel, falls jemand kommt.«

Seit ich heimlich bei ihr mit Hermann telefoniert hatte, hatte sie ihren Schlüssel sofort zurückverlangt und mir dafür meinen zurückgegeben.

»Wer sollte denn kommen?«, fragte sie spitz.

»Du weißt schon.« Ich drehte mich um und betrat mit meinem gepackten Klinikköfferchen den Aufzug.

Plötzlich zog sie mich mit Verschwörermiene zurück in ihre Wohnung. »Guck mal!« Sie öffnete eine Schublade im Schlafzimmer, schob ein Handtuch beiseite und holte selbst gestrickte Babysachen hervor: Jäckchen, Schühchen, Mützchen, eine Zierdecke in Rosa und Weiß mit Blumenmustern bestickt.

»Das ist ... Ist das für ... Das ist großartig! Hast du das alles selbst gemacht?«

Gerührt betrachtete ich diese wahren Kunstwerke.

»Natürlich. Was dachtest du denn!«

»Und woher weißt du, dass es ein Mädchen wird?«

»Das weiß ich einfach. Bei mir habe ich es ja auch gewusst.«

»Marianne, das ist ... Ich danke dir, das ist wahnsinnig lieb von dir!«

Ich wollte sie umarmen, aber sie packte die Babysachen schnell wieder ein.

»Lass das bloß nicht Dieter wissen!«

Sie schob mich zur Tür hinaus und schaute ängstlich ins Treppenhaus, ob uns auch ja niemand zusammen gesehen hatte.

»Sagst du mir, wenn ... Besuch kommt? Rufst du dann bitte sofort im Krankenhaus an?« Flehentlich starrte ich sie an.

Wortlos warf sie die Wohnungstür zu.

*

Nun lag ich also brav in der Klinik und ließ mich »verwöhnen«. Der Kinderwagen stand startklar im Zimmer, und auch sonst war alles vorbereitet.

Draußen erwachte langsam die Natur, und erste Frühlingsboten brachen sich Bahn. Die anderen Muttis in meinem Zimmer hatten ihre Kinder schon bekommen und hatten natürlich täglich Besuch.

Nur mich besuchte niemand. Immer wenn die Tür aufging, bekam ich Herzklopfen, doch es war nie Hermann.

Nachts hatte ich die schlimmsten Albträume und sah, wie Hermann im Gefängnis auf Knien Zwiebeln sortierte, mit den anderen Gefangenen. Es stank ganz widerlich, und alle Gefangenen sahen selbst aus wie alte faule Zwiebeln, sogar Hermann! Ich sah ihn in Verhören sitzen und immer wieder beteuern, dass er »der Liebe wegen« in die DDR einreisen wolle! »Der Liebe wegen!«, höhnten die Stasileute, und dann sah ich, wie sie ihn ohrfeigten, wie sein dunkler Lockenkopf von einer Seite auf die andere flog. Eine Zwiebelschale nach der anderen fiel von ihm ab, und am Ende hatte sich Hermann in ein schwarzes stinkendes Nichts aufgelöst.

Schweißgebadet wachte ich auf. Das waren keine guten Träume für eine Hochschwangere!

Mein Kopf brummte von Tag zu Tag mehr, und mein Herz raste vor Angst und Aufregung. Panisch drückte ich den Notknopf, weil ich keine Luft mehr bekam.

»Mädel, wir können Ihnen keine Beruhigungsmittel geben, das gefährdet das Kind!«

»Was machen Sie denn für Sachen, Ihr Blutdruck ist ja bei hundertneunzig!«

In dem Moment fühlte ich, wie sich etwas Warmes zwischen meinen Beinen ergoss. Hatte ich mich etwa vor lauter Angst in die Hose gemacht?

So nass war mein Bettlaken noch nie!

»Oh Schwester, es ist mir so peinlich ...«

»Die Fruchtblase ist geplatzt! Jetzt geht es los!«

Die Schwester drückte ihrerseits dreimal den Notknopf, und sofort kamen eine Menge Leute in weißen Kitteln angerannt. Ich spürte, wie mein Bett von allen Seiten angeschoben und weggerollt wurde. Mir war so schwindelig! Träumte ich das schon wieder, oder schwanden mir die Sinne?

»Hallo, Frau Becker, bei uns bleiben, nicht ohnmächtig werden!« Sanfte Ohrfeigen trafen mich im Gesicht, und ich dachte wieder an meinen schrecklichen Traum zurück. »Wir schieben Sie jetzt in den Kreißsaal ...«

Eine riesige Tür öffnete sich automatisch, und dann sah ich lauter komische Geräte und Maschinen. Auf Kommando hoben sie mich »Eins – zwei – drei!« aus dem Bett und auf ein anderes mit Beinhalter und Fußstützen.

Ich wurde in Windeseile an einen Wehenschreiber angeschlossen, und dann ging alles ganz schnell.

»Muttermund vollständig geöffnet.«

Irgendein Gerät war da unten in mir drin, und ich fühlte plötzlich einen so heftigen Pressreiz, dass ich gar nicht mehr anders konnte!

»Ja, Frau Becker, weiter so!«

Weiter so? Ich löste mich gerade in meine Einzelteile auf! Ich hatte keinerlei Kontrolle mehr über mich, das war mir entsetzlich peinlich. Und sie schauten auch noch alle zu.

»Ich muss auf die Toilette«, japste ich mittendrin.

»Sie müssen gar nichts. Sie kriegen gerade ein Kind!«

»Was? Aber ich habe doch noch gar nicht ... Mein Mann ist noch gar nicht da!«

»Da ist er selber schuld«, hörte ich einen Arzt lachen. »Die meisten sind doch zu feige und wollen das gar nicht sehen.«

»Meiner will das aber sehen«, schrie ich unter den Wehen.

»Frau Becker, das schaffen Sie auch ganz allein.« Eine Schwester streichelte meine Wange. »Sie machen das großartig!«

Also wenn Zerfließen, Explodieren und Platzen etwas Großartiges war, dann war ich wirklich gut darin.

»Das Köpfchen ist schon zu sehen. Hecheln, hecheln, hecheln! Nicht mehr pressen, wir drehen es ...«

Jemand massierte mir den Rücken. Ach, wenn dieser Jemand doch Hermann wäre! Untenrum hatte ich das Gefühl, ein Trecker würde rückwärts in mir einparken.

»Jetzt weiterpressen, feste pressen!«

Das ließ ich mir nicht zweimal sagen, etwas anderes ging auch gar nicht!

Es war, als müsste eine Melone durch ein Nadelöhr.

Und dann war plötzlich alles vorbei!

Emsige Schritte, das Klappern einer Schere, kurze, knappe Befehle, dann Stille, die mir wie eine Ewigkeit vorkam.

»Lebt es? Atmet es?«

In diesem Moment fing es an zu schreien. Kräftig und empört.

»Es ist ein Mädchen! Zwar noch recht klein, aber alles dran. Herzlichen Glückwunsch!

An mir war kein Gramm Fett, und das Kind war wohl auch etwas untergewichtig. Nicht viel größer als ein Hähnchen, wie mir im ersten Moment schien.

Geübte Hände legten mir ein winziges, klebriges dunkelhaariges Wesen in die Arme, das sichtlich irritiert das zahnlose Mündchen aufriss.

Als es an meiner Brust lag, hörte es sofort auf zu schreien und guckte mich aus tiefbraunen Augen vertrauensvoll an. Mir liefen die Tränen vor Glück, und plötzlich verzog es die Lippen zu einem Lächeln! Sie lächelte wie Hermann.

Nun hatte er doch tatsächlich die Geburt seiner kleinen Tochter verpasst! Dabei wollte ich doch mit ihm gemeinsam den Namen für sie aussuchen!

»Sie muss noch in den Brutkasten«, entschied der Arzt, der mit Abnabeln, Nähen und anderen scheußlich schmerzenden Dingen beschäftigt war.

»Wie soll sie denn heißen?«

Die Schwester befestigte bereits ein rosa Bändchen an ihrem Handgelenk.

»Wir wollen sie ja nicht verwechseln!«

»Oh Gott, dann muss ich mir jetzt auf der Stelle einen Namen für sie überlegen?«

»Wir können ihr auch erst mal eine Nummer geben.«

Nein, das wollte ich auf keinen Fall. Mein Kind war keine Nummer.

Eigentlich wollte ich Hermann die Ehre erweisen und das Kind nach seiner Mutter nennen. Die hatte ja nun schon auf ihn und das Enkelkind verzichtet.

Aber »Trude« kam mir einfach nicht über die Lippen. Das entzückende kleine Mädchen war doch keine Trude! Hiltrud? Gertrud? Schlimm genug, dass sie Großeballhorst heißen würde, und das alles mit gerollten R ...

Lieber Gott, das verstehst du doch, oder?

»Charlotte«, entschied ich in Sekundenschnelle. Meine Mutter hatte Charlotte geheißen. Und Hermann würde auch das verstehen.

*

Als ich wieder auf meinem Zimmer lag und meine kleine Maus im Brutkasten – ich biss mir innerlich auf die Lippen, um sie nicht »Zaubermaus« zu nennen –, wurde mir bewusst, dass Hermann in ernsten Schwierigkeiten stecken musste. Wenn sie ihn zur Geburt seiner Tochter nicht einreisen ließen, hatte er wirklich ein Problem. Vielleicht hatten sie ihn an der Grenze abgewiesen, und er war wieder nach Hause gefahren? Aber dann hätte er sich doch gemeldet, angerufen, geschrieben, irgendwas!! Auch wenn das für mich eine Katastrophe gewesen wäre, und ich eine alleinerziehende Mutter sein würde, wäre das zumindest für Hermann und seine Eltern gut. Und wir hätten es weiterhin versuchen können.

Doch instinktiv spürte ich, dass er nicht wieder nach Hause gefahren war.

Er steckte im Niemandsland fest.

Genau wie ich!

Ach, wenn ich ihn doch noch hätte warnen können! Aber sein Brief war sein letztes Lebenszeichen gewesen und so diplomatisch verfasst, dass ich zuversichtlich gewesen war. Erst jetzt, nach dem Stress der Geburt, begriff ich, dass er ins offene Messer gelaufen war.

Plötzlich flog die Tür auf, und meine Lieblingsschwester, die sonst immer so nett zu mir war, bellte meinen Namen und forderte mich energisch auf, sofort mitzukommen.

Die anderen Muttis, die gerade ihren Nachwuchs stillten oder mit ihrem Besuch plauderten, schreckten zusammen und starrten mich an wie eine Verbrecherin.

Zwei bewaffnete Beamte in Armeeuniform standen hinter der Schwester. Wohl nur aus Rücksicht auf die Zimmergenossinnen kamen sie nicht herein.

»Wird sie verhaftet?«, hörte ich eine Bettnachbarin flüstern, als ich noch schwach und erschöpft von der Geburt meinen Morgenmantel überstreifte und mich den langen Flur zum Schwesternzimmer quälte. »Die kam mir schon immer verdächtig vor, so ganz ohne Besuch«, tuschelten sie hinter mir her.

Zwei kräftige Uniformierte nahmen den ganzen Raum ein. Die Schwestern nahmen Reißaus, kaum dass ich eintrat. Ich kam mir vor wie eine schwache kleine Maus, die jetzt zwei Katern gegenüberstand. Weglaufen war ausgeschlossen.

»Wir sind hier zur Klärung eines Sachverhalts«, bellte der eine, und zückte ein Protokoll. »Ist Ihnen der Herr ... Hermann Großeballhorst bekannt?!«

»Ja! Er ist der Vater meines Kindes!« Mein Herz wollte schier zerspringen. Vor meinen Augen tanzten grelle Punkte, und ich hielt mich an einer Stuhllehne fest. Ich hätte mich gerne gesetzt, aber da unten tat noch alles weh!

»So. Dann beantworten Sie die Frage, was der Grund für seine illegale Einreise in die Deutsche Demokratische Republik sein soll!«

Hatte ich das nicht gerade getan? Der Typ benahm sich so, als wäre ich wenige Stunden nach der Geburt meiner Tochter kein zerbrechliches Wesen, das immer noch blutete und mich kaum auf den Beinen halten konnte. Er schrie mich an wie ein Stück Holz.

»Er ist der Vater meines Kindes«, wiederholte ich. »Unser Kind wurde vor wenigen Stunden geboren. Es liegt im Brutkasten!«

»Was der GRUND für seine illegale Einreise in die Deutsche Demokratische Republik ist!«, bellte der Mann, als hätte er es mit einer Litfaßsäule zu tun.

»Das sehen Sie doch«, schrie ich mit letzter Kraft zurück. Innerlich entwickelte ich Löwenkräfte. »ICH bin der Grund! Und unsere TOCHTER!«

»Wer ist der Auftraggeber, Name des Kontaktmanns«, schnarrte der Typ.

»Der liebe Gott«, sagte ich plötzlich. »Er hat uns ein Kind geschenkt.«

Das ließ den Kerl zumindest aufschauen. Der andere stieß ihn in die Rippen:

»He, sie sagt die Wahrheit. Guck sie doch mal an!«

»Ja. Er sagt das ja auch die ganze Zeit. Ist so zu Protokoll gegeben.« Der Widerlichere von den beiden las dienstbeflissen noch mal nach.

»Da steht nur nicht Tochter. Nur Baby.«

»Ja, aber jetzt wissen sie es ja«, murmelte der andere. »Schreib: ›Tochter‹.«

»Name?«, bellte der Typ mich wieder an.

»Ich? Sophie Becker.«

»Des KINDES!«

»Charlotte Becker«, sagte ich stolz. Damit machte ich ihren Namen offiziell. Noch bevor sie standesamtlich gemeldet war.

»Wieso heißt das Kind nicht Großeballhorst?« Wieder las der Kerl mühsam den westfälischen Namen ab.

»Weil wir noch nicht verheiratet sind.«

»Wieso nicht?!«

»Weil ihr uns nicht lasst!«

»Ja, dann sind Sie hiermit entlassen.«

Der Fiesere von beiden tippte sich an die Mütze. Der andere wollte grußlos gehen. Dass die beiden noch nicht mal Herzlichen Glückwunsch sagen konnten!

Mutig stellte ich mich ihnen in den Weg: »Ich möchte wissen, wo mein Mann ist.«

»Wir sind nicht befugt, Ihnen Auskunft zu geben!«

»Geht es ihm gut?!«

»Wieso sollte es ihm nicht gut gehen!«

Diese Frage ließ ich mal so im Raum stehen.

Der Fiesere war schon auf den Gang hinausgetreten, als sich der Jüngere noch mal zu mir umdrehte und verstohlen wisperte: »Aufnahmelager am Grenzübergang Wartha. Aber von mir haben Sie das nicht!« Dann trippelte er seinem Dienstleiter eilig hinterher.

Wieder zurück in meinem Wochenbett, grübelte ich über alles nach.

Sie hatten ihn also genau wie mich damals direkt an der

Grenze aus dem Zug, beziehungsweise in seinem Fall aus dem Auto gefischt. Und nun saß er schon seit sechs Wochen in diesem Gefängnis fest. Ich wusste ja wo es war! Immerhin hatte er es wahr gemacht: Er hatte Haus und Hof verlassen und war zu mir unterwegs! Er hatte zu seinem Wort gestanden! Eine Woge der Liebe und des Glücks überflutete mich und setzte noch mehr ungeahnte Kräfte in mir frei. Ich würde ihn nicht im Stich lassen. Keine Macht der Welt würde mich stoppen. Sie hatten mich hart und zäh gemacht. Von denen ließe ich mich nicht länger einschüchtern.

Ich würde ihn da rausholen. Er stand zu mir, er war bereit. Ich war es auch.

Das Einzige, was mir dazu noch fehlte, war körperliche Kraft.

*

Eisern begann ich im Bett täglich zu trainieren. Früher hatte ich einer rhythmischen Tanzgruppe angehört. Ich erinnerte mich an viele Bodenübungen, die einem im wahrsten Sinne des Wortes den Rücken stärkten. Energisch schwang ich die Beine in die Luft, malte Kreise und Achten. Die Bauchmuskeln waren noch sehr schwach, aber durch meine Beharrlichkeit begann ich sie bald wieder zu spüren. Die anderen jungen Muttis im Zimmer beobachteten mich argwöhnisch.

Daneben stillte ich fünfmal am Tag meine kleine Charlotte, die mir von der Frühchenstation gebracht wurde. Der Kinderarzt machte sich Sorgen; sie sei noch sehr klein und schwach, und so bekam sie noch zusätzliche Nahrung.

Aber ich hatte ein Ziel: Sobald man Charlotte als normalgewichtig entlassen würde, würde ich sie in den Kinderwagen packen und mit ihr zur Grenze fahren.

Täglich lag ich dem Kinderarzt in den Ohren: »Wann darf ich meine Tochter endlich mit nach Hause nehmen?«

»Warten Sie noch ein paar Wochen. Wir wollen kein Risiko eingehen.«

»Lassen Sie es mal Frühling werden.«

»Wenn es draußen warm ist, hat sie sicher schon genug Abwehrkräfte.«

So vertröstete er mich jeden Tag.

Und obwohl ich auf heißen Kohlen saß, konnte ich das Risiko nicht eingehen, unser Kind zu früh in die grausame Welt da draußen zu stoßen.

So übte ich mich wochenlang in Geduld und turnte täglich stundenlang.

Die anderen Muttis fühlten sich gestört durch meinen Aktivismus. Obwohl sie ihre Babys längst bekommen hatten, lagen sie da, als bekämen sie noch ein zweites.

Viele Frauen hatten es nicht eilig, nach Hause zu kommen, und genossen es, vom Personal umsorgt zu werden. Zu Hause erwartete die meisten von ihnen viel Arbeit, denn die Väter kümmerten sich selten bis gar nicht um Haushalt und Kinder. Sie blieben lieber an ihren Arbeitsstellen, wo gern schon in der Mittagspause oder sogar während der Arbeit Alkohol getrunken wurde. Das stärkte das Gemeinschaftsgefühl, und da es ja sozialistische Produktionsstätten waren, entwickelte niemand einen persönlichen Ehrgeiz. Karriere machte man eher selten; wichtiger war es, sich in die Gemeinschaft einzugliedern und sich nicht durch individuelle Leistungen hervorzutun.

Das alles kannte ich von Marianne und Dieter, die genau so ein Leben führten.

Genau das, was ich mit Hermann nicht wollte.

Aber Hermann war auch aus einem komplett anderen Holz geschnitzt!

Diese Gedanken gingen mir durch den Kopf, während ich meine Kräftigungsübungen machte. Ich hatte keine Zeit, hier herumzuliegen!

»Wann kann ich endlich mit dem Kind nach Hause?«, nervte ich den Arzt weiterhin.

Doch auch hier hatte ich die Rechnung ohne den Wirt gemacht.

»Sie haben seit der Geburt zehn Kilo verloren und sind weiß wie die Wand«, mahnte mich der Arzt. »Sie bleiben jetzt hier und ruhen sich aus, sonst lasse ich Sie in die Psychiatrie verlegen!«

Nun brach ich doch in Tränen aus. Nicht schon wieder Gefangenschaft, Zwang und Fremdbestimmung! Mein Kind brauchte mich! Und Hermann litt jeden Tag, den ich hier nicht auf die Füße kam! Er wurde verhört, Tag für Tag, dessen war ich mir sicher, und bekam genauso schlechtes Essen wie ich damals. Er, der mehrsprachige, weltgereiste Hotelmanager mit den tausend Plänen, musste nun in einem Gefängnishof im Kreis gehen!

Ich musste ihn da dringend rausholen! Und ich musste hier raus!

In meinen schlimmsten Momenten beschlich mich sogar der Gedanke, mich hilfesuchend an Karsten zu wenden. Der hatte doch Beziehungen. Andererseits: Hatte er mir geholfen, als ich in der Situation war? Gehörte er nicht vielmehr selbst zu den Stasileuten? Ich hatte nicht mehr die leiseste Ahnung, wer dieser Mensch überhaupt war. Und das Grübeln brachte mich auch nicht weiter.

Es kostete mich nur Schlaf und Nerven und Kräfte.

Hinzu kam, dass mich in all den Wochen niemand besuchte, auch nicht Marianne. Meine eigene Schwester ließ mich im Stich.

22

Weimar, Juni 1979

Nach fast drei Monaten Krankenhausaufenthalt wurden Charlotte und ich an einem heißen Frühsommertag entlassen. Ich konnte es kaum fassen, als ich mit meinem süßen Mädchen im Luxuskinderwagen die Straße hinunterging! Die Garderobe, mit der ich Ende Februar gekommen war, war mir viel zu heiß, und die dick gefütterte Umstandshose schlackerte mir um den mageren Leib.

Aus der ehemaligen Agneta war nun eindeutig Twiggy geworden.

So hatten mich die anderen Muttis in der Neugeborenenstation schon immer genannt. Die meisten nicht ohne Neid: An ihnen waren noch viele Geburtspfunde hängen geblieben!

Zuerst brauchte ich einige Tage, um Charlotte und mich in unserer kleinen Wohnung einzugewöhnen. Es war alles neu für mich; vom Baden über das Wickeln über das Fläschchenmachen bis hin zum Einkaufen mit Kinderwagen.

Das alles kostete mich viel Kraft. Am liebsten hätte ich Tag und Nacht geschlafen.

Es war ein besonders heißer Sommer, und Dieter und Marianne waren mit Doreen an die Ostsee gefahren. Niemand erwartete mich, niemand half mir, niemand rollte mir den roten Teppich aus.

Meinem Hermann hätten sie den roten Teppich ausrollen sollen!, dachte ich mit wachsendem Zorn. Der hatte seinen Luxus, seinen Besitz, seine Eltern und seine Freunde da drüben aufgegeben, um der DDR mit seiner Erfahrung und seinem Können zu dienen! In mir hatte sich so viel Wut aufgestaut, dass ich mich kaum beherrschen konnte.

Nachdem ich mich optisch wiederhergestellt und sommerliche moderne Klamotten angezogen hatte, packte ich auch meine Charlotte in die schönsten Babysachen, die ich im Modegeschäft finden konnte, legte sie in den topmodernen Kinderwagen, den sie noch nicht mal zur Hälfte ausfüllte, und lief mit ihr zum Bahnhof. Ich sah mich in Zeitlupe durch die Menschenmenge schreiten, meine Haare wippen und mein Kleid schwingen. Ich sah wirklich aus wie ein Model, das über den Laufsteg schwebt.

So bestieg ich fest entschlossen mit dem Kinderwagen den Zug und fuhr nach Wartha.

Am dortigen Bahnhof, wo es von bewaffneten Soldaten mit scharfen Hunden nur so wimmelte, schaute man mich fragend an. Mein Blick war fest, und jeder konnte erkennen: Diese Frau hält niemand auf.

Vielleicht glaubten sie sogar, hier würde ein Film gedreht, so sehr stach ich aus der Masse der ängstlich umherhuschenden Menschen heraus, die alles wollten, nur nicht auffallen. Du hast den Farbfilm vergessen, mein Michael! Aber jetzt komme ich!

Mein rotes weit ausgeschnittenes Minikleid schwang im Takt mit meinen energischen Schritten, meine roten Lackpumps klapperten über den Beton. Dazu blitzte der Designer-Kinderwagen in der Sonne. Es war, als wäre ich in Scheinwerferlicht getaucht. Ich lief den Zaun entlang, der mir in Erinnerung geblieben war. Hinter diese Absperrung hatten sie mich damals geführt, und in dieser Baracke war ich verhört worden.

Erst jetzt bemerkte ich weitere, seltsam flache Gebäude im Hintergrund, die sich in den verdorrten Feldern duckten.

Alles wirkte menschenleer und still.

Am Eingang verlangte ich energisch danach, meinen Verlobten zu sprechen.

»Ich will zu Hermann Großeballhorst, und ich weiß, dass er hier ist. Ich gehe nicht weg, bevor ich ihn gesehen und mit ihm geredet habe!«

Der Blick des zuständigen Soldaten sagte mir, dass er genau wusste, von wem ich sprach.

Er drehte sich geschwind um, telefonierte mit seinem Vorgesetzten und forderte mich dann fast höflich auf, Platz zu nehmen.

In der winzigen Baracke stand eine hölzerne Bank. Fast gnädig ließ ich mich darauf nieder, den Kinderwagen mit einer Hand schaukelnd.

Wenige Minuten später stand ein älterer Mann in Uniform vor mir. Er reichte mir freundlich die Hand, als hätte er schon auf mein Erscheinen gewartet, und musterte mich von Kopf bis Fuß, als wäre ich ein prominenter Filmstar. Aber genau das strahlte ich auch aus!

Fehlte nur noch, dass er fragte: »Hatten Sie eine gute Anreise?«

»Ich möchte meinen Verlobten sehen.« Fest sah ich ihm in die Augen.

»Natürlich. Bitte folgen Sie mir.«

Ich glaubte fast selber nicht, was da geschah. Er führte mich durch lange Gänge und musterte mich dabei immer wieder von der Seite.

»Sie haben eine Stunde Besuchszeit«, sagte er freundlich, aber bestimmt.

Dann öffnete er mit einem Schlüssel eine Eisentür und ließ mich eintreten.

Hermann saß auf einem Hocker und hielt ein großes schweres Buch in den Händen. Es war »Das Kapital« von Karl Marx.

Er war blass wie die Wand und hatte mindestens fünfzehn Kilo abgenommen. Sein ehemals dichtes lockiges Haar war kurz geschoren und von grauen Fäden durchzogen. Obwohl er deutlich jünger war als Karsten, war er in der Haft um Jahre gealtert. Unter seinem verblichenen T-Shirt mit dem viel zu großen Halsausschnitt standen die Schlüsselbeinknochen hervor. Er war einmal ein so durchtrainierter kräftiger Mann gewesen!

Er schaute auf und brauchte sicherlich eine Minute, ehe er begriff, wer vor ihm stand.

»Sophie!« Das dicke Buch fiel mit einem lauten Knall auf den Betonboden, als Hermann aufsprang und mich anstarrte wie eine Erscheinung.

Sein eben noch bleiches Gesicht lief rot an, und die Tränen flossen in Strömen.

Wir fielen uns stumm in die Arme.

Hatten wir es bald geschafft?

Wie viele oder wenige Schritte waren wir noch von unserem Glück entfernt?

Hermann nahm seine kleine, tief schlafende Tochter vorsichtig aus dem Kinderwagen und hielt sie unbeholfen und fassungslos in den Armen.

Das kleine zarte Bündel verschwand fast darin!

»Sie ist so winzig«, flüsterte er unter Tränen.

»Du hättest sie mal vorher sehen sollen …«

»Sie ist so ein Wunder!«

»Ja, das ist sie.«

Wir suchten Halt aneinander, schauten unser Kind an und weinten.

»Was haben sie nur mit dir gemacht, Hermann?«

Er war nun schon seit fünf Monate in Gefangenschaft.

Hermann wirkte müde und erschöpft und konnte kaum zusammenhängend sprechen. Immer wieder musste er weinen und schämte sich gleichzeitig dafür.

»Ich wollte schon längst bei dir sein, Sophie! Was bin ich nur für ein Mann, dass ich dir nicht beigestanden habe …«

»Sch-sch-sch«, machte ich, wie bei meiner kleinen Charlotte. »Ist ja alles gut. Ich bin bei dir! Wir haben es fast geschafft!«

»Jetzt bin ich Vater und habe es nicht gewusst. So ein wunderbares Mädchen. Hat sie schon einen Namen?«

»Ja, ich musste mich schnell entscheiden, und auch wenn ich Trude in Erwägung gezogen habe, heißt sie nun nach meiner Mutter Charlotte.«

Das sollte ein Scherz sein, aber er merkte es nicht. Was hatten wir früher zusammen gelacht und herumgealbert. Nun schienen wir um zwanzig Jahre gealtert zu sein.

»Was haben sie nur mit dir gemacht?«, wiederholte ich besorgt.

»Alles bestens, sie sind hier alle sehr nett zu mir.«

Ich sah ihn nur verständnislos an. »Wer ist denn alle? Wo sind die anderen?«

»Welche anderen?«

»Na, ich wurde damals mit fünfundzwanzig weiteren Personen hier festgehalten.«

»Psst, Sophie, nicht! Mir geht es gut. Es gibt keine anderen. Ich bin hier der einzige ... Gast.«

Oh Gott, er saß in Einzelhaft! Kein Wunder, dass er in diesem Zustand war. Ich sah mich in der tristen Zelle um: kein Radio, kein Fernseher, keine Zeitschriften, nur ein Bild von Erich Honecker und ein Regal mit Büchern von Marx und Lenin im dicken Ledereinband. Sie wollten ihn umerziehen, bevor er würdig war, Bürger der DDR zu werden!

»Verhöre?«, fragte ich mit Kennerblick.

»Ja, schon, täglich. Aber es lief immer auf dasselbe hinaus, das wurde mit der Zeit langweilig.«

»Bist du nicht zusammengebrochen?«

»Nein, ich habe immer die Fassung bewahrt und jede Frage tausendmal wahrheitsgetreu beantwortet.«

»Ach du Armer!« Wieder fiel ich ihm um den Hals und schmiegte mich an ihn. Ich schämte mich für diesen Staat. »So hast du dir dein Abenteuer bestimmt nicht vorgestellt!«

Gern hätte ich noch mehr gesagt in meinem Zorn, aber ich musste befürchten, dass überall Kameras und Mikrofone waren. Jedes falsche Wort würde uns nur noch mehr Probleme machen.

Es war noch keine Stunde vergangen, da stand dieser Uniformierte wieder in der Tür.

»Nun wird es nicht mehr lange dauern«, sagte er freundlich, als handelte es sich um einen Krankenbesuch. »Ich habe gerade Rücksprache mit meinem Vorgesetzten gehalten, und bis auf wenige organisatorische Kleinigkeiten wurde jetzt alles in die Wege geleitet.«

Er beugte sich zu dem Kinderwagen hinunter, in dem Charlotte selig schlief:

»Bald wirst du deinen Papa auch zu Hause begrüßen dürfen. Ist das nicht schön?«

Ja!, dachte ich fassungslos. Das ist echt lieb von euch.

Ich fürchtete schon, Hermann könnte so etwas tatsächlich SAGEN. Doch dazu fehlte ihm die Kraft. Noch einmal umarmte ich ihn und drückte ihm ein paar Küsse auf die fahle Wange.

»Ich denke, auch einer Hochzeit steht nun nichts mehr im Wege«, sagte der Uniformierte gottgleich gnädig.

Und während der Staatsdiener und ich durch die langen Gänge zurückschritten, sah ich durch eines der vergitterten Fenster, wie ein großer blonder Mann in sein Auto stieg. In einen schwarzen Wartburg mit Chauffeur. Eine Sekunde lang konnte ich einen Blick auf die langen Koteletten an seiner Wange erhaschen. Mein Herz setzte einen Schlag aus. Dann begann ich zu rennen. Das war doch ... Karsten?!

Noch bevor ich draußen auf dem staubigen Vorplatz stand, war das Auto schon weg.

*

Wenige Tage später war Hermann frei. Wir bezogen eine zentral gelegene Zweizimmerwohnung mit Südbalkon, die man uns kurzfristig zugewiesen hatte. Noch während Hermann im Gefängnis war, hatte ein Wohnungsschlüssel im grauen Umschlag mit der amtlichen Zuweisung samt Adresse im

Briefkasten gelegen. Es war sogar ein Erstbezug, die Zimmer rochen noch nach Farbe beziehungsweise waren frisch tapeziert.

Ich war sehr erstaunt über diese plötzliche Vorzugsbehandlung, denn normalerweise wartete man jahrelang auf eine frei werdende Wohnung. Hatte da jemand unserem Glück nachgeholfen? Und war dieser Jemand Karsten?

Mir war es jedenfalls sehr recht, endlich von Marianne und Dieter weg zu sein.

Also schleppten der frisch entlassene Hermann und ich meine Möbel und ein paar Kleinigkeiten in die leere Wohnung, die wirklich großzügig war.

»Hermann, wir haben es geschafft!«

Ich wollte ihn küssen, mit ihm Zärtlichkeiten austauschen, stundenlang mit ihm sprechen, aber er war so kaputt, dass er nur auf die Matratze fiel und drei Tage und drei Nächte durchschlief.

Also nahm ich unser Leben erst mal selbst in die Hand. Bei der Bank beantragte ich einen zinslosen Kredit über fünftausend Mark, der mir auch sofort gewährt wurde. Hermann konnte noch nichts beantragen: Man hatte ihm den Pass abgenommen, und er hatte die Auflage, sich wöchentlich bei der Behörde zu melden. Ich verstand nicht, warum man ihn immer noch wie einen Verbrecher behandelte! »Die tun nur ihre Pflicht«, beharrte Hermann auf seiner Version.

Ich ließ ihm Zeit, sich einzugewöhnen und versuchte es uns schön zu machen.

Von dem Kredit kaufte ich einige Möbel, und gemeinsam richteten wir uns ein. Ich kümmerte mich um unser Baby und den Haushalt und versuchte, abends etwas Köstliches auf den Tisch zu zaubern. Wir waren beide untergewichtig, und ich hatte vor, das zu ändern.

Schon nach einer Woche bekam Hermann einen Job, für den er sich montags drauf um acht Uhr früh zu melden hatte: Man hatte ihm eine Anstellung als Friedhofsgärtner zugeteilt, »für den Übergang«, wie es hieß.

Mit Hacke und Spaten musste mein lieber Hermann Gräber ausheben. Es gab noch nicht mal einen Bagger oder elektrische Gerätschaften!

Alles war Mangelware.

Die beiden alten Kollegen, mit denen er zusammenarbeitete, waren entweder dauernd krank oder dauernd besoffen.

»Eine Kündigung hat hier niemand zu befürchten«, sagte Hermann, wenn er nach zwölf Stunden Knochenjob nach Hause kam. »Sogar die Vorgesetzten trinken schon tagsüber Bier. Es ist ja auch so ein heißer Sommer ...«

Er fiel noch mitten im Satz aufs Bett und schlief ein.

Anfangs versuchte ich noch, ihn zum Abendessen zu wecken, aber ich bekam ihn nicht wach. Mein starker strahlender Hermann, dem früher nichts und niemand etwas anhaben konnte, war ein gebrochener Mann geworden. Er war nur noch ein Wrack, seine Augen waren stumpf und lagen in tiefen Höhlen, und um seine Libido war es auch nicht mehr besonders gut bestellt. »Die Zeit heilt alle Wunden«, sagte er traurig lächelnd, wenn es wieder mal nicht so richtig klappen wollte.

Aber natürlich zehrten nicht nur der Gefängnisaufenthalt und die jetzige harte körperliche Arbeit an ihm, sondern auch die erzwungene Trennung von den Eltern. Was musste er ihnen gegenüber für ein schlechtes Gewissen haben! All das überschattete unseren Alltag enorm. Und darauf hatten wir beide sehnsüchtig hingefiebert?

23

Weimar, 11. November 1979

Es war ein trüber Novembermorgen, als Hermann und ich mit dem Kinderwagen zum Standesamt schritten. Er trug einen grauen Anzug aus der Kaufhalle am Markt, der ihn noch älter und gebrechlicher wirken ließ. Ich hatte mir aus einem Stoffrest ein schlichtes cremefarbenes Kleid genäht. Wehmütig dachte ich an das plüschige Kommunionkleid von Karstadt zurück, das Trude mir damals ausgesucht und das ich so hochmütig abgelehnt hatte.

Wir hatten sowieso keine Gäste, und als Trauzeugen berief man zwei Mitarbeiter des Standesamts. Es war ein kurzer behördlicher Akt morgens um neun, bei dem wir von der Beamtin an unsere sozialistischen Pflichten erinnert wurden. Ohne jede Anteilnahme leierte sie ihre Floskeln herunter. Charlotte lag im Kinderwagen und verschlief die wenig feierliche Aktion.

Da wir kein Geld für ein festliches Mittagessen hatten und es draußen so ungemütlich und windig war, eilten wir als frisch verheiratetes Paar gleich wieder nach Hause. Es war kaum zehn Uhr morgens. Kurz darauf schlief mein Angetrauter nach einem Glas Rotkäppchen-Sekt aus dem Kühlschrank auf dem Sofa ein.

So hatte ich mir meine Hochzeit nicht vorgestellt! Was hatten Trude und Hermann senior für ein Theater gemacht mit ihren Planungen! Was damals für mich ein Albtraum gewesen war, wünschte ich mir jetzt regelrecht herbei. Immer wieder gab ich mir selbst für alles die Schuld und grämte mich zu Tode.

Was wäre gewesen, wenn ich damals nicht weggelaufen wäre? Ich sah mich im Kreis der glücklichen Großeltern und der vielen Gäste als strahlende Braut im festlich geschmückten Saal des Landhotels sitzen und vielleicht schon mein zweites Kind in den Armen halten. Ich hörte den Männergesangsverein unter der Linde singen, sah die unverwüstliche beherzte Dame mit Hut das Klavier malträtieren und schaute in die strahlenden Augen von Hermann, dem stolzen Hotelbesitzer. Alle Zimmer wären inzwischen renoviert, und wir besäßen einen riesigen Schönheitsbereich, in dem ich mich vorher zur wunderschönen Braut hätte schmücken lassen. Bestimmt wären wir mit einer Hochzeitskutsche zur Kirche gefahren, und die Kinder hätten Blumen gestreut. Hermann senior hätte mit vielen rollenden RRRs eine Rede gehalten, und Trude hätte vor Freude geweint. Dann hätte Hermann mich zum Hochzeitswalzer aufgefordert, und wir wären durch den festlich geschmückten Saal geschwebt ...

Das schrille Klingeln an der Tür riss mich aus meinen Träumen.

»Telegramm!«

Oh! Sollte uns doch noch jemand gratulieren wollen? Vielleicht hatten Marianne und Dieter ja die Hochzeitsanzeige in der Zeitung gelesen? Ach nein, Hermanns Eltern natürlich!

»Danke. Schönen Tag noch.«

Ja, das Telegramm war aus Bielefeld. Ich legte es auf den Tisch. Das würden wir natürlich zusammen öffnen, sobald Hermann aufgewacht war.

Da Charlotte vom Klingeln aufgewacht war, schlich ich mich zu ihr ins Kinderzimmer. Sie war nun neun Monate alt und bezaubernd niedlich. Ihre dunklen Knopfaugen strahlten, wenn sie mich sah, und ich konnte gar nicht aufhören, mit ihr zu schmusen und sie zum Lachen zu bringen. Sie lachte genauso wie Hermann früher gelacht hatte! So unbeschwert und aus vollem Halse! Die Tür ging auf.

»Hermann!« Ich fuhr herum. »Ich hab dich gar nicht kommen hören. Ich dachte, du schläfst.«

Hermann sah noch grauer und wächserner aus als sonst. Seine kurzen grauen Haare standen ihm vom Kopf ab, als hätte er in die Steckdose gefasst. Seine Augen waren rot, und er zitterte am ganzen Körper.

»Hermann! Ist dir nicht gut?«

Er hielt das Telegramm in den Händen.

»Vater ist tot.«

Ich fasste mir an den Hals und wurde von Schuldgefühlen schier überrollt.

»Was?«

»Vater ist heute Nacht seinem Krebsleiden erlegen...«

Wir sanken aufs Sofa, beide nicht fähig, einen klaren Gedanken zu fassen.

Eben noch hatte ich ihn in Gedanken vor mir gesehen: rund und lebensfroh, mit roten Backen und rollendem R und einem »Schnäpsken« in der Hand...

»Oh Gott! Und Trude! Wie geht es ihr?«

»Sie fleht mich an, zur Beerdigung zu kommen. Ich muss einen Geschäftsführer einstellen oder das Hotel verkaufen. Sie schafft das alles nicht allein.«

»Oh Liebster! Ausgerechnet an unserem Hochzeitstag ...«
Mein Herz war so schwer, dass ich glaubte, nie wieder von diesem Sofa aufstehen zu können.

So war es meiner Mutter am Ende ergangen ...

Ob sein Vater auch an gebrochenem Herzen gestorben war? Vielleicht wäre er ja noch am Leben, wenn ich geblieben wäre, und sein Krebs hätte sich nicht so brutal ausgebreitet? Dann wären wir jetzt alle eine harmonische, fröhliche Familie und Hermann in seinem Element.

»Was wirst du jetzt machen?« Zitternd hielt ich seine eiskalten, rissigen Hände mit den hartnäckigen Schmutzrändern unter den Fingernägeln. »Egal was du entscheidest, ich stehe hinter dir.«

Charlotte spielte seelenruhig zu unseren Füßen und brabbelte vergnügt vor sich hin.

»Ich fahre natürlich zu ihr! – Wenn sie mich lassen. Und ordne ein paar Dinge für Mutter. Aber ich komme wieder, Sophie!«

Er wandte mir sein tränenüberströmtes Gesicht zu.

»Ach, wärest du doch damals nur nicht abgehauen, du dummes, dummes Mädchen du!«

Er brach schluchzend in meinen Armen zusammen. Schon lange hatte ich auf diesen Vorwurf gewartet, und nie war er gekommen. Aber jetzt dröhnte er wie ein Bombenflieger in mein wundes Herz. An meinem Hochzeitstag nannte er mich »dummes, dummes Mädchen«. Zu RECHT!

»Nur drei Tage nach deinem Verschwinden war ich da!«, brach es aus Hermann heraus. »Drei Tage später!«

»Aber du warst eben sechs Monate NICHT da«, verteidigte ich mich. »Ich war ganz allein in der Fremde!«

Wir schluchzten. Wir wollten nicht streiten. Aber die Vergangenheit ließ sich nicht wegwischen wie altes Geschreibsel auf einer Schultafel! Sie quoll wieder hervor wie fauliges Wasser aus einem Gullydeckel und nahm uns die Luft zum Atmen. Alles meine Schuld.

Schließlich hörte ich mich sagen:

»Wenn du zur Beerdigung rüber darfst, dann ist das deine Chance, wieder glücklich zu werden. Bleib drüben, Liebster. Ich schaffe das hier schon.«

Er wich entsetzt zurück.

»Sophie, daran darfst du nicht mal denken. Wir haben erst heute geheiratet!« Er stieß ein bitteres Lachen aus. »Alles was ich wollte, bist du! Und Charlotte!«

Er nahm die Kleine auf seinen Schoß und ließ sich von ihr im Gesicht betasten. Sie fand seine Tränen interessant und wollte mit den Tropfen spielen.

Er nahm ihr kleines Händchen und küsste es:

»Das wäre ja noch schöner, wenn ich dich noch am selben Tag wieder verlassen würde!«

»Besondere Umstände erfordern besondere Maßnahmen«, setzte ich nach.

Ich wusste selber nicht, was ich da sagte. Das wollte ich doch nicht wirklich? Dass er wieder ging? Was redete ich denn da? Ich war wirklich ein dummes Mädchen.

Aber ging es jetzt noch um mich?

Hatte ich nicht bisher nur falsche, folgenschwere Entscheidungen getroffen, und damit Hermann und seine Familie ins Elend gestürzt?

»Ich gehe jetzt zur Behörde und stelle den Antrag, für wenige Tage ausreisen zu dürfen. Nur zur Beerdigung meines

Vaters.« Hermann rappelte sich auf und drückte mir das Kind in den Arm. »Wenn ich Glück habe, haben sie noch geöffnet.«

»Ja. Tu das. Ich drück dir die Daumen.«

Mit Herzklopfen sah ich zu, wie sich mein frisch Angetrauter kaltes Wasser ins Gesicht schaufelte und die zerzausten Haare kämmte.

Dann nahm er das Telegramm, sah mich noch einmal traurig an und verließ die Wohnung.

*

Apathisch saß ich auf dem Sofa, klammerte mich an unser Kind und weinte vor Trauer, Reue und Angst. Beide hatten wir während unserer Gefangenschaft das Motiv »Liebe« heruntergebetet bis zum Gehtnichtmehr.

»Oh lieber Gott, lass ihn bitte nicht fahren dürfen«, betete ich in den weichen Lockenkopf meiner Tochter hinein. »Ich habe so unfassbar hart für ihn gekämpft!« Um gleich darauf das Gegenteil zu murmeln: »Bitte lass ihn fahren! Er wird sonst nie wieder glücklich!«

Plötzlich sah ich den großen blonden Mann mit den Koteletten wieder vor mir, der kurz vor Hermanns Freilassung vor der Baracke in das Auto gestiegen war. »Zaubermaus, Zaubermaus«, hörte ich ihn spöttisch sagen. »Du weißt aber auch nicht, was du willst! Wen liebst du denn nun? Mich? Ihn? Oder nur dich selbst? Wenn Hermann weg ist, könnten wir vielleicht wieder Kontakt aufnehmen? Weißt du noch, wie viel Spaß wir damals hatten …?«

Innerlich schüttelte es mich vor Abscheu, und ich verscheuchte das Bild wie ein ekliges Tier. Er war raus aus meinem Leben. Endgültig.

Es ging jetzt nur noch um Hermann und mich.

Nach einer halben Stunde kam Hermann zurück.

»Sie lassen mich nicht!«, ächzte er. Schwer ließ er sich aufs Sofa fallen.

Innerlich fiel mir ein Stein vom Herzen. Gleichzeitig fühlte ich mich so schäbig und egoistisch!

»Was haben sie gesagt?«

»›Sie sind jetzt Bürger der DDR. Und ein DDR-Bürger reist nicht in den Westen.‹«

»Aber dein Vater ist gestorben!«

»Das ist denen völlig egal.«

Hermann vergrub das Gesicht in den Händen und weinte bitterlich. Ich weinte sofort mit, war fix und fertig mit den Nerven. Und unsere kleine Tochter machte mit.

Wir saßen in unserer frisch bezogenen Wohnung, frisch verheiratet, mit unserem süßen, gesunden Töchterlein und weinten alle drei.

In seiner Verzweiflung griff Hermann zu einer Flasche Rotwein und trank sie ganz alleine leer. Ich widerstand dem Drang, meine Verzweiflung mit Alkohol zu betäuben, denn Charlotte zuliebe musste ich nüchtern bleiben. Nicht dass auch noch das Jugendamt kam und sie mir wegnahm!

Das war also unser Hochzeitstag.

In dieser Nacht konnten wir alle nicht schlafen. Charlotte krabbelte unruhig zwischen uns auf der Matratze herum.

»Ich hätte nie erlauben dürfen, dass du in die DDR einreist«, sagte ich in die Dunkelheit hinein.

»Du hättest es nicht verhindern können. Ich hatte dich geschwängert und hätte dich nie im Stich gelassen.«

»Wie sich das anhört ... ›Ich hatte dich geschwängert‹!«

»Entschuldige, Sophie. Ich habe dich geliebt und liebe dich immer noch. Du bist die Liebe meines Lebens, und ich stehe zu allem, was ich getan habe.«

Ich bekam kaum noch Luft vor lauter Schuldgefühlen, sprang aus dem Bett und riss die Fenster auf. Eiskalt zog es zu uns herein.

Plötzlich sagte Hermann leicht lallend: »Es gibt eine Möglichkeit, zur Beerdigung zu fahren.«

Ich wirbelte herum. »Und das sagst du erst jetzt?«

»Weil ich besoffen bin, ja.«

»Was haben sie gesagt?«, bohrte ich nach.

»Das ist jetzt völlig absurd. Wenn es nicht so traurig wäre, wäre es zum Lachen ...«

»Jetzt sag schon! Was ist das für eine Möglichkeit?« Schwungvoll knallte ich das Fenster wieder zu. Nicht dass die Nachbarn noch mithörten.

»Ich soll mich wieder von dir scheiden lassen.«

»Wie bitte?« Es war, als hätte ein Blitz in unser Ehebett eingeschlagen.

»Ja, ich weiß, es ist Quatsch, aber der Beamte meinte vollen Ernstes, mein Pass läge griffbereit in seiner Schublade. Er hat ihn mir sogar gezeigt! Ich könne schon morgen zur Beerdigung fahren. Aber erst müssten wir uns scheiden lassen.«

Wie in Trance riss ich das Fenster wieder auf. Unten zerplatzten Regentropfen auf dem Pflaster. Wie gern wäre ich jetzt einfach gesprungen!

»Und was hast du geantwortet?«, fragte ich, ihm den Rücken zugewandt.

»Dass das natürlich nicht infrage kommt.«

Wieder schwiegen wir lange. Als es in der Wohnung so eiskalt war wie in meinem Herzen, schloss ich das Fenster erneut.

Ich hörte ihn gleichmäßig atmen. War er eingeschlafen?

»Hermann?« Ich rüttelte ihn sanft an der Schulter.

»Was ...?«

»Hermann, hast du ernsthaft darüber nachgedacht?«

»Über was? Ich glaube, ich muss jetzt dringend schlafen ...«

»Über unsere Scheidung!« Ich stieß ein bitteres Lachen aus. »Das wäre wohl die kürzeste Ehe der Welt! Wir kämen bestimmt ins Guinnessbuch der Rekorde damit!«

Früher hätten wir so etwas höchstens für einen gelungenen Scherz gehalten und uns darüber kaputtgelacht. Heute war es die bittere Wahrheit.

Hermann schnarchte vor sich hin. Der Wein hatte ihm den Rest gegeben.

*

Am nächsten Morgen wollte Hermann wie gewohnt zur Arbeit gehen. Er stand schon in seinem schmutzigen Drillich da, das Gesicht unrasiert und bleich, die Augen in tiefen Höhlen.

»Wir gehen jetzt zum Amtsgericht«, sagte ich mit fester Stimme. »Wir lassen uns scheiden.«

»Ich lasse mich niemals von dir scheiden. Entschuldige, dass ich das gestern überhaupt erwähnt habe. Das war der Wein.«

Er küsste mich, und es fühlte sich kratzig an. »Würdest du

bitte zur Post gehen und das Telegramm an meine Mutter aufgeben, dass ich nicht komme?«

Er hatte am Küchentisch schon etwas zusammengekritzelt.

»Wir lassen uns scheiden«, beharrte ich. »Los, zieh dich um.«

»Aber der Job …«, stammelte er verwirrt. »Außerdem: Ich liebe dich doch, du bist alles, was ich wollte.«

»Der Job ist so scheiße wie dieses ganze Land.« Energisch schälte ich ihn aus dem Arbeitsdrillich. »Jetzt reicht es. Du fährst zur Beerdigung, und ich stelle wieder einen Ausreiseantrag. Und wenn es Jahre dauert! Eines Tages werden wir alle wieder vereint sein – und zwar im Westen!«

Ich wusste selbst nicht, woher ich die Kraft dazu nahm. »Wenn der Feind übermächtig erscheint, muss man sich eben klein machen. Aber nur zum Schein. Die glauben, alles zu wissen und fühlen sich stark«, sagte ich, während wir bereits den Kinderwagen zum Standesamt schoben. »Die denken, die haben die absolute Macht.«

»Haben sie ja auch …«

Mein Hermann war im Knast einer Gehirnwäsche unterzogen worden.

»Wir können nichts gegen diesen Staat ausrichten.«

»Aber wir haben den längeren Atem: David gegen Goliath, mein Schatz.« Ich versetzte ihm einen Stoß zwischen die Rippen. »Und wir sind schlauer.«

Hermann schwieg. »Glaube, Hoffnung, Liebe«, sagte er schließlich feierlich. »Wir haben die Liebe auf unserer Seite. Die Liebe ist größte Energie überhaupt. Das steht auch in der Bibel.«

»Wir haben die Liebe auf unserer Seite«, wiederholte ich.

*

Der Scheidungsrichter schien schon auf uns gewartet zu haben. Er faselte etwas von zu unterschiedlichen Gesellschaftsordnungen und dass diese Ehe von vornherein zum Scheitern verurteilt gewesen sei.

Die Tinte der Heiratsurkunde war noch nicht trocken, da hatte er sie schon genüsslich zerrissen. Eine Scheidungsurkunde händigte er uns nicht aus.

Innerhalb von zehn Minuten, ohne Anwalt und ohne jegliche Zeugen waren wir wieder geschieden.

Niemand reichte uns zum Abschied die Hand.

Beim Verlassen des Gebäudes kam die Sonne hinter den dunklen Wolken hervor, und die bezaubernde Altstadt von Weimar leuchtete wie von Filmscheinwerfern angestrahlt. Ein gigantischer Regenbogen stand fast kitschig am Himmel.

»Wünsch dir was!«, flüsterte ich überwältigt. »Aber du darfst es mir nicht verraten. Sonst geht es nicht in Erfüllung.«

»Du weißt, was ich mir wünsche.« Unter Tränen drückte Hermann meine Hand.

»Wir schaffen das.«

Hand in Hand spazierten wir durch die Straßen.

»Ich gehe nur schnell zur Behörde und geb Bescheid, dass wir geschieden sind, warte hier.«

Hermann gab mir einen Kuss auf den Mund. »Und dann gehen wir zur Feier des Tages essen.«

*

Die schräg stehende Novembersonne schien zum Butzenfenster des Restaurants herein. Ein erstaunlich freundlicher

Kellner brachte Charlotte ein Kinderstühlchen und ein Bilderbuch, auf das sie sofort erfreut eindrosch.

Während wir auf unser Essen warteten, hielten Hermann und ich über den Tisch hinweg Händchen.

»Ich werde dich immer lieben, Sophie. Ich habe dir vor Gott mein Wort gegeben, auch wenn wir nicht kirchlich geheiratet haben.« Er tippte sich auf die Brust. »Aber hier drin schon.«

»Ich weiß.« Ich schluckte trocken. Charlotte hielt das Bilderbuch ins Leere, und es war nur eine Frage von Sekunden, bis es auf dem Fußboden landen würde. Es war so grotesk! Waren das unsere letzten Momente miteinander? Wie würde es von nun an weitergehen?

Das Essen war köstlich, doch wir brachten nur wenig davon hinunter.

Der Kellner fragte noch ganz zuckersüß, ob wir etwas zu feiern hätten?

»Ja, wir haben gestern geheiratet«, sagte Hermann.

In seinen Augen schimmerte es feucht. Ich musste mir auch schnell die Tränen abwischen.

Daraufhin brachte die reizende Gaststättenfachkraft unaufgefordert zwei Gläser Rotkäppchen-Sekt:

»Da kann man ja nur herzlich gratulieren. Und so ein hübsches Töchterchen ... ganz der Papa.«

Ja, das war sie. Braune Augen, dunkle Locken, ein strahlendes Lächeln.

Patsch, lag das Bilderbuch auf dem Boden.

Wir prosteten uns zu und sahen uns tief in die Augen.

»Liebe auf immer.«

»Liebe auf immer.«

»Hier drin.«

»Hier drin.«

»Wir schaffen das.«

»Wir schaffen das.«

Der Sekt schmeckte wie Essig.

Als wir zu Hause ankamen, lag die Ausreisegenehmigung für Hermann bereits im Briefkasten. Jemand musste sie persönlich bei uns eingeworfen haben.

Die schienen uns gar nicht schnell genug trennen zu können, denn da stand: »Sie werden aufgefordert, die Deutsche Demokratische Republik umgehend zu verlassen. Sie haben sich noch heute auf dem Amt einzufinden und Ihren Pass abzuholen. Sie haben den Zug morgen früh um zehn zu nehmen, Ihren PKW dürfen Sie nicht mit ausführen. Sie dürfen keine Devisen mitnehmen und nur so viele persönliche Dinge, wie in einen Koffer passen ...«

Der Wortlaut war so ziemlich derselbe wie damals bei mir. Von Wiedereinreise war natürlich nicht die Rede.

*

Schnaufend fuhr der Interzonenzug ein und blieb mit einem hässlichen Quietschen stehen. Hermann klammerte sich an mich und Charlotte, dass er uns fast erdrückte.

»Ich will das nicht, ich will das nicht«, schluchzte er. »Ich will doch nur meinen Vater begraben.«

»Ich will das auch nicht, Hermann, aber es gibt keinen anderen Weg.«

»Ich liebe euch, wir sehen uns wieder ...«

»Einsteigen, Türen schließen, Vorsicht bei der Abfahrt ...«

»Grüß deine Mutter! Sag ihr, es tut mir alles so schrecklich leid.« Ich wollte auf dem Bahnsteig zusammenbrechen oder mich gleich auf die Schienen legen, aber ich musste stark sein für Charlotte.

»Ich schicke Pakete! Es soll euch an nichts fehlen!«

»Einsteigen!« Der Schaffner mit der roten Mütze hielt schon die Kelle hoch.

In letzter Sekunde riss sich Hermann von uns los und schwang sich in den Wagen.

Ich stand wie angewurzelt da, mein Kind an mich gepresst, und starrte dem Zug hinterher.

Hermann riss das Fenster auf, winkte und schrie:

»Liebe auf immer!« Er trommelte sich auf die Brust: »Hier drin! Wir schaffen das!«

»Liebe auf immer!«, schrie ich ihm nach, aber da hatte der Zuglärm meine Worte bereits verschluckt. »Wir schaffen das!«

Charlotte weinte bitterlich, als ich sie wieder in ihren Wagen setzte. Sie spürte, dass ihr geliebter Papa jetzt weg war und so schnell nicht wiederkommen würde.

Ich brachte es nicht fertig, in die leere Wohnung zu gehen. Meine Beine waren schwer wie Blei, ich konnte kaum einen Schritt vor den anderen setzen. Doch das geschäftige Treiben am Bahnhof ging weiter, als wäre meine Welt nicht gerade zusammengebrochen. »Hier drin«, murmelte ich. »Hier drin. Auf immer. Wir schaffen das.«

Bestimmt wurde ich beobachtet. Deshalb würde ich hier nicht zusammenbrechen, nicht weinen und nicht durchdrehen. Mein KIND würden sie mir nicht auch noch wegnehmen!

»Wir gehen jetzt zu Mama«, hörte ich mich mit fester Stimme sagen. »Mama weiß bestimmt Rat. Mama hört uns zu.«

Die Leute, die mir entgegenkamen, dachten, ich würde zu

meinem Kind reden. Aber ich redete mit mir selbst. Ich wäre sonst verrückt geworden.

»Ich komme, Mama. Ich hätte schon viel früher kommen sollen.« Und so schob ich den Kinderwagen hinaus aus der Stadt zum Friedhof, wo auch Hermann gearbeitet hatte.

Wie ferngesteuert lief ich bis zu ihrem Grab.

Im Hintergrund sah ich Hermanns Kollegen werkeln. Ein paar Biere standen am Rand eines Grabes. Da hätte Hermann jetzt gestanden, wenn ich nicht darauf beharrt hätte, dass wir uns scheiden lassen. Aber ich hatte es doch aus Liebe getan! Ich musste ihn freigeben, damit wenigstens er glücklich wurde!

Das Grab meiner Mutter war frisch geschmückt. Jetzt im November gab es zwar keine frischen Blumen, aber schöne Kränze, in deren Mitte je eine brennende rote Kerze im Glas stand.

Hermann!, dachte ich. Du lieber, fürsorglicher, wundervoller Mensch. Mir liefen unaufhörlich die Tränen. Zum zweiten Mal hatte ich ihn verspielt.

»Mama«, schluchzte ich. »Mama, hilf mir! Was soll ich tun? Ich mache immer alles falsch! Mama, ich bin der einsamste Mensch der Welt, bitte hilf mir!«

Und plötzlich war mir, als hörte ich ihre Stimme:

»Es gibt einen Weg. Und es gibt Menschen, die dich lieben. Du wirst schon sehen, Sophie. Du wirst es schaffen. Du hast ein kleines Kind, das dich braucht. Du darfst nicht aufgeben. Es gibt einen Weg zu ihm zurück. Du musst nur ganz fest daran glauben! Es wird dauern, Sophie. Es wird sehr lange dauern. Aber Liebe überwindet Zeit und Grenzen. Ich bin bei dir, vertrau mir. Ich lasse dich nicht aus den Augen.«

*

In den nächsten Tagen und Wochen funktionierte ich nur noch.

Ich wachte morgens verweint auf, versorgte Charlotte, machte den Haushalt und wartete auf den Abend. Abends ging ich verweint wieder ins Bett.

Die Behörde forderte mich per Post auf, mich Anfang des Jahres wieder bei einer mir zugewiesenen Arbeitsstelle zu melden, für Charlotte gebe es ab Februar einen Krippenplatz. Mein Babyjahr, das der Staat bezahlt hatte, näherte sich dem Ende.

Als sich Weihnachten näherte, wurde ich immer verzweifelter.

Jetzt war es drei Jahre her, dass ich in den Westen ausgereist war! Vor drei Jahren hatte ich Karsten diesen Abschiedsbrief geschrieben und an seiner Haustür abgegeben. Welcher Teufel hatte mich bloß geritten, Hermanns Namen und Wohnort zu nennen? Was hatte ich denn in meinem Innersten erhofft und gewollt? Was, wenn Karsten mich in Avenwedde bei Bielefeld nicht aufgespürt und mir keine Liebesbriefe geschrieben hätte?

Endlich kam der ersehnte Brief von Hermann! Seine geliebte Schrift, sein vertrauter Duft, der Umschlag mit den üblichen Herzen und Smileys!

Zitternd sank ich an den Küchentisch und riss ihn auf.

Geliebte Sophie!
Wir hatten eine schöne und angemessene Beerdigung mit fast dreihundert Leuten. Der Vater war sehr beliebt, weit über die Grenzen von Ostwestfalen-Lippe hinaus. Ich musste zwanzig Aushilfen einstellen, um die Begräbnisfeier über die Bühne zu

kriegen. Der Kirchenchor hat gesungen, und alle haben nach dir gefragt!

Nun habe ich, auch im Sinne Mutters, beschlossen, das Landhaus Großeballhorst weiterzuführen. Ich werde ganz sicher nicht mehr ins Ausland fahren, denn die Hoffnung, dass du und Charlotte eines Tages hier auf der Matte stehen werdet, stirbt zuletzt.

Wann immer du kommst, Sophie: Diesmal werde ich am Bahnhof stehen, das verspreche ich dir.

Ich bin bereit!

Bitte stell Ausreiseanträge, ständig und stetig, hör nicht auf damit, den Leuten auf die Nerven zu fallen. Es kann ganz schnell gehen, eines Tages wird Gott unsere Gebete erhören. Auch ich werde hier mein Möglichstes tun!

Mutter und ich und alle in unserer Gemeinde beten ständig für euch.

Gottes Liebe möge immer mit dir sein, so wie es meine Liebe immer ist.

Hier drin! Für immer! Wir schaffen das!

Küss mir unser Herzenskind, ich vermisse und liebe euch,

Hermann

24

Weimar, Anfang 1980

Am zweiten Februar brachte ich meine kleine Charlotte erstmalig in die Kinderkrippe und fuhr danach zu meiner Arbeitsstelle: Ich musste wieder in der Wäscherei arbeiten, in der ich bis vor einem Jahr geschuftet hatte. Diesmal plagten mich keine schreckliche Rückenschmerzen mehr, dafür litt ich seelisch wie in der Hölle. Ich schwieg und wurde immer stiller, doch kaum jemand nahm von mir Notiz. Ich war die Überläuferin, die Staatsfeindin, die Verräterin, und würde es immer bleiben. Dabei hatte ich den erneuten Ausreiseantrag noch gar nicht gestellt! Trotzdem zerrissen sich die Waschweiber und Bügelfrauen das Maul über mich, zumal ich nun mit Hermanns schwarzem BMW zur Arbeit kam.

Den hatte ich als einzige Erinnerung an ihn behalten dürfen. Ich musste mich erst an das große, weich zu fahrende Gefährt gewöhnen. Es kostete mich Mut, darin meine ersten Proberunden zu drehen, erst recht mit Charlotte im Kindersitz, aber ich schaffte es. Der BMW roch noch lange nach Hermann, und der Aufkleber »Schnauze, Schätzchen!« am Beifahrersitz erinnerte mich an seinen rauen, aber herzlichen westfälischen Humor.

Der staatliche Familienkredit war noch abzubezahlen, aber ich kam zurecht.

Ich war es gewohnt, hart zu arbeiten, und auch wenn ich – nicht zuletzt dank Hermanns Paketen – immer wie aus dem Ei gepellt daherkam, in neuester Westmode und geschminkt mit den modernsten Kosmetikartikeln, war ich nie wirklich abgehoben.

Wenn der Postbote klingelte und ein Paket brachte, wusste Charlotte gleich, dass es vom Papa kam.

»Papa!«, sagte sie inzwischen ganz allerliebst. »Papa!«

Sie jubelte beim Anblick von neuem Spielzeug und freute sich unbändig über einen bauchigen Brummkreisel, den ich immer wieder für sie aufziehen musste, und der dann mit brausenden Orgelklängen über unseren Küchenboden wirbelte.

Bald war jedes Spielzeug, jedes Stück Schokolade, jeder Keks und jedes weiche Jäckchen »Papa.«

In einem weiteren Brief bat mich Hermann, ein Bankkonto bei der Staatsbank zu eröffnen. Er hatte sich im Westen erkundigt, wie er uns Bargeld zukommen lassen konnte.

»Ich verfüge über genügend Geld und möchte es dir und unserem Kind zukommen lassen«, hatte er geschrieben.

Niemals, so hatte ich ihn beschworen, dürfe er einem Brief oder Päckchen Geld beilegen. Das hätte uns in die größten Probleme gestürzt, denn das bedeutete Devisenschmuggel und wurde hart bestraft. Man hätte mich wieder ins Gefängnis gesteckt und mir Charlotte weggenommen! Aber das Überweisen schien möglich zu sein! Es gab ein Abkommen, das DDR-Bürgern erlaubte, auf diese Weise Devisen entgegenzunehmen. Natürlich wusste das kaum jemand im Osten! Wir wurden bewusst über solche Dinge im Unklaren gelassen.

Ich tat also, was Hermann mir erklärt hatte, und betrat in den nächsten Tagen mutig eine Bank, die ich noch nie von innen gesehen hatte. Sie war mir bislang nicht einmal aufgefallen, obwohl sie mitten in der Stadt lag. Der Eingang wurde streng bewacht, und ich musste meinen DDR-Personalausweis vorzeigen. Ich eröffnete ein Konto, und schon wenige Tage später bekam ich das erste Geld ausgezahlt. Diese Scheine fühlten sich an, als wären sie gerade erst für mich gedruckt worden. Beim Verlassen der Bank kam es mir vor, als hätte ich sie gestohlen.

Dann fuhr ich auf direktem Weg zum Intershop am Bahnhof. Es war wie ein Rausch! Hier war ich früher oft mit Hermann gewesen, er hatte mir großzügig alles gekauft, was ich haben wollte, und genauso fühlte ich mich jetzt wieder!

Ich griff nach Schokolade und Kaffee und Seife und nach allem, was es so gab; für Charlotte musste es ein rotes Bobbycar sein. Mit prall gefülltem Kofferraum kehrte ich nach Hause zurück. Doch die schönen Dinge konnten die Leere in meinem Innern nicht ausfüllen.

*

Es wurde Sommer. Doch in meinem Innern schien selten die Sonne: Hermanns Lachen fehlte mir, seine zärtlichen Hände, seine tiefe Stimme, sein Duft, seine physische Anwesenheit! Kein Geld der Welt konnte mir meinen Hermann ersetzen und dem Kind nicht den Vater! Charlotte konnte nun laufen und rollerte wie besessen auf ihrem Bobbycar durch die Gegend. »Papa!«, jauchzte sie, und das hieß: »Platz da, ich komme!«

Meine Nachbarin in diesem Plattenbau war eine ganz Staatstreue und hatte längst ein Auge auf mich geworfen.

Unter dem Deckmantel der zuckersüßen Tante beobachtete sie meinen kleinen Wirbelwind und sprang lachend zur Seite, als Charlotte den Weg hinuntergerollert kam: »Papaaaa!«

»Ja wo ist denn dein Papa, Kleine? Ich habe ihn lange nicht mehr gesehen!«

Ich hütete mich, mit der Frau zu sprechen, denn ich hatte kein Vertrauen mehr zu vorgeblich netten Menschen.

Immer wenn ich mit voll beladenem Auto vorfuhr und meine Sachen nach oben trug, hing sie am Fenster und beargwöhnte meine Beute. Es hieß, sie mache sich genaue Notizen über jeden, der das Haus betrat oder verließ.

Aber ich musste mit der Frau nicht sprechen und musste auch niemandem erklären, was mein Plan war.

Zunächst hatte ich vorgehabt, auch ohne Hermanns physische Anwesenheit hier mit Charlotte wieder auf die Beine zu kommen. Das hatte ich geschafft.

Jetzt galt es, wieder einen Ausreiseantrag zu stellen. Ich war wieder so weit innerlich stabil, dass ich den Gang zur Behörde wagte.

Täglich schaute ich in den nächsten Wochen und Monaten in den Briefkasten, ob nicht auch für mich und Charlotte so ein Ausreisebefehl eingetroffen war, dem wir nur zu gerne Folge leisten würden.

Zwischendurch kam ein paarmal überraschend Marianne vorbei, riss das Kind aus dem Schlaf und ging wieder, ohne dass ich erfuhr, was sie eigentlich wollte.

Bestimmt hatte Dieter von meinem erneuten Ausreiseantrag erfahren und sie vorgeschickt, um mir das wieder auszureden. Da sie es aber nicht thematisierte, brachte ich natürlich auch nicht die Sprache drauf. Ein bisschen neidisch beäugte sie meine West-Geschenke und staubte hier und da wieder etwas ab.

»Das kann Doreen gut gebrauchen, sie ist ja schon so gewachsen ... Ziehst du das noch an?«

»Du trinkst doch gar keinen Whiskey. Kann ich den für Dieter mitnehmen?«

»Kann ich eine Packung von den Keksen haben? Ich könnte für sie sterben!«

Großzügig überließ ich ihr alles, was sie wollte, denn Hermanns Pakete und meine West-Scheine erlaubten es mir, morgen wieder dasselbe zu bestellen beziehungsweise anzuschaffen.

Immer wieder schrieb Hermann, ich solle bei den Behörden nicht lockerlassen. »Vertrau auf Gott, eines Tages wird es gelingen!«, beschwor er mich. »Sie sind alle keine Unmenschen! Sie tragen nur eine Uniform und tun ihre Pflicht! Geh immer wieder hin, freundlich, aber bestimmt. Ich weiß, du findest den richtigen Ton.«

Hermann schien die angebliche Menschlichkeit, die dort herrschte, über seine Erinnerung gelegt zu haben wie eine schöne bunte Tagesdecke, unter der man das in Albträumen zerwühlte Bett nicht mehr sah.

»Wir beten hier alle für dich, und Gottes Segen ist dir gewiss!«

Inzwischen hatte ich mit einer evangelischen Kirchengemeinde hier in Weimar Kontakt aufgenommen und festgestellt, dass dort bereits viele Ausreisewillige Unterschlupf gefunden hatten. Ganze Familien lebten dort improvisiert im Gemeindehaus zusammen, hatten bereits ihr ganzes Hab und Gut verkauft, ihre Wohnungen geräumt und ihre Arbeitsplätze gekündigt, um dem Staat gegenüber ihre Entschlossenheit auszudrücken. Für sie gab es kein Zurück mehr. Bei diesen Leuten erfuhr ich so manches – auch, dass solche Aktionen als »Nötigung« aufgefasst werden konnten.

Deshalb wollte ich einen so radikalen Schritt nicht gehen. Die Furcht, gewaltsam von Charlotte getrennt zu werden, schwebte wie ein Damoklesschwert über mir. Trotzdem verbrachte ich Zeit mit den Menschen und ging auch dazu über, Charlotte zeitweise im gemeindeeigenen Kindergarten abzugeben.

Auf jeden Fall schenkten mir der Pfarrer und die Ausreisewilligen neuen Mut, sodass ich einmal wöchentlich in das graue Gebäude ging, in dem die Personen saßen, die den Staat verkörperten und Macht über mich kleine blonde Frau hatten. Schon die gewaltige Eingangstür flößte mir Angst ein, aber ich stemmte sie auf. Hier bin ich, ihr kriegt mich nicht klein! Stundenlang wartete ich auf Gängen und Fluren, ohne dass man Notiz von mir nahm.

Du schaffst das, Sophie, du schaffst das, dachte ich insgeheim. Auch der Gedanke an meine Mutter gab mir Kraft. Sie hatte es nicht geschafft, aus diesem Staat herauszukommen, aber stellvertretend für sie würde ich es schaffen. Ich würde niemals aufgeben.

*

Irgendwann gewährte man mir Einlass in eines dieser unpersönlichen Verhörzimmer.

»Warum wollen Sie die Deutsche Demokratische Republik zum zweiten Mal verlassen?«

»Der Liebe wegen.«

»Machen Sie sich nicht lächerlich!«

»Ich bin mit einem Mann aus dem Westen verheiratet. Ich möchte zu ihm. Er ist der Vater meiner Tochter.«

»Was behaupten Sie denn da? Sie sind von diesem Mann geschieden!« Böse Blicke. Im besten Fall spöttisches Grinsen.

»Wir mussten uns scheiden lassen!«

»Wer behauptet das?! Was wollen Sie uns unterstellen?!«

»Nichts – ich ... Wir lieben uns und wollen zusammenleben.«

»Sie faseln so ein lächerliches Zeug! Wenn Sie uns weiter veralbern wollen, lassen wir Sie festnehmen.«

»Bitte, ich meine es ernst. Ich will zu meinem Mann.«

»Das haben Sie damals auch gesagt. – Aber da wollten Sie unbedingt in die DDR zurück!« Ein Zeigefinger wurde mit Nachdruck auf verstaubte Akten gelegt: »Die DDR ist meine Heimat, und ich möchte dort meine große Liebe heiraten«, zitierte der Beamte.

»Das war ein anderer Mann.«

»Sie wollen uns doch nicht zu anderen Maßnahmen herausfordern? Die können Sie haben!«

»Bitte, verstehen Sie mich doch! Ich bin damals wegen eines anderen Mannes zurückgekehrt, aber der hat mich ... Ich habe mich geirrt.«

»Und jetzt irren Sie sich wieder!«

»Nein, ich bin mir ganz sicher! Ich will zu meinem Mann!«

»Sie haben sich von ihm scheiden lassen.«

»Aber ich liebe ihn noch.«

»Sie glauben wohl, nur weil Sie einen hübschen Kopp haben, können Sie uns mit solchen Kindereien von der Arbeit abhalten?«

»Ich bin erwachsen geworden! Ich habe ein Kind ...«

»Das wir Ihnen wegnehmen werden, wenn Sie uns weiter auf die Nerven gehen! Die Besprechung ist hiermit beendet. Machen Sie, dass Sie wegkommen und belästigen Sie uns nie wieder, sonst ...«

Ja, die Drohung ließen sie im Raume stehen. Mir gefror das Blut in den Adern.

So verließ ich das schäbige Gebäude durch die mächtige Tür, die sich kaum öffnen lassen wollte. Ohne einen Hoffnungsschimmer.

Der Sommer wich dem Herbst, der Herbst dem Winter, und meine Kraft schmolz dahin wie der letzte Schnee in der Sonne.

Dann tauchte auch noch Marianne auf, die mich zusätzlich unter Druck setzte: Man mache sich bereits strafbar, wenn man zu oft vorsprach.

»Dieter sagt, dass man dafür im Gefängnis landen kann. Wenn man allzu penetrant ist. Pass bloß auf was du sagst.«

Ich starrte sie an. »Was willst du von mir?«

Beiläufig betrachtete sie meine Ansammlung von Seifen und Parfüms, die ich im Wohnzimmer arrangiert hatte.

»Es gibt Frauen, die landen wegen ihrer dreisten Ausreiseanträge im Gefängnis. Dieter sagt, in Berlin gibt es so eines, aber auch in Stollberg, das heißt Hoheneck.«

Sie wühlte in meinen Seidenstrumpfhosen: »Brauchst du die alle?«

»Nimm dir so viele du willst.«

»Genau solche Strumpfhosen werden da hergestellt von den Insassinnen. Dieter sagt, die arbeiten da im Akkord, und wenn sie ihr Tagessoll nicht erfüllen, kriegen sie noch eine zusätzliche Nachtschicht aufgebrummt.«

»Ach was!«, fuhr ich sie ärgerlich an. »Du willst mir ja nur

Angst machen. Aber ich lasse mich nicht davon abbringen, zu meinem Mann zurückzukehren! Mich werden sie bestimmt nicht noch mal einbuchten«, behauptete ich mit dem Mut der Verzweiflung. »Ich habe jetzt schließlich ein Kind.«

Sie lachte auf. »Die Kinder dieser Frauen werden auch gern mal zur Adoption freigegeben. An Familien, die sozialistisch und staatstreu sind.«

Ihre Finger glitten über die Strumpfhosenpäckchen. »Fallen die auch groß aus? Das ist ja alles deine Größe, aber da pass ich ja ...«

Ich riss ihr die Päckchen aus der Hand und schleuderte sie auf den Boden. »Ihr kriegt Charlotte nicht! Wie kannst du meine Schwester sein, Marianne? Wie kannst du aus dem Bauch unserer Mutter kommen?«

Sie verstand meinen Rausschmiss und öffnete die Tür.

»Ich habe dich nur gewarnt«, zischte sie hasserfüllt, bevor sie erst mal aus meinem Leben verschwand.

*

Doch ihr Besuch blieb nicht ohne Folgen. Ich wurde vorsichtiger mit meinen Behördengängen; nur noch im Abstand von drei Monaten wagte ich mich in die Höhle des Löwen. Ich benahm mich auch immer sehr höflich, forderte nichts, sondern bat nur herzlich darum, meiner Tochter ihren Vater und mir meinen Mann wiederzugeben.

Die Reaktion war immer die gleiche: Nein. Ich stehle nur ihre Zeit. So verstrichen die Monate.

Mal um Mal zwang ich mich, nicht vor dem Gebäude weinend zusammenzubrechen. Mein Leben ging dahin. Und

Charlottes Kindheit auch. Eines Tages würde sie sich nicht mehr an ihren Vater erinnern. Schon jetzt war es dreieinhalb Jahre her, dass Hermann ausgereist war!

Der schrieb weiterhin regelmäßig und berichtete, wie toll und modern das Landhotel nun sei, und wie gut alles laufe. »Mutter lacht wieder« hieß es da und »Mutter bäckt wieder ihre sagenhaften Kuchen, die weit über die Grenzen von Ostwestfalen-Lippe bekannt sind. Wir sind schon über Pfingsten und den Sommer komplett ausgebucht!«

Nur die Schönheitsinsel mit Sauna und Fitnessräumen warte noch auf die »Chefin«. Auch die Privaträume im Obergeschoss seien frisch renoviert, und aus seinem alten Kinderzimmer sei nun ein nagelneues Zimmer für Charlotte geworden. »Alles in Rosa tapeziert, mit rosa Vorhängen und einem Himmelbett!«

Es lagen Fotos bei, und mein Herz zog sich schmerzlich zusammen.

»Ich habe mit dem Bundespräsidenten Kontakt aufgenommen«, schrieb er in seiner optimistischen Art. »Und auch eine sehr nette Antwort bekommen! Sie kümmern sich um unser Anliegen, wir sollen Geduld haben. Wir seien beide kein unbeschriebenes Blatt, und die Hürden seien höher als sonst. Ich dürfe die Hoffnung nicht aufgeben.«

In einem anderen Brief regte er an, dass Charlotte und ich doch in diesem Sommer in Urlaub fahren sollten! Dafür habe er eine Extraüberweisung auf das Konto getätigt. »Fahr doch wieder nach Bulgarien an den Goldstrand«, schlug er vor. »Zeig der Kleinen das Meer, erzähl ihr von mir, und erholt euch in der Sonne!«

*

Gesagt, getan. Mit Devisen ging alles.

Der Flug dorthin war ein großes Abenteuer für Charlotte, die inzwischen vier Jahre alt war.

Wir beide waren auffällig gekleidet mit unseren West-Klamotten, und die anderen Mitglieder der Reisegruppe stießen sich in die Rippen und starrten uns an.

»Fliegen wir zu Papa?«, fragte Charlotte schüchtern, als sie auf ihrem Fensterplatz saß.

»Noch nicht, aber bald. Wir müssen nur ganz fest dran glauben.«

In Bulgarien angekommen, kam mir alles seltsam vertraut, und doch so fremd vor. Inzwischen sah ich vieles mit anderen Augen.

Die Armut blieb mir nicht verborgen.

Das Meer war wunderschön, am Strand tummelte sich Ost und West, junge, braun gebrannte, durchtrainierte Männer sprachen die Mädchen an wie damals: »Du Ost oder West?«

Auch ich wurde wegen meines westlichen Aussehens häufig angesprochen, weil man davon ausging, dass ich Devisen in der Tasche hatte, was ja auch stimmte.

»Du Ost oder West, schöne Frau? Dein Kind auch schön!«

»Vielen Dank, aber wir sind nicht interessiert.«

Charlotte staunte mich mit ihren großen braunen Augen an.

»Was wollen denn die Männer von dir, Mama?«

»Oh, sie denken, wir kämen aus dem Westen.«

»Wollen die denn auch in den Westen?«

»Nicht so laut, Süße. Ja, ich nehme es an.«

»Im Westen ist der Papa, nicht wahr? Wann gehen wir in den Westen?«

»Schätzchen, wir sind hier nicht allein, los, iss dein Eis fertig, sonst liegt es gleich auf dem Boden«, lenkte ich hastig ab.

Dafür zeigte ich Charlotte die Treppe zur Kellerbar, vor der ich damals Hermann kennengelernt hatte. Natürlich tagsüber, als das Lokal noch geschlossen hatte, denn mit hineinnehmen konnte und wollte ich die Kleine selbstverständlich nicht.

*

Wieder zurück in Weimar, bemühte ich mich, die Hoffnung nicht aufzugeben. Aber es war schwer. Ich hatte mich an alle Regeln gehalten, mich wieder und wieder aufs Helsinki-Abkommen, den Paragrafen zur Familienzusammenführung berufen. Und trotzdem legte man mir nur Steine in den Weg. Noch immer saß ich hier fest und hatte keinen Schimmer, wie ich gegen dieses Regime ankämpfen sollte. All meine Reserven waren aufgebraucht.

Auch Hermann war inzwischen ratlos, seine Briefe klangen irgendwie anders als früher. Es lag weniger Sehnsucht darin – sein Leben musste ohne uns stattfinden. Und sie wurden auch immer kürzer. Dafür legte er den neuen Hotelprospekt bei: Alles war nagelneu und blitzte, man sah deutlich Hermanns neue Handschrift: statt der früheren rustikalen Gemütlichkeit herrschten jetzt Eleganz und Stil: Überall standen langstielige Kerzen vor gefalteten Damastservietten, alle Tische waren mit frischen Blumen dekoriert, die Stühle mit Hussen überzogen, die Wände in dezentem Hellgelb gestrichen.

Außerdem schickte er aktuelle Fotos von sich: Er sah wieder gesund aus, sein Haar wieder lockig nachgewachsen. Auch wenn es von grauen Fäden durchzogen war, wirkte er hochattraktiv. In Jeans und schwarzem Rollkragenpullover stand er vor dem auch von außen prächtig renovierten Landhotel, die Hand mit Besitzerstolz auf einen nagelneuen Mercedes gelegt. Er arbeitete sieben Tage in der Woche und trainierte täglich im neuen Fitnessstudio, wie er schrieb.

Wir stellten seine Bilder überall auf, schön gerahmt und mit Blumen geschmückt. Ich tat alles, um Charlotte den Vater zu ersetzen, ihr ein fröhliches, unbeschwertes Leben zu bieten. Doch meine nächtlichen Tränen blieben ihr nicht verborgen: Mein Herz konnte niemand reparieren.

Ebenso wenig wie den schwarzen BMW, der eines Tages in die Werkstatt musste. Doch leider gab es auch für ihn keine Rettung. Es fehlten die Ersatzteile, sodass der schwarze BMW inzwischen wie ein Erinnerungsstück an bessere Zeiten traurig vor der Tür vor sich hin rostete.

25

Weimar, kurz vor Weihnachten 1983

Ich war nun einunddreißig Jahre alt und hatte die Gängelei durch die bleichen Männer in ihren stinkenden Polyesteruniformen endgültig satt: Sie ließen mich wieder warten und an verschiedene Türen klopfen, so als hätten sie mich noch nie gesehen, als wäre ich noch nie hier gewesen. Es war so lächerlich, so armselig und so gemein!

»Ich werde mit meiner Tochter zur Berliner Mauer fahren«, erklärte ich den desinteressiert dreinblickenden Wachsfiguren nun mit Nachdruck. »Einen politischen Skandal können Sie nicht riskieren! Wenn eine Frau mit einem kleinen Kind versucht, die Mauer zu überwinden – werden Ihre Soldaten dann auch die Gewehre anlegen und skrupellos den Schießbefehl ausführen?«

Sie starrten knapp an meinem Gesicht vorbei. Der eine machte sich Notizen.

»Die westdeutsche Presse hat dort ihre Fotografen postiert. Das Bild wird um die Welt gehen und diesen Staat zeigen, wie er wirklich ist!«

Oh Gott, das war eine dreiste Drohung gewesen! Mein Herz raste. Die konnten mich jetzt sofort wegen Nötigung verhaften! Die Sekunden dehnten sich endlos.

Stille, nur die Uhr neben dem Genossen Honecker tickte.

Dieses eine Mal hatte ich meine kleine Tochter dabei, um ihre Herzen zu rühren.

Charlotte saß beinebaumelnd neben mir auf dem Stuhl.

Ich hatte meine Rede vorher vor dem Spiegel geübt und ihr gesagt, dass ich ein Theaterstück aufführen werde. »Keine Angst, Charlotte, ich spiele ihnen das nur vor. Schau, ob sie mit den Mundwinkeln zucken. Ich will sie zum Lachen bringen! In ihrem Vertrag steht nämlich, dass sie nicht lachen dürfen!«

Und Charlotte betrachtete sie sehr genau.

»Werden Ihre Soldaten dann tatsächlich ein knapp fünfjähriges Mädchen erschießen?«

Tatsächlich zuckten ein paar mit dem Mundwinkel. Mehr geschah nicht.

»Ich werde jetzt mit meinem Kind nach Berlin fahren«, wiederholte ich. »Und was dann passiert, haben Sie zu verantworten. – Komm, Charlotte!«

So. Das war mein Auftritt gewesen. Diesmal bestimmte ich, wann das Gespräch zu Ende war.

»Tun Sie nichts Unüberlegtes«, rief der Oberste hinter mir her. Ich sah ihn schon zum Hörer greifen.

Doch in meiner Wut hielt mich niemand mehr auf.

»Mama, die hätten fast gelacht!«, sagte Charlotte begeistert, als wir die schwere Tür aufzogen.

Kurze Zeit später saß ich mit meiner Tochter tatsächlich im Zug. Aber nicht, um mit dem Kind einen lebensgefährlichen Grenzübertritt zu versuchen. Sondern um mich an den Rechtsanwalt Dr. Vogel in Ostberlin zu wenden. Hermann hatte mir nämlich geschrieben, er habe noch mal Post vom Sekretariat des Bundespräsidenten bekommen, mit dem Tipp, dort persönlich vorzusprechen.

Von Dr. Vogel wusste man, dass er Gefangene in ostdeutschen Gefängnissen freikaufte. Und dass er Listen mit denjenigen führte, die er als Nächstes freikaufen würde. Natürlich kamen die Härtefälle zuerst.

War ich ein Härtefall?

Mit dem Kind an der Hand ging ich zur genannten Adresse. Ich bog in die Straße ein, und zwei Soldaten kamen mir mit Gewehren im Anschlag entgegen. Mein Herz pochte vor Aufregung und doch ging ich zielstrebig meines Weges. »Achtung!«, flüsterte ich Charlotte zu. »Die dürfen auch nicht lachen!«

»Papiere!«

»Bitte. Hier.« Ich reichte ihnen meinen Ost-Personalausweis, in den auch Charlotte eingetragen war. Kritisch musterten sie mein Kind und ließen mich dann passieren.

Ich betrat eine Villa, die von außen wie ein Privathaus aussah. Im großen langen Flur bat mich eine ältere elegante Dame, Platz zu nehmen.

»Na, kleines Fräulein? Möchtest du etwas trinken?« Sie ging freundlich in die Hocke. Charlotte sah mich fragend an. Ich hatte sie zuvor strenger, als sie es sonst von mir gewöhnt war, angewiesen, kein Wort zu sagen und sich brav zu verhalten.

»Vielen Dank. Wir brauchen nichts.«

»Dann kommen Sie bitte gleich weiter.«

Sie schritt vor uns her und öffnete eine riesige Tür, die von innen mit Leder ausgepolstert war. Ich nahm schweigend das Kind an die Hand und trat näher.

Die Dame verschwand, und ich sah einen älteren, grau melierten Herrn hinter dem Schreibtisch sitzen. Er stand weder auf noch begrüßte er mich, sondern blieb sitzen wie ein Schuldirektor, der einen Schüler abmahnen muss.

»Frau Becker, ich bin über Ihren Fall informiert. Herr Großeballhorst hat alle Hebel in Bewegung gesetzt, und ich werde sehen, was ich tun kann, aber ich kann Ihnen nichts versprechen. Fahren Sie nach Hause und warten Sie ab.«

»Der darf auch nicht lachen«, wisperte Charlotte und drückte meine Hand.

»Ich warte schon seit dreieinhalb Jahren ab«, wagte ich zu widersprechen, doch seine Hand gebot mir zu schweigen.

»Sie wissen selbst, wie besonders und schwierig Ihr Fall ist. Guten Tag.«

Rückwärts ging ich zur Tür. Ja, ich war dieser besondere Fall eines DDR-Bürgers, der schon drüben gewesen war und sein Glück leichtfertig verspielt hatte. Ich hatte den Sechser im Lotto gewonnen und den Lottoschein in den Gully geworfen. Was musste diesem Mann durch den Kopf gehen, der sonst lauter halb verhungerte Sträflinge aus Zuchthäusern holte!

Plötzlich wurde mir bewusst, dass ich keine Chance hatte.

Diese Erkenntnis traf mich mit solcher Wucht, dass ich buchstäblich Sterne sah, und in meinen Ohren rauschte das Blut.

»Ich muss mal«, flüsterte Charlotte und zerrte an meinem Arm.

»Warten Sie, ich zeige Ihnen die Toiletten.«

Die freundliche Vorzimmerdame wies uns den Weg. Während Charlotte in einer Kabine strullerte, schaufelte ich mir kaltes Wasser ins Gesicht und starrte in den goldgerahmten riesigen Spiegel.

»Du hast dein Glück verspielt, Sophie. Eine zweite Chance bekommst du nicht. Wie naiv bist du eigentlich, noch daran zu glauben?«

»Mama? Bist du noch da? Ich muss auch Groß!«

»Lass dir Zeit, Liebes.«

Meine arme Kleine hatte so viel Nervenstress durchgestanden – und das Ergebnis brach sich ausgerechnet auf Dr. Vogels Luxustoiletten Bahn. Auch wenn wir sonst nichts erreicht hatten: Sie hatte einmal auf einem goldenen Klo ihr Geschäft verrichtet.

Jetzt erst fielen mir auch die goldenen Wasserhähne und der Marmorboden auf. Dieser Dr. Vogel schien mit seinem Job gut Geld zu verdienen. Mandanten gab es schließlich genug, die wie ich verzweifelt um Hilfe bettelten. Dass es Menschenhandel war, sollte ich erst sehr viel später begreifen.

»Mama?«, kam es aus der Toilettenkabine. »Wann dürfen die wieder lachen?«

»Wenn die Mauer fällt«, sagte ich und drückte auf die Toilettenspülung.

26

Vier Wochen später, Weimar, Januar 1984

»Sie haben sich umgehend im Polizeipräsidium einzufinden.« Eine graue Karte lag im Briefkasten. Was konnte das bedeuten? Von Ausreise bis Verhaftung war alles möglich. Mein Kopf dröhnte vor Panik.

Diesmal ließ ich Charlotte in der evangelischen Gemeinde, mit der verzweifelten Bitte, sich im Notfall um sie zu kümmern.

Zum hundertsten Mal betrat ich das finstere Gebäude und zog mit aller Kraft die schwere Eingangstür auf.

Wieder musste ich warten und wurde schließlich von einem Uniformierten in einen Raum geführt.

»Füllen Sie diese Formulare aus.«

Hatte ich das nicht schon zigfach getan? Sie kannten doch jeden Punkt und jedes Komma!

Diesmal standen zwei Männer direkt hinter mir und beobachteten, was ich schrieb.

»Name der Mutter, Nationalität der Mutter, Geburtsort der Mutter.«

»Charlotte Becker, Österreicherin«, schrieb ich trotzig. »Wien.«

»Was soll das? Streichen Sie das!« Ein wächserner Finger tippte auf das Blatt.

Vorsichtig schöpfte ich Hoffnung: Wenn sie sich jetzt schon

mit solchen Lappalien aufhielten, dann war vielleicht ein Wunder geschehen ... Dann hatte Dr. Vogel vielleicht doch ... Dann hatte Hermann vielleicht sehr viel Geld rüberwachsen lassen?

»Mutter: DDR-Bürgerin« schrieb ich gehorsam und strich Österreicherin durch.

»Na bitte. Geht doch.«

Ich schluckte trocken und wischte mir die feuchten Hände unauffällig an den Jeans ab.

»Folgen Sie mir.«

Wir gingen durch lange Gänge und nahmen Treppen, ohne dass man mit mir sprach. Schließlich öffnete der Beamte eine Tür im dritten Stock.

Würden jetzt die Handschellen klicken? Mein Herz raste, und ich wagte kaum einzutreten.

»Antragstellerin Becker. – Hier rein.«

Plötzlich war alles anders. Die Wachsfigur war verärgert ..., aber machtlos! Sie überließ mich einem anderen, mir bereits bekannten Uniformierten, der sich eine persönliche Begrüßung ebenso sparte wie das Vergnügen, mir einen Blick zu schenken.

»Sie werden morgen früh die DDR verlassen, gemeinsam mit dem Kind ...« – er las von seinen Akten ab, als hätte ich mich hier noch nie mit Charlotte vorgestellt – »... Charlotte Becker.«

Mein Herz setzte einen Schlag aus. Jetzt! Doch! Ausweisung! Fünf Jahre, nachdem Hermann in den Westen zurückgekehrt war.

Ich schluckte trocken. Sollte ich etwas antworten? Vielen Dank etwa?

»Sie haben Ihre Wohnung besenrein zu übergeben, dürfen pro Person ein Gepäckstück mitnehmen und warten morgen früh um zehn Uhr auf einen Kollegen von uns. Er wird Sie zum Bahnhof fahren.«

»Ich ...« Mir schwirrte der Kopf. »Ich kann nicht allein eine Zweizimmerwohnung bis morgen früh ausräumen. Sie ist voll möbliert ...«

»Wenn Sie Ihre Ausreise mit solchen Diskussionen gefährden wollen, bitte sehr. Können Sie haben!«

Wollte er etwa die Dokumente zerreißen?

»Nein, nein, ich krieg das hin ...«

»Dann lassen Sie Ihre dummen Einwände«, schnitt er mir das Wort ab. »Das Prozedere dürfte Ihnen ja bereits bekannt sein: Behördengänge, Abmeldungen, Personalausweis abgeben et cetera ...« Er schob mir mehrere Laufzettel hin. »Von der Bank den Nachweis, dass Sie keine Schulden haben, das Auto muss abgemeldet, Ihr Kind offiziell von der Schule genommen werden, Miete, Strom und Gas ... Das brauche ich alles schriftlich mit der jeweiligen Unterschrift.«

»Aber wie soll ich das denn schaffen?«

Ich biss mir auf die Zunge. Bloß nichts Falsches mehr sagen. Meine Beine gaben nach, und ich wäre am liebsten auf einen Stuhl gesunken, aber es gab keinen. Ich hatte noch nicht mal mehr die Kraft, nach Hause zu gehen!

»Sie wollten doch unbedingt?!«

Mit einer Mischung aus Schadenfreude und Hohn schaute der Mann mich erstmals an.

»Oder haben wir es uns wieder anders überlegt?« Er machte Gänsefüßchen in die Luft: »Aus Liebe?«

»Nein!« Jetzt kam aber Leben in mich!

Im Schweinsgalopp absolvierte ich die Behördengänge und rannte von Tür zu Tür.

Immer wenn ich aufgefordert wurde zu warten, rief ich atemlos »Ausreise!« und wurde anstandslos vorgelassen. Ja, die anderen Wartenden wichen sogar ehrfürchtig und vielleicht ein bisschen neidisch vor mir zurück!

Zu Hause angekommen, wurde ich von der Vorstellung, mein gemütliches Heim mit den geliebten Möbeln, den Fotos an den Wänden, den Blumen, den vielen Klamotten, Kosmetika und Spielsachen für Charlotte, innerhalb von wenigen Stunden ausräumen zu müssen, schier erschlagen.

Damals, vor sieben Jahren, hatten Marianne und Dieter mir geholfen ...

Auf dem Rückweg hatte ich Charlotte von der evangelischen Gemeinde abgeholt, und nun musste ich ihr erklären, dass wir ausreisen würden.

»Liebes, bitte bleib kurz hier allein. Such dir schon mal ein Kuscheltier aus, das du mitnehmen möchtest, aber nur eins!«

Schon rannte ich zur Telefonzelle. Bitte lieber Gott, lass sie zu Hause sein ...

Mein Kopf wollte schier zerspringen! Es läutete. Marianne ging sofort dran. Sie schien nicht sonderlich überrascht zu sein, als ich sie um Hilfe anflehte.

»Marianne, du musst sofort kommen, ich schaff das nicht ohne dich!«

»Jaja, reg dich ab, ich komm ja schon!«

»Kannst du Dieter mitbringen?«

»Wie stellst du dir das vor, der ist im Dienst!«

»Und wenn er später kommt?«

»Mal schauen, was sich machen lässt.«

Kurz darauf rückte sie mit Doreen an.

»Wow. Das ist viel. Wer soll das alles bekommen?«

»Meinetwegen ihr!«

»Na wenn's sein muss ...«

Während Doreen und Charlotte im Kinderzimmer eher Chaos anrichteten als Dinge auszusortieren, packte Marianne kräftig mit an. In Ermangelung von Umzugskisten warfen wir alles in Müllsäcke. Wir schleppten hinunter auf den Parkplatz, was zwei Frauen tragen konnten. Bett, Schrank, Tisch und Küchenschränke überstiegen unsere Kräfte.

Dann gingen wir ins Kinderzimmer.

»Mädchen, los, wir haben doch gesagt, alles muss raus hier ...«

Die beiden hatten seelenruhig das Puppenhaus aufgebaut! Hermanns Mutter hatte es sich nicht nehmen lassen, jedem Paket neue Püppchen und Möbel beizulegen. Rigoros riss ich den Kindern die Sachen unter den Händen weg.

»Charlotte! Wir fahren zum Papa.«

»Das hast du schon so oft gesagt.«

Charlotte begann jämmerlich zu weinen. »Das ist gemein! Endlich hab ich jemanden zum Spielen, und jetzt nimmst du uns alles weg. Du bist eine ganz böse Mama!«

Marianne stand mit verschränkten Armen im Türrahmen und sah sich das Theater an. »Charlotte, ihr seid Landesverräter. Wer dieses Land verlässt, darf nichts mitnehmen.«

Daraufhin brüllte sich meine Tochter erst recht die Seele aus dem Leib und ließ sich nicht mehr beruhigen: »Ich will keine Landesverräterin sein! Das ist ein Scheiß-Spiel! Ich will meine Spielsachen behalten!«

In meiner Hilflosigkeit und meinem Zorn auf meine Schwester schrie ich Charlotte an: »Du tust, was ich dir sage, sonst setzt es was!« Ich erhob die Hand, als ob ich sie schlagen wollte, und sie zuckte schockiert zusammen, hielt schützend die Arme vor sich. Wimmernd hockte sie auf dem Fußboden – ein Bild, das ich nie mehr vergessen würde. Ich hatte sie doch noch nie geschlagen und würde das auch niemals tun!

»Oh Gott, Charlotte, es tut mir leid, entschuldige, ich bin nur gerade am Durchdrehen ...«

Schon sank ich weinend vor ihr auf die Knie und umarmte sie. »Ich liebe dich, Charlotte, bitte, du musst mir nur noch einmal vertrauen!«

Marianne stieß nur einen verächtlichen Zischlaut aus und ging weiterpacken.

Nun musste ich auch noch mein verstörtes Kind trösten! Ich wiegte meine Tochter in den Armen und weinte selber: »Bitte versteh es doch, Charlotte! Wir fahren zum Papa. Aber diesmal wirklich!«

»Ganz in echt?«, schluchzte sie.

»Ganz in echt!«

»Versprochen und wird auch nicht gebrochen?«

»Versprochen und wird auch nicht gebrochen.«

Ich sah ihr ernst in die dunklen Augen, an deren langen Wimpern noch Tränen hingen: »Du musst jetzt ganz tapfer sein. Weißt du noch, das Spiel mit den Männern in Uniform, die nie lachen dürfen?«

»Ja. Aber das ist ein doofes Spiel.«

»Es gibt ein Land hinter der Zauberwand, da dürfen die Menschen lachen.«

»Ist das das Land, wo Papa ist?«

»Ja, und Oma! Was meinst du, wie die sich freuen, wenn wir da morgen auf der Matte stehen! – Da hast du ein wunderschönes eigenes Zimmer und ein ganzes Hotel mit Schwimmbad und Spielplatz, es gibt da auch Pferde.«

Sie wischte sich die Nase. »Versprochen?«

»Ganz großes Mama-Ehrenwort.«

Ich zog sie hoch und küsste ihr die letzten Tränen ab. »Jetzt spielen wir ein anderes Spiel: Nur ein einziges Spielzeug aussuchen und mitnehmen, dann kommen wir durch die Zauberwand!«

Wie konnte ich das Kind überzeugen, mir zu glauben? Ich konnte es ja selbst kaum fassen, dass wir morgen um diese Zeit schon bei Hermann im Hotel sein würden. In unserem neuen Zuhause!

»Meine Moni, meine Moni«, jammerte Charlotte, als ich ihr die Babypuppe entriss, für die sie sich entschieden hatte. Sie war so groß und schwer wie ein echtes Baby, und ich hatte weder die Nerven noch die Kraft, dieses Monster mitzuschleppen! Sie lag in Charlottes Designer-Kinderwagen, von dem ich mich bisher nicht hatte trennen können. Ausgeschlossen, dass wir das sperrige Gerät mitnehmen konnten!

»Du solltest mal langsam deine Sachen packen«, bemerkte Marianne. Immerhin hatte sie in der Zwischenzeit ein paar Brote geschmiert und Kaffee gekocht.

In all dem Chaos tauchte plötzlich Dieter auf. »Praktischerweise« hatte er einen Kollegen dabei, der gern bereit war, meine Möbel abzubauen und in seinen Wagen zu verladen.

Gegen zwei Uhr nachts war es endlich so weit: Die Wohnung war leer und meine hilfsbereite Familie mit zwei voll beladenen Autos wieder abgefahren.

Ich saß mit der schlafenden Charlotte auf dem Fußboden.

Sie hatte ihre Moni verteidigt bis aufs Blut, also würden wir sie doch mitschleppen, aber ohne den Wagen.

Eigentlich durfte ein Koffer pro Person mit, aber ich brauchte eine freie Hand für das Kind. Daher musste alles in einem einzigen Gepäckstück Platz finden, nur: Wie viel Wintersachen passen da rein? Wir hatten jede nur zwei Garnituren Unterwäsche und je eine Oberbekleidung samt Mütze, Schal, Handschuhen und Stiefeln dabei. Damit war der Koffer zum Bersten voll. Charlotte und ich hatten uns draufgesetzt, um ihn schließen zu können! Jetzt diente er ihr als Kopfkissen. Mit unseren beiden Mänteln hatte ich das Kind zugedeckt.

Gegen sechs Uhr morgens rappelte ich mich auf und machte mir literweise starken Kaffee. Marianne hatte noch etwas Reiseproviant vorbereitet: »Ihr werdet euch unterwegs nichts kaufen können!« Denn wir durften ja kein Geld ausführen. Sie wusste offenbar genau Bescheid.

In den letzten Stunden putzte ich die Wohnung. Ich hatte sie ja besenrein zu hinterlassen!

Nun musste ich nur noch auf diesen fremden Stasimann warten, der den Auftrag hatte, uns zum Bahnhof zu bringen und auf uns aufzupassen. Nichts sollte unsere Ausreise noch in letzter Minute stören.

Die Aufregung steigerte sich ins Unermessliche. Hatte ich an alles gedacht?

Um Punkt zehn klingelte es, und ein schmächtiger blasser Mann mit schwarzer Lederjacke betrat meine leere Wohnung.

Er nahm den Koffer und den Wohnungsschlüssel entgegen und schritt wortlos vor uns her zu einem Wartburg, der nagelneu aussah und auch so roch.

Charlotte verschwand fast hinter ihrer Babypuppe.

Wie Staatsgäste wurden wir zum Bahnhof kutschiert. Wir sprachen kein Wort und folgten dem Mann, der nicht lachen durfte, in die Bahnhofshalle. Dort zeigte er auf einen der Schalter und gab mir zu verstehen, dass schon alles vorbereitet war.

Ich trat an den Schalter und verlangte ein Ticket nach Bielefeld über Kassel und Paderborn. Er dirigierte mich in einen Nebenraum: Offensichtlich sollten andere Reisende nichts davon mitbekommen. »Dreiundsechzig Mark siebzig für einen Erwachsenen und ein Kind.«

Ich bezahlte mit dem letzten Hundertmarkschein in Ostwährung, alles andere hatte ich Marianne in die Hand gedrückt. Wenn man bei der Ausreise mit Ostmark erwischt wurde, konnte man noch aus dem Zug geholt werden.

»Stimmt so!«

Der Beamte schien schon damit gerechnet zu haben. »Na dann, gute Reise.«

Hastig steckte er den Hunderter ein.

Der große Zeiger der Bahnhofsuhr rückte auf zehn Uhr achtundvierzig vor, und laut Fahrplan sollte der Zug um elf Uhr zweiundfünfzig vom Bahnhof Weimar abfahren. Uns blieb also noch eine gute Stunde, und ich hatte panische Angst, dass man uns doch noch zurückbringen könnte. Warum musste dieser Stasimann um uns herumschleichen? Dummerweise hatte ich jetzt mein letztes Geld verschenkt, sonst hätte ich uns doch noch etwas zu essen und zu trinken kaufen können!

Plötzlich fiel mir ein: Ich musste ja Hermann verständigen! Wie konnte mir das nur entgangen sein!

Aber das konnte dauern, da man über eine Zentrale in den Westen verbunden und anschließend zurückgerufen werden musste! Das hätte ich gestern zeitlich einfach nicht mehr geschafft.

»Ich muss dringend in den Westen telefonieren ...«

Der Mann, der nicht lachen durfte, verzog keine Miene. »Das hätten Sie vorher erledigen müssen.«

Und so standen wir über eine Stunde schweigend und fröstelnd auf dem windigen Bahnsteig.

Ich drückte mein frierendes Kind. »Wir haben es fast geschafft«, murmelte ich Charlotte ins Ohr. »Gleich fahren wir durch die Zauberwand!«

Als der Zug kam, entfernte sich unser Aufpasser grußlos, doch ein anderer Mann stand wie aus dem Boden gewachsen da.

Quietschend hielt der Zug, und ich wuchtete zuerst Charlotte mit ihrer riesigen Puppe und anschließend meinen schweren Koffer hinein.

Endlich saßen wir im Abteil, eng aneinandergekuschelt. Der Mann saß uns gegenüber und starrte vor sich hin.

Ich drückte meine Handtasche mit den Papieren fest an mich, wie Charlotte ihre Moni.

Der Zug setzte sich schnaufend in Bewegung, und wir starrten mit brennenden Augen aus dem Fenster. Es war ein bitterkalter Tag, und Felder und Waldwege waren von schmutzigem Schnee bedeckt. Trostloser ging es wirklich nicht.

Am Grenzübergang Wartha hielt der Zug. Hier war ich damals an einem heißen Sommertag mit dem Kinderwagen ausgestiegen und hoch erhobenen Hauptes zur Baracke marschiert, um Hermann rauszuholen. Mich schauderte bei dem Gedanken, dass jetzt wieder Menschen in diesen Baracken eingesperrt waren.

»Aussteigen!« Die Grenzbeamten hatten die Tür aufgerissen.

»Aber ich habe gültige Ausreisepapiere! Wir fahren weiter in den Westen!«

»Zollkontrolle! Aber ein bisschen zügig!«

Schon hatten die Grenzpolizisten meine kleine Charlotte am Arm gepackt, ein anderer wuchtete meinen Koffer aus dem Netz. Unser Aufpasser war plötzlich verschwunden.

»Mutti!« Charlotte wollte ihre Puppe nicht loslassen.

Ich glaubte mich übergeben zu müssen! »Aber wieso, was ... Lassen Sie meine Tochter los!«

»Los, Beeilung, halten Sie den Laden nicht auf!«

Jetzt würden sie mich doch noch verhaften. Und hier einsperren. Was sollte nun aus meinem armen kleinen Mädchen werden! Panik schnürte mir die Kehle zu.

Hilflos stolperte ich hinter den Männern her. In der Baracke, an die ich mich noch gut erinnerte, wurden wir in einen kargen Raum geführt, in dem nur ein großer Tisch stand. Der Koffer lag schon drauf. Mein Herz raste so laut, dass ich kaum verstehen konnte, was sie von mir wollten.

»Aufmachen.«

Mit zitternden Händen öffnete ich die Schnallen des Koffers, und sofort quollen mir die Sachen entgegen, die ich am Vortag mit letzter Kraft hineingestopft hatte. Kosmetika kullerten auf den kalten Steinboden.

»Los, alles raus!«

Mit bebenden Händen leerte ich den gesamten Koffer. Draußen stand schnaufend der Zug. Ich hatte panische Angst, er könnte einfach weiterrollen, wie damals, als ich in umgekehrter Richtung unterwegs war! Die Angst schnürte mir die Kehle zu.

»Was ist das?«

»Liebesbriefe von meinem Verlobten ...«

Wortlos warf jemand die dicken Bündel Briefe in den Abfall.

»Und das?«

»Familienfotos!«

Ich hatte sie einzeln aus den Rahmen geholt und ebenfalls mit einem Gummi zu einem Bündel geschnürt.

Patsch!, lagen sie ebenfalls im Papierkorb.

»Haben Sie noch Ostgeld?«

»Nein, ganz bestimmt nicht!«

»Was ist in der Puppe?«

Charlotte klammerte sich an ihr »Baby« und stand so unter Schock, dass sie sie nicht loslassen konnte.

»Es ist wirklich nur eine Babypuppe ...«

»Durchleuchten.«

Charlotte schrie wie am Spieß, als man ihr die Puppe entriss und durch ein Röntgengerät fahren ließ.

»Alles gut, mein Herz. Sie geben sie dir wieder!«

Wahrscheinlich glaubten diese Unmenschen, ich hätte Devisen in der Puppe versteckt.

»Der Zug fährt ab«, hörte ich eine nasale Durchsage. »Einsteigen und Türen schließen!«

»Darf ich ...?« Mir schlotterten die Knie vor Angst, und Charlotte heulte laut.

»Bitte. Keiner hält Sie auf.«

In Panik und Stress stopfte ich die Dinge, die ich zu fassen bekam, wieder in den Koffer. Keine der Personen half mir dabei. Unter dem Tisch lag noch ein Stiefel, den ich in der Eile nicht mehr zu greifen bekam. Charlotte schluchzte immer noch und war nicht in der Lage, mir zu helfen. Ich hätte sie so dringend trösten müssen! Mit allerletzter Kraft kämpfte ich mit dem durchwühlten Koffer und lehnte mich mit meinem ganzen Gewicht darauf. Es reichte nicht.

»Achtung, Achtung! Vorsicht bei der Abfahrt des Zuges ...«

»Komm, Charlotte!« Ich riss den halb offenen Koffer vom Tisch und rannte aus der Baracke. Buchstäblich im letzten Moment hievte ich zuerst mein Kind mit Puppe, dann den Koffer und schließlich mich selbst in den bereits anfahrenden Zug.

Minutenlang saßen wir keuchend da und konnten es nicht fassen, dass wir gerade in die Freiheit rollten. Beide weinten wir bitterlich. Die anderen Leute sahen uns mitleidig an, aber niemand wagte es, das Wort an uns zu richten. Die Angst saß jedem von uns in den Knochen. Und vielleicht waren ja auch Stasileute dabei.

Charlotte drückte ihr nass geweintes Gesicht an meine Wange und flüsterte: »Mutti, fahren wir jetzt zum Papa?«

»Ja, mein Schatz. Wir haben es geschafft.«

»Und wir kommen nie mehr zurück?«

»Nein. Wir bleiben für immer in dem Land, in dem Papa wohnt.«

»Und da ist Lachen nicht verboten?«

»Nein, mein Schatz. Da ist Lachen nicht verboten.«

Es fühlte sich seltsam an, alles aufgegeben zu haben – aber man hatte uns den Abschied wirklich leicht gemacht. Wer wollte in diesem Land noch leben?

»Holt der Papa uns ab?«

»Liebes, ich hatte keine Zeit mehr ihn anzurufen. Es ging alles so schnell ...«

Hermann konnte natürlich nicht ahnen, dass wir in einem Zug saßen und bald vereint sein würden. Vier Jahre und drei Monate hatte er vergeblich gewartet!

Draußen flog die Landschaft vorbei; es war alles tief verschneit, und dennoch wirkten die Farben intensiver, die Häuser freundlicher, die Straßen breiter.

Mein Herz pochte hoffnungsfroh. Ich malte mir aus, wie Hermanns dunkle Augen vor Glück strahlen, wie wir uns alle in den Armen liegen würden. Wir hatten so vieles nachzuholen! Ich beschrieb Charlotte ihr Kinderzimmer mit den rosafarbenen Tapeten und Vorhängen, die wir von Fotos kannten. Die frische Bettwäsche und den flauschigen Teppich. Ich beschrieb ihr die Ziegen, Schafe und Pferde, sagte, die Oma backe die besten Kuchen der Welt, außerdem gebe es Eisbecher mit frischen Erdbeeren, ja sogar mit Ananas und Schirmchen ...

Das alles schilderte ich meinem Kind, damit es endlich wieder lächelte.

Plötzlich hielt der Zug, und jubelnde Menschen am Gleis hielten Schilder hoch mit den Worten »Herzlich willkommen!«. Sie waren dick mit Schals und Mützen vermummt, hatten sich aber trotz der Kälte hierher begeben, um uns willkommen zu heißen!

»Schau mal, Charlotte. Die freuen sich, dass wir da sind!«

»Es stimmt! Man darf in diesem Land lachen!«, jubelte meine Tochter.

Ich zog das Fenster hinunter und staunte: Aus den Abteilen neben uns hingen auch vor Freude weinende Menschen!

Waren wir etwa nicht die Einzigen, die mit diesem Zug ausgereist waren? War das alles Dr. Vogels Werk? Was mussten die Steuerzahler der BRD für uns bezahlt haben?

»Willkommen in der Bundesrepublik.«

Eine Nonne reichte belegte Brote, Schokolade, Bananen und Kaffee herein und drückte mir herzlich die Hand.

Wie lange war niemand mehr so mitfühlend und nett zu mir gewesen?

»Mami, weinst du immer noch?«

»Ja, aber jetzt nur noch vor Freude!«

Charlotte kletterte zögerlich auf den Sitz, um besser sehen zu können; auch sie war überwältigt von diesem Empfang. Die Leute draußen applaudierten, schwenkten ihre Schals und Transparente. Sie pfiffen grell durch die Zähne und bewarfen uns mit Luftschlangen.

Der Zug setzte sich wieder in Bewegung, und wir genossen die kleinen Köstlichkeiten.

In Kassel endete die Fahrt. Aufgeregt verließ ich mit Charlotte und dem schweren Koffer den überfüllten Bahnsteig und hastete im Strom Hunderter von Menschen durch den großen Bahnhof. Sonderzüge nach Gießen ins Aufnahmelager standen bereit, und die Menschen drängten hinein.

Aber wir hatten ja ein Zuhause!

Vor sieben Jahren war ich schon mal hier gewesen, aber nun sah alles ganz anders aus. Ich verlor jede Orientierung: Reklamelichter, blinkende Bildschirme, auf denen die nächsten Anschlusszüge angezeigt wurden ... Die Buchstaben verschwammen mir vor den Augen.

Wie gern hätte ich Hermann angerufen, aber ich hatte keinen Pfennig Geld bei mir!

»Mama, ich bin so müde!« Charlotte strebte einer Bank zu und wollte sich hinlegen. Ich kannte mein Kind: Wenn es müde wurde, musste es augenblicklich schlafen. Da konnte ich staubsaugen oder laut Musik hören, die Kleine schlief ein.

»Oh Gott, jetzt nicht, Charlotte, bitte bleib noch wach ...«

Unmöglich konnte ich meine Tochter tragen! Sie war zwar

für ihre knapp fünf Jahre recht klein und dünn, aber ich konnte mich selbst kaum noch auf den Beinen halten.

»Kann ich helfen?«

In meinem Wahn kam es mir so vor, als wäre es genau dieselbe nette alte Dame, die mir damals schon geholfen hatte! Sie packte an meinem Koffer mit an und führte uns zum richtigen Gleis. Der Nahverkehrszug nach Paderborn stand schon bereit.

Aufatmend sanken wir in die flauschigen roten Polster, und Charlotte schlief auf der Stelle ein.

In Paderborn mussten wir noch einmal umsteigen, der Anschlusszug war gerade weg, sodass es später Abend war, als wir schließlich hungrig und erschöpft am Bielefelder Bahnhof ankamen. Mit freudigem Herzrasen weckte ich Charlotte: »Wir sind da!«

»Und wo ist Papa?« Sie rieb sich verwirrt die Augen.

»Den rufen wir jetzt an!«

Ich wusste bloß nicht von welchem Geld und traute mich auch nicht, jemanden anzusprechen.

Schnell verließen die wenigen Reisenden den Triebwagen und hasteten ihren Abholern oder dem letzten Postbus entgegen. Niemand nahm von uns Notiz.

Charlotte klammerte sich müde an meine Beine, und ich bemühte mich, mit Koffer, Kind und Puppe ein warmes, geschütztes Plätzchen in der zugigen Bahnhofshalle zu erreichen.

Wieder stand kein Hermann hier, um uns in Empfang zu nehmen. Ich war am Ende meiner Kräfte.

Schalter und Geschäfte hatten schon geschlossen, und draußen herrschte eher Rotlichtmilieu, die Leute sahen mir nicht vertrauenserweckend aus.

Hinter mir hörte ich plötzlich ein Scheppern. Der letzte

Bahnhofskiosk ließ gerade das Rollgitter herunter. Ein Mann, dick eingepackt, schickte sich an, Feierabend zu machen.

Schnell rannte ich zu ihm und versuchte, mit ruhiger, fester Stimme zu sagen: »Entschuldigen Sie bitte, wir sind heute aus der DDR gekommen und haben keinen Pfennig Geld. Würden Sie mir zwanzig Pfennige geben, damit ich meinen Mann anrufen kann?«

Misstrauisch sah er mich an. Eine junge Frau, topmodern gekleidet, die um zwanzig Pfennige bettelte? Er schüttelte ungläubig den Kopf. Doch dann glitt sein Blick zu meinem schlafenden Kind und dem alten verbeulten Koffer auf der Bank.

Er fuhr sein Rollgitter wieder hoch. »Wie lautet denn die Telefonnummer von Ihrem Mann?«

In meiner Not und Aufregung fiel sie mir nicht mehr ein! Ich begann zu weinen.

»Ist ja gut, junge Frau. Wie heißt er denn, das werden Sie doch wohl noch wissen?« Er reichte mir ein Päckchen Taschentücher aus einem Drehständer neben der Kasse.

»Das kann ich Ihnen nicht bezahlen«, heulte ich.

Ich fühlte mich auf einmal so gedemütigt; das Erlebte brach sich erst jetzt richtig Bahn.

»Aber wie Ihr Mann heißt, das können Sie mir doch sagen?«

»Hermann Großeballhorst.«

»Ach, das Landhaus? Ja, das kennt hier jeder.«

Er blätterte bereits in einem dicken gelben Telefonbuch. »Die haben die besten Kuchen. Wir haben da erst neulich unsere Weihnachtsfeier gehabt.« Er sah mich prüfend an: »Und Sie sind also die Frau vom Junior? Der Senior ist ja schon fast fünf Jahre tot.«

»Ja, und das ist seine Tochter und vom Senior die Enkelin.«

Der Mann sagte nichts mehr. Statt mir den Hörer zu reichen, sprach er selbst in das Telefon: »Hier ist eine junge Frau, die behauptet, Ihre Frau zu sein, und ein Kind ist auch dabei. Ein Mädchen von ungefähr fünf.« Dann lauschte er. »Sie holen sie also ab? Dann kann ich jetzt meinen Laden dichtmachen!«

Er legte den Hörer wieder auf.

»Er kommt.«

Mir fiel ein Stein vom Herzen. Geschafft! Er kommt! Ich konnte es nicht fassen.

Wie gern hätte ich kurz seine Stimme gehört, aber dieser Mann hatte das Heft nicht aus der Hand geben wollen.

»Er war schon am Schlafen«, brummelte er. Und ließ sein Rollgitter wieder herunter.

»Danke«, konnte ich nur stammeln. Dann setzte ich mich auf die Holzbank, auf der sich Charlotte zusammengeringelt hatte.

»Mama, kommt der Papa uns jetzt abholen?«, flüsterte sie verzagt. »Versprochen und wird auch nicht gebrochen?«

»Ja, mein Kind. Jetzt wird alles gut.« Ich bettete ihren Kopf in meinen Schoß und fühlte, wie mein Herz wild klopfte. Was würde er für Augen machen! Nach vier Jahren und drei Monaten! Ich starrte auf die Bahnhofsuhr, es war inzwischen kurz nach elf. Wir waren tatsächlich hier, doch noch kam mir alles so unwirklich vor wie ein Traum.

»Hier drin«, hörte ich ihn sagen. »Für immer. Wir schaffen das.«

Ich wurde abwechselnd geschüttelt von Hoffnung, Beklommenheit und Euphorie, als hätte ich Schüttelfrost.

Bestimmt eine halbe Stunde saßen wir in der leeren Bahnhofshalle. Warum brauchte er denn so lange? Na gut, da draußen lag sicher hoher Schnee, im schlimmsten Fall musste er erst die Einfahrt freischaufeln. Irgendwie hoffte ich, er würde seine Mutter nicht mitbringen. Dieser erste Moment sollte nur uns gehören ...

Mal um Mal schaute ich durch die schmutzige Glastür nach draußen, ob nicht endlich sein Auto vorfuhr. Damals war ich zu seinen Eltern in den Opel Rekord gestiegen.

Da! Endlich! Ein schwarzer Mercedes fuhr mit quietschenden Reifen vor.

Die Tür öffnete sich, und mein Hermann sprang heraus! Suchend sah er sich um.

»Hermann!«

Sanft machte ich mich von Charlotte los und eilte meinem geliebten Mann entgegen. Er wirkte verwirrt, fast so als schliefe er noch. Er hatte noch nicht mal die Zeit gefunden, seine inzwischen wieder langen Haare zu kämmen.

Er umarmte mich wortlos, lange und fest. Ich spürte sein wild schlagendes Herz.

Hermann, mein geliebter Hermann! Minutenlang lagen wir uns einfach nur stumm in den Armen. Dieser vertraute Duft! Leder, Tabak, Wald und ... Etwas war anders. Aber was?

Endlich machte er sich los und beugte sich zu Charlotte, die sich verschlafen die Augen rieb.

»Charlotte! Mein Gott, was bist du groß geworden! Erkennst du mich noch? Ich bin dein Papa!«

Weinend umarmte er auch unser Kind, und Charlotte sah sich einem fremden Mann gegenüber.

Sie war schließlich erst neun Monate alt gewesen, als ich Hermann damals zum Bahnhof gebracht hatte.

Jetzt erst bemerkte ich die Frau, die sich uns zögerlich genähert hatte.

Es war jedenfalls nicht meine Schwiegermutter!

Eine große, schmale Frau mit halblangem schwarzen Haar stand hinter uns und machte ein sichtlich säuerliches Gesicht.

»Das ist Edith«, flüsterte Hermann mir verlegen zu.

Widerstrebend, aber höflich gaben wir einander die Hand.

Ihr Blick glitt abschätzend an meiner Felljacke, meiner Lederhose und an meinen Lackstiefeln hinunter, um dann an meinen langen blonden Haaren hängen zu bleiben. Ich spürte nichts als Verachtung.

Und plötzlich befiel mich eine fürchterliche Ahnung.

Ich schaute zwischen Hermann und ihr hin und her.

Nein!, schrie alles in mir. Nein, Hermann, das hast du nicht getan!

An seinem Ringfinger sah ich den gleichen breiten Bandring wie an ihrem.

ICH trug doch seinen Ehering!

»Ich hatte keine Hoffnung mehr, euch jemals wiederzusehen«, flüsterte mir Hermann zu, als Edith uns bereits den Rücken kehrte und zum Auto stampfte.

»Wir haben im Sommer geheiratet.«

Schweigend schlüpfte ich zu Charlotte auf die Rückbank. Das war zu viel für meine armen Nerven! Wie in Trance starrte ich in die Dunkelheit hinaus. Edith fuhr. Sie wollte wohl gleich mal klarstellen, wer hier das Ruder in der Hand hatte. Hermann saß vor mir auf dem Beifahrersitz. Wie gern hätte ich von hinten seine Hand genommen oder ihm über den Kopf gestrichen, doch ich traute mich nicht. »Hier drin!

Für immer!«, schrie die Verzweiflung stumm in mir. »Wir schaffen das!«

Niemand sprach ein Wort. Eine halbe Stunde hatte ich Zeit, die grauenvolle Wahrheit sacken zu lassen.

Wir würden NICHT zusammenleben. Wir würden KEIN Hotel haben. Charlotte und ich waren wieder allein, und ich hatte keine Ahnung, wie es weitergehen sollte.

Mein erster Reflex war: wieder zurück, in unsere Wohnung in Weimar. Aber ich wusste, dass es kein Zurück mehr gab.

Wie entsetzlich!, schrie die Verzweiflung in mir. Was habe ich jetzt wieder angerichtet!

Im Landhaus Großeballhorst angekommen, schleppte ich mich wortlos die Treppen hinauf in die Privaträume, wo noch spärliches Licht brannte.

Es roch noch wie damals, obwohl alles renoviert war. Nach Äpfeln, nach Land, nach Pferden, nach Trude. Automatisch wollte ich in mein altes Zimmer gehen.

Die Tür öffnete sich, und Trude stand im Morgenmantel im Lichtschein einer Nachttischlampe. Sie legte zwei Finger auf die Lippen.

»Pssst«, machte sie. »Er ist gerade wieder eingeschlafen!«

In der ersten Verwirrung schoss es mir durch den Kopf: Ich dachte, er ist tot?

Aber dann nahm ich auch noch den schwachen Geruch nach Baby wahr.

In derselben Sekunde erklang ein leises Wimmern.

Edith schob uns ärgerlich beiseite und stapfte hinein. »Na toll! Jetzt ist er wach!«

»Ihr habt ein Baby?«, rang ich mir von den Lippen. Meine

Halsschlagader pulsierte so heftig, dass ich glaubte, sie würde platzen. Die Beine drohten nachzugeben.

»Junge, die klappt uns jetzt hier zusammen, pack mal mit an ...«

Eine sichtlich gealterte Trude konnte mich gerade noch rechtzeitig ins Wohnzimmer aufs Sofa ziehen.

Charlotte stand völlig geschockt daneben und klammerte sich an ihre Babypuppe.

Ich konnte nicht mehr klar denken. Eine Woge der Verzweiflung brach über mir zusammen, und ich fühlte mich einer Ohnmacht nahe.

Der Schüttelfrost überkam mich erneut, diesmal schlugen mir die Zähne aufeinander.

»Jetzt wird sie uns auch noch krank!« Trude klapperte in der Küche herum. »Ich mach euch erst mal einen Tee.«

Hermann kniete sich neben das Sofa, auf das sie mich gebettet hatte, und küsste mir die eiskalten Hände. »Sophie! Ich habe nicht mehr daran geglaubt, dass ihr kommt!« Ihm liefen die Tränen übers Gesicht. »Edith hat hier als Hausdame gearbeitet, Mutter hatte sie eingestellt. Sie war sehr tüchtig und konnte zupacken. Sie hat sich unentbehrlich gemacht, und dann hat sie mehr und mehr das Zepter übernommen ... Mutter war begeistert und meinte, das Landhaus Großeballhorst brauche langfristig eine tüchtige Wirtin ...«

»Redet ihr über mich?« Edith stand in der Tür, ein verheultes Baby auf dem Arm.

»Kannst du uns nicht einen Moment allein lassen?« Hermann sah sie flehentlich an.

»Ich denke nicht daran!« Mit dem Fuß stieß Edith die Tür hinter sich zu. »Ich werde das jetzt ein für alle Mal klarstellen: Hermann und ich sind verheiratet. Sie hatten Ihre Chance. Trude hat mir alles erzählt. Sie wollten das hier nicht. Sie haben Hermann und seine Eltern im Stich gelassen und sind heimlich abgehauen. – Das ist jetzt sieben Jahre her. Und jetzt bin ich hier die Frau im Hause.« Energisch schuckelte sie das Kind. »Sie können meinetwegen heute Nacht hierbleiben, aber danach müssen Sie sehen, wo Sie bleiben. Morgen haben wir das Haus voll. Wir arbeiten hier nämlich und machen nicht nur auf Schönheit. Habe ich mich klar genug ausgedrückt?«

Ich konnte nur zitternd vor mich hinstarren und mit den Zähnen klappern.

»Hermann?« Sie wies mit dem Kinn energisch zur Tür. »Kommst du?«

Hermann folgte ihr brav wie ein Hündchen.

Trude servierte den Tee und brachte noch Gästehandtücher und Bettwäsche. Diesmal war es frische weiße ohne Arminia-Bielefeld-Logo.

»Ihr könnt auf dem Sofa schlafen. Die Zimmer sind alle schon für die morgigen Gäste vorbereitet. – Braucht ihr noch was?«

Ob ich noch etwas brauchte?!

Ich brauchte meinen Mann! Ich brauchte endlich ein Zuhause! Mein Kind brauchte einen Vater! Und endlich ein geordnetes Leben!

Ich klammerte mich an meine schlafende Charlotte und konnte noch nicht mal mehr weinen.

27

Avenwedde bei Bielefeld, Februar 1984

Es war Sonntagmorgen, und in der Ferne hörte ich die vertrauten Glocken von damals läuten. Als wären keine sieben Jahre vergangen!

Da ich keine Sekunde hatte schlafen können, schleppte ich mich runter in die Küche, um mir einen Kaffee zu machen.

Alles war verändert, verchromt und top-modern eingerichtet. Es roch penetrant nach Spülmaschinenchlor. Ich fand mich nicht zurecht, und diese hypermoderne Kaffeemaschine konnte ich auch nicht bedienen. Frierend stand ich in der Großküche.

»Suchst du was?«

Plötzlich stand Trude in der Tür.

So bemüht und freundlich sie damals gewesen war, so eisig erschien sie mir jetzt.

»Kann ich einen Kaffee haben?«, fragte ich schüchtern.

Emsig begann sie zu klappern. »Setz dich.«

Aus dem Schlafzimmer hörte ich das Baby weinen, und Edith kurz darauf lautstark mit Hermann schimpfen.

»Was hast du nur angerichtet?«

Trude knallte mir eine Tasse Kaffee hin und nahm mir gegenüber Platz.

»Damals bist du ohne ein Wort abgehauen, dann hast du

mir auch noch meinen einzigen Sohn genommen, ich habe mir die Augen aus dem Kopf geheult, der Vater ist darüber noch kränker geworden und gestorben, dann kam unser Hermann hier völlig ausgemergelt am Tag von Vaters Beerdigung wieder an, und jetzt, wo mein lieber Sohn endlich zur Ruhe gekommen ist, eine passende Frau gefunden hat und noch mal Vater geworden ist, stehst du plötzlich wieder hier?«

Ich klammerte mich an die heiße Tasse und spürte, wie mir die Tränen die Wange herunterrannen. Sie tropften in das bittere Gebräu.

Trude schien ihre harten Worte zu bereuen. Schließlich war sie eine gläubige Christin, und das Wort verzeihen wurde in dieser Familie bekanntlich großgeschrieben.

»Mädchen, bei allem Verständnis: Der Hermann hat nie ein böses Wort über dich verloren, und ich bin auch gewillt zu glauben, dass ihr euch mal geliebt habt. Aber noch mal bringst du unser Leben nicht durcheinander. Jetzt musst du weiterziehen.«

»Darf ich noch den Kaffee austrinken?«, flüsterte ich weinend.

»Jetzt tu dir mal nicht selber leid.«

Sie rührte sich drei Stück Zucker in den Kaffee. »Was wir hier alle geweint haben! Und was der Hermann hier für einen Zirkus veranstaltet hat, um dich da rauszukriegen, mit Briefen an den Bundespräsidenten und diesen Dr. Vogel. Was der für ein Geld verpulvert hat, UNSER Geld, verstehst du, das wir uns hart erarbeitet haben, und das alles für eine junge Frau, die nicht mal sechs Monate auf ihn warten konnte!« Sie schüttelte den Kopf und zog die Nase hoch. »Wir haben immer gesagt: Junge, mach dich doch nicht unglücklich! Und dann kam die Edith, diese fleißige, grundanständige Person, deren Eltern wir kennen. Das sind gute Kirchgänger, der Vater ist im Gemeinderat, alle gut katholisch. Die hat sich hier nicht lange mit Schminken und Anziehen und Haaremachen aufgehalten, nein, die hat mit angepackt und sich um den armen Hermann gekümmert. Da wusste ich, dass der Herr meine Gebete erhört, und der Hermann endlich die Frau bekommt, die er verdient hat.«

Mit jedem Wort drehte sie mir das Messer in der Wunde herum.

»Die haut ihm nicht wieder ab, nur weil sie sich langweilt. Die weiß, wo sie hingehört. Die ist vielleicht nicht so hübsch wie du, aber da drin ...« – sie hämmerte sich auf die Brust – »... ein hochanständiger, feiner Mensch.«

Ich hatte ihre verbalen Verletzungen noch nicht verdaut, da kamen auch schon die nächsten.

»Was hat der Junge gelitten! Was haben die in der DDR mit ihm gemacht! Alles hat er verloren, aber treu und anständig wie er ist, hat er hier alles aufgegeben, selbst seine Eltern hat er mit dem Hotel sitzen lassen, damit er dich heiraten kann.«

Sie maß mich mit denselben abschätzenden Blicken wie Edith:

»Denn du hattest das ja geschickt eingefädelt mit dem Kind. Du hast genau gewusst: Der Hermann steht zu seinem Wort, und der lässt keine schwangere Frau im Stich. Aber du hast ihn damals sehr wohl im Stich gelassen, auf ganz hinterhältige, feige Art und Weise!«

Mir liefen unaufhörlich die Tränen, und die heiße Tasse klapperte in meinen zitternden Händen gegen den Ehering.

Sie schnaufte. »Jetzt ist es zu spät für deine Krokodilstränen.«

Ich legte den Kopf auf die Tischplatte und wurde von Schluchzern geschüttelt.

»Aber die Edith, die lässt er eben auch nicht im Stich. Mit unserem Adrian haben wir nur Freude, das ist so ein goldiger kleiner Kerl. – Deine Charlotte, die ist auch sein Kind, die kann gerne hierbleiben. Aber du musst weiterziehen.«

Das gab mir endgültig den Rest.

»Charlotte bleibt bei mir«, stieß ich mit letzter Kraft aus.

»Dann muss sie eben mit ins Aufnahmelager nach Gießen.« Trude machte sich schon an der Spülmaschine zu schaffen. »In den Nachrichten kam gestern, dass Dr. Vogel erfolgreich mit dem Westen verhandelt und es geschafft hat, zwanzigtausend Menschen die Ausreise zu ermöglichen. Eine Riesenflüchtlingswelle rollt da gerade auf uns zu. Jeder kriegt Begrüßungsgeld, und der Staat finanziert das von unseren Steuergeldern. Aber na ja, wir sind ja keine Unmenschen.«

»Mutter?«

Plötzlich stand Hermann in der Tür. Er sah bleich und übernächtigt aus und hatte sicherlich wie ich keine Sekunde geschlafen.

»Lass die Sophie in Ruhe, bitte.«

»Ich habe ihr nur gesagt, dass sie hier nicht bleiben kann. – Das wäre ja noch schöner! Einmal ist Schluss mit lustig.«

Sie stieß ein spöttisches Lachen aus.

»Was da unser Hotel ins Gerede käme! Das war schon damals so, als deine Verlobte einfach abgehauen ist. Da musste erst lange Gras drüberwachsen. Und noch mal mach ich das Theater nicht mit!«

Hermann sandte mir einen verzweifelten Blick. »Ich hole die Autoschlüssel. Weck bitte Charlotte, ich fahre euch nach Gießen.«

*

Die Autofahrt war fürchterlich. Ich saß auf dem Beifahrersitz, Charlotte verstört auf dem Rücksitz. Hermann fuhr, und seine Kiefermuskeln mahlten.

So hätte es sein können, wenn ich damals nicht abgehauen wäre!, sagte eine höhnische Stimme in meinem Kopf. Das wäre dein Preis gewesen: Ihr drei, in diesem schnurrenden Mercedes, in einem freien Land! Das hättest du alles seit Langem haben können. Vielleicht wäre noch ein zweites oder sogar drittes Kind dazugekommen, und ihr säßet hier als fröhliche Großfamilie mit Trude als glücklicher Großmutter. Aber du wolltest ja zu Karsten zurück. Karsten, der behauptete, schon längst eine Dreizimmerwohnung in Weimar für dich zu haben. Karsten, der vorgab dich zu lieben und mit dir leben zu wollen. Der aber nicht zu dir stand, als du ein Jahr im Knast warst. Der dich hat SITZEN lassen, im wahrsten Sinne des Wortes. Der dich benutzt hat, weil du hübsch und sträflich dumm warst. Wie blind konntest du sein! Wie dämlich, wie naiv, wie launenhaft! Trude hat ganz recht mit dem, was sie gesagt hat! Du hast allen Beteiligten unendliches Leid zugefügt und es jetzt nicht besser verdient.

Nein!, schoss es mir durch den Kopf. Karsten hat uns allen Leid zugefügt. Karsten hat unsere Familie zerstört. Und das werde ich ihm nie, nie, nie verzeihen. Eines Tages kommt meine Stunde der Rache. Eines Tages stehe ich vor seiner Tür und erschieße ihn.

Doch dann hatte ich keine Kraft mehr, diesen abstrusen Gedanken weiterzuführen.

Heimlich sah ich Hermann immer wieder von der Seite an. Sein geliebtes Profil, sein markantes Kinn, seine vertrauten Hände, die das Lenkrad umklammerten, seine gesamte attraktive Erscheinung. Seine Mundwinkel zuckten, als wollte er etwas sagen, trotzdem kam ihm kein Wort über die Lippen.

Es war alles gesagt – von Trude und Edith –, und es gab nichts mehr zu verhandeln. Ich hatte meinen Hermann zum dritten Mal verloren und diesmal endgültig.

Mein Magen zog sich zusammen vor Kummer. Meine kleine Charlotte hatte kein Zuhause, das ich ihr immer versprochen hatte. Keinen Papa, keine Oma, kein Pferd und kein Landhotel, keine rosa Tapeten und kein Schwimmbad. Alles Lüge. Die Schuldgefühle brachten mich förmlich um.

Im Aufnahmelager Gießen angekommen, drückte mir Hermann einen Umschlag mit fünftausend Mark in die Hand. Schweigend steckte ich ihn in die Handtasche. Ich wollte kein Geld, ich wollte meinen Mann zurück!

»Edith und Mutter sind einverstanden, dass Charlotte bei uns leben kann«, rang er sich schließlich von den Lippen. »Bitte denk darüber nach. So bekäme das Kind ein angemessenes Zuhause. Sobald die Formalitäten hier erledigt sind, nehme ich mir ein paar Tage frei und komme sie abholen.«

Mit diesen Worten drehte er sich um und stieg wieder in seinen Mercedes.

Fassungslos stand ich mit dem Kind an der Hand und dem Koffer da.

Jetzt wollte auch er noch, dass ich mein Kind verlor?

Wie ferngesteuert ließ ich mich von den anderen Flüchtlingen zu den kasernenartigen Gebäuden mitziehen.

Man hatte in Windeseile alles für einen großen Menschenansturm vorbereitet. Ständig anrollende Lastwagen lieferten Unmengen von Feldbetten, Bettwäsche, Handtüchern und militärischem Essgeschirr.

Es herrschte ein heilloses Durcheinander. Tausende von Menschen wurden hier fürs Erste aufgenommen und versorgt. Auch die, die schon gestern in den Sonderzug nach Gießen umgestiegen waren. Das hätte ich eher haben können!

Ich war nun ein Flüchtling in einem fremden Land, hatte keinen Ehemann mehr und kein Zuhause – auch nicht für mein Kind.

Doch, mein Kind hatte ein Zuhause! Aber bei dieser grässlichen Frau konnte ich sie nicht lassen! Der Gedanke, dass sie mich eines Tages vergessen oder sogar hassen könnte, fraß mich innerlich auf.

Nun hatte ich nach zwei schmerzhaften Ausreisen endlich den Kampf gegen die Stasi gewonnen – und meinen Mann an eine andere Frau verloren.

Aber nie, niemals würde ich auch noch mein Kind hergeben. Karsten!, dachte ich wieder. Das wirst du mir noch büßen. Es gab Momente, in denen ich nichts als Rachepläne schmiedete. Irgendwann würde die Mauer fallen. Und dann würde ich vor seiner Tür stehen und ihn erschießen.

*

Im Aufnahmelager bezogen wir ein Zimmer mit vier Doppelstockbetten, also außer uns noch sechs Fremden. In einem

Schrank bekam ich zwei Fächer zugeteilt. Die Frau von der Organisationsleitung forderte uns auf, das Gelände nicht zu verlassen.

Wieder fühlte ich mich gefangen, bevormundet, enteignet.

In einem großen Speisesaal saßen die Leute dicht gedrängt auf Bierbänken und nahmen ihre Mahlzeiten entgegen, die von freiwilligen Helfern und der Bundeswehr ausgegeben wurden. Die meisten Leute nahmen es gelassen, plauderten und schlossen neue Freundschaften. Sie alle freuten sich trotz aller Strapazen, die DDR endlich verlassen zu haben. Nach dem Essen tobten die Kinder im Hof.

Ich war wie versteinert, unfähig, an irgendjemanden das Wort zu richten. Freundliche Fragen oder Blicke prallten an mir ab. Ich war innerlich gestorben.

In der Nacht kamen wieder neue DDR-Bürger an, und so schliefen bereits die Ersten auf den Gängen. Aber alle waren begeistert und dankbar, die Freiheit erlangt zu haben!

Selbst die Tatsache, dass die Toiletten ständig verstopft waren, es kein Klopapier mehr gab und die Duschmöglichkeiten für Frauen sehr begrenzt waren, schien die Freude dieser Menschen nicht zu schmälern. Man versprach den Leuten, alles schnell zu bearbeiten, um eine schnelle Entlassung und Weiterreise zu gewährleisten.

Die meisten hatten Verwandte oder Freunde im Westen, wo sie erst mal unterschlüpfen konnten. Und ich? Gestern in Kassel hatte ich noch geglaubt, eine Familie hier zu haben, ein Zuhause! Gestern noch war ich überzeugt gewesen, der Albtraum wäre endlich zu Ende!

Drei Tage später kam Hermann wie versprochen und durfte in einem Besucherraum Platz nehmen. Hier saßen wir zwischen anderen aufgeregten Menschen und starrten uns an wie Fremde.

»Charlotte, wenn es deiner Mama recht ist, würde ich dich gerne mit nach Hause nehmen.« Hermann starrte mich bittend an. »Sophie. Lass wenigstens das Kind mal durchatmen.«

»Bitte Mama, darf ich?«, bettelte Charlotte. Ihr steckten die Nächte in den überfüllten Räumen mit den fremden Leuten ebenso in den Knochen wie die unerfreuliche Reise und ihr Heimweh nach Hause. »Ich will doch mein Brüderchen noch mal sehen, und das Schwimmbad und die Pferde ...«

Sie war noch so klein, und ich hatte ihr schon so viel zugemutet.

»Natürlich«, hörte ich mich sagen. »Hab viel Spaß, mein Schatz.«

»Ich bringe sie in einer Woche zurück.« Hermann sandte mir einen so traurigen Blick, dass ich mich abwenden musste. Dann fuhr er mit unserem Kind davon.

28

Zwei Wochen später, Paderborn-Sennelager, Februar 1984

»Mama, ist das unser neues Zuhause?«

Man hatte uns ein Zimmer in Sennelager zugewiesen, ein ehemaliges Militärlager, ungefähr eine halbe Stunde mit dem Auto von Bielefeld entfernt. Hier gab es viele Flüchtlinge aus dem Ostblock, darunter zahlreiche Sudetendeutsche, die zum Teil ihre heimatlichen Bräuche pflegten und dementsprechend altmodisch gekleidet waren. Ich kam mir vor wie im letzten Jahrhundert.

Es war ein eiskalter Raum im Erdgeschoss, wo jeder zum Fenster hineinschauen konnte, aber immerhin gehörte es Charlotte und mir auf unbestimmte Zeit allein.

Hermann hatte Charlotte wie versprochen zurückgebracht. Sie hatte nach mir geweint und keine Beziehung zu Edith und Trude aufbauen können. Selbst zu Hermann hatte sie kein Vertrauen mehr, nachdem sie begriffen hatte, dass alle meine Versprechungen auf eine heile Familie mit liebevollem Papa nicht eingetroffen waren.

»Ja, mein Schatz.« Ich schluckte trocken. »Das ist unser neues Zuhause.« Ich schluckte und schämte mich, hier gelandet zu sein.

Ich hatte Charlotte vom reichen Westen vorgeschwärmt und war nun mit ihr in einer jämmerlichen Absteige gelandet, die viel kleiner, hässlicher und zugiger war als unsere gemütliche Wohnung in Weimar.

»Ich will nach Hause, Mama!«

»Das geht jetzt nicht mehr, mein Schatz!«

»Muss ich dann hier in den Kindergarten?«

»Ja, mein Schatz.«

»Aber ich habe doch gar keine Umhängetasche! Papa hat gefragt, wo die Umhängetasche ist, die er mir geschickt hat.«

»Die haben wir vergessen ...«

Ich biss mir auf die Unterlippe. In der ganzen Hetze hatte ich daran nicht gedacht.

»Oma Trude sagt, das war gemein von dir, die Umhängetasche war teuer.«

Na bitte! Da hatte ich es schon. In ihren Augen hatte ich sie natürlich mit Absicht vergessen.

»Wir kaufen dir eine neue.«

Von den fünftausend Mark hatte ich noch fast nichts angerührt. Aber jetzt wurde es Zeit für die ersten Anschaffungen. Also streifte ich mit meinem verstörten Kind durch ein Gebrauchtmöbellager an der B68, wo dröhnend Lastwagen vorbeibrausten, und suchte die wichtigsten Gegenstände zusammen: Ein paar Handtücher, eine Tischdecke, eine kuschelige Wolldecke und ein paar Vorhänge für die Fenster mussten für den Anfang genügen. Das Luxusleben, das ich im Osten gehabt hatte, war erst einmal vorbei. Auch einen gebrauchten Schulranzen fanden wir statt Umhängetasche, doch Charlotte weinte vor Enttäuschung.

»Der ist nicht so schön wie die in den Läden! Die haben Blinklichter, und da sind Micky Mouse und Minnie Mouse drauf!«

»Es tut mir so leid, mein Schatz!«

Es war klar, dass ich nun größte Geduld und viel Verständnis aufbringen musste, um sie langsam an die neue Situation zu gewöhnen.

»Sobald ich wieder einen Job habe, bekommst du einen neuen!«

»Papa sagt, er schenkt mir dann den Ranzen!«

»Du kommst ja erst nächsten Herbst in die Schule, und für den Kindergarten tut es auch dieser, einverstanden?«

Ich hängte ihr den altmodischen Lederranzen um die schmalen Schultern.

Sie war ein sensibles Kind, das bis jetzt selten mit anderen Kindern zusammen gewesen war. Es brach mir schier das Herz, wenn ich mein trauriges Mädchen da so zwischen den alten, hässlichen Möbeln sitzen sah. Sie war gerade mal fünf Jahre alt und konnte doch nicht verstehen, was geschah. Ich verstand es ja selbst nicht! Trotzdem musste ich mein Kind beschützen und Charlotte täglich versichern, dass sie mir vertrauen musste.

»Und ich verspreche dir: Wir werden in diesem Land wieder lachen!«

»Papa auch?«

»Das weiß ich nicht...«

*

An den Wochenenden kam Hermann und schaute nach dem Rechten. Er brachte Möbel, Geschirr und Bettwäsche aus dem Hotel mit. Sogar einen alten Fernseher schloss er mir an. Ich nahm alles dankbar entgegen. Was blieb mir auch anderes übrig? Edith saß solange mit dem kleinen Adrian im Wagen und schaute auf die Uhr. Er sollte keine Minute länger bei mir verbringen als nötig.

Auch Essbares und Kisten mit Getränken schleppte er herbei. Es war so demütigend! Die anderen bettelarmen Familien staunten nicht schlecht, als sie den Mercedes mit den reichen Gaben vor unserer Tür stehen sahen und wunderten sich wohl, was dieser gut aussehende Mann bei mir machte.

Ich bekam Angst, bestohlen zu werden, und versteckte die knapp noch viertausend Mark unterm Schrank hinter einem zusammengerollten Teppich. Hoffentlich würden die Mäuse sie nicht fressen!

Hermann versuchte immer wieder, mir seine Lage zu erklären.

»Sie war auf einmal schwanger, und Mutter bestand darauf, dass ich sie heirate.«

»Hermann, bitte ….«

»Die Hochzeit war so richtig pompös mit Riesenfeier in der Kirche und anschließend im Landhotel, genau so wie Mutter es sich immer für ihren einzigen Sohn erträumt hat.«

»Hermann. Es ist gut.«

»Die Eltern von Edith sind im Gemeinderat, und Mutter fand, es sei die Richtige … Ich konnte mich irgendwann nicht mehr dagegen wehren.«

»HERMANN!« Ich hielt mir die Ohren zu. »Ich will nichts mehr davon hören!«

»Sophie! Hätte ich gewusst …« Er rang die Hände.

Liebe für immer!, hörte ich ihn durchs Zugfenster rufen. Hier drin! Wir schaffen das!

»HERMANN! Ich schreie, wenn du weiterredest!«

»Na gut. Schau mal, was ich dir noch mitgebracht habe. Edith hasst es.«

Mit einem schiefen Grinsen packte Hermann einen Kassettenrekorder aus und legte eine ABBA-Kassette ein. »Agneta und Björn haben sich auch getrennt.«

Agneta sang.

»I don't want to talk
About the things we've gone through
Though it's hurting me
Now it's history
I've played all my cards
And that's what you've done too
Nothing more to say
No more ace to play
The winner takes it all ...«, schallte es mir verzweifelt entgegen.

Weinend stürzte ich aus der Baracke, vorbei an Edith, die lauernd im Auto saß. Ich rannte über den hart gefrorenen Schnee bis zum Fichtenwald und schrie meinen Schmerz in die Welt hinaus.

The winner takes it all ...

Dabei dachte ich an Karsten. Meine gesamte verfahrene Situation hatte ich einzig und allein Karsten zu verdanken. Der mich damals unter falschen Versprechungen zurück in die DDR gelockt hatte, um uns alle ins Elend zu stürzen. Warum nur, warum?

*

Nun musste ich alle Kräfte bündeln, Charlotte in ein neues Leben einzugliedern. Morgens brachte ich sie zu Fuß im Konvoi mit den anderen Frauen und Kindern zum Kindergarten. Niemand hatte Geld für einen Bus, und meines wollte ich sparen. Dann lief ich wieder nach Hause, legte mich ins Bett und schlief wie ein Stein.

Ich hatte wieder fünf Kilo Gewicht verloren, und meine Periode war ausgeblieben. Ständig wurde mir schwindelig, und ich konnte mich kaum auf den Beinen halten. Dabei fror ich wie ein Schneider. Hermann hatte eine alte Heizdecke von Trude mitgebracht, und auch wenn ich mich anfangs weigerte, sie zu benutzen, stöpselte ich sie inzwischen dankbar ein und kuschelte mich anschließend ins vorgeheizte Bett. Meine Füße blieben trotzdem eiskalt.

Wegen meiner ständigen Kopfschmerzen und meiner Panikattacken musste ich den Lagerarzt aufsuchen, der immer donnerstags Sprechstunde hatte. In der Hoffnung, dass er mir Stimmungsaufheller und Beruhigungsmittel verschreiben würde, saß ich stundenlang im öden Wartezimmer zwischen jammernden Kleinkindern und alten zahnlosen Menschen, die kein Deutsch sprachen.

Der nette ältere Arzt machte sich Sorgen um mich und sprach ein ernstes Wort mit mir.

»Sie müssen viel spazieren gehen und absolute Ruhe halten. Sie sind extrem untergewichtig und blutarm. Haben Sie denn niemanden, der sich um Sie kümmert?«

»Nein.« Ich kämpfte mit den Tränen. Ich war weinerlich, und jedes Gespräch strengte mich an.

Die letzten Jahre waren nicht spurlos an mir vorbeigegangen, und erst jetzt, »in Freiheit«, merkte ich, wie viel Kraft und Nerven mich alles gekostet hatte.

Der schmerzliche Verlust von Hermanns Liebe hatte mir den Rest gegeben.

»Sie sind nicht weit von einem Nervenzusammenbruch

entfernt. Ich verschreibe Ihnen jetzt ein Beruhigungsmittel, aber Sie dürfen sich auf keinen Fall daran gewöhnen, hören Sie? Sie haben Verantwortung für Ihr Kind. Sonst muss ich Ihnen das Jugendamt vorbeischicken.«

Ich weinte Rotz und Wasser.

»Bitte nehmen Sie mir nicht mein Kind«, flehte ich den Arzt an.

Einfühlsam schaute er mich an; seine sympathische Ehefrau assistierte ihm.

»Wir sind auch Flüchtlinge aus Schlesien, aber schon dreißig Jahre da. Wir haben nicht vergessen, wie man sich fühlt. Wir behalten Sie im Auge. Das Leben geht weiter, glauben Sie mir!«

Mittags schleppte ich mich zur Schule und holte meine Charlotte wieder ab, deren Wangen nach und nach wieder Farbe bekamen. Auch ihre braunen Augen leuchteten von Tag zu Tag mehr, denn sie war trotz ihrer Kleinheit die Beste in der Klasse. Kunststück: Sie sprach als eines der wenigen Kinder Deutsch.

Es musste einfach weitergehen! Und es würde weitergehen! »Wir schaffen das!« war nun meine Parole für mich und meine Tochter. Und wenn sie strahlte, waren wir auf einem guten Weg!

So entwickelte ich fast unmenschliche Kräfte, um diesen ersten harten Winter in der Fremde zu überstehen.

29

Drei Jahre später, Schloß Holte-Stukenbrock, Februar 1987

»Frau Becker, wie viele Leute sitzen noch im Wartezimmer?«

»Nur noch zwei, Dr. Wilhelmi.«

»Dann können Sie für heute gehen. Vielen Dank und bis morgen.«

Der väterliche Arzt, der mir damals wieder auf die Beine geholfen hatte, war inzwischen mein Chef. Immer donnerstagnachmittags praktizierte er im Flüchtlingslager, wo ich ihm ebenfalls assistierte.

Nachdem ich noch ein halbes Jahr in Paderborn-Sennelager hatte bleiben müssen, hatte mir der Arzt eines Tages eine halbe Stelle als Arzthelferin angeboten.

Ich hatte ihm von meiner Ausbildung zur Kosmetikerin und medizinischen Fußpflegerin erzählt, und wir waren einander sympathisch. Durch seine Vermittlung fand ich auch eine schöne Wohnung in dem netten kleinen Ort Schloß Holte-Stukenbrock, in dem ich inzwischen viele Leute kannte.

Charlotte ging dort zur Schule und war beliebt.

Anfangs fragte sie immer wieder: »Mama, warum sind die Leute hier so freundlich?«

Ich antwortete dann lachend: »Ich hab dir doch versprochen, dass wir in ein Land fahren, wo die Leute lachen dürfen!«

»Nur Papa lacht nicht …«

»Vielleicht geht er ja mit Edith zum Lachen in den Keller«, konnte ich mir nicht verkneifen zu sagen.

Mein erster Gang hier in diesem hübschen kleinen Ort war der zum Friseur gewesen. Ich wollte nicht mehr Agneta ähneln, meine langen blonden Haare sollten ab. Hermann stand auf lange Haare, aber Hermann war Vergangenheit. Deshalb ließ ich mir einen weißblonden Kurzhaarschnitt verpassen, der mich wie die Sägerin von Roxette aussehen ließ, ein damals angesagtes Pop-Duo. Ich zahlte hundertfünfzig Westmark für diesen neuen Haarschnitt und ein bisschen Farbe, doch ich kam strahlend aus dem Geschäft und bereute nichts. Der lange honigblonde Zopf war ab, die naive gutgläubige Sophie gab es schon lange nicht mehr.

Die Halbtagsstelle bei Dr. Wilhelmi brachte wieder Stabilität in mein Leben, und viele Patienten kamen nachmittags zur kosmetischen Beratung und zur Fußpflege zu mir nach Hause. Mit manchen freundete ich mich ganz schnell an.

Langsam hatte ich wieder gelernt, auf eigenen Füßen zu stehen.

Im Osten hatte ich fünfzig Monate ohne Hermann auskommen müssen, warum sollte ich es also hier im Westen nicht schaffen? Anfangs unterstützte er uns finanziell, und ich fand es auch in Ordnung, dass er für Charlotte Unterhalt bezahlte, aber ich wollte kein Geld mehr von ihm annehmen.

Hermann kam regelmäßig und holte Charlotte für ein Wochenende ab, und auch während der Ferien durfte sie im Landhaus bleiben. Allerdings hatte er es immer sehr eilig, denn seine Frau saß wie gehabt draußen im Wagen und machte Druck: Sie wollte verhindern, dass Hermann und ich wieder ins Gespräch kamen, und Zeit zum gemeinsamen Musikhören sollte es auch nicht mehr geben. Anfangs hatte Charlotte Angst vor Edith und Trude, aber mit der Zeit gewöhnte sie sich an diesen Teil ihrer Familie. Ihr kleiner Bruder Adrian war jetzt knapp vier Jahre alt, und Charlotte liebte und vergötterte ihn. Gern machte sie sich als Babysitterin nützlich, denn die Erwachsenen waren im Landhotel stets sehr eingespannt.

Inzwischen gab es auch eine Kosmetikerin dort. Von Charlotte erfuhr ich Näheres.

»Mama, die ist nicht halb so gut wie du, aber Edith würde es nie erlauben, dass Papa DICH einstellt.«

»Das würde ich auch gar nicht wollen«, sagte ich. »Hier im Ort konnte ich mir einen eigenen Kundenstamm aufbauen, ich brauche Papas Hilfe nicht.«

»Aber du hast ihn schon noch gern …?«, fragte meine achtjährige Tochter hoffnungsvoll.

»Natürlich habe ich ihn gern. Er ist doch dein Papa.«

Innerlich liebte ich ihn nach wie vor von Herzen, aber ich kämpfte dagegen an.

Er war verheiratet, und es hatte doch keinen Zweck mehr!

»Mama, wenn er sich von Edith scheiden lassen würde …«

Mein Kind hatte einen siebten Sinn.

Auch ich spürte, dass Hermann nichts lieber täte, als sich von Edith scheiden zu lassen, aber das war in seinem katholischen Elternhaus ein Ding der Unmöglichkeit. Der Spruch »Was werden dann die Leute sagen?« war oft genug von Trude gefallen. Er fürchtete wahrscheinlich, dass sein Landhotel darunter leiden und die Kirche ihn als »Ehebrecher« boykottieren würde.

»Er kann sich nicht scheiden lassen, Liebes.«

»Aber WENN …?«, bohrte Charlotte nach. »Würdest du ihn wieder heiraten?«

Ich seufzte traurig. »Weißt du, Schatz, in meinem Herzen sind wir immer noch verheiratet. Und ich glaube, in Papas Herzen auch.«

*

»Wir sind das Volk! Wir sind das Volk!«

Wieder waren fast drei Jahre vergangen. Meine zehnjährige Tochter und ich kuschelten wie immer abends vor dem Fernseher. In den Nachrichten kamen ständig neue Meldungen über die Menschen im Osten, die regelmäßig in Scharen auf die Straße gingen und gegen das DDR-Regime protestierten. »Wir sind das Volk! Wir sind das Volk!«

»Sieh dir das an, mein Schatz. Lange wird die DDR nicht mehr bestehen bleiben.«

»Mama, ich bin so wahnsinnig froh, dass du den Mut hattest, mich da rauszuholen!«

Charlotte ging inzwischen in Sennestadt auf das neusprachliche Gymnasium und war eine gute Schülerin. Ich hatte nach wie vor die Halbtagsstelle beim beliebten Hausarzt und kümmerte mich nachmittags um meine Kundinnen. Einige Fortbildungskurse hatten mich auch in Sachen Kosmetik auf den neuesten Stand gebracht, und längst fuhr ich wieder ein rollendes Schönheitsmobil. Mein berufliches Fortkommen und mein gutes Einkommen machten mich stolz und selbstbewusst.

Hermann kam sooft wie möglich auf einen Sprung vorbei, und in seinen Augen sah ich immer noch tiefe Liebe und unstillbare Sehnsucht nach mir und Charlotte.

Auch mir wurden nach wie vor die Knie weich, wenn ich bei einer flüchtigen Umarmung heimlich seinen Duft aufsog.

Doch noch immer hatte ihn seine Edith voll im Griff, und Trudes katholischer Ehrbegriff hing drohend über ihm wie der Gekreuzigte in der guten Stube.

So blieb es zwischen Hermann und mir bei angedeuteten Wangenküssen, verbunden mit heimlichem Herzklopfen. Ich wusste, dass ich ihn verführen könnte, aber ich wollte ihm nicht noch mehr Schuldgefühle und Zerrissenheit zumuten. Auch unser Kind wollte ich nicht in neues Chaos stürzen. Wenn die Liebe sich eines Tages Bahn brechen würde, dann musste der erste Schritt von Hermann kommen. Und wer weiß, vielleicht würde meine Zeit eines Tages doch noch kommen?

Charlotte berichtete mir von vielen unschönen Szenen im Landhaus Großeballhorst. Trude und Edith stritten auch ständig, wer die Herrin im Hause wäre und wer das Sagen hätte, dabei war der kleine Adrian bereits wahrer Alleinherrscher im Landhotel.

Aber all das schien jetzt nicht so wichtig zu sein wie das, was sich gerade in Berlin abspielte! Plötzlich klingelte es auch noch, und ich zuckte zusammen.

Charlotte sprang auf und drückte den Summer.

»Was soll das bedeuten? Die Grenzübergänge sind offen? Was sagt der Schabowski? ›Nach meiner Kenntnis ... sofort ... unverzüglich‹?«, murmelte ich vor mich hin.

»Mama, der Papa ist da!«

Mit strahlenden Augen stand Charlotte in Jeans und auf Socken in der Wohnzimmertür. Sie war so wunderschön mit ihren schulterlangen dunklen Locken und ähnelte ihm so sehr!

»Aber es ist doch gar kein Wochenende?«

Ich verstand die Welt nicht mehr. Erst recht, als hinter Charlotte ein riesiger Strauß roter Rosen auftauchte. Ein Strauß roter Rosen auf zwei Beinen.

»Geburtstag habe ich auch nicht?«

Mein Herz raste. War jetzt der Augenblick gekommen, von dem ich schon so lange heimlich geträumt hatte?

»Sophie!« Hermann überreichte mir die samtigen Baccararosen, die ich in so edler Schönheit zuletzt bei seinem Heiratsantrag in Weimar im Hotel »Zur Kupferkanne« gesehen hatte. Es musste ein gutes Dutzend sein!

»Wie komme ich denn zu der Ehre?«

Ich schöpfte Hoffnung: Er liebte mich. Er hatte mich immer geliebt. Vom ersten Tag an. Und ich ihn!

»Es sind fünfzehn«, sagte Hermann mit bewegter Stimme. »Für jedes Jahr, das ich dich nun schon liebe.«

»Hermann ...?«

»Mama, so freu dich doch! Die Mauer ist auf!« Charlotte starrte abwechselnd in den Fernseher und zu uns.

»Wie?« Jetzt begriff ich gar nichts mehr. »Die Mauer ist auf? Und dafür kriege ich Rosen?«

Aber ich spürte, dass jetzt zwei Jahrhundertereignisse gleichzeitig ihr Füllhorn des Glücks über mir ausschütten wollten. Die Dornenhecke, die unserer Liebe bisher im Weg gestanden hatte, war ebenfalls entzwei!

»Die Mauer ist offen«, bestätigte mir nun auch Hermann. »Damit zusammenwächst, was zusammengehört.« Er tippte sich an die Brust wie damals, als er davongefahren war. »Hier drin! Für immer!«

Ich sank fassungslos aufs Sofa. Das träumte ich doch jetzt nur?

Seine Augen schwammen in Tränen. »Wir schaffen das! Wenn du noch willst!«

Ich schaute ihn nur sprachlos an. Auch mein Blick glitt immer wieder überfordert zum Fernseher, in dem nun Schlangen von Trabis zu sehen waren, die sich im Schritttempo der Grenze näherten. Jubelnde Menschen klopften ihnen begeistert auf die Dächer, mit Sektflaschen, Blumen und Luftschlangen bewaffnet.

Menschen aus Ost und West fielen einander um den Hals, weinten, küssten sich, tanzten auf den Straßen.

Und dazwischen immer wieder Bilder von völlig verdutzten Grenzern.

Junge Frauen boten ihnen Schampus an, sangen und tanzten Arm in Arm um sie herum.

»Und deshalb, liebste Sophie, wenn du mich noch willst … bitte ich dich noch einmal, meine Frau zu werden!«

Ich traute meinen Ohren nicht.

»Mama! Hörst du nicht, was Papa sagt? Er liebt dich noch!«

Hermann kniete vor mir, mit Tränen in den Augen:

»Ich gehöre zu euch, Sophie. Das wusste ich schon immer, aber heute erst habe ich den Mut gefasst, es Edith und meiner Mutter zu sagen.«

»Aber Hermann …«

So schnell konnte ich gar nicht umdenken!

»Ich liebe dich auch, aber wie soll das jetzt ...«

Charlotte rüttelte mich an der Schulter. »Schau nur, Mama, was die Berliner geschafft haben, schafft ihr ja wohl auch!«

Verunsichert sah ich zwischen den beiden liebsten Menschen in meinem Leben hin und her.

»Ich habe es mir so sehr gewünscht«, stammelte ich. »Aber ich habe Angst, wieder etwas kaputt zu machen ...«

Hermann strahlte mich an und verschloss mir mit einem gefühlt endlosen Kuss den Mund.

»Los, kommt mit, Mädels!«

Abrupt löste er sich wieder von mir.

»Dies ist ein historischer Moment! Ich möchte Zeuge sein von dem großartigen Schauspiel da in Berlin! Brechen wir auf!«

»Was? Jetzt sofort?«

»Jaaa, Mama!« Charlotte sprang begeistert im Wohnzimmer auf und ab. »Bitte sag Ja!«

»Aber morgen ist Schule ...«

»Scheiß drauf! Die Mauer fällt! Das ist lebendiger Geschichtsunterricht!«

»Bitte«, flehte Hermann mit seinen warmen braunen Augen. »Nur wir drei! Wie früher! Für immer!«

Sollten wir tatsächlich wieder eine Familie sein?

Charlotte packte bereits eine kleine Reisetasche.

»Mama, wenn du jetzt Nein sagst, rede ich nie wieder ein Wort mit dir.«

»Bitte!«

Hermann bedeckte mein Gesicht mit Küssen. »Bitte gib uns eine Chance.«

Mit vor Glück zitternden Fingern machte ich mich sanft von ihm los.

»Darf ich wenigstens noch die Rosen ins Wasser stellen?«

Das durfte ich.

*

Kurz darauf saßen wir drei im Auto und fuhren auf der A2 von Bielefeld in Richtung Berlin.

Es war unfassbar; ich glaubte zu träumen! Hermann sah mich immer wieder strahlend von der Seite an und hielt meine Hand.

Charlotte war auf der Rückbank so weit vorgerutscht, dass sie quasi zwischen uns saß. Sie legte ihre Arme um uns und drückte uns immer abwechselnd Küsse auf die Wangen.

»Kind, schnall dich an …«

»Ja gleich. Wenn ich mich fertig gefreut habe.«

Meine geliebte Charlotte hatte endlich beide Eltern wieder!

»Was wird aus Edith?«

»Ich lasse mich scheiden.«

»Ja, aber woher hast du auf einmal den Mut?«

»Das klingt verrückt, aber in meinem Innern war es die ganze Zeit so wie in der DDR: Es brodelte und tobte, aber irgendwann wollte ich mich nicht länger von fremden Mächten bestimmen lassen! Ich wollte frei sein und die Mauer niederreißen, die andere zwischen dir und mir gebaut hatten!«

Ich musste mir dauernd neue Tränen abwischen, die mir vor Freude nur so über die Wangen liefen. Charlotte reichte mir ein Tempotaschentuch nach dem anderen.

»Es war eine Vernunftehe, von Trude eingefädelt. Sie wollte

endlich einen Enkel für das Hotel, einen Stammhalter, einen, der ihren Namen weiterträgt.«

»Sie war der Honecker der Großeballhorsts«, unkte Charlotte dazwischen.

»Und Edith?«

»Der Stasiminister Mielke.«

»Charlotte!«

»Sie hatten mich jedenfalls viel zu lange fest im Griff.« Hermann legte den fünften Gang ein. »Vor allem wegen dem kleinen Adrian habe ich lange mitgemacht. Der katholische Glaube ist meiner Mutter so wichtig, aber letztlich ist alles Heuchelei.«

»Genau!« Charlotte knüllte die leere Tempopackung zusammen. »Wir leben nicht für die Leute, sondern für uns!«

»Aber das Hotel …«, wagte ich einzuwerfen »… dein Lebenswerk?«

»Das Lebenswerk meiner Eltern. Edith und Mutter können es gerne behalten. Sie SIND das Hotel. Ich muss da weg, ich will frei sein … mit euch!«

»Aber was wird aus dem kleinen Adrian?«

»Er wird es eines Tages erben. Und ich werde immer sein Vater sein.«

Schweigend fuhren wir weiter. Die Regentropfen prasselten gegen die Windschutzscheibe, und die Scheibenwischer rasten wie die Gedanken in mir. Sollte es wirklich wahr sein? Sollte meine Irrfahrt endlich zu Ende sein? Hermann ließ meine Hand nicht los. Bald schon näherten wir uns der Grenze.

Sie war OFFEN! Man winkte uns einfach nur zügig durch!

Triumphierend sah Hermann mich von der Seite an, und wir tauschten innige Blicke.

»Adrian geht es gut. Er wird uns immer besuchen können, wenn wir erst mal ein neues Zuhause gefunden haben.«

Mein Herz raste. »Ein neues Zuhause?«

Hermann verlangsamte das Tempo, wir waren auf ehemaligem Transitgebiet, und die Autobahn war spürbar schlechter asphaltiert.

Wieder sah er mich von der Seite an, diesmal flehentlich.

»Eure kleine Mädels-WG dürfte uns auf Dauer zu eng werden.«

»Na ja, Platz ist in der kleinsten Hütte«, gab ich zurück. Ich sprach schließlich aus Erfahrung.

»Mama, hör doch erst mal, was er zu sagen hat!« Charlotte rüttelte an meiner Schulter.

»Es gibt da ein verlockendes Angebot im Ausland ... als Hotelmanager eines großen internationalen Hauses in einer Weltstadt!«

Mein Herz setzte einen Schlag aus. Diesen Traum hatte ich so lange geträumt, und nun sollte er Wirklichkeit werden?

»Rio? Shanghai? Peking? San Francisco? Sydney?«

Charlotte schnellte noch weiter vor. »Was für Städte, Papa?« Sie stieß fast mit dem Kopf an die Wagendecke vor Aufregung.

»Nichts gegen Paderborn und Umgebung, aber ...«

Endlich ließ Hermann die Bombe platzen.

»Das Parkhotel Schönbrunn in Wien sucht einen neuen *General Manager*.«

»Wien!«, entfuhr es mir. »Mutters geliebte Heimat!«

Ich musste den Kopf abwenden, damit keiner meine erneuten Tränen sah. Sich vorzustellen, wir würden in Wien leben ... Mein Herz raste schneller als der Wagen fuhr. Vielleicht lebte meine Tante ja noch? Vielleicht war meine Cousine Elisabeth nach wie vor dort zu Hause? Warum war ich noch nie darauf gekommen, mich bei ihnen zu melden?

»Ich habe erst mal nur ein Bewerbungsgespräch vereinbart«, ruderte Hermann zurück. »Aber wenn ich mit euch rechnen könnte …?«

»Nichts würde mich glücklicher machen.«

»Aber jetzt fahren wir erst mal nach Berlin!«

Nach einer weiteren Stunde waren wir in der Hauptstadt.

Ein Hupkonzert empfing uns, als wir uns dem Brandenburger Tor näherten! Um zwei Uhr nachts!

Autos wälzten sich um die goldene Siegessäule.

Überall standen Menschen dicht gedrängt, Arm in Arm, tanzten und jubelten. Die Stimmung da draußen spiegelte meine Verfassung perfekt wider.

Mit dem Auto war kein Durchkommen mehr. Wir ließen es einfach irgendwo am Rande des Tiergartens stehen. Zu dritt stiefelten wir ebenfalls Arm in Arm mit der Menge mit. Mein Glückspegel hatte das Maximum erreicht.

Konnte das denn alles wahr sein? Träumte ich das nicht nur? Würde ich nicht gleich in einer Baracke erwachen, einsam und frierend?

Unser Land war frei?

Hermann war frei?

WIR WAREN FREI!?!

»Vorsicht, Hermann, was machst du da?«

Mein geliebter Mann war nicht mehr zu halten. Unter Freudengeschrei kletterte er mit anderen auf die Mauer und zog erst mich und dann Charlotte hinauf. Wir standen doch tatsächlich eng umschlungen auf der Berliner Mauer und tanzten vor Freude. Wie so viele brach Hermann einen Stein heraus. Wir weinten vor Glück und küssten uns immer wieder. Ein Kameramann vom ZDF richtete sein Objektiv auf uns.

»Freiheit«, brüllte Hermann in die Kamera. Er trommelte sich auf die Brust: »Hier drin! Für immer! FREI! Wir schaffen das!«

Für einen winzigen Moment stellte ich mir vor, dass Edith und Trude das jetzt sahen. Und wenn schon! Das sah jetzt nicht nur Bielefeld, das sah die ganze Welt!

30

Wien, Frühling 1990

»Hier muss es sein! Ich erinnere mich ganz genau!«

Mit klopfendem Herzen eilte ich vor Hermann und Charlotte durch die gepflegte Wohnstraße in Wien-Hietzing.

»Es war in der Nähe von Schönbrunn, man konnte den Eingang vom Park aus sehen!«

Die Villa meiner Tante Käthe lag versteckt hinter einem prächtig blühenden Kirschbaum.

Hinter uns bog gerade eine Straßenbahn mit dem Ziel »Rodaun« klingelnd um die Kurve, direkt vor dem herrschaftlichen Schlosshotel Schönbrunn, das unverändert dalag, als wären nicht über dreißig Jahre vergangen.

Und jetzt war MEIN MANN dort Hotelmanager! Ich konnte es nicht glauben. Er hatte den Job bekommen!

Gegenüber stand noch immer das altmodische gelbe Postamt.

Touristenscharen quollen aus Bussen und schoben sich durch das schmiedeeiserne Tor in den Schlosspark hinein. Über den wogenden Kastanien sah man das Dach des gläsernen Palmenhauses. Das alles würde ich Charlotte zeigen …

»Oh Mami, hier sind so süße kleine Geschäfte!«

Charlotte zog mich aufgeregt am Ärmel in die andere Richtung.

»Später, mein Schatz. Später.«

Mein Herz raste, als ich am Gartentor auf die Klingel drückte. Der Name meiner Tante Käthe stand immer noch daran: »Moosleitner.« Sie musste etwas älter sein als meine Mutter heute gewesen wäre, also Anfang siebzig. Wenn sie noch lebte... Und meine Cousine Elisabeth? Was wohl aus ihr geworden war? Das Herz wollte mir schier aus dem Mund springen vor freudiger Aufregung.

»Hallo?«, kam eine weibliche Stimme freundlich aus der Gegensprechanlage.

»Ich bin Sophie Becker«, sagte ich und räusperte mir einen Kloß von der Kehle. »Ich bin die Nichte von...«

Da sprang das Gartentor auch schon auf.

Mein Herz hatte Schluckauf vor Glück, als ich über den Kiesweg auf die gelb gestrichene Villa zuschritt. Nervös schaute ich mich um, ob meine beiden Liebsten mir auch folgen würden. Sie taten es. Ihre Augen strahlten genauso wie meine.

In der Haustür stand eine schlanke Frau um die vierzig. Sie sah mir verdammt ähnlich! Sie trug ihre blonden Haare zu einem langen Zopf geflochten so wie ich jahrelang. Sie war sehr zierlich und hatte genauso blaue Augen wie ich.

»Sophie!« Sie breitete die Arme aus und umarmte mich fest. »Endlich bist du da!«

»Das ist Hermann, mein Mann, und das ist Charlotte, unsere Tochter...«

Wir standen in versammelter Runde erst ein wenig verlegen da, doch dann begrüßten sich alle herzlich mit Umarmungen. »Und das ist meine Cousine Elisabeth, ich erinnere mich noch genau an dich!« Ich stieß ein glückliches Lachen aus.

»Kommt rein.«

Meine Cousine schritt vor uns her. Es roch noch genau so wie damals nach altem Holz, nach Kamin, nach ... meiner Familie! Auch das Wohnzimmer mit dem Wintergarten und dem Klavier war mir sofort vertraut.

In Windeseile zauberte Elisabeth Getränke hervor, und Hermann half ihr mit den richtigen Handgriffen ganz selbstverständlich dabei: Servietten, Eiswürfel, Kissen für die Stühle ... Meine Cousine war auf der Stelle begeistert von meinem Mann!

Charlotte und ich sahen uns in dem prächtigen, leicht verwilderten Garten um.

»Hier an der Regenrinne habe ich als Kind Klimmzüge gemacht! Und hier in der Regentonne habe ich gebadet!« Ich lachte. »Das Regenwasser war eiskalt, aber ich bin reingeklettert!«

Ich sprang herum wie eine Aufziehpuppe. Es war, als wäre ich nie weg gewesen!

»Hier im Baum hing damals eine Schaukel!«

Plötzlich sah ich alles wieder genau vor mir. »Da am Tisch haben Mama und Tante Käthe gesessen, es gab diesen köstlichen Apfelstrudel, dessen Duft ich bis heute in der Nase habe ...«

»Kunststück!« Meine Cousine lachte. »Wir haben gerade welchen frisch aus dem Rohr gezogen! Geh, Hermann, bring geschwind den Schlag.«

Ihr Wiener Dialekt war ganz entzückend.

»Schlag?«, fragte Charlotte und verzog das Gesicht. »Gibt's Ärger?«

»Schlag heißt Sahne«, verriet ich der verwirrten Charlotte.

»Geh Hermann, magst an Verlängerten?«

»Was meint deine Cousine?« Charlotte schaute mich fragend an.

»Einen Kaffee!«, sagte ich und betonte »Kaffee« auf der zweiten Silbe. »Mensch, Cousinchen, ich fühl mich wieder wie damals! Wie ich dich bewundert habe ...«

Mein Herz hüpfte vor Freude, und ich war schockverliebt in Wien!

»Hast du es ihr schon erzählt, Hermann?«

»Na ja, bei euch kommt man ja nicht zu Wort ...«

»Was soll er mir erzählt haben?«

Die Lisi, wie sie sich vorgestellt hatte, verteilte den warmen krossen Apfelstrudel.

»Na, sag es ihr! Dass du den Posten als Hotelmanager im Parkhotel Schönbrunn hast!«

»Respekt!«, sagte meine Cousine. »Dann werden wir ja Nachbarn! Na, das freut mich aber ganz arg! Des is ja ur-leiwand!«

»Mama, was meint die mit Uhr und Leinwand?«

»Wienerisch! Daran wirst du dich noch gewöhnen!«

Aufgeregt erzählten wir ihr von den Neuigkeiten, die wir selbst kaum glauben konnten. Wir wollten nicht mit der DDR-Geschichte anfangen, aber dass wir gerade zum zweiten Mal geheiratet hatten, nachdem wir über zehn Jahre zuvor schon mal genau einen Tag lang verheiratet gewesen waren, das mussten wir der sprachlosen Lisi natürlich zwischen zwei Stück Apfelstrudel mit Schlag auftischen.

»Und jetzt sucht ihr in Wien eine Bleibe?«, fragte sie mit vollem Mund.

»Ja! Im Moment bewohnen wir noch eine Suite im Hotel ...«

»Eine total geile«, warf Charlotte ein. »Mit Terrasse und Swimmingpool.«

»Aber letztlich brauchen wir natürlich ein richtiges Zuhause.«

Meine Cousine sah mich lange nachdenklich an. Ich vertilgte gerade genüsslich ein drittes Stück des köstlichen Strudels, als meine Gabel auf dem Weg zum Mund in der Luft hängen blieb.

»Warum zieht ihr nicht hier ein? Die Villa ist viel zu groß für eine Person allein.«

»Und Tante Käthe ...?« Bisher hatte ich es nicht gewagt, nach ihr zu fragen und fest gehofft, sie läge vielleicht noch oben im Bett und käme später herunter. Die Kuchengabel sank zurück auf den Teller. »Wo ist deine Mutter?«

»Sie war nicht meine Mutter.«

Meine Cousine sah mich ganz merkwürdig an.

»Bei euch kommt man tatsächlich nicht zu Wort, also der Reihe nach: Sie war meine Tante. Das hat sie mir aber erst auf dem Sterbebett gesagt. Ich habe sie immer für meine Mutter gehalten.«

Das war zu viel für mich. Sie war tot? Sie war Lisis Tante? Und wer war dann ihre Mutter? Schweigend starrte ich sie an.

Lisi ließ ihre Worte nachwirken. Mein Herz begann unrhythmisch zu poltern. »Jetzt versteh ich gar nichts mehr ...«

Lisi legte ihre Hand auf meine. »Sophie, wir sind Halbschwestern.«

In meinem Kopf begann sich ein großer Brummkreisel zu drehen.

Kein Wunder, dass ich mich immer so zu Lisi hingezogen gefühlt hatte. Ich hatte sie vom ersten Moment an geliebt und vergöttert!

»Aber wie ...?«

Hermann, Charlotte und ich starrten uns ratlos an. Was kam denn jetzt noch?

»Deine Mama, also unsere Mama...« Lisi fuchtelte mit der Kuchengabel in der Luft herum. »Charlotte, also deine Großmutter Charlotte, nach der du benannt bist, hatte mich als achtzehnjährige Schülerin unehelich geboren. Als sie dann später als Studentin den Professor Becker aus Weimar kennenlernte, riet ihre ältere Schwester Käthe, dem strengen Mann erst mal nichts von mir zu sagen. Es war damals eine Schande, ein uneheliches Kind zu haben, und Tante Käthe bot sich an, sich vor dem Professor als meine Mutter auszugeben, damit der Verbindung zwischen ihnen nichts im Wege stand.«

Ich starrte sie schweigend an. Mein Herz ratterte wie eine Wiener Pferdekutsche auf Kopfsteinpflaster vor dem Stephansdom.

Auch Hermann und Charlotte starrten Elisabeth mit offenem Mund an. Hermann legte seine Hand auf meine.

»Dann wurde das enger mit dem Professor Becker und unserer Mama, und sie wurde mit Marianne schwanger. Das Mariandl!«

Lisi lachte. Aus ihrem Mund klang der Name so reizend und nett.

»Jetzt hatte die Mama erst recht keinen Mut mehr, dem angehimmelten Professor von ihrem Kuckuckskind zu erzählen. Sie folgte ihm nach Weimar und bekam das Mariandl. Einmal kam sie zu Besuch nach Wien, daran erinnere ich mich noch genau, aber zu Tante Käthe sagte ich längst Mami und zu Charlotte eben Tante Charlotte. Die beiden Frauen hatten ein Geheimnis, das sie nun nicht mehr preisgeben konnten. – Dann kamst du auf die Welt, Sophie, und noch immer hatte unsere Mutter nicht den Mut, ihrem Mann, dem strengen Professor, die Wahrheit zu sagen. Er war ein autoritärer Dirigent, dem alle Studenten und Musiker zu Füßen lagen. Die Blamage, dass man ihm ein Kuckucksei untergeschoben haben könnte, wollte unsere Mutter ihm nicht mehr antun.«

»Und dann kam der Sommer 1961«, unterbrach ich sie.

»Ja. Da warst du neun Jahre alt und ich dreizehn. Ich lebte nun schon mein ganzes Leben mit Tante Käthe, die ich für meine Mutter hielt, hier in der Villa. Großmutter lebte ja auch noch, wir waren das berühmte Dreimäderl-Haus. Deine Mama wollte nun endlich reinen Tisch machen, aber ... In Weimar spitzte sich die Situation zu, politisch wie zwischenmenschlich. Dein Vater war ein autoritärer, narzisstischer Mann, der immer im Mittelpunkt stehen musste. Unsere Mutter erwog während dieses Sommers, mit dir hier in Wien zu bleiben. Sie war mit deinem Vater nicht mehr glücklich.«

»Ja, das habe ich damals genau gespürt ...« Mir wurde heiß und kalt. »Ich erinnere mich an jede einzelne Sekunde!«

»Aber weil dein Vater schon so etwas ahnte, hat er das Mariandl einfach für ein Ferienlager angemeldet. Damit deine Mutter auch ja zurückkommt. Und als dann die Mauer gebaut wurde, konntet ihr sowieso nicht mehr weg.«

Mir fiel es wie Schuppen von den Augen.

Ich schluckte und starrte sie an. »Plötzlich wird mir alles klar.«

»Unsere Mutter hat wochenlang mit sich gerungen.«

Jetzt wischte sich auch meine Cousine – pardon! – meine Halbschwester die Augen.

»Wien war ihre Heimat, dieses Haus ihr Elternhaus, ihre Mutter und ihre Schwester Käthe liebte sie über alles, und ich war ihr leibliches Kind! Sie hat entsetzliche Kämpfe ausgestanden, aber sie konnte das Mariandl doch nicht einfach für immer eurem Vater überlassen.«

»Ich erinnere mich an den schrecklichen Abschied am Westbahnhof, als sie so fürchterlich geweint hat ...«

»Tante Käthe und Großmutter haben auch geweint. Sie hatten im Radio mitverfolgt, was kommen würde. Viel eher als ihr im Osten haben sie gewusst, dass eine Mauer gebaut würde.«

»Niemand hat die Absicht, eine Mauer zu bauen«, hörte ich wieder insgeheim die verlogene Stimme von Walter Ulbricht.

Lange saßen wir schweigend da.

»Ich habe nach dem Mauerfall versucht, euch in Weimar ausfindig zu machen«, beendete Lisi ihre Ausführungen. »Ich wollte meine Halbschwestern kennenlernen. Aber du hast ja schon nicht mehr dort gelebt, und Marianne wollte nichts von mir wissen. Mit dieser Familie ist sie fertig, hat sie zu mir gesagt.«

31

Dreißig Jahre später, Weimar, Heiligabend 2020

»Hier ist es.« Der Taxifahrer drehte sich zu mir um. »Bert-Brecht-Weg neun. Soll ich warten?« Knirschend hielt das Taxi am Rand der schmalen Wohnstraße.

»Ja, bitte. Das letzte Stück gehe ich zu Fuß.«

Meine Nervosität machte mir schon sehr zu schaffen, und nach der langen Zugfahrt von Wien nach Weimar saß mir die Kälte in den Knochen. Ich zitterte vor Aufregung und gleichzeitig vor Entschlossenheit.

Die dicht bewachsenen Vorgärten lagen tief verschneit da, überall blinkten Lichterketten an Bäumen und Fenstern. Ich hatte in meinem Leben schon viel Mut bewiesen und einige verrückte Entscheidungen getroffen. Aber dieser Weihnachtsbesuch verlangte mir wirklich etwas ab. Vor dieser Haustür hatte ich auf den Tag genau vor vierundvierzig Jahren schon einmal gestanden. Nur ganz kurz und das Taxi hatte genauso wie jetzt gewartet. Damals war es ein Wartburg gewesen, der schrecklich stank. Fast bildete ich mir ein, die Abgase riechen zu können genauso wie meine jetzige Angst.

Unter einigen Mühen schälte ich mich aus dem Fond des Wagens. Ich war mittlerweile immerhin Ende sechzig! Meine Stiefel versanken tief im Schnee, so wie mein Herz jahrelang in Kälte versunken war.

Endlich hatte ich wie so viele meine Stasiakte gelesen. Ach was, Akte – es waren Berge von Akten gewesen!

Es hatte mich unendlich viel Überwindung gekostet, sie anzufordern und mich damit zu beschäftigen. Hermann hatte mich begleitet, denn auch über ihn gab es jede Menge Unterlagen. Tagelang hatten wir uns in der Berliner Bundesbehörde durch Hunderte von Seiten gewühlt, die man über uns angelegt hatte.

Karsten hatte von Anfang an die Strippen gezogen. Schon unsere erste Begegnung in der Diskothek damals war eingefädelt gewesen. Durch meine Beziehungen zu Weimars Frauen war ich interessant, und so hatte sich Karsten um mich »gekümmert«. Auch meine Wohnung, mein Telefon, meine »reparierte«, sprich präparierte Wand, meine Anstellung im Salon Anita, mein Auto für die Hausbesuche, die mich bis in die Wohnstuben und Schlafzimmer der einflussreichen Bürger Weimars vordringen ließen – sie alle waren auf Karsten zurückzuführen. Sämtliche Kosmetikkoffer und der Massagetisch waren verwanzt gewesen.

Sehr wahrscheinlich hatte sich Karsten tatsächlich in mich verliebt, schließlich hatten wir jahrelang eine leidenschaftliche Beziehung geführt. Er hatte mir sogar seine Kinder vorgestellt, und wir waren zusammen in Urlaub gefahren. Er hatte mir einen Ring geschenkt und immer wieder versichert, mit mir leben zu wollen. Davon stand natürlich nichts in den Akten.

Er hatte auch meine Bulgarienreise organisiert, auf der ich Hermann kennenlernte.

Anfangs war Karsten das alles sehr recht gewesen, der enge Kontakt zu einem Westmann, der sich planmäßig ebenfalls in mich verliebte. Die viele Post, die vielen Pakete, die vielen Informationen, die ihm so in die Hände gespielt wurden, Hermanns Kontakte nach Amerika und Asien. All das war Absicht gewesen und ich der schillernd bunte Lockvogel, der ahnungslos in der Welt herumflatterte.

Fast zwei Jahre lang schaffte ich es, mein zweigleisiges Leben vor ihm geheim zu halten. Dachte ich! Dabei hörte er jedes Wort ab, las jeden Brief mit.

Eiskalt beobachtete Karsten unser verzweifeltes Strampeln wie jemand, der ein in einer Pfütze ertrinkendes Insekt betrachtet, ja unterstützte es vielleicht sogar, um mich als ahnungslose Spionin in den Westen zu schleusen.

Dann aber begriff er, dass er seine Zaubermaus verloren hatte, und das konnte sein Ego nicht ertragen. Mit allen Mitteln wollte er mich zurückholen. Ob aus Machtbesessenheit oder gekränkter männlicher Eitelkeit, ob aus politischen oder privaten Motiven: Er bombardierte mich mit Liebesbriefen und Versprechungen.

Und als ich ein schreckliches Dreivierteljahr in Stasihaft war, ließ er mich fallen.

Von den mehreren Hundert Seiten Stasiakten waren sechzig herausgerissen.

Jemand musste so mächtig gewesen sein, dass er seine Spuren noch in letzter Sekunde vernichten konnte. War Karsten so mächtig gewesen?

Oder waren da noch höhere Instanzen im Spiel, die ihm weiteren privaten Kontakt zu mir verboten hatten?

Wie gesagt, all das fehlte in der Stasiakte. Und inzwischen hatte ich genug Mut gesammelt, Karsten mit alldem zu konfrontieren. Am heutigen vierundvierzigsten Jahrestag meiner damaligen Entscheidung wollte ich von Karsten eine Erklärung. Längst war ich davon abgekommen, ihn erschießen zu wollen.

Ich wollte ihn nur zur Rede stellen, vor der versammelten Familie schildern, was dieser Mann mir und meiner Familie angetan hatte. Sie sollten wissen, mit was für einem Menschen sie unter einem Dach lebten. Deshalb war ich hier.

Mit zusammengebissenen Zähnen kämpfte ich mich durch den frisch gefallenen Schnee. Ich musste Karsten unbedingt noch einmal gegenüberstehen.

Und ja, ausgerechnet an Heiligabend, wie ich meiner Wiener Familie erklärt hatte. Sie verstanden mich. Und Karsten würde ebenfalls wissen, warum.

Die Villa hinter der inzwischen hochgewachsenen Hecke sah noch genauso aus wie damals. Die Rollläden im Obergeschoss waren heruntergelassen, und eine Tanne im Garten bog sich unter der Schneelast. Alles wirkte so friedlich und still, dass ich mich fast nicht traute weiterzugehen. Ich kam mir vor wie eine Einbrecherin. Schon damals hätte ich diese Familie fast zerstört!

Und? Wollte ich es jetzt? Schließlich hatte er es tatsächlich für Jahre geschafft, mir ein normales Familienleben zu verunmöglichen.

Ich straffte mich und schlitterte weiter.

Hermann hatte mir davon abgeraten, diesen Überfall zu wagen. »Lass ihn in Ruhe. Vielleicht lebt er ja gar nicht mehr. Du weißt doch, wie wichtig verzeihen ist.«

»Ich möchte ihm aber noch einmal in die Augen sehen«, hatte ich beharrt. »Ich möchte wissen, warum er uns das alles angetan hat.«

Mein Herz wummerte, und mein Mund war ganz trocken.

Minutenlang stand ich vor dem Zaun, unfähig, meine Hand zur Gartenpforte zu führen.

»Alles in Ordnung?«

In der Dunkelheit sah ich die Zigarette des Taxifahrers wie ein Glühwürmchen auf und ab schweben.

»Bisher ja«, rief ich ihm zu.

Dann atmete ich tief durch. Meine Hand berührte die Pforte, die sich fast von allein öffnete. Sie war gar nicht abgeschlossen gewesen.

An der Hauswand lehnten ein Schlitten und mehrere bunte Rutschgeräte. Es waren also Enkelkinder da.

Schritt für Schritt näherte ich mich der Haustür. So wie ich mich damals mit dem Abschiedsbrief herangeschlichen hatte, so fühlte ich mich jetzt wieder.

Doch diesmal musste ich den Mut haben zu klingeln!

Ja. Das war der richtige Moment. Jetzt oder nie.

Ich klingelte.

Das Licht im Flur ging an, rasche Schritte näherten sich. Rufe, Gelächter, Hundegebell.

»Oma, ich mach schon auf!«

Zwei neugierige Kinder öffneten die Tür, ein gutmütiger Golden Retriever beschnupperte mich schwanzwedelnd.

Vom Flur aus konnte man ins Wohnzimmer sehen. Dort stand ein Weihnachtsbaum mit elektrischen Kerzen, und jemand hämmerte auf einem Klavier herum.

»Wer ist es denn?«

Eine alte Dame balancierte etwas auf einem großen Silbertablett. Sie trug ein dunkelblaues Kostüm, ein Seidenhalstuch und dunkle Schnürschuhe, das weiße Haar war kunstvoll hochgesteckt. Sie sah aus wie die Schwiegermutter damals!

»Eine Frau!«

Die Kinder nahmen den Hund am Halsband und zerrten ihn von mir weg. Es roch nach Klößen, Rotkohl und köstlichem Braten.

»Aber wir haben doch schon gespendet!«

Die Hausherrin stellte das Tablett auf den Tisch, an dem eine große Familie saß. Am Kopfende sah ich einen alten Mann sitzen, der gerade mit jemandem im Gespräch war. Ich sah ihn nur von hinten, aber ich wusste sofort, dass es Karsten war.

Die Hausherrin kam mir freundlich entgegen. »Kann ich Ihnen helfen?«

Ich wollte etwas sagen, doch es gelang mir nicht. Wir standen uns schweigend gegenüber, und sie sah mich fragend an. Wissen Sie eigentlich, was Ihr Mann in meinem Leben angerichtet hat?, wollte ich sagen. Mein Mann und ich sind seinetwegen durch die Hölle gegangen. Er hat auch Sie jahrelang betrogen. Mit mir. Er hat mit uns allen gespielt. Ich will, dass Sie das wissen. Sie und die Kinder.

Doch kein Wort kam mir über die Lippen.

»Kann ich irgendetwas für Sie tun?«, fragte die Dame freundlich.

Noch immer stand ich da und starrte schweigend in das Wohnzimmer. Von der offen stehenden Haustür zog es kalt herein, und die Gespräche verstummten.

Plötzlich traf mich der Blick des alten Mannes. Seine Gesichtszüge froren ein. Er erhob sich mühsam und kam zur Tür.

»Ist schon gut, Ingeborg. Fangt schon mal ohne mich an.«

Er war komplett weißhaarig und hatte einen weißen Bart.

Wahrscheinlich hatte er gerade noch für seine Enkelkinder den Weihnachtsmann gespielt.

Seine Frau lächelte mich noch einmal höflich an und gesellte sich wieder zu ihrer Großfamilie.

Jemand hatte eine CD aufgelegt, und es ertönte feierlich »Stille Nacht«.

Doch ich spürte, dass alle in Richtung Haustür lauschten.

Sekundenlang starrten Karsten und ich uns schweigend an.

Plötzlich glaubte ich, Hermanns Hände auf meinen Schultern zu spüren. Ich hörte seine warme Stimme: »Verzeihen ist das Wichtigste im Leben.«

»Es zieht!«, rief einer der Söhne. Ingo oder Tom?

»Das Essen wird kalt«, rief die Tochter. Das musste Jana sein. Damals hatte ich ihr meine Haarspangen geschenkt. Und mir ausgemalt, ihre Stiefmutter zu sein.

»Opa! Kommst du?!«

Karsten sandte mir einen stummen, flehentlichen Blick. Sein Mund zuckte, als wollte er etwas sagen, aber er brachte ebenfalls kein Wort heraus. In seinen Augen lag immer noch dieses Leuchten, das ich lange für Liebe gehalten hatte.

Hatte er all das für die Zukunft seiner Kinder getan? War er selbst ein Spielball der Macht gewesen? Hatte die Stasi auch ihn erpresst? Oder war er stets mit Überzeugung dabei gewesen? Ich wusste es nach wie vor nicht. Fest stand nur, dass er mich wortlos anflehte, ihm sein Restleben zu lassen.

Ingeborg kam erneut an die Tür, legte Karsten die Hand auf die Schulter und sah mich fragend an.

»Wollen Sie reinkommen?«

»Nein, vielen Dank«, brachte ich mühsam hervor. »Alles Gute und frohe Weihnachten.«

Damit drehte ich mich um und stapfte zurück zum Taxi.

Der Taxifahrer warf seine Kippe in den Schnee, wo sie zischend verglühte.

Als es mit mir um die Ecke bog, schaute ich aus dem Rückfenster.

Karsten schloss gerade die Haustür hinter sich. In ihrem Glaseinsatz sah ich seine Gestalt kleiner und kleiner werden. Dann fiel die Wohnzimmertür hinter ihm zu. Seine Familie hatte ihn wieder. Heute, am Fest der Liebe.

Nachwort der ersten Protagonistin

Um mein Glück zu finden, nahm ich viele Umwege. Aber auch Niederlagen können einen stärken, einem letztlich helfen, den richtigen Weg einzuschlagen. Wenn man um etwas kämpfen musste, ist das Erreichte besonders wertvoll.

Ich wusste vorher gar nicht, was ich für eine Kämpferin bin. Das habe ich erst durch meine abenteuerliche Lebensgeschichte erkannt.

Der erste Teil des Romans, den Sie soeben gelesen haben, ist meine wahre Geschichte. 1972 verliebte ich mich in der damaligen DDR in Karsten. Es waren schöne Jahre, doch unsere Liebe musste geheim gehalten werden: Karsten war verheiratet und hatte drei Kinder. Wie ich glaubte, war das der Grund für die Geheimnistuerei. Dass Karsten mich in Wirklichkeit benutzte, habe ich erst viel zu spät erfahren. Aber diese Erfahrung hat mich auch stark gemacht.

1974 fuhr ich Weihnachten alleine nach Karlsbad zu Freunden. Und dort begann das Abenteuer. Ein Mann aus Westdeutschland interessierte sich für mich, was mir zunächst gar nicht recht war. Ich war ja in Karsten verliebt. Dieser Mann ließ aber nicht locker und besuchte mich in der DDR. Ich sollte die Ausreise beantragen und zu ihm in die BRD ziehen.

Ich nahm es als Wink des Schicksals, sagte Karsten kein Wort darüber und stellte den Ausreiseantrag. Es war auch eine Flucht vor Karsten, ich wäre als ewige Geliebte nicht glücklich geworden. Der Weg in die BRD war sehr schwierig, denn ich bekam es mit der Stasi zu tun. Nach zwei Jahren durfte ich endlich in die BRD ausreisen. Karsten erhielt von mir einen langen Abschiedsbrief.

In Westdeutschland erwartete mich niemand. Hermann, mein Westmann, war für längere Zeit in Indonesien. Und ich musste auf neue Pässe warten.

Plötzlich erreichten mich Briefe aus der DDR, viele Briefe: Karsten flehte mich an zurückzukommen, er habe alles für unser gemeinsames Leben vorbereitet. Eines Tages setzte ich mich in den Zug und fuhr in die DDR.

Kaum war ich dort, landete ich in den Fängen der Stasi: Eine Grenzgängerin aus Liebe war ich für die nicht, man unterstellte mir Spionage. Es gab viele Verhöre, doch eines Tages stand Karsten vor mir. Er war ein anderer Mensch geworden, das sah ich sofort. Und da begriff ich, dass ich in eine Falle gelaufen war: Karsten hatte mich im Auftrag der Stasi zurück in die DDR gelockt.

Anschließend mobilisierte ich alle meine Kräfte und forderte die sofortige Rückreise in die BRD. Man ließ sich natürlich Zeit, und die Stasi bearbeitete mich täglich. Dennoch gelang mir die Rückreise in die BRD unbeschadet.

Mein Leben bestand damals aus sehr emotionalen Liebesdramen. Trotzdem möchte ich keines davon missen. Weil für mich nur die Liebe zählte, habe ich viele Regeln und Gesetze während des Kalten Krieges zwischen Ost- und Westdeutschland missachtet.

In der Bundesrepublik wurde ich dann doch noch mit Hermann glücklich. 36 Jahre waren wir erfüllt zusammen. Wir bereisten viele fremde Länder, lebten und arbeiteten auch im Ausland, darunter in Saudi-Arabien.

Leider verstarb Hermann im Jahr 2012.

Meine Geschichte gelangte zu Hera Lind, für deren Interesse ich sehr dankbar bin. Die Zusammenarbeit war unkompliziert, sie hat das, was ich zu erzählen hatte, gut umgesetzt.

Hera Lind hat mich auch gefragt, ob ich damit einverstanden sei, dass der zweite Teil ihres Romans von einer anderen Protagonistin kommt. Ich habe mich voller Vertrauen darauf eingelassen. Sie war so begeistert, dass ich wusste: Das Buch wird toll.

An der Entstehung des Romans sind ja mehrere Menschen beteiligt: die Autorin, zwei Protagonistinnen und der Diana Verlag. Leider konnten wir uns nicht alle persönlich kennenlernen. Die Coronakrise hat das verhindert.

Zur anderen Protagonistin habe ich häufig Kontakt. Wir haben ja eine sehr ähnliche Geschichte. Aufgrund dieser Parallelen verstehen wir uns gut.

Das war ein aufregendes Abenteuer!

Danke an alle, die an der Geschichte Interesse zeigen!

Ich werde mein Leben auch weiterhin genießen!

Nachwort der zweiten Protagonistin

Schon 1986, fast zwei Jahre nach meiner Ausreise, schrieb ich meine Geschichte zum ersten Mal auf, was mir nicht sonderlich schwerfiel: Ich träumte von einem Liebesroman, der die Leser begeistern und zu Tränen rühren sollte. Die Zeit dafür war jedoch noch nicht reif, es blieb bei einem Entwurf.

Ich hatte meinen Traum fast aufgegeben, als ich 2019 von Hera Linds erfolgreichen Tatsachenromanen erfuhr. Sie hatte sich bereits mit den unterschiedlichsten Geschichten aus der DDR auseinandergesetzt. Noch einmal setzte ich mich an den Computer und schrieb voller Leidenschaft meine Lebensgeschichte, die in meinem Kopf schon längst fertig war. Diesmal war es der richtige Zeitpunkt, die perfekte Autorin und der richtige Verlag, um damit eine große Öffentlichkeit zu erreichen. Als Frau Lind mir die erste Rückmeldung gab und davon sprach, dass bei ihr der berühmte Funke beim Lesen gesprungen sei, wusste ich: Ich habe alles richtig gemacht.

Als ich dann erfuhr, dass es eine ähnliche Geschichte gab und dass Frau Lind beide Geschichten zu einer verbinden wollte, staunte ich sehr. Es gab tatsächlich noch eine Frau, der Ähnliches widerfahren ist? Schnell stand für mich fest, dass ich mich auf dieses besondere Experiment einlassen wollte. Voller Vertrauen auf das Gespür für gute

Geschichten und das professionelle Können von Frau Lind sagte ich zu.

Leider überrollte uns dann alle die Coronapandemie, und ein persönliches Treffen, auf das wir uns alle so gefreut hatten, war nicht möglich. In den Wochen der darauffolgenden Isolation freundete ich mich trotzdem mit der anderen Protagonistin an. Wir lachten am Telefon immer wieder über unsere Erlebnisse und das verrückte Spiel der Liebe.

So beruht die hier erzählte Liebesgeschichte von Hermann und mir mit allen Höhen und Tiefen im Wesentlichen auf meinen Erlebnissen. Bis heute habe ich ein liebevolles Verhältnis zum Vater meiner Tochter. Wahre Liebe stirbt eben nie, auch wenn sie im realen Leben nicht ganz so glücklich ausgegangen ist, wie Hera Lind und ich es uns für diesen Roman überlegt haben.

In der DDR hatte ich anfangs eine glückliche Kindheit und schöne Jugendjahre. Doch mit knapp achtzehn begriff ich, was im Sozialismus falsch lief, gerade weil sie Hermann so schlecht behandelten. Es folgten fünf verzweifelte Jahre, in denen ich versuchte das »Gefängnis DDR« zu verlassen. Ich blieb aus Liebe zu meinem Kind stark und kämpfte für unsere Freiheit, das habe ich nie bereut. Nie verlor ich den Glauben daran, dass die Mauer eines Tages fallen würde, und war dann natürlich begeistert von der friedlichen Revolution. Nach dreißig Jahren der Wiedervereinigung empfinde ich keine Trennung mehr zwischen Ost und West: Für mich sind wir alle Deutsche und ein Volk (was wir immer waren).

Seit vielen Jahren lebe ich mit meiner erwachsenen Tochter in Hamburg und fand hier eine neue Heimat. Viele Male bin ich bisher im Gedenken an meine Mutter nach Wien gereist. Ein Besuch im Stephansdom ist dann Pflicht, wo ich mich daran erinnere, dass meine Mutter hier getauft wurde. Irgendwann selbst in Wien zu leben, ist nach wie vor nicht ausgeschlossen.

Meine hübsche und liebenswerte Tochter ist zu einer starken, selbstbewussten und emanzipierten jungen Frau herangewachsen, die sich in einem Männerberuf erfolgreich behaupten kann. Bis heute hat sie dafür unsere volle Bewunderung.

Ich arbeitete viele Jahre im öffentlichen Dienst und bin seither freiberuflich tätig. Ich darf auf ein glückliches und erfülltes Leben zurückblicken und glaube bis heute an die Macht der wahren Liebe.

Dieser Roman ist für mich die Erfüllung meines Traumes. Die andere Protagonistin und ich sind inzwischen gute Freundinnen geworden, ohne uns je persönlich getroffen zu haben. Unser Dank geht an Hera Lind, die unsere beiden Geschichten so kunstvoll und einfühlsam vereint hat. Wir sind beide sehr glücklich und stolz auf das Ergebnis.

Nachwort der Autorin

Diese Geschichte war unter Hunderten von Einsendungen wieder mal ein Volltreffer, und ein Riesengeschenk. Aber es kam wie schon einmal bei »Über alle Grenzen« in zwei verschiedenen Verpackungen daher!

Zuerst bekam ich 2019 das vierteilige, handgeschriebene Manuskript der ersten Protagonistin. Der Anfang war unglaublich spannend, auch wenn er in einfachen Sätzen geschrieben war. Ich habe später beim Schreiben bewusst immer wieder ihre Originalsätze verwendet, denn darin lag die Brisanz ihrer Situation: Da war eine junge Frau gefangen in der Liebe zu zwei Männern – einer erfahren und älter, aus dem Osten, der andere jung und verrückt, aus dem Westen. Aus Liebe zu dem Älteren, dessen Familie sie nicht zerstören möchte, geht sie in den Westen, wo der Verlobte aber gar nicht ist: Nur seine Eltern stehen am Bahnhof, er selbst ist beruflich in Indonesien! Das alles war der Originalplot meiner ersten Protagonistin.

Die Zeit, die sie mit den fremden Schwiegereltern dort im Westfälischen verbringt, habe ich mir erlaubt, etwas auszuschmücken, damit ich glaubhaft rüberbringen konnte, dass die junge Frau wieder in die DDR zurückwill. Denn das war der Knackpunkt an dieser Geschichte: Wie kann sie freiwillig zurückgehen?! Bestimmt dachten einige Leserinnen und Leser: Wie kann sie nur so gedankenlos sein? Deshalb hatte meine Protagonistin auch lange Zeit nicht den Mut, über ihre Geschichte zu sprechen, geschweige denn sie mir zur Veröffentlichung zu überlassen. Doch wer kann sich schon anmaßen, über Herzensdinge zu urteilen?

Sie hatte ihre große Liebe Karsten, mit dem sie immer leben wollte, und sie glaubte an Karstens Versprechungen. Das fand ich nicht nur ehrenwert, sondern unfassbar stark von ihr. Trotzdem stellte ich beim Lesen der weiteren Teile des handgeschriebenen Manuskriptes fest: Der wahnsinnig packende Anfang ließ den Rest verblassen. Der Kreis schloss sich nicht.

Also schrieb ich der Protagonistin mit großem Bedauern, dass es für einen Tatsachenroman in meiner Reihe im Diana Verlag aus meiner Sicht leider nicht ausreiche.

Kaum hatte ich die Absage verschickt, erreichte mich die Einsendung der zweiten Protagonistin. Es gab unglaubliche Parallelen, aber die Geschichte mit dem Westmann ging weiter!

Hier schloss sich der Kreis: Da war er, der zweite Teil! Er passte so perfekt zur Geschichte der ersten Protagonistin, dass ich wusste: Beide zusammen werden mein nächster Tatsachenroman! Aber natürlich brauchte ich erst noch die Zustimmung der beiden Damen, sie zu einer einzigen Romanfigur machen zu dürfen. Sie kannten einander ja gar nicht und auch nicht den anderen Teil der Geschichte.

Unsere lang ersehnte gemeinsame Verabredung mit meiner Lektorin Britta Hansen im März 2020 fiel dem Coronavirus zum Opfer! Dabei waren die Flüge und Hotels längst gebucht. Auf einmal hatte ich plötzlich alle Zeit der Welt, zu Hause in meiner Romanwerkstatt in Salzburg.

Nun war gegenseitiges Vertrauen und Toleranz angesagt. Beide Damen ließen sich auf das Spiel mit quasi verbundenen Augen ein. Wir telefonierten ein paarmal, ich schilderte begeistert meine Idee vom perfekten Plot, und beide gaben mir ihren Segen. Jede steuerte ihren Teil dazu bei, und die Nahtstelle der Geschichte so zu gestalten, dass man beim Lesen nichts merkt, war meine größte Herausforderung. Ich musste möglichst unauffällig eine Weiche stellen, damit der Erzählzug elegant auf einem anderen Gleis weiterfuhr!

Das Landhaus Großeballhorst und die Schwiegereltern Hermann und Trude habe ich erfunden. Bielefeld habe ich übrigens nicht erfunden!

Nun bedanke ich mich bei meinen Protagonistinnen für ihre beiden großartigen Handlungsstränge, die ich zu einer Geschichte machen durfte. Beide haben hervorragende Vorarbeit geleistet und mir wichtige Anhaltspunkte für meine Recherche geliefert. Beide Damen habe ich auch zwischendurch wörtlich zitiert, weil ich ihren Originalton unbedingt im Buch haben wollte. Vor ihrer beider Lebensleistung habe ich den größten Respekt.

Das Wichtigste im Leben ist das Verzeihen. Ist das nicht die schönste Botschaft, die eine Geschichte transportieren kann?

Wenn Sie, liebe Leserin und lieber Leser, ebenfalls eine außergewöhnliche und spannende Lebensgeschichte haben, die Sie mir und damit möglicherweise einer großen Öffentlichkeit anvertrauen wollen, dann schicken Sie sie per Mail an heralind@a1.net, gern auch per Post an den Diana Verlag in

München oder an meine Romanwerkstatt am Universitätsplatz 9 in Salzburg.

Täglich erreichen mich die spannendsten und vielseitigsten Schicksale, und ich bedanke mich für Ihr Vertrauen, Ihre Mühe und Geduld.

Vielleicht schafft es ja Ihre Geschichte demnächst auf die Bestsellerliste, wo meine Tatsachenromane regelmäßig vertreten sind. »Die Hölle war der Preis« kam sogar auf Platz 1!

Das beweist, wie mitreißend und von welch emotionaler Tiefe die wahren Lebensgeschichten sind, und wie reich das Füllhorn derer, die noch geschrieben werden sollten.

Hera Lind, im Winter 2020

LESEPROBE

**Eine Frau kämpft um ihre Würde,
die Freiheit und die Liebe**

Der neue große Tatsachenroman
von SPIEGEL-Bestsellerautorin Hera Lind

ISBN 978-3-453-29227-7
Auch als E-Book erhältlich

DIANA

Über den Roman:

Die junge Ella erfährt mit brutaler Härte, was es heißt, nach 1945 als Tochter einer Deutschen in der Tschechoslowakei aufzuwachsen. Revolutionsgarden erschlagen ihren Vater, die Mutter muss sich mit ihrem neugeborenen Sohn in einem tschechischen Dorf verstecken. Ella erträgt immer neue Schicksalsschläge: Klosterschule, Kommunismus, die Ehe mit einem Egozentriker, Psychiatrie – bis sie endlich in Prag der großen Liebe begegnet. Mit dem jüdischen Arzt Milan ist sie zum ersten Mal glücklich. Beide haben nur noch einen Wunsch: zusammen mit Ellas kleiner Tochter in den Westen fliehen. Doch der Geheimdienst ist ihnen dicht auf den Fersen ...

1

Hillemühl im Lausitzer Gebirge, Nordböhmen,
Deutsches Reich, seit 1939 Sudetengau,
Ende März 1945, 6 Wochen vor Kriegsende

Nebenan wackelte der kleine Ziegenstall. Das Vieh schrie und meckerte, dass ich mir die Ohren zuhalten musste. Irgendwas lag in der Luft, das mein Idyll im Haus meiner Großmutter bedrohte, das spürte ich. Auch die bucklige Tante Berta, genannt Bertl, die wegen ihrer Behinderung genauso klein war wie ich, hockte blass und verstört auf ihrem dreibeinigen Hocker in der rustikalen Wohnküche und hörte Radio.

»Was soll nur aus uns werden, vor allem aus dem Kind!«, murmelte sie.

Das Kind war ich. Elf Jahre alt und hier auf dem Land bei Großmutter und Tante Bertl in Sicherheit gebracht.

Großmutter Auguste, die nach der Ziege geschaut hatte, stand kopfschüttelnd in der Tür.

»Wenn der Krieg aus ist, werden uns die Tschechen an den Kragen gehen«, knurrte sie und wischte sich die Hände am Küchenhandtuch ab. »Wir Deutschen werden hier um unser Leben fürchten müssen!«

Erst jetzt schien mich Großmutter richtig zu bemerken.

»Oje, Ella, da bist du ja …« Sie trank einen Schluck Wasser und straffte sich. »Ich werde wieder nach der Ziege schauen, lange kann es nicht mehr dauern.«

»Tante Bertl, wieso müssen wir Deutschen jetzt um unser Leben fürchten?«

»Ach, Kleines, die Welt ist schon lange aus den Fugen geraten!« Tante Bertl sah mich aus ihren tief liegenden Augen traurig an. »Aber du bist jung, du hast dein Leben doch noch vor dir.«

»Aber wir Deutschen leben doch mit den Tschechen friedlich zusammen? Papa ist Tscheche, Mama Deutsche!« Ich schaute Tante Bertl fragend an. »Die können doch nicht plötzlich Feinde sein?«

»Ach Liebes!« Tante Bertl tätschelte mir den Kopf. »Es tut mir nur so leid um deine arme Mama, die in diesen wirren Zeiten ein Baby bekommt! Gut, dass sie nicht hier ist – wer weiß, ob wir nicht bald aus unserem Haus vertrieben werden!«

Ich verstand das alles nicht. In Großmutters beschaulichem Hillemühl sollte sich plötzlich alles ändern? Wieso waren die Deutschen plötzlich unbeliebt? Sie sollten aus Böhmen und Mähren vertrieben werden? Wohin denn nur? Heim ins Reich? Sudetenland war doch unser Reich! Das hatte der Herr Hitler doch laut genug im Radio herumgeschrien!

»Unsere Vorfahren leben doch schon lange hier! Schon seit sie vor knapp zweihundert Jahren unter Kaiserin Maria Theresia hier angesiedelt wurden, das habe ich im Geschichtsunterricht gelernt!«

»Geh der Großmutter helfen, Liebes!« Tante Bertl wollte nicht mehr darüber reden.

Ich tat wie geheißen und wartete unschlüssig vor dem Stall. Mit der bissigen Ziege war nicht zu spaßen, außer Großmutter durfte sich dem bockigen Tier niemand nähern, aber jetzt war sie völlig außer Rand und Band. Das Tier zerrte an dem Strick, mit dem es am Pflock angebunden war, zielte mit den Hörnern auf jeden, der sich ihr näherte, und stieß Töne aus, die ich einer Ziege nie zugetraut hätte.

»Ella!« Großmutter steckte den Kopf aus dem Stall. »Es ist so weit. Die Ziege bekommt Nachwuchs! Magst du zuschauen?«

Mein Herz polterte. »Ich trau mich nicht ...«

Oh Gott! Machte meine Mama etwa gerade dasselbe durch? Jeden Moment sollte doch mein Geschwisterchen auf die Welt kommen!

Mama, Papa und ich wohnten eigentlich in Prag in einer geräumigen Wohnung unweit des Denis-Bahnhofs, aber der stand möglicherweise unter Beschuss, und die tschechische Schule war vermutlich längst geschlossen.

Deshalb hatte Papa meine hochschwangere Mama in ein nahe gelegenes tschechisches Dorf namens Zahořany verfrachtet, wo er ihr ein winziges Zimmerchen an der Durchgangsstraße gemietet hatte. Dort sollte Mama »in Ruhe« ihr Baby bekommen.

Irritiert stand ich da, wusste nicht, was ich tun sollte.

»Komm ruhig rein! Die Ziege hat etwas anderes zu tun, als dich zu beißen!« Großmutter winkte mich näher. Unter ihrem roten Kopftuch sahen ihre roten Wangen aus wie kleine verschrumpelte Äpfelchen. »Das ist deine Chance, eine Ziegengeburt mitzuerleben!«

Wollte ich das wirklich? Hätte ich gewusst, was mir in meinem jungen Leben bald noch alles bevorstehen würde, wäre das hier ein Klacks für mich gewesen! Aber ich wusste es nicht. Zum Glück.

An der Hand meiner lieben Großmutter Auguste stapfte ich tapfer in den kleinen Stall. Mit energischen Griffen band Großmutter mir eine Schürze um.

»So. Hier hinter dem Gitter bleibst du stehen. Ich reiche dir die Zicklein dann, und du trägst sie nacheinander vorsichtig in die Küche, einverstanden?«

Oh Gott, was war ich aufgeregt. Fasziniert beobachtete ich meine gebückte Großmutter und die sich windende Ziege, die in meinen Augen beide hochprofessionell ans Werk gingen. Mit geübten Griffen befreite Großmutter das schreiende Tier von drei zuckenden Wesen, die nacheinander ins Stroh plumpsten. Sie machten einen hilflosen, verstörten Eindruck. So war das also, wenn man auf die Welt kam!

»Hier, kleine Hebamme. Das Erste. Vorsichtig, es ist ganz glitschig.«

Respektvoll nahm ich mit meinen Kinderhänden das winzige Ding entgegen, dessen Augen noch verklebt waren, das aber schon mit seinen stangenähnlichen Beinchen strampelte. Es war überraschend leicht und zart, und mich durchströmte ein nie gekanntes Glücksgefühl. Es lebte! Und ich durfte es tragen!

Ehrfürchtig trug ich es in die Küche.

Tante Bertl drehte mit ihren knotigen Fingern das Radio ab. Sie hatte inzwischen eine Kiste mit Stroh ausgelegt und neben den aufgeheizten Ofen gestellt.

»Na bitte, kleine Ella! Das hat doch hervorragend geklappt.«

Nach kurzer Zeit zappelten drei kleine langbeinige Wesen in der Kiste herum, und Großmutter wusch sich lachend die Hände über dem Waschtrog. Auch Tante Bertls Augen lagen nicht mehr so tief in ihren Höhlen, sondern hatten einen warmen Glanz.

»Schau mal, Ella, die denken, du bist ihre Mama! Sie lecken dir die Hände!«

»Aber ihre Mama ist doch im Stall!«

»Wir bringen sie ihr gleich, sie muss sich noch ein bisschen ausruhen.« Großmutter nahm ein Bündel Stroh und machte sich daran, die feuchten Wesen trocken zu reiben.

Fasziniert sah ich zu, wie die drei Zicklein immer wieder versuchten, zum Stehen zu kommen. Doch ihre Beinchen waren so dünn, dass sie jedes Mal einknickten.

»Sie haben noch wenig Kraft, aber warte nur – bald springen sie herum!« Großmutter schenkte sich einen Kaffee ein und wärmte die rissigen Hände an der blauen Blechtasse. »Ella-Kind, das hast du großartig gemacht.«

Die Zeit bei meiner deutschen Großmutter war für mich, das Stadtkind aus Prag, wirklich das reinste Paradies gewesen. Mein um mich besorgter Papa hatte mich schon vor einem halben Jahr aus den Kriegswirren des hundert Kilometer entfernten Prag hierhergebracht, wo ich von den ganzen Irrungen und Spannungen der letzten Kriegsmonate nicht viel mitbekam.

Es war ein wunderschöner Winter gewesen, mit sehr viel Schnee. So viel weiße Pracht hatte ich in Prag noch nie gesehen, da waren die Straßen eher verharscht und schmutzig, wenn Autos, Pferdefuhrwerke und die Straßenbahn ein paarmal über den frisch gefallenen Schnee gerumpelt waren.

Aber hier, im weiß glitzernden Winterparadies im Sudetenland, war alles wie verzaubert und mit Puderzucker bestäubt. Riesige Baumstämme wurden von Waldarbeitern mit schnaubenden Kaltblütern, denen vor Anstrengung der Schaum vor dem Maul stand, von den Bergen heruntertransportiert und hinterließen tiefe Spuren im Schnee. Darin glitten wir Kinder jubelnd hinterher. Oft hielten wir uns sogar an den Enden der Baumstämme fest und ließen uns ziehen. Angst kannten wir nicht, und unsere Mütter und Großmütter hatten etwas anderes zu tun, als uns zu beaufsichtigen.

Ich durfte die deutsche Dorfschule besuchen, was ich unglaublich spannend fand! In Prag wäre ich unter normalen Umständen schon im ersten Schuljahr eines tschechischen Gymnasiums gewesen. Aber hier, in diesem mollig warmen Klassenzimmer, in dem wir unsere nassen Jacken am Bollerofen wärmten, saßen gleich vier Klassen auf abgewetzten Holzbänken im selben Raum. Ich konnte genug Deutsch, um dem Unterrichtsstoff mühelos zu folgen. Ich half sogar den i-Männchen mit dem ABC und dem kleinen Einmaleins. Und nach der Schule zogen wir alle zu Großmutters Gemischtwarenladen, wo ich meinen Mitschülern je eine lila Lakritzpastille aus dem bauchigen Glas spendieren durfte.

Eine Grundschule, eine Gaststätte mit Metzgerei, ein Sägewerk und der kleine Gemischtwarenladen meiner Großmutter – genau das war Hillemühl, das liebliche Fleckchen im Lausitzer Gebirge. Anders als in Prag lebten in diesem böhmischen Dorf fast nur Deutsche. So wie meine Mama Marie Kochel, die auch hier aufgewachsen war. Sie war eine sehr attraktive Frau und wurde von allen um ihre Lockenpracht beneidet. Mein Vater Jakob war wiederum Tscheche. Er hatte meine Mama bei einem Dorffest kennengelernt. Sie sang damals im Chor und war das schönste von allen Mädchen, die unter der Linde Volkslieder zum Besten gaben und dazu tanzten. So erzählte es mir mein Vater immer wieder. Doch weil sie eine Deutsche war, wurde seine Liebe zu ihr von seiner sehr national eingestellten Familie nicht begrüßt. Trotzdem heiratete er seine Marie vom Fleck weg, die ihm nach Prag folgte. Dort arbeitete mein Vater als Prokurist in einer jüdischen Weinfirma. Er war extrem kurzsichtig. Deshalb beugte er sich mit seiner runden Nickelbrille stets tief über seine Akten. Im ersten Stock des Weinhandels schuftete er bis spät in die Nacht. Richard Stein, sein Arbeitgeber, vertraute ihm voll und ganz. Mein Papa war die optimale Besetzung für den Job, denn er sprach perfekt Tschechisch und Deutsch.

Mama hatte nach ihrer Heirat sofort Tschechisch gelernt, aber es war mehr so ein Umgangstschechisch, und ihren deutschen Akzent konnte sie einfach nicht verstecken. Ich hingegen sprach neben Deutsch fließend Tschechisch, war ich doch in Prag geboren und auch dort eingeschult worden. Richard Stein nannte mich liebevoll »Springinsfeld«, weil ich so ein aufgewecktes Mädchen war. Wenn ich an sein Fenster im Erdgeschoss klopfte, legten der alte Mann und ich immer an der Scheibe die Hände aneinander. Das war unser Begrüßungsritual. Richard Stein liebte uns, wir gehörten mehr oder weniger zur Familie.

Als im März 1939 die deutschen Truppen in Prag einmarschierten, war die Lage in der jüdischen Firma extrem angespannt. Bald darauf gab Richard Stein meinen Eltern diverse Gegenstände zur Aufbewahrung. Es dauerte nicht lange, und der jüdische Unternehmer wurde abgeholt. Kurz danach erschienen einige deutsche Wehrmachtssoldaten und ein großer grauhaariger Mann in der Firma. Letzterer war der neue Chef, der sich als Hitlers Freund vorstellte und mit dem Parteibuch Nummer 6 prahlte – so lange war er schon Nationalsozialist. Ein Mann aus Linz, wie Mama mir später erzählte. Von nun an war der Betrieb »arisiert« und für Lieferungen an die Wehrmacht zuständig.

Im Frühjahr 1945, während ich gerade sorglos bei meinen Verwandten in Hillemühl weilte, wurde das mobile jüdische Vermögen, das Richard Stein hatte zurücklassen müssen, auf den Firmenlaster geladen. Zweimal wurde mit Bildern, Möbeln, Teppichen, Silber und teurem Porzellan nach Linz gefahren. Mein Papa, der Prokurist, musste den Fahrer bezahlen. Das sollte ihm noch zum Verhängnis werden. Doch von alldem ahnte ich zu diesem Zeitpunkt noch nichts. Woher sollte ich auch wissen, dass es mit Hass und Grausamkeit noch lange nicht vorbei war?

Ich wusste nur, dass ich ihn vermisste: Mein Papa trug uns

auf Händen. Und nun würde er bald auch noch ein Brüderchen oder Schwesterchen auf Händen tragen! War der Krieg erst einmal vorbei, würden wir hoffentlich wieder eine richtige Familie sein, das war mein sehnlichster Wunsch an diesen letzten Kriegstagen.

2

Hillemühl, 8. April 1945

»Ella-Kind! Gott sei Dank, dein kleiner Bruder Alex ist geboren!«

Großmutter wischte sich mit dem Zipfel ihrer Kittelschürze gerührt die Augen. In ihren vor Aufregung zitternden Händen hielt sie ein Telegramm, das ihr gerade der Postbote aus dem Nachbardorf mit dem Fahrrad gebracht hatte.

»Er ist noch ganz winzig, und deine Mama braucht dich jetzt!«

Verschreckt klammerte ich mich an die knotige Hand meiner Tante Bertl, die aus dem Radio immer neue Schreckensnachrichten hörte.

»Die arme Kleine«, flüsterte sie bedrückt. »Was soll nur werden! Die Tschechen werden uns Deutschen alles zurückzahlen, was Hitler und seine Bande ihnen angetan haben! Wo soll die arme Marie mit dem Baby nur hin? Und das arme Ella-Kind!«

Ich hatte überhaupt keine Lust, von hier fortzugehen. Konnten die Eltern mit dem neuen Brüderchen nicht einfach hierherkommen? Hier war doch alles schön? Gerade hatte der Frühling in Hillemühl Einzug gehalten, und Großmutter werkelte unentwegt in unserem kleinen Vorgarten herum. Üppige gelbe Forsythien zierten unser schmuckes kleines Grundstück, und in den blitzblank geputzten Fenstern spiegelte sich die Sonne.

»Du musst jetzt ganz tapfer und vernünftig sein, hörst du?«

Großmutter schüttelte mich sanft an den Schultern. »Du musst jetzt zu deiner Mama. Wie gesagt, sie braucht dich. Und dein Brüderchen braucht dich auch!«

Dass man so auf mich zählte, erfüllte mich schon mit Stolz. »Holt der Papa mich ab?« Hoffnungsvoll blickte ich meine liebe Großmutter an.

»Das ist unmöglich! Der kommt nicht mehr über die Grenze.« Großmutter hatte ganz rote Flecken im Gesicht. »Die Tante Bertl bringt dich mit dem Zug nach Prag.«

»Aber in Prag ist es doch gefährlich, habt ihr gesagt? Ich kann doch nicht nach Hause zurück?«

Sie ging in die Hocke und hob mein Kinn. »Schau mich an, Ella. Was ich dir jetzt sage, ist ganz wichtig: Tante Bertl und du dürft kein Wort Deutsch sprechen! Weil ihr beide so klein seid, fallt ihr in dem überfüllten Zug hoffentlich nicht auf und könnt unbemerkt über die Grenze schlüpfen.«

»Und der Papa?«

»Der wartet in Prag an einem bestimmten Treffpunkt auf euch. Die Tante Bertl weiß Bescheid.«

Mit einem Blick auf meine Tante, die zusammengesunken auf ihrem Hocker saß, klammerte ich mich an sie.

»Aber Großmutter, ich habe Angst. Ich will lieber hierbleiben.«

»Das geht nicht, Liebes. Hier sind wir demnächst auch nicht mehr sicher!« Großmutter schnäuzte sich in ein großes weißes Taschentuch. »Du musst jetzt ganz stark sein!«

»Aber im Sommer komme ich wieder zurück und bringe die Mama, den Papa und mein Brüderchen mit!«, beschwor ich sie.

Nie werde ich den vielsagenden Blick vergessen, den Tante Bertl ihr kopfschüttelnd zuwarf. Und tatsächlich: Diesen Sommer sollte es nie geben. Auch das Haus und uns sollte es so nicht mehr geben …

»Ihr beiden schafft das schon!« Großmutter steckte das zerknüllte Taschentuch in ihren Jackenärmel. »Jammern bringt uns auch nicht weiter.« Sie legte das Telegramm auf den blank gescheuerten Küchentisch und stapfte in ihren Gummistiefeln wieder hinaus in den Garten.

»Weint die Oma?« Irritiert wirbelte ich zu meiner kleinen Tante herum, die in ihrer typisch krummen Haltung vor dem Radio hockte. »Tante Bertl, was passiert denn jetzt?«

Die kleine Tante war von der Natur zwar nicht mit einem gesunden Körper gesegnet, hatte aber ein goldenes Herz und war wie eine zweite Mutter zu mir.

»Wir müssen uns beeilen, kleine Ella. Packen wir schon mal dein Köfferchen.« Kurzbeinig hinkte sie in ihre Kammer, wobei sie ihre Atemnot kaum verbergen konnte. »Der Krieg wird bald vorbei sein«, flüsterte sie düster.

»Aber dann ist doch alles gut?«

»Ach, kleine Ella.« Sie seufzte und rückte ihr Korsett zurecht, das sich ihr immer in die Rippen bohrte. »Du musst jetzt ganz vernünftig sein und deiner Mama in Zahořany zur Hand gehen, hörst du? Und dich um dein kleines Brüderchen kümmern!«

»Aber natürlich!« Ich nickte eifrig. »Ich habe hier so viel im Haushalt gelernt, ich schaffe das!«

»Dann ist es gut.« Tante Bertl rang sich ein Lächeln ab und drückte mich mit ihren knochigen Armen an sich. »Ich werde mich um Großmutter kümmern und du dich um deine Mama, ist das ein Wort?«

Bereits am nächsten Tag standen wir in unseren schwarzen Mänteln eng aneinandergedrängt in dem völlig überfüllten Zug zur Grenze. Alle Menschen hatten diesen ängstlichen Ausdruck im Gesicht, den ich schon an Großmutter und Tante Bertl bemerkt hatte.

Plötzlich bremste der Zug und hielt quietschend auf freier Strecke.

»Bombenalarm«, brüllte jemand, und die panische Menge strömte zu den Ausgängen. »Springt in die Böschung, bringt euch in Sicherheit!«

Im Gewühl der schreienden Menschen, die bei der Notbremsung gegeneinandergeschleudert worden waren, standen die kleine Tante Bertl und ich an der offenen Zugtür. Wir trauten uns nicht zu springen, denn die Böschung war zu tief. Bestimmt wären wir auf die Gleise geraten, wenn nicht hilfreiche Hände zugepackt und uns ins hohe Gras gehievt hätten.

»Los, schnell Kinder, krabbelt dort hinüber und versteckt euch unter dem Busch!«

Der Mann, der uns herausgehoben hatte, hielt uns beide für Kinder!

In Windeseile robbten Tante Bertl und ich zitternd unter ein Gebüsch, das kaum Schutz bot. »Komm her, Ella-Kind, schlüpf unter meinen Mantel!« Tante Bertl beugte sich schützend über mich. Das Herz hämmerte mir in der Brust, und ich war sicher, unser letztes Stündlein hatte geschlagen. Mit unfassbarem Lärm rasten die amerikanischen Düsenjäger über uns hinweg und warfen ihre Bomben ab. Am Horizont brannte die Stadt Aussig. Der Himmel färbte sich rot, das Pfeifen und Jaulen der Geschosse zerriss uns fast das Trommelfell.

»Tante Bertl, müssen wir jetzt sterben?«

»Nein, Ella, du musst doch dein Brüderchen noch kennenlernen! Mach die Augen zu und zähl bis hundert!«

»Nicht bewegen!«, schrie ein Mann. »Alles was rennt, ist sofort tot!«

Ich zählte mindestens bis tausend!

Die Lok stieß noch weißen Dampf aus, was die Piloten dieser Kampfflieger hoffentlich nicht auf uns aufmerksam machen würde.

Nach einer endlosen Zeit rappelten sich die Leute schluchzend und stöhnend wieder auf und schleppten sich zurück zum Zug. Einige Menschen blieben auch reglos liegen. Ich sah Gestalten mit verdrehten Augen, denen das Blut aus dem Mund lief. Zitternd folgte ich Tante Bertl.

»Kinder, hier rüber!«

Wieder waren es fremde hilfreiche Hände, die uns in den Waggon zurückhievten. Irgendwann ruckelte der Zug langsam wieder an. Wir »Kinder« starrten weiß wie die Wand ins Leere. Dass ich aus meinem friedlichen Hillemühl dermaßen abrupt in eine solche Kriegshölle geschleudert wurde, konnte ich nicht verarbeiten.

Quietschend hielt der Zug am Grenzübergang Leitmeritz. Auf den Bahnsteigen herrschte grenzenloses Chaos.

»Los, alle raus aus dem Zug, aber schnell!«

Bewaffnetes Militär polterte mit schweren Stiefeln durch die Abteile.

»Alle raus, Papiere vorzeigen, Taschen öffnen!«

Tante Bertls Miene war völlig versteinert. Wir hatten keine gültigen Papiere! Wir durften kein Wort sagen! Was sollten wir nur tun? Wo war nur mein Papa?

Wieder wurden wir »Kinder« von starken, unbekannten

Männerhänden aus dem Zug gehoben. Unmengen von Menschen schoben und drängten sich in beide Richtungen – »Heim ins Reich« oder ins Protektorat Böhmen und Mähren. Zivilisten, Soldaten, Gesunde und Verwundete. Ich sah blutige Verbände, Krücken, verstümmelte Arme und Beine. Ich hörte Schreien und Schluchzen, verzweifelte Rufe nach Angehörigen.

Ich hielt mir die Ohren zu und drückte mich an meine Tante Bertl, die wiederum unseren gemeinsamen kleinen Koffer an sich drückte.

»Wo wollen die nur alle hin?« Ich hing an ihrem Arm wie eine Klette.

»Pssst!« Schon hatte ich ihren schwarzen Handschuh auf dem Mund. »Kein Wort Deutsch!«

Sie legte meine kleine Hand auf den Kofferhenkel und schleifte mich mit wie ein Gepäckstück. Da vorn war der Schlagbaum! Die Grenze! Was für Papiere sollten wir denn zeigen? Wir hatten keine! Ob dahinter mein Papa stand? Ich konnte ihn nicht sehen!

Zielstrebig hängte sich Tante Bertl an einen Mann, der seine Familie bei sich hatte und eine Menge von Papieren bereithielt. Wir »Kinder« schlüpften im Pulk einfach mit hinter den Grenzschlagbaum.

Dann waren wir im Protektorat Böhmen und Mähren und rannten um unser Leben. Wieder bestiegen wir einen Zug, wieder tauchten wir im Gewühl unter. Wir wurden langsam Profis im Unsichtbarsein.

Am Bahnhof von Prag nahm uns mein geliebter Papa in Empfang. Unauffällig stand er hinter einer Litfaßsäule und stürzte erleichtert auf uns zu, als er uns in der Menge entdeckte. Er war besorgt, denn die Situation war in Prag für Deutsche bereits sehr brisant.

»Da seid ihr ja, Gott sei Dank!« Rasch schleuste er uns in den Bus, der uns nach Zahořany brachte, in das Dorf, in dem meine Mutter sich mit dem Baby versteckt hielt.

»Kein Wort Deutsch!«, sagte auch Papa, als wir immer noch unter Schock auf einer Bank nebeneinanderhockten. Tante Bertl schwieg, sichtlich verstört. Der Bus ratterte aus der Stadt hinaus und kämpfte sich mühsam über Schotterstraßen. Während in Prag fast alle Straßen asphaltiert waren, sah es hier auf dem Land ganz anders aus: Ärmlich und trist duckten sich die Gehöfte am Straßenrand, und tiefe Schlaglöcher ließen den Bus rumpeln und ächzen.

»Wie geht es dir, Kleines?«, richtete Papa schließlich das Wort auf Tschechisch an mich.

Die Leute im Bus waren zwar alle mit ihren eigenen Problemen beschäftigt, aber wenn jemand Deutsch gesprochen hätte, wären sie sicher hellhörig geworden. Damals begriff ich das noch nicht, aber die selbst ernannten Revolutionsgarden – bestehend aus wild gewordenen Jugendlichen, aber auch aus »ganz normalen« Bürgern mit roten Armbinden – hätten uns möglicherweise bespuckt und sogar geschlagen. Der Hass der Tschechen auf die Deutschen gärte schon während des Krieges und entlud sich nun in primitiven Übergriffen auf Unschuldige.

»Freust du dich schon auf dein Brüderchen?«, versuchte Papa mich abzulenken.

Ich nickte verwirrt. Gab es denn in all dem Horror noch so etwas wie ein lebendes kleines Brüderchen? Und wie es meiner armen Mama wohl ging?

Sie hatte das Baby ja nicht in einem Krankenhaus bekommen, sondern in einem fremden Dorf in einem Zimmer! Eine fremde tschechische Hebamme war bei ihr gewesen. Und Papa, zum Glück.

»Gleich, wir sind gleich da.«

Wir atmeten hörbar aus. Tante Bertl war am Rande der Erschöpfung. Jeder Schritt tat ihr weh, sie kam kaum zu Atem.

»Wie sieht er aus?«, fragte ich ungeduldig.

Um Papas Augen bildeten sich feine Lachfältchen. »Alex ist noch sooo klein!«

Papa zeigte es mir: nicht viel größer als eine Puppe!

Endlich stiegen wir in einem ärmlichen Dorf aus dem Bus. »Wir müssen noch vier Kilometer laufen!« Papa half uns beiden Kleinen die Stufen hinab. »Zahořany hat keine Busverbindung.«

Mamas Versteck sollte so abgelegen wie möglich sein.

Aufgeregt trippelte ich neben ihm her, während Tante Bertl beim Gehen schwankte wie ein Boot auf unruhiger See. Bei jedem Schritt musste sie ihr gesamtes Körpergewicht verlagern und konnte sich nur schaukelnd fortbewegen. Trotzdem lächelte sie mich aufmunternd an, als wir uns auf der Schotterstraße vorwärtskämpften.

»Wie komme ich nur wieder nach Hause?«, fragte sie Papa leise auf Deutsch.

Verängstigt schaute sie ihn von der Seite an.

»Wir müssen unbedingt eine Lösung finden, du musst so schnell wie möglich zurück«, gab Papa auf Deutsch zurück. »Pssst, da kommen Leute!«

Wie die Erwachsenen Tante Bertls Rückkehr nach Hillemühl letztlich regelten, entzieht sich meiner Kenntnis. Mein einziger Wunsch war, endlich wieder bei meiner Mama zu sein und den kleinen Alex in die Arme nehmen zu dürfen.

Der Traum vom Westen zerbricht in einer kalten Winternacht

Hera Lind, *Die Hölle war der Preis*
ISBN 978-3-453-36076-1 · Auch als E-Book

Gisa und Ed wissen, dass sie ihre privaten und beruflichen Ambitionen in der DDR nicht verwirklichen können. Natürlich ist es riskant zu fliehen, aber als sie im Januar 1974 wegen Republikflucht verhaftet werden, ahnen sie nicht, was sie erwartet. Sie müssen durch die Hölle gehen, um den Traum von Freiheit irgendwann einmal leben zu können ...
Der neue große Tatsachenroman von Hera Lind über eine starke Frau, die trotz der Schreckensjahre im DDR-Frauengefängnis Hoheneck die Hoffnung und den Glauben an die Liebe zu ihrem Mann nicht verliert.

Leseprobe unter diana-verlag.de   **DIANA**